비운의 남자

장성택 ①

[장편 실화소설]

비운의 남자
장성택 **1**
북·한·권·력·비·사

초판 1쇄 발행 | 2016년 8월 30일
초판 2쇄 발행 | 2016년 10월 21일

지은이 | 장해성
발행인 | 부성옥
발행처 | 도서출판 오름
등록번호 | 제2-1548호 (1993. 5. 11)

주 소 | 서울특별시 중구 퇴계로 180-8 서일빌딩 4층
전 화 | (02) 585-9122, 9123 / 팩 스 | (02) 584-7952
E-mail | oruem9123@naver.com

ISBN 978-89-7778-465-9   03810

[장편 실화소설]

비운의남자
장성택 ①

북·한·권·력·비·사

장해성 지음

추천의 글

        이 책의 저자 장해성 작가 덕분에 북한 연구가 더 풍성해졌다. 그간 북한 얘기는 틀에 박힌 상태에서 비하인드 스토리 없이 연도와 사람 이름만 연결된 채 돌아다녔다.

    그 많은 뒷담화도 없고 북한 당국이 발표한 내용이 정설인양 우리사회는 받아들였다. 북한 연구자들도 실상을 상상할 수 있는 폭이 너무 좁았다. 김일성, 김정일, 김정은 외에는 별로 주목하지도 않았고, 측근들은 늘 고정출연하는 그 사람들뿐이었다.

    그러다 이 책이 발간됐다. 1967년 5월 25일이 북한 정치 흐름에서 얼마나 중요한 날인지, 북한 고위층 사생활이 어느 정도인지 상상할 수 있는 얘깃거리가 처음으로 제대로 선보였다. [장편 실화소설] 형식을 띤 이 책에는 소설치곤 괜찮은 팩트도 있고 상황 설명이 들어 있다. 북한에서 살아온 사람이라고 아무나 서술할 수 있는 내용이 아니다. 장해성 작가의 내공 없이는 쓸 수 없는 새로운 얘기가 소설이란 이름을 빌어 선보이고 있다.

사건만 있고 그 내막을 알 수 없었던 북한 정치의 흐름을 꼼꼼히 그리고 생생하게 그려내고 있는 이 책 덕분에, 북한 얘기는 풍부한 상상력을 얻게 됐다. '본가지(김경희)'에 붙어 있다가 비운으로 운명을 마감한 '곁가지(장성택)'의 얘기를 풀어가는 내용이지만, 그 속에는 김일성중심체제가 형성된 과정, 김정일 후계를 둘러싼 다이내믹한 권력투쟁, 그리고 고위층의 인맥들이 생생하게 펼쳐지고 있다.

운명공동체라는 동료의식 속에서도 권력 핵심으로 더 다가가려는 욕망, 북한 사회를 충격으로 몰아넣었던 심화조 사건과 같은 무시무시한 시행착오, 성분과 토대가 약하면 냉정하게 내몰리는 북한 사회 특성이 이 책에 고스란히 배어 있다. 북한 정치사를 재구성한 이 책 덕분에 북한 연구의 새 소재도 많이 얻었다. 교재 이외에 읽을 수 있는 책이 생겨 재미있고 풍성한 토론도 기대된다.

북한은 김정은 유일영도체계 구축에 주력하고 있다. 모든 가치와 규범을 김정은 위대성에 맞추고 사회 전체를 일사분란하게 동원하고 있다. 36년 만에 당 대회도 치르고, 최고인민회의도 거치면서 김정은은 당 위원장, 국무위원장이란 직책을 새롭게 얻었다.

헌데 이 체제는 과연 어디까지 어떻게 굴러갈지, 핵 보유를 쉬지 않고 외치는 북한체제는 어떤 경로를 걷게 될지, 북한 사회 속에서 살고 있는 간부들과 주민들은 어떤 생각을 하면서 몰래몰래 '태양의 후예'를 보고 있는지 … 많은 질문이 연이어 떠오른다.

그러나 이런 질문에도 이젠 크게 답답하지 않다. 이 책을 통해 '북한'이 흘러온 궤적을 읽을 수 있기에, 북한 전망도 예전보다는 한층 실감나게 얘기할 수 있게 됐다. 김일성대학 출신으로 북한에서 오랫동안 방송 기자 및 드라마 작가로 활동한 작가의 실제 경험과 감각이 예리하게 녹아든 덕분이다.

이제 북한을 보는 시각은 한층 새로워질 것으로 본다. 북한 연구도 참신한 소재를 찾아 심화되리라 예상한다. 그만큼 이 책은 북한 정치사에 숨을 불어넣으면서 북한 사회를 제대로 볼 수 있는 잣대를 제공하고 있고, 틀에 박힌 기존 시각에 새로운 얘깃거리를 보태고 있다. 그야말로 〈북한정치의 재구성〉이다.

장편 실화소설이 드라마와 영화로 거듭나기를 기대한다.

2016년 8월

김영수 (서강대 교수, 북한학)

머리말

　　이미 널리 알려진 일이지만 오늘날 북한은 3대째 독재를 세습하고 있다. 18세기나 19세기도 아니고 21세기에 들어선 지도 한참 지난 때에, 남들은 모두 세계 최첨단 국가 건설을 위해 두 주먹을 불끈 쥐고 달려가는 이때에 북한만은 아직까지 우리식 사회주의만 부르짖으며 3대째 독재를 세습하고 있는 것이다.

　　경제는 처참하게 무너지고 이젠 석탄이나 광물 같은 지하자원이나 캐서 근근이 팔아먹고 있다. 말 그대로 외국의 신식민지 나라로 전락하고만 것이다. 인민생활은 더 이상 피폐해질 수 없을 정도로 엉망이 되고, 나라 전체가 세계적인 거지 국가로 전락하고 말았다. 어떻게 보아도 더 이상 찾아보기 힘든 나라가 되었다.

　　그러면서도 국제사회 전체가 반대하는 것도 무릅쓰고 핵무기를 만들고 미사일을 쏴 올리고 있다. 그 때문에 그러지 않아도 국제적으로 최악의 수준으로 고립된 나라이면서도 극심한 제재를 받아 인민생활은 더욱 엉망으로 되고 있다. 그렇다고 북한 내부에서는 특별한 항거의 불길도 찾아보기 어렵다.

이쯤 되었으면 다른 나라들 같으면 그 체제를 반대하는 세력이라도 움직일 것 같은데 그런 기미도 없다. 그 어떤 정치적 권력 싸움도 보이지 않고, 더구나 북한 정부를 반대하는 반정부군 같은 것을 찾아볼 수도 없다. 말 그대로 그들이 말하는 것처럼 전체 인민이 일심단결, 혼연일체가 된 것 때문인가.

무슨 회의만 한다고 하면 거기 나가서 토론하는 사람들은 모두가 그 철딱서니 없는 김정은의 크나큰 정치적 신임과 배려에 눈물을 좔좔 흘리며 감격하는 체하며 열변을 토한다. 심지어 일부 정치학자들이 말하는 그쪽 체제의 제2인자, 제3인자라고 하는 사람들까지 어린 김정은 앞에만 서면 마치 고양이 앞에 선 쥐같이 된다. 수많은 사람들이 보고 있는 것을 알면서도 무릎을 꿇고 침방울이라도 날릴까 입을 가리고 말하는 등 일반 사람들로서는 차마 눈뜨고 볼 수 없는 일도 서슴없이 하고 있다. 자기 아들뻘, 손자뻘 되는 김정은 앞에서 그러는 것이다.

물론 그들로서는 그 한 사람에게만 그러면 수없이 많은 사람들에게 마음대로 호령할 수도 있고 더 바랄 것 없는 생활을 보장받을 수 있으니 그런다고 하자. 인민들은 굶어 죽으면서도 심지어 자기가 낳아 키운 딸을 백 원에 팔아 그 돈으로 팔려가는 딸에게 마지막 음식을 사 먹이면서도 김정은에게 충성을 다해야 한다고 한다. 언제부터 북한 사람들 모두 그런 멍청이가 된 것인가. 과연 북한은 처음부터 저런 나라, 정신 이상자 나라였단 말인가. 실로 북한 사회 전체를 짙게 드리운 암흑의 쇠사슬, 봉건 군국주의의 검은 구름장을 헤치고 밝은 세상을 지향했던 사람이 한 사람도 없었던 것인가.

아니다. 먼 지난 일은 다 그만두자. 1960년대 중반부터만 보아도 북한

▶▶▶ 1965년 원산 문암리
김일성 특각에서

▶▶▶ 1966년 금강산에
기동호위 나갔을 때
(김일성 경호)

▶▶▶ 1971년 평양 청년 공원 앞에서

노동당 중앙위원회 조직 담당 부위원장이었던 박금철, 선전선동부장이었던 김도만, 국제 담당 부장이었던 고혁, 박용국. 얼마나 많은 시대의 선각자들이 있었던가. 그들은 김일성의 폐쇄정치, 봉건 유일독재정치를 반대하며 투쟁하였다. 하지만 그들 모두는 대부분 무참히 처형되거나 정치범 수용소로 끌려가고 말았다.

본인은 북한에서 20여 년간 기자, 작가를 하였던 사람이다. 말 그대로 북한 사회의 최하층에서부터 나름대로 기자, 작가까지 하였던 사람으로 그런 시대의 선각자들을 수도 없이 보았고 그들이 이루려던 업적을 전해 들었다.

이런 연유로 북한 내부에서 진행된 정치적 흐름을 '실화소설' 형식을 빌어 증언하고자 한다. 특히 북한 사회가 오늘같이 이질화되고 잘못된 길로 나가는 것을 직접 체험한 북한 기자의 한 사람으로 그리고 작가의 한 사람으로 그 많은 시대의 선각자들 중 한 사람의 비운에 찬 운명을 돌이켜봄으로써 북한 사회의 피와 숙청의 역사를 말하려 한다.

낮에는 김정은에게 충성을 다하라는 글을 쓰고 밤에는 이불 속에서 고뇌에 모대기는(괴로워하는) 북한의 기자·작가들에게 이 글을 바친다.

이 책을 쓸 수 있도록 많은 지도편달을 해준 서강대학교 김영수 교수님과 통일연구원 현인애 박사님께 충심으로 감사드린다.

2016년 5월 24일
전 조선중앙방송 기자, 작가 장해성

차례 ②

1
두 사람을 위한 정거장

성택은 자기가 생각해봐도 어이가 없었다. 세상에 어떻게 이런 일이 있단 말인가.

그가 탄 나진발 평양행 제38열차가 은산역을 방금 지난 다음이었다. 열차원 처녀가 들어오더니 차표 검열이 있겠다고 모두 준비하라고 하였다. 그때까지만 해도 그는 아무 생각이 없었다. 아니 바른대로 말한다면 전혀 생각 없이 앉아 있는 것은 아니다. 처음 가보는 평양이라 우선 평양역에 내리면 밤은 어디서 보내겠는가, 또 먹는 문제는 어떻게 해결하겠는가, 이런 고민을 하고 있었다.

집을 떠나올 때 어머니가 올감자(제철보다 일찍 되는 감자)를 팔아 모아 두었던 돈 몇 푼을 주었지만 그 돈을 함부로 쓸 수는 없었다.

밥만 사 먹자고 해도 돌아갈 차비가 겨우 떨어질 정도였다. 여관에 들러 잠을 자고 어쩌고 그런 사치까지는 생각할 수도 없다. 마침 한여름 삼복더위 때라 공원에 나가자는 것도 괜찮을 것 같다. 그러다 혹시 비라도 오면 그땐 역에서 자면 될 것이다.

아침에 대학 교무과를 찾아가서 추천서며 또 이러저러한 문건들을 접수시키고 수험번호를 받은 다음 입학시험을 보면 될 것이다. 욕심 같아서는 처음 가보는 평양인데 한 이틀 놀면서 구경하고 왔으면 좋겠지만 역시 그건 어림도 없다. 이런 저런 궁리를 하고 있는데 어느새 여객 전무가 그의 앞까지 왔다.

"학생 차표!"

큰 키에 비해 꺼이꺼이(비쩍) 마른 사람이다.

장성택은 주머니에 손을 넣어 차표를 찾았다. 잡히지 않는다. 이게 웬일인가. 차표가 없었다. 겉주머니 안주머니를 마구 뒤졌다. 역시 없었다. 당황하지 않을 수 없었다. 바지주머니까지 홀딱 뒤져 봤지만 역시 없었다. 안주머니에 넣은 지갑까지는 있는데 꼭 차표만 없었다.

"아하, 이 친구 공차를 탔구만. 일어서!"

"아니, 잠깐. 여기 어디 있을 겁니다."

성택이 여객 전무가 보는 앞에서 지갑까지 홀딱 뒤집었지만 역시 없었다.

"학생, 이거 보기보다는 연기를 잘하네, 일어서지 못해!"

이렇게 성택은 걸렸다. 걸으면서도 계속 이쪽 저쪽 주머니를 뒤져 봤지만 있을 리 없었다. 그러고 보니 지난 차표 검열 때 떨어뜨린 게 틀림없었다. 함흥 지나서 주서역인가 홍상역인가. 그때 또 한번 차표 검열이 있었지만 마침 화장실에 가던 길이었다. 하지만 그때는 차표가 있었기에 순순히 통과됐다. 그런데 그때 어디서 떨어뜨린 게 틀림없었다. 하지만 이제 와서 후회해봐야 무슨 소용이랴. 여객 전무는 그를 앞세우고 몇 칸 지나갔다. 열차원 실에 들어가는 것이었다(북한 열차는 매 열차 칸에 열차원 실이 하나씩 있음).

"학생, 그래 어디서 탔다고?"

"부령역에서 탔습니다."

"부령역이라? 꽤 멀리서 왔구만, 그러면 안 되지, 다음 역에서 내려."

"아니, 전 공차를 탄 게 아닙니다. 공차를 타고 어떻게 그 먼데서 여기까지 오겠습니까? 함흥역에서 차표 검열할 때에도 있었단 말입니다."

"그런데 그런 차표가 어디로 갔어? 그 차표가 날개 돋혀 날아갔어?"

장성택은 사정하기 시작했다. 자기는 그런 사람이 아니다. 열차표를 사지 않고 어떻게 기차를 타겠는가. 한 번만 봐 달라. 여객 전무는 듣는 척했다. 성택이 더욱 열을 내 설명했다.

"전 내일 김일성종합대학에 시험보러 가는 길입니다. 그런데 제가 공차를 타고 가겠습니까? 한 번만 봐 주십시오."

한참 열을 내서 설명하는데 여객 전무는 아무 말이 없었다. 그래서 이쯤하면 먹혀든 줄 알았다. 하지만 열차가 순천역을 떠나 자산역에 들어설 때였다.

"됐어, 이젠 그만 떠벌이고 일어서."

"아니, 왜 그럽니까?"

"왜는 왜야? 그걸 몰라서 물어?"

"글쎄, 공차를 타지 않았다니까요."

"그럼 뭐야? 아무튼 다음 역에서 내려!"

"제가 여기서 내리면 어떻게 합니까? 전 내일 대학시험을 봐야 한단 말입니다."

장성택이 울먹이며 사정하는데도 여객 전무는 들은 척도 하지 않았다. 역시 장작개비 여객 전무라 인정사정도 말라버린 모양이었다. 어쩔 수 없이 끌려 내리지 않을 수 없었다. 여객 전무는 그를 자산역에서 나온 빨간 모자를 쓴 조역(부역장)에게 넘겨주고 자기는 다시 열차에 올랐다.

"아니, 여객 전무 동지, 전무 동지 전 내일 대학시험을 봐야 한단 말입니다."

장성택은 조역의 손을 뿌리치고 다시 움직이기 시작한 열차에 매달리려 하였다. 하지만 북두갈고리 같은 손이 그의 뒷덜미를 잡았다. 조역인 것이다. 마침내 열차는 떠나고 텅 빈 역에 그와 조역만 남았다.

"야, 이 자식아. 아무리 바쁜 일이 있더라도 차표는 사고 다녀야지. 됐어. 다음 차를 타고 집으로 돌아가!"

열차가 떠나자 조역이 그를 놓아주었다.

장성택은 기가 막혔다. 한심하기 짝이 없었다. 자산이란 전혀 생소한 곳이다. 어디 가볼 곳도 없다. 할 수 없이 역 대합실에 들어갔다. 열차가 금방 떠난 뒤다 보니 열차에서 내린 사람 몇이 어둠속으로 사라지고 대합실은 텅 비었다. 휑뎅그렁한 대합실 의자 한쪽에 앉았다. 성택이 갑자기 생각나는 것이 있어 셔츠 주머니에 손을 넣어 보았다. 잡히는 게 있었다. 그렇게도 찾고 찾던 열차표가 바로 거기 있는 것이 아닌가.

그러니까 함흥에서 차표 검사를 받은 다음 절대 잃어 버려서는 안 되겠다는 생각에 셔츠 주머니에 넣었던 것이다. 기가 막혔다. 그러니 이제 어떻게 한단 말인가. 아무리 후회해도 소용없다. 역의 차표 파는 창구 위쪽에 걸려 있는 열차시간표를 보았다.

"이게 뭐야? 밤 10시 20분에 만포발 장연행?"

가만 만포발 장연행이라면 틀림없이 평양을 통과할 것이 아닌가. 됐다. 그 시간까지는 그리 많이 남지는 않았다. 그래도 미타해서(걱정 스러워서) 확인해봐야겠다. 성택이 차표 파는 창구에 다가가 문을 두드렸다.

"저, 미안하지만 한 가지 물어봅시다."

대답이 없었다. 안에 분명 사람이 있는 것 같은데 대답이 없었다.

"계서요? 미안하지만 한 가지 물어보자니까요?"

다시 문을 두드렸다. 이번에는 좀 더 크게 두드렸다.

"여보세요, 여보세요!"

"뭐에요?"

창구 안쪽 커튼이 약간 들리더니 파마머리가 짜증스럽게 내다봤다.

"이제 만포발 장연행 열차 몇 시에 있습니까?"

"네 시간 후에 있어요." 매몰찬 대답과 함께 커튼이 내려졌다.

"아니, 여기 열차시간표에는 10시 20분이라고 되어 있지 않습니까? 그런데 왜 네 시간 후라는 겁니까?" 다시 창구를 두드렸다.

"손님, 왜 그렇게 귀찮게 구는 거예요? 10시 20분에 오게 되어 있는 차가 네 시간 후 있다면 그건 연착되었을 게 아니에요?"

"그러니까 만포발 장연행이 연착되었단 말입니까?"

대답이 없었다. 성택은 맥이 빠졌다. 자리로 돌아왔다. 그러니 좋으나 궂으나 네 시간씩이나 기다리는 수밖에 없었다. 갑자기 밖에서 비오는 소리가 났다. 처음에는 가볍게 후드득 후드득 빗방울이 떨어지는 것 같더니 금시 제법 쫙쫙 소리를 내며 쏟아지기 시작했다. 생각할수록 맹랑했다. 진짜 차표를 잃어버리고 잡혀 내렸다 해도 모르겠다. 이건 가지고 있으면서도 찾지 못해 이런 꼴을 당할 줄이야. 그러고 보면 확실히 자기한테는 꼼꼼하지 못한 무엇이 있었다. 그래서 어머니는 늘 그를 욕할 때 "헤둘 헤둘"(함북에서 꼼꼼하지 못한 사람을 욕할 때 하는 소리) 하면서 무슨 일이나 설친다고 했던 모양이다.

문득 배가 고팠다. 이미 식사시간을 놓쳐도 한참 놓쳤던 것이다. 열차 안에서는 평양에 도착하면 먹으리라 생각했는데 이런 일이 생길 줄이야 누가 알았으랴. 집에서 떠날 때 기차간에서 먹으라고 어머니가 싸준 삶은 감자 몇 알이 있었다. 이왕 이렇게 됐으니 그거라도 먹으려고 배낭을 풀었다. 그리고 삶은 감자와 함께 고추장도 꺼냈다. 이제 막 먹으려 할 때였다. 갑자기 밖에서 저벅저벅 발걸음 소리가 나더니 대합실 문이 열렸다.

여학생 둘이 뛰어들어왔다. 비가 퍽이나 오는 모양이다. 우산을 들었는데도 둘 다 물병아리가 되었다.

"아니, 열차시간이 다 되었는데 왜 이렇게 조용하니?"

"그러게 말이야."

흘깃 성택 쪽을 보더니 앞서 들어왔던 여학생이 곧장 매표구로 다가갔다.

"아이, 말 좀 물어요. 만포발 장연행 연착이에요?"

또 대답이 없었다.

"아이, 말 좀 묻자니까요. 만포발 장연행 연착인가 말이에요?"

"예—에. 네 시간 연착이랍니다." 장성택이 대신 대답했다.

"아니 뭐에요, 네 시간씩이나 연착이란 말이에요?"

"글쎄, 그렇답니다."

"그런 법이 어디 있어요? 몇십 분 연착도 아니고 어떻게 네 시간씩이나 연착이에요?"

그 여학생이 그게 마치 성택의 잘못이기나 한 것처럼 말했다. 키가 조금 작고 통통하게 생긴 여학생이었다. 나름대로 예쁘장하다고도 할 수 있었다.

"그걸 전들 어찌 알겠습니까? 연착이라고 하니 그런 모양이다 하는 거지." 성택이 어떻게 생각하면 어이없어 퉁명스럽게 대답했다.

"됐어, 영란아. 너 어서 들어가. 나 여기서 좀 기다렸다 가지 뭐." 뒤에 들어 온 여학생이 하는 말이었다. 앞에 들어온 여학생보다 조금 가냘프지만 역시 예쁘장하게 생기긴 하였다.

"아니, 여기서 기다리기는 어떻게 기다린다는 거니? 그러지 말고 다시 우리집에 들어가." 영란이라고 불린 여학생이 하는 말이었다.

"아니야. 너희 할머니도 아프신데 어서 들어가."

"그래도 너만 두고 어떻게 들어가. 그럼 여기서 같이 앉아 기다려."

"아이 참, 들어가래도."

두 여학생이 서로 들어가라거니 떠나는 걸 보고 가겠다거니 승강이질하다 끝내 둘 다 앉았다. 성택과 등진 의자에 와서 앉은 것이었다. 워낙 작은 역이다 보니 긴 의자도 네 개밖에 없었다.

"경희야, 너희 오빠 자주 그러니?" 영란이 하는 말이었다.

"아니, 전에는 안 그랬는데 요즘 들어와서 부쩍 더 그러는구나." 경희라는 여학생이 하는 말이었다.

"아이 참, 너흰 엄마는 달라도 그래도 아버지야 같잖니?"

"그래. 그리고 더구나 그 애들은 나를 친누나, 친언니처럼 따른단 말이야. 그럼 서로 사랑해주고 따르고 했으면 좋겠는데 왜 그러는지 모르겠어."

"야, 그래도 난 너처럼 그런 오빠라도 있었으면 좋겠다. 무슨 일이 있어도 의지할 곳도 있고 서로 의논도 하고 좀 좋아?"

"글쎄, 그렇기는 하지만 지난번에는 또 평일이가 자기보고 형님이라 불렀다고 화를 내더구나. 자기한테는 그런 동생이 없다는 거지 뭐야."

둘이 소곤소곤 이야기를 하였다. 하지만 워낙 대합실이 손바닥만 하다 보니 등 뒤에서 하는 이야기가 성택의 귀에 쏙쏙 들어왔다. 키가 조금 작고 통통한 여학생은 영란이고, 좀 크고 마른 학생은 경희라고 한다. 경희라는 여학생한테는 오빠가 있고, 또 밑에는 배다른 동생들이 있는 모양이다. 그런데 그 동생들이 절대 이들을 보고 오빠, 언니라고 부르지 못하게 한다는 것이다.

그날 있은 일만 해도 그렇다. 경희 밑에 영일이라는 배다른 막냇 동생이 있다. 올해 11살로 한창 개구쟁이다. 그런데 뭘 자기 장난감을 잃었다고 여기저기 찾아 헤매다가 경희방에 들어왔던 모양이다. 하지 만 두루 헤덤비며 찾던 중 책상에 놓인 잉크병을 쏟았다는 것이다. 잉크 가 쏟아지면서 경희의 학습장을 못 쓰게 만들었다. 경희가 화가 나서 꾸지람을 하던 중 오빠가 들어왔다. 몇 마디 들어보지도 않고 오빠가 어린 영일의 뺨을 쳤다. 물론 영일이는 눈물을 뚝뚝 떨구며 나갔다는 것이다. 경희가 보다 못해 한마디 하였다. 아무리 엄마는 달라도 그래도 누나는 누나 아닌가, 왜 그러는가. 그러자 그 오빠는 더욱 화를 내며 배다른 동생들은 절대 자기들과 같을 수 없다는 것이었다.

처음이 아니었다. 얼마 전에는 또 같은 마을에 사는 최운해라는 아이를 때렸다. 그 애는 경희보다 여섯 살이나 아래였는데 워낙 여간만 귀엽게 생기지 않았다. 그래서 경희는 늘 그 애를 제 친동생같이 사랑해주었다. 그런데 그날따라 그가 『안데르센 동화집』을 보고 있었다. 경희가 얼핏 보니 처음 보는 책이었다. 그래서 운해한테 사정하여 이틀 말미로 빌렸다. 그런데 뜻밖에도 여러 일들이 생기는 통에 경희가 그 책을 제때에 보지 못했다. 운해가 책을 찾으러 왔는데 오빠는 또 무엇 때문에 화가 났는지 괜히 그 애한테 화풀이를 했다.

"쪼그만 게 책을 빌려줬으면 돌려줄 때까지 기다릴 것이지 뭐 하러 찾으러 와?"

경희는 너무 억이 막혀 말도 못했다. 하지만 이번만은 가만있을 수가 없었다. 그래서 생각하고 생각하던 끝에 집을 나왔다는 것이다. 그리고 전부터 잘 알던 영란이네 집에 찾아왔다는 것이다. 그런데 때마침 영란의 할머니가 몹시 앓는 중이어서 도로 집에 가려고 역에 나오게 되었다는 것이다. 말하자면 경희라는 학생이 처음으로 가출했던 모양인데 생각지 않게 성택이와 마주친 것이다. 성택은 참 세상에 별 이상한 오빠도 다 있구나 하는 생각이 들었다. 하지만 그게 그와 무슨 상관이랴.

"애, 영란아. 이제 내 걱정은 말고 어서 들어가. 아프신 할머니를 혼자 두고 이게 무슨 일이니? 어서 들어가."

"아니, 그래도 어떻게 널 여기 혼자 두고 들어가니?" 영란이 이러지도 저러지도 못하고 망설이는 기색이었다.

"글쎄, 그냥 들어가라니까. 그리고 다음 평양에 오면 꼭 우리집에 와야 돼."

"그야 가고말고."

"자, 그럼 어서 들어가. 나 여기서 기다리다 기차가 오면 타고 갈

게." 경희는 영란을 막 떠밀었다.

"아이 참. 할머니만 아프시지 않았어도 너 떠나는 걸 보고 들어갈 텐데." 영란은 난감하여 어쩔 줄 몰랐다.

"그러니까 빨리 들어가라는 거 아니니? 어서 가! 자 빨리!"

영란은 끝내 이기지 못하고 일어섰다. 그러는 새 밖에서는 비 오던 소리가 한결 소연해졌다. 그가 갔다. 영란까지 가고 보니 대합실에 성택이와 경희만 남았다. 성택이 이미 먹기 시작했던 감자 껍질을 벗기며 여학생을 살피기 시작했다. 확실히 예쁘게 생긴 얼굴이라는 생각이 들었다. 단발머리에 계란형 얼굴이었고, 몸은 약간 마른 편이지만 그렇다고 너무 왜소해보이지는 않았다. 아직 활짝 피어났다고는 할 수 없지만 이제 제대로 피어나면 무척 예쁘리라. 그런데 너무 새침데기 같다. 등 뒤에 앉아 있는 성택이는 본 척도 하지 않고 무슨 책을 꺼내 읽기 시작했다. 어깨 너머로 훔쳐보니 소련 작가 아르까지 가이다르의 소설 『학교』라는 책이다. 성택이도 워낙 책 읽기를 좋아하다 보니 웬만한 책은 몇 줄만 읽고도 그게 무슨 책인지 다 안다.

성택이 껍질을 벗긴 감자를 호박잎에 싼 고추장에 찍어 입에 가져갔다. 역시 음식은 배고플 때 먹어야 제 맛인 모양이다. 혀까지 삼킬 지경이었다. 두어 개 먹고 보니 문득 쑥스러운 생각이 들었다.

"저, 변변치 않은 음식이지만 같이 들어보시겠어요?"

대답이 없었다. 혹시 한 번만 말하는 건 인사가 아닌 것 같아 다시 말했다.

"저, 감자 좀 들어보시겠습니까?"

"아니 많이 드세요. 전 좀 전에 먹고 나왔어요."

여학생이 고개를 들며 생긋 웃어보이었다. 보기보다는 새침데기가 아닌 것 같았다.

'저것 봐라, 말할 줄도 아네.' 성택은 경희가 웃을 때 볼우물이 살짝 패였다 사라지는 것을 보고 꽤 복스럽게도 생겼다는 생각이 들었다.

'에라 모르겠다. 싫다는데 우선 나부터 먹고 보자.'

감자 여섯 개를 먹고 호박잎에 싼 고추장까지 말끔히 빨아먹은 다음 신문지를 뭉그려 대합실 한쪽에 놓인 쓰레기통에 가져갔다.

그러고 보니 그래도 시간이 많이 남았다. 그 여학생과 무슨 말이라도 나누고 싶은데 … 하지만 낯도 코도 모르는 여학생한테 무슨 말을 건단 말인가? 문득 아까 그 영란이라는 여학생과 하던 말 중에 그가 평양에 오면 들르라던 대목이 떠올랐다.

"저 동무, 평양에서 삽니까?"

"네." 고개도 들지 않고 하는 대답이었다.

"그럼 평양에 사신다면 역에서 김일성종합대학까지 얼마나 멉니까?"

물론 성택은 집에서 떠나기 전에 수십 번도 더 지도를 놓고 연구한 것이다. 그리고 또 평양시에 대해 잘 아는 사람한테도 이미 여러 차례 확인했다.

"김일성종합대학이요?"

"네. 사실 전 내일 거기로 가야 하거든요."

"평양역 앞에서 연못동행 버스를 타고 전승역까지 가서 내린 다음 다시 합장교행 버스를 타고 한 역만 가면 돼요."

여학생은 또 보지도 않고 대답했다. 그러면 이젠 또 무슨 말을 물어본다? 그가 보고 있는 책에 대해 물어본다?

'에라 모르겠다. 아무 말이나 하자. 여기서 헤어지면 어차피 다시

볼 일도 없을 걸.'

성택은 일어나서 아예 긴 의자를 에돌아 경희 쪽 옆에 가 앉았다. 경희는 약간 놀라는 기색이다. 조금 저쪽으로 물러앉았다.

"저, 전 부령에서 오는 사람이거든요. 평양으로 가는데 처음 가는 길이라 잘 몰라서 그럽니다."

"아니, 부령이 어딘데요?"

경희는 눈이 동그래져 그를 쳐다보았다. 이런 세상에 부령을 모르는 사람도 있단 말인가? 성택은 믿어지지 않았다.

"부령이 어디라니요? 우리 부령이 얼마나 살기 좋은 곳인데?"

성택은 부령 자랑을 늘어놓기 시작하였다. 부령에는 야금 공장도 있고 시멘트 공장도 있다. 부령역에서 얼마간만 더 가면 '따발굴(똬리 굴: '루프식 터널'을 일상적으로 이르는 말)'이라는 것이 있다는 이야기 까지 하였다.

산이 너무 높아 기차가 단번에 올라갈 수 없기 때문에 이리저리 빙빙 돌아서 올라간다. 그래서 다 올라간 다음 돌아보면 처음 떠났던 역이 바로 발 아래 보인다. 거기가 바로 '따발굴'이라는 것이다. 한참 떠들어대다 보니 할 말이 없어졌다. 할 수 없이 나중에는 가을에 산에 가서 돌배를 따다 독에 넣어 두고 물크러진 다음 먹던 이야기까지 했다. 정말 둘이 먹다 하나 죽어도 모른다고 했다.

"아니, 돌배를 따다 넣어두고 겨울에 먹는다는 말이에요?"

도대체 듣는 척도 하지 않더니 그래도 듣고 있었던 모양이다. 성택 은 신이 났다.

"그럼요. 그건 정말이지 먹어보지 않은 사람은 그 맛을 알 수가 없지요. 완전히 꿀맛은 저쪽으로 가라거든요."

성택이 다시 한번 떠들어댔다. 그리고 곁들어 찔광이(산사) 따먹던 이야기까지 했다. 경희는 시멘트 공장이요 야금 공장이요 할 때에는 별로 귀담아 듣는 척도 하지 않더니, 돌배며 찔광이 이야기를 하니 제법 흥미를 가지고 듣는 것 같았다. 하긴 평양 같은 대도시에서 언제 그런 돌배며 찔광이 맛을 볼 수 있으랴.

성택은 신이 나서 겨울에 노랑부리멧새 잡던 이야기까지 하였다. 그의 동네에서 조금 올라가면 부령천이라는 개울이 흐른다. 그 옆으로 버들방천이 펼쳐져 있는데 겨울만 되면 거기에 배가 노랗고 머리털이 빨간 멧새가 많이 몰려온다. 그러면 동네 아이들이랑 같이 수수대로 초롱을 만들고 그 위에 조그마한 문을 달고 조 이삭 같은 것을 걸어 놓는다. 그러면 노랑부리들이 그 조이삭을 쪼으려다 어김없이 초롱에 떨어진다는 것이다. 그러면 그걸 잡아온다는 것이다. 이건 사실 성택이 자기가 직접 해본 건 아니고 형들이 하는 걸 따라 다니며 봤을 뿐이다. 그런데 경희한테는 그걸 마치 자기가 직접 한 것처럼 불어댔다. 경희는 그 말도 열심히 듣는 것 같았다.

"그리고 우리 부령에서 몇 역만 더 가면 청진인데 거긴 또 얼마나 큰 도시인지 모르거든요."

성택은 이왕 내친김이라 생각하고 청진 자랑을 늘어놓았다. 거기에 는 바다가 있는데 겨울에 백사장에 나가면 파도에 명태가 홀떡홀떡 뛰쳐나온다고 하였다. 그러면 그걸 막 주워 가지고 오는데 재수 좋은 날에는 한 드럼도 쉽게 잡을 수 있다고 했다.

"아이, 명태는 해저 물고기가 아닌가요?"

챠 이런, 성택이 얕은 바다 지식을 가지고 불어대다 그만 들통이 나고 말았다. 명태가 해저 물고기라면 절대 파도에 백사장으로 뛰어

나올 일은 없을 게 아닌가. 하지만 이럴 땐 벽을 문이라고 내미는 수밖에 없다. 성택이 명태가 해저 물고기이긴 하지만 파도가 셀 땐 나오는 수도 있다고 둘러쳤다. 경희는 듣는 척하였다. 하여간 경희라는 여학생은 아무 말을 해도 잘 속는 것 같았다. 하긴 평양 같은 대도시에서 곱게 자랐으니 무슨 세상물정을 알랴.

"저, 그런데 동무네 아버진 뭘 하는 분이오?" 갑자기 성택이 물었다.

"네? 저희 아버지요?"

"보나마나 사무원이지?" 성택이 제멋대로 넘겨짚으며 말했다.

"어마나? 호호 참."

"내 이래 봬도 관상 보는 데는 뭐가 있다니까."

"그래요? 호호, 맞아요."

"그래. 난 처음 동무를 보는 순간에 벌써 분명히 사무원 집 딸이겠구나 알아맞췄거든."

"그럼 뭘 하는 사무원 같은데요?" 경희가 이번에는 진짜 재미있는 듯 제 쪽에서 물었다.

"그야 어느 자그마한 기업소 부기장? 아니 좀 더 큰 기업소 부기장일 수도 있고?"

"호호. 아이, 어떻게 아셨어요? 정말 부기장인데 ….."

"척 보면 3천리지. 그리고 생긴 것도 아마 이마는 훌렁 벗어졌을 거고 …." 성택은 자기 동네에 있는 해옥이네 아버지를 그려보며 말했다.

"호호. 정말 신통하네요. 우리 아버지 꼭 그렇게 생겼는데."

경희가 실눈을 하며 재미있다는 듯 웃어댔다. 아무튼 그 바람에 성택이도 괜히 기분이 좋아져서 같이 웃었다. 기다리고 기다리던 끝에 만포발 장연행 기차가 들어왔다. 너무 늦은 시간이어서 그런지 손님도 많지 않았다. 자산역 개찰구를 나와서였다.

"아무튼 동무 때문에 시간 가는 줄 몰랐는데 앞으로 우리 다시 만나요." 성택이 말했다.

"아이, 만나서 뭐하시려고?"

"글쎄? 그건 그때 봐서 할 일이고 훗날 혹시 동무도 부령에 오면 야금 공장에 오라고. 거기 와서 장성택이 어디 있어? 하면 모르는 사람이 없을 거니까."

"호호. 그러면 그 독에 담가 두었던 돌배 주실 거예요?"

"그럼요. 아니 돌배만 주겠습니까. 그보다 더 귀한 것도 줄 수 있지."

"알았어요. 기회가 있으면 한번 갈게요."

기차에 오르자 성택은 차 문 쪽에 자리를 잡고 경희는 조금 안쪽으로 들어갔다. 그러다 보니 더 이야기할 기회가 없었다. 성택이 평양역에 도착한 시간은 새벽 5시다. 그때 어디로 가기도 그렇고 역 앞 광장에 나가보았다. 백문이 불여일견이라더니 맞는 소리 같다. 새벽인데도 버스가 왕왕 달리고 물매미같이 생긴 차들이 뿡뿡 빵빵 소리를 지르며 달려가고 달려왔다. 빨간 전깃불로 쓴 글자도 보였다. "평양 대구탕", "평양 설렁탕", "평양 냉면집" 보는 것마다 희한하였다.

성택이 그 희한한 모습에 눈을 파는 새 경희가 나왔다. 갑자기 개찰구에 있던 2명의 사복 호위군관들이 놀란 눈으로 쳐다보더니 어딘가 분주히 전화를 하였다. 그리고 경희 뒤에 소리 없이 달라붙는 것이었다. 하지만 성택은 그것도 모른 채 다시 역으로 들어가 2층으로 올라갔다. 거기 대합실 한쪽에 쭈그리고 앉아 잠깐 눈을 붙이기 위해서였다.

2
피와 숙청의 역사

　　현대 북한 역사라고 하면 피와 숙청의 역사
라고 해야 할 것이다. 시작은 1952년 12월부터이다.

　전쟁이 첫 단계에서는 나름대로 김일성의 구상이 무난하게 실현되
는 것 같았다. 3일 만에 서울을 점령하고, 한 달 만에 낙동강 계선까지
나갔다. 전 영토의 93%와 인구의 95%를 차지하였다. 하지만 8월 낙동
강 계선에 나가면서부터는 영 지지부진해지기 시작했다. 그러다 9월이
되자 유엔군이 인천에 상륙하고 모든 것이 뒤틀려졌다.

　국군과 유엔군은 38선을 돌파하고 사리원(沙里院)으로 해서 평양
까지 파죽지세로 올라왔고 압록강, 두만강으로 치닫기 시작했다. 김일
성을 비롯한 북한 최고 수뇌부는 압록강 바로 앞 만포시 고산진까지

쫓겨 들어왔다. 한 걸음만 더 물러서면 중국땅이다.

훗날 김일성의 회고록에서 보면 그때 그 자신도 너무 급한 나머지 다시 유격전을 벌일 궁리까지 하였다고 한다. 그러나 10월 25일 펑덕회(彭德懷)가 이끄는 중국 인민지원군이 뛰어들면서 전쟁은 다시 한번 요동쳤다. 실로 크리스마스 성찬은 고향에 돌아가 먹게 될 것이라고 하던 맥아더의 호언장담은 물거품이 되고 말았다.

그러던 어느 날 고산진의 한 허술한 농막에 자리 잡은 북한 인민군 최고사령부에 박헌영이 찾아왔다. 후퇴의 길에서 몹시도 수척해진 모습이었다.

"여보, 김일성 동무! 당신 왜 그렇게 사람 말을 듣지 않아?" 간단한 인사말을 마치고 박헌영이 한 첫 마디였다.

"내가 뭘 사람 말을 듣지 않았다는 말입니까?"

"그때 낙동강까지 나갔을 때 무정 동무도 그랬잖아. 거기서 그렇게 끝도 없이 공방전을 벌이다가는 역포위될 수 있다고 말이야. 그래서 38선까지 빨리 후퇴해서 방어진을 쳐야 한다고 했을 때 당신 뭐랬어? 어떻게 거기까지 나갔는데 뒤로 빼는가 했어? 안 했어?"

"그거야 그때 누가 이렇게 될 줄 알았습니까?"

"당신, 그때 부산 공격만 고집하지 않았어도 이 꼴이 되지는 않잖아?" 박헌영이 금방 도착해서 화를 참지 못해 김일성에게 퍼붓는 것이었다.

"아니, 그 일로 말하면 부수상 동무는 뭘 잘한 게 있다고 그럽니까?"

김일성은 그때 비록 내각 수상에 최고 사령관까지 겸하고 있었지만 박헌영에게 하대를 하지 못했다. 나이로 보아도 그렇고 투쟁 경력으로 봐도 김일성은 상대도 되지 않았기 때문이다. 박헌영은 1925년에 조직

되었던 조선공산당 창건자의 한 사람이다.

"부수상 동무는 남쪽으로 밀고 내려가기만 하면 단번에 백만 남로당 원들이 들고 일어날 것이라고 하잖았습니까? 그런데 낙동강까지 다 나가도록 백만은 고사하고 어디 백 명이라도 들고 일어났습니까?" 김일성도 맞받아치는 소리였다.

"여보, 그거야 4.3폭동 전의 일이지. 그다음 여수 군인폭동이다 뭐다 모조리 들통나서 감옥에 들어가 앉아 있는 판인데 어디서 백만이 들고 일어난다는 말인가?"

"그래도 우리가 거기까지 밀고 내려갔을 때 부산에서 항만 노동자들만 들고 일어났어도 일이 이렇게까지는 되지 않았을 거 아닙니까?"

"야, 그게 어디 내 잘못뿐이야? 네가 스탈린한테 뚜장질해서(부추겨서) 그렇게 되지 않았어?"

박헌영이 손을 뻗쳐 목침을 집어 들었다.

"그래도 우린 모두 부수상 동무 말만 듣고 그렇게 했단 말입니다."

"에라 이 새끼야! 일이 잘 되면 다 제가 잘한 일이고 못 되면 남의 탓이라고 하더니 …"

박헌영이 손에 들었던 목침을 날리었다. 하지만 워낙 손발이 재기로 이름난 김일성이라 날래게 몸을 피했다. 목침은 저쪽 벽에 가서 맞고 와당탕 떨어졌다. 그 소리에 놀란 부관장이 뛰어 들어왔다.

"왜 무슨 일이 있는 겁니까?" 부관장이 눈이 커져 묻는 말이었다.

최고 수뇌부 1, 2인자인 김일성과 박헌영은 황소숨만 내쉴 뿐이었다.

"됐어. 나가!" 김일성이 소리쳤다.

박헌영도 거친 숨만 쉴 뿐 말이 없었다. 부관장은 자기가 끼어들 자리가 아니라는 것을 알고 나갔다.

"부수상 동무, 우리 이러지 맙시다. 이 어려운 때에 부수상 동무와 내가 이렇게 다투면 뭐가 되겠습니까?"

잠시 뒤 김일성이 먼저 일어섰다. 문을 열고 밖으로 나왔다. 바로 코앞에 고사포 진지가 있었다. 컴컴한 밤하늘에는 칼날같이 예리한 탐조등만 제멋대로 썰고 헤맬 뿐이었다. 압록강 건너 중국 쪽으로부터 매서운 찬바람이 확 몰려 나왔다.

이 문제에서는 김일성의 잘못도 엄청나게 많았다. 물론 6.25전쟁 그 자체는 김일성과 박헌영이 스탈린과 모택동(毛澤東)의 허락을 받아 시작한 일이다. 특히 중국은 여기에 자기들 본토 해방에 투입하였던 조선족 병사 10만 명을 넘겨주었다. 소련은 또 북한에 진주하였던 자기들 군대를 철수시키면서 적지 않은 중무기들까지 넘겨주었다.

일부 남측 자료들을 보면 그때 소련군이 약 250여 대의 탱크를 북한군에 물려주고 갔다고 했던데 그건 아니다. 탱크, 자행포 모두 합쳐 겨우 34대만 물려주고 갔다. 그래서 북한은 초기 105탱크 부대도 사단 무력이 되지 못하기 때문에 여단이라고 붙였다. 서울을 점령한 다음 사단으로 승격시켰으나, 이름만 달라졌을 뿐 탱크 대수가 증강된 건 한 대도 없다. 이 무력을 가지고 초기 인민군대는 쉽게 38선을 돌파했고 낙동강까지 나갔던 것이다.

하지만 이후 미국 본토 무력이 투입되면서 전세는 완전히 달라졌다. 낙동강에서 한 달 가까이 밀고 당기는 공방전이 벌어진 것이다. 이때 중국 8로군의 거장이었고 당시 조선인민군 제2군단장이었던 무정 장군이 강력하게 제기했다. 이런 상태로 공방전이 계속되면 적들에게 역포위될 수도 있다는 것이다. 당장 낙동강 계선에서 물러나 38선 일대에 공고한 방어진을 구축해야 한다. 그러지 않아도 앞을 막고 있던 미해병 1사, 국군 1사 등이 자취를 감추었다는 정보가 있었다. 당시 인민군 부 총참모장이었던 이상조도 모택동을 찾아가 전선 형편을 이야기하자 모택동이 펄쩍 뛰었다고 한다.

"당장 후퇴하라! 그리고 38선이든 어디든 강력한 방어진을 구축해야 한다. 공격은 역량을 재편성한 다음 다시 봐서 할 일이지 지금은 안 된다."

하지만 김일성은 끝내 말을 듣지 않았다. 지금 차지한 낙동강 계선까지 어떻게 나갔는데 후퇴를 한다는 말인가. 역시 백두 밀림에서 집단부락이나 들이쳐서 먹을 것이나 장만하고 물러나던 김일성이고 보니 현대적 정규전의 이치는 알 리가 없었다. 그는 끝까지 자기 주장을 관철하기 위해 먼저 후퇴를 주장하는 무정 장군을 2군단장 자리에서 떼고, 그 자리에 제 이름자도 쓸 줄 모르는 최현을 앉히었다. 또 모택동의 조언도 거부하고 고래고래 소리를 질렀다.

"모택동 그 영감이 노망이 나도 단단히 났단 말이야. 절대 물러설 수는 없어."

그리고 끝까지 고집을 부리다 미군의 인천상륙을 허용한 것이다. 물론 김일성도 그때 고산진까지 와서는 후회가 막심하였을 것이다. 하지만 때는 이미 늦었다. 최고사령부 농막에서 나온 김일성은 추위도 느끼지 못한 듯 외투 앞자락 단추를 와락와락 풀어 헤치고 한마디 하였다.

"개새끼, 내가 어디 너희들을 가만두나 두고 보자!" 김일성의 눈에서 퍼런 불빛이 번뜩이었다. 하지만 이 말을 들은 건 그때 고사포 진지 옆에서 보초를 서고 있던 겨우 16살 난 어린 초병뿐이었다. 그때로부터 수십 년이 지난 뒤 고산진 사적지 관리원으로 된 그 대원은 이렇게 말하였다.

"히야, 나는 그때 수령님께서 그렇게 웃는 걸 처음 봤습니다. 웃기는 분명 웃는 것 같은데 어찌나 살기까지 보이던지 …"

전쟁이 한창 진행되는 중이던 1952년 12월 북한 노동당 제5차 전원회의가 열리었다. 회의 제목은 간단히 '당의 조직적 사상적 결속은 우리 승리의 기초'라고 되어 있다. 하지만 이어 그것을 관철하기 위한 회의가 열렸는데 여기서부터 본격적인 피의 숙청이 시작된 것이다. 소련파 내무상이었던 방학세의 총체적인 지휘 아래 시작된 이 숙청의 첫 타격대상은 박헌영과 이승엽이었다. 이어 조일명, 박승원, 이강국, 임화 등이 체포되었다. 말 그대로 무자비한 고문으로 시작된 이 '미제 고용간첩' 적발은 끝도 없이 새로운 고용간첩을 낳기 시작했다.

이후 점차 남로당 출신 전부에로 옮아가며 숙청의 불이 붙기 시작했다. 남쪽 이승만 정부가 그토록 잡지 못해 안달이었던 박헌영, 이승엽을 비롯한 남로당 간부 전원을 김일성이 대신해 깨끗이 잡아 죽인 것이다. 그러나 바른대로 말해서 박헌영과 이승엽 등이 간첩이었다면 왜 남한이 전쟁 개시 3일 만에 수도 서울을 점령당하고 낙동강 계선까지 후퇴하였겠는가. 1차 숙청은 대체로 1955년까지 이어졌다. 1956년 2월 소련공산당 제20차 대회가 열리었다. 여기서 당시 소련공산당 총서기였던 흐루시초프가 스탈린의 개인우상화에 대해 정면으로 비판하였다. 그리고 국제 공산주의운동 내에서도 개인우상화를 철저히 없애는 데 대한 문제를 제기하였다. 이것이 도화선이 되었다. 소련을 비롯한 동유럽 사회주의 나라들에서는 흐루시초프의 개인우상화 비판에 전폭적으로 지지하였지만 아시아 사회주의 나라들은 아니었다.

모택동이 지도하는 중국 공산당이 결정적으로 반기를 들었다. 물론 모택동은 중국 혁명을 하면서 스탈린의 도움을 받은 것은 거의 없다. 스탈린은 그때까지만 하여도 제2차 세계대전이 끝나면 중국에서 장개석이 주도권을 쥐리라고 생각하였기 때문이다. 그래서 중국 항일전쟁 시기 장개석을 도와주면 주었지 모택동의 중공군을 도와준 것은 아무것도 없다. 그런데도 모택동은 예상과는 달리 중국 대륙을 장악하는데 성공했다. 그러다 보니 거의 자기 힘으로 나라 전체를 장악한 모택동으로서는 소련의 노선에 고분고분 따를 이유가 없었다. 따라서 흐루시초프의 개인우상화 비판 노선은 중국 모택동이 받아들이지 않았으며 오히려 공개적인 반감만 표출하였다.

물론 김일성도 마음속으로는 흐루시초프의 입장을 찬성하지 않았을 것이다. 하지만 흐루시초프와 정면으로 맞선다는 건 그로서는 상상할 수도 없는 일이었다. 결국 절충주의적 입장을 취할 수밖에 없었다. 여러 날에 거쳐 이 문제를 토론했으나 끝내 하나의 결론에 이르지 못했던 소련 공산당 20차 대회는 그런 상태로 폐막되었다.

이때로부터 국제 공산주의운동은 소련공산당을 중심으로 한 계파와 모택동을 중심으로 한 다른 계파 간의 심각한 파벌싸움으로 치달았다. 김일성을 비롯한 북한 대표단도 평양으로 돌아왔다. 하지만 이 후유증은 오히려 북한 내에서 엄청난 파문을 일으켰다. 그러지 않아도 북한 최고위급 속에서는 패전에 대한 책임과 김일성의 장기집권에 반감을 품은 세력이 적지 않았다. 최창익을 필두로 한 연안파와 박창옥을 필두로 한 소련파가 대표적으로 머리를 들기 시작한 것이다.

최종적으로 김일성을 제거하기 위한 움직임까지 있었다. 표면적

이유는 사회주의 경제 건설에서 김일성은 중공업을 우선적으로 발전시키면서 경공업과 농업을 동시에 발전시키자는 것이었고 소련파와 연안파들은 경공업을 우선적으로 발전시키면서 전쟁으로 피폐해진 인민들의 생활부터 해결하자는 것이었다.

이 내분이 절정에 이른 것은 1956년 김일성이 동유럽 사회주의 나라들을 방문하러 떠났을 때였다. 당시 북한 인민군 3군단장 장평산을 위시로 한 반(反)김일성파는, 김일성의 평양 귀환을 계기로 아예 순안 비행장에서 그를 제거할 것을 결정하였다. 하지만 여기에서는 중요한 배신이 있었다. 그때까지 별 볼일 없이 한직에 있던 박정애가 이 사실을 동유럽 방문길에 올랐던 김일성에게 알린 것이다.

박정애는 1930년 김용범과 함께 평양 고무 공장 파업을 지도하였던 사람이다. 그녀는 이후 김용범과 함께 러시아 모스크바에 가 있으면서 결혼까지 하였다. 그리고 해방이 되자 나왔는데 김용범은 1945년 10월 10일 조선공산당 창건을 주도하기까지 하였다. 그러나 김용범은 평양 가루개(계월향이 자결한 곳)에서 암살당하였고 박정애도 별 볼일 없이 소련파의 한 사람으로 있었을 뿐이다. 그런데 그녀가 이 사실을 김일성에게 알린 것이다. 김일성은 갑자기 방문 일정을 줄이고 도중에 돌아왔다. 돌아오자마자 당 중앙위원회 전원회의를 열었다.

이 회의가 바로 1956년 8월 전원회의이다. 회의에서 김일성은 자기를 제거하려던 사람들을 가차 없이 숙청하였다. 최창익, 박창옥을 비롯하여 연안파 및 소련파 거두들을 모조리 숙청한 것이다.

이 숙청에서 제일 핵심적으로 이용한 사람들은 바로 만주파였다. 원래 1948년 9월 북한에서 조선민주주의인민공화국이 창립될 때의 첫 정권은 거의 모든 파들이 모여 연립정부 형식으로 나라를 세웠다. 만주파, 연안파, 소련파, 남로당파, 국내파 등 해외 여러 곳에서 항일을 하던 모든 공산주의 계열 세력들이 참석하여 정권을 세웠다.

그런데 여기서 만주파는 군부에서만 몇 자리 차지하였을 뿐 다른 많은 중요한 자리들은 차지하지 못했다. 그들 자신이 배운 것이 제일 미약했기 때문이다. 하지만 1952년 남로당을 숙청한 다음 1956년에는 이른바 8월 종파라 하여 최창익과 박창옥 등 연안파 및 소련파를 숙청했다. 그러나 이때에도 소련파, 연안파의 제일 위 거두들만 숙청했을 뿐 군부까지는 깨끗이 정리하지 못했다. 이것을 다시 1958년 3월까지 마저 숙청하였으니, 그 인원은 실로 수만 명이었다.

이로써 김일성은 1956년과 1958년에 걸쳐 만주파를 제외한 모든 좌익 계열 세력들을 깨끗이 정리하였다. 말 그대로 6.25전쟁에서도 주역을 담당했던 김웅, 방호산, 장평산 등 지휘관들 전부를 숙청한 것이다. 일제와 이승만 정부가 그토록 미워하던 조선인 공산주의자들을 김일성이 대신하여 깨끗하게 숙청해 버린 것이다.

그래서 말인데 사실 이승만 정부로서는 자기들이 그렇게도 미워하였던 남로당 출신과 6.25 북한 최고 공신들, 그들 대부분을 김일성이 대신 모조리 숙청하였으니, 무슨 국가무공훈장이라고 하나 줘야 하는 게 아닌가 하는 생각이 든다. 일제도 같다. 그들 자신이 그렇게도 미워하였던 사람들을 김일성이 대신 모조리 숙청하였으니 무슨 훈장을 줘야 하는 게 아닌가.

이러한 피의 숙청이 마무리되자 김일성은 이른바 '천리마운동'을 시작하였다. 스탈린이 내놓았던 '스타하노프운동'과 모택동이 내놓았던 '대약진운동'을 북한에 옮겨 놓은 것이다. 이 천리마운동은 나름대로 성과를 보았다. 이 시기 연 경제성장률이 17%에까지 육박하였으니

상당한 성과를 보았다고 해야 할 것이다.

하지만 그 고성장의 원인은 전쟁이 끝나면서 소련으로부터 10억 루블을 받았고, 또 중국으로부터 100억 위안, 그리고 몽골까지 포함한 동유럽 모든 사회주의나라들로부터 막대한 지원을 받았기 때문이다.

여기에 기초하여 김일성은 1961년 이른바 북한 노동당 제4차 대회를 소집하였다. 회의에서 김일성은 제1차 7개년 계획을 발표하면서 또 그를 수행하기 위한 6개 경제 건설목표들을 내놓았다. 그것이 바로 6개 경제건설고지 점령인데 알곡 5백만 톤, 강철 120만 톤, 수산물 80만 톤 등을 생산하는 것이었다. 하지만 이때로부터는 이미 소련과 중국이 지원해주던 약발이 점차 떨어져 가던 시기였다. 1960년대 중반에 이르러서도 제1차 7개년 계획 수행이 거의 불가능한 상태에 이르렀다. 그러던 1967년 2월 어느 날 대동강 반(강둑)에 있는 모란봉 특각에서였다.

벌써 날은 저물고 어둠이 깃들기 시작하여 이슥해졌지만 불도 켜지 않은 모란봉 초대소는 우중충하기만 하였다. 김일성은 자는지 눈을 뜨고 있는지 거실 안쪽에 놓인 소파에 깊이 몸을 묻고 있었다. 저쪽 어느 방에서인가. 피아노 치는 소리가 은은하게 들려왔다. 김일성도 잘 아는 러시아 노래였다.

새벽을 기다려 잠들은 이 밤
문 여닫는 소리도 없고
다만 들려오는 곳 그 어딘가
외로이 헤매는 손풍금

손풍금은 들판에 갔다 다시 오기만 하네
어둠속 그 누구를 찾아도
만날 도리가 없는가봐

김정일이다. 그때쯤에는 이미 대학을 졸업하고 벌써 몇 년째 당
중앙위원회 선전부 지도원으로 있으면서 무슨 영화 촬영소요 예술단
이요 부지런히 쏘다니던 중이었다. 밖에서 승용차 소리가 났다. 김일성
이 눈을 떴다.

"온 모양이군. 불을 켜지."

딸깍 불이 켜졌다. 소복을 입은 40대 여인이 그림자 같이 나타나
불을 켜고 사라졌다. 당 중앙위원회 조직 담당 부위원장이었던 박금철
이 온 것이다.

"어, 박 동무. 오느라고 수고했습니다."

김일성이 얼굴에 웃음을 짓고 일어섰다.

"이거 불이 꺼져 있기에 안 계신 줄 알았더니 있었구만요."

박금철이 역시 웃음을 지으며 김일성의 손을 잡아 흔들었다.

"허허. 사람을 만나자고 해 놓고 없으면 쓰나 아무튼 앉으라고 앉
소." 둘은 소파에 앉았다.

"수상 동무, 오늘은 도대체 무슨 바람이 불어서 이렇게 갑자기 찾은
겁니까?"

"무슨 바람이 불다니? 그럼 금철 동무는 정말 오늘이 무슨 날인지
모른다는 말이오?"

"예? 오늘이 무슨 날인데요?" 박금철이 여전히 영문을 몰라 어리둥
절해 물었다.

"챠, 이거 다른 사람은 몰라도 박 부위원장 동무야 무슨 날인지 알아야지!"

"예? 아니 그게 무슨 소립니까?"

박금철의 눈이 커졌다. 정말 그는 김일성이 무슨 사업 토의를 위해 찾은 줄 알고 왔던 것이다.

"오늘이 최채련 동무 생일이 아닙니까? 내 아무리 생각해봐도 이런 날에는 박 동무 혼자서 궁상을 떨며 집에서 잔을 기울이고 있을 것 같아 부른 거요."

"예?"

박금철은 이마를 쳤다. 바로 이 날이다. 몇 해 전에 사망한 그의 아내 최채련의 생일날이었던 것이다.

"아니, 어떻게 수상 동지가 이 날을 잊지 않고 있습니까? 정말 고맙습니다. 고맙습니다." 박금철이 감격하여 어쩔 줄을 몰라 했다.

박금철도 평생을 조국광복과 인민의 자유와 해방을 위해 싸웠다고 해도 과언이 아니다. 그는 이미 1920년대 중후반에 벌써 조선공산당 창건과 함께 신간회에 들어가 활동하였다. 그러다 일제의 탄압으로 조선공산당이 해체된 다음 같은 청년 공산주의자였던 박달과 함께 함경남도 갑산, 풍산 일대에서 조선민족해방동맹이라는 조직을 꾸렸다. 물론 비밀결사 조직이었다. 그리고 점점 활동을 넓혀 가던 중 김일성이 인솔한 동북항일연군 1로군 2군 6사(당시 군대 편제 명칭. * 항일연군은 철저히 중국 군대로 로군장, 군장, 사장, 퇀장(연대장), 영장, 련장, 패장, 반장 체계로 되어 있었다)가 장백 지구로 나왔다.

여기에 어느 날인가 6사 선전과장이었던 권영벽이 박달, 박금철을 찾아왔다. 그 일대에 '조국광복회' 지하 조직망을 꾸리기 위해서였다.

원래 이 조국광복회는 1935년 7월 모스크바에서 있은 제7차 국제공산당대회 결정에 의해 이루어졌다. 이 회의에서 국제적인 '반파쇼 인민전선'을 구축하는 문제가 제기되었던 것이다.

이 방침에 따라 국제 공산당 원동지부에서는 중국 동북지방에서 활동하는 항일연군들 중에서 조선인 공산주의자들로 조선에 새로운 반제민족해방통일전선 조직을 내오도록 한 것이다. 이에 따라 동북항일연군 제1로군에서 오성윤(전광)과 이홍광이 주축이 되어 이 사업을 추진하였다. 그런데 1로군에서도 1군에는 조선인 대원들이 적었고 상대적으로 2군에는 조선인 대원이 많았다. 따라서 오성윤, 이홍광이 주축이 된 "조국광복회"는 정작 1군보다 주로 2군에서 적극적으로 추진되었다.

박달과 박금철은 권영벽을 만났고 그해 11월 함께 몽강현 마당거우 밀영에 가서 김일성도 만났다. 거기서 이들은 김일성과 손을 잡은 것이다. 그리고 이듬해 6월 김일성이 이들의 도움을 받아 이른바 보천보 전투를 진행할 수 있었다. 그때 박달, 박금철의 도움이 없었더라면 사실 보천보 전투는 생각도 할 수 없었다. 그것으로 하여 김일성의 이름은 일약 조선일보와 동아일보에 도배질이 되었고 동북항일연군 안에서도 유명해졌다.

그런데 문제는 그다음이었다. 갑자기 생각지 않게 허를 찔린 일제는 당황하였다. 그리고 모든 역량을 총동원하여 동북항일연군에 대한 토벌을 강화하는 한편 그 배후를 추적하기 시작했다. 처음에는 아무것도 없는 듯했다. 하지만 어느 날인가 혜산경찰서 최경부라는 조선인 고등계형사가 장보러 나온 사람들을 잡아 문초하는 과정에서 수상한 사람들을 발견하였다. 그 꼬리를 잡은 것이다. 최경부가 그 꼬리를 놓치지 않고 집요하게 물고 늘어진 결과, 마침내 이 일대에 구축된 조국광복회 망 전부를 색출할 수 있게 되었다. 이것이 바로 1937년 10월에 있었던 이른바 '혜산 사건'이다.

장백현 도천리 일대에 조직되었던 조국광복회 조직은 말할 것도 없고, 갑산 풍산 일대에 조직되었던 조선민족해방동맹 조직까지 완전히 적발 피검되었다. 수천 명의 지하 조직원이 적발된 것이다. 여기서 주모 자들은 모두 서울 서대문 형무소로 이송되었다. 권영벽, 이동걸, 이제 순, 박달 등에게는 사형이 언도되고 박금철은 무기징역형이 내려졌다.

"그래, 그때 박 부위원장 동무가 서울 서대문 형무소에 갇혀 있을 때 최채련 동무가 두 번씩이나 순 보따리 장사로 노자를 벌면서 풍산에 서 서울까지 왔다 갔다지?" 김일성의 말이었다.

박금철은 다시 한번 감동했다. 사실 한때 그 일은 세상을 깜짝 놀라 게도 하였지만 세월의 흐름과 더불어 그걸 기억 하는 사람은 거의 없었 기 때문이다. 그런데 뜻밖에도 김일성이 알아주니 그보다 더 큰 감동이 어디 있으랴.

"그때 일을 생각하면 지금도 눈물이 납니다. 정말 우리 최채련 동무 는 그런 사람이었습니다."

"그런 동무를 먼저 보내다니 정말 아깝습니다."

김일성이 자기가 오히려 가슴 아픈 듯 얼굴을 돌리었다.

"그게 다 팔자인 걸 어떻게 하겠습니까? 아무튼 수상 동지 고맙습 니다."

"어쨌든 그래도 산 사람은 살아야지. 어, 거 뭐 준비됐으면 내오지." 김일성이 안쪽에 소리쳤다.

부관장이 나왔다.

"수령님, 뜨끈한 걸 그대로 드시려면 자리를 옮기는 게 어떻겠습니까?" 조심스럽게 하는 말이었다.

"그럼 그럴까? 박 동무, 내 워낙 술도 술이지만 박 동무가 개고기를 좋아한다고 해서 황구 한 마리를 푹 삶으라고 했소. 괜찮지?"

"그야 물론 괜찮고 말구요."

잠시 후 두 사람은 작은 방으로 옮겨 술상에 마주앉았다.

"박 동무, 우리 그때 보천보 전투를 멋있게 했다고 이야기들은 하지만 그것도 따지고 보면 박 동무네가 우리를 도와주지 않았더라면 어림이나 있었겠소? 자 한잔 들지."

둘은 가볍게 찧고 한잔 들었다.

"그거야 뭐 그땐 그저 무슨 일이 있더라도 조국광복부터 시키고 봐야겠다는 그 한 가지 생각뿐이었지요."

"그래 그렇지. 하지만 그 어려웠던 때에 그렇게 목숨까지 내걸고 조국광복을 이룩해보겠다는 사람이 어디 많았소?"

보천보 전투는 그때 박금철, 박달의 조선민족해방동맹 성원 수십 명이 정찰도 하고 전투 당일에는 거기에 동원하여 뒷바라지도 하였으니 가능했다.

"고맙습니다. 아무튼 그때 일을 아직까지도 잊지 않고 그렇게 말씀해주시니 정말 고맙습니다."

"고맙긴 …. 그 때문에 동무네는 또 얼마나 고생했소? 사람이 그런 일을 새까맣게 잊어버리면 안 되지 허허."

김일성이 호탕하게 웃었다. 박금철도 언제부터인가 김일성이 혼자 너무 오랫동안 독판친다 생각하였지만 이 순간만은 아니었다.

"자, 우리 이런 계란껍데기 같은 알 잔으로 하지 말고 아예 컵으로 하지."

김일성이 먼저 잔을 내려놓고 옆에 있던 컵에 술을 부었다.

"아니, 아니 최현 동무라면 몰라도 저야 어디 그렇게 술을 합니까?"

박금철이 기겁하며 자기 앞에 놓인 알 잔을 당겼다.

"하긴 그렇지, 그럼 박 동무는 알아서 하오. 난 나대로 하겠으니 말이오."

김일성은 마시던 술병을 박금철이 쪽으로 밀어 놓고 자기는 장에서 다른 술병을 꺼냈다.

"그래, 어떻소? 우리가 지난해 당 대표자대회를 한 다음 일부 사람들 속에서는 말들이 좀 있다고 하던데?" 김일성의 말이었다.

그 전 해에 있었던 경제건설과 국방건설을 병진시킨 데 대한 제2차 당 대표자대회를 말한다.

"원, 그거야 그저 해외에 나가 유학하고 돌아왔다는 놈들 속에서나 일부 말들이 있는 거지. 그런 것쯤은 한쪽 귀로 듣고 다른 쪽 귀로 흘려보내도 될 것입니다."

"그래, 무슨 말들이 있는데?" 김일성이 별치 않은 척하고 물었다.

"갑자기 별로 정세도 긴장하지 않는데 무슨 놈의 경제건설과 국방건설 병진인가, 제1차 7개년 계획을 제때에 못할 것 같으니 미리 방패막이를 하느라고 그런 걸 내놓았다고 말들을 하는 거지요."

"허허. 그 놈들 알긴 좀 뭘 아는 소리를 하는구만."

"뭐, 그래도 항일 노장들 속에서는 아직 아무 말 없습니다."

"그래, 원래 그 사람들이야 무식해서 제 이름자도 제대로 쓰지 못하는 인간들인데 무슨 말들을 하겠소. 자 한 잔 또 받으라고."

"아, 이건 전 정말 이렇게 못하는데 …"

"그래, 그러면서 또 뭐라 합디까?"

"그러면서 뭐 우리 경제도 이젠 규모가 어지간히 커졌기 때문에 지금 같은 방식으로 더는 발전하기 어렵다는 겁니다."

"그럼, 어떤 방식으로 발전시켜야 하는데?"

"그따위 젊은 놈들 말을 뭘 그리 깊이 새길 것이 있겠습니까. 우린 술이나 마십시다. 자 이번에는 제가 한 잔 붓지요."

박금철이 술병을 기울여 김일성의 잔에 채웠다. 그는 벌써 얼굴이 벌게졌다.

"그래, 오늘은 최채련 동무 생일인데 한 잔 하고 박 부위원장 동무도 집에 가서 푹 쉬라고."

김일성이 또 한 잔 쭉 들이켰다.

"하여간 수상 동지는 역시 술을 드는 것만 봐도 장군입니다."

"원, 별소릴 다 하오. 그래, 그 친구들은 어떤 방식으로 발전해야 한다고 하던데?"

"그놈들이 말하는 걸 들으면 이제 더 발전시키자면 체제는 사회주의 체제를 그대로 유지하더라도 경제 관리운영에서만은 자본주의적 방식을 받아들여야 한다는 거지요."

"경제 관리운영만은 자본주의적 방식을 받아들여야 한다? 그건 좀 위험한 생각 아닐까?"

"당연히 말도 안 되는 소리지요. 그러게 제가 이야기하지 않았습니까. 한쪽 귀로 듣고 다른 쪽 귀로 내보내라고 말입니다."

"그래, 그래 당연히 그래야겠지. 외국에 나가 공부한 놈들이라면 누구들인가?"

"아, 거 있잖습니까. 선전선동부장을 하는 김도만이며 또 국제부장을 하는 고혁이, 박용국이 뭐 그런 놈들이 하는 소리지요."

"가만 … 말이 나온 김에 거 김도만이는 뭐 내가 혁명전통 교양의 폭을 넓히라고 했더니 정다산의 『목민심서』까지 간부들한테 필독문헌으로 내려 보냈다면서?"

"예, 그런 일이 있었지요. 내 그래서 김도만이한테 한번 단단히 일러준다는 게 아직 이래저래 말하지는 못했습니다."

"그래, 그런 건 제때에 깨우쳐 줘야겠소. 그런 문제들을 깨우쳐 주자고 이번에 우리가 당 중앙위원회 전원회의를 하자고 하는데 박 부위원장 동무 생각은 어떻소?" 김일성은 슬쩍 박금철의 의향을 떠 보았다.

"그런 문제라면 한번 제때에 깨우쳐 줄 필요가 있겠지요. 알겠습니다. 제가 회의를 준비하지요."

그때까지도 박금철은 아직 김일성의 진짜 의중을 몰랐다.

"그래서 말인데 이왕 회의를 열 바에는 배가 산꼭대기로 올라가지 않도록 미리 대책을 취해야 하지 않겠는가 하는 생각도 드는데?"

"예? 그건 또 무슨 말인지?" 박금철은 김일성의 의중을 몰라 머뭇거리었다.

"한마디로 말하면 그 뭐라고 할까? 이제부터는 확고하게 당의 유일사상체계를 세워야 하지 않겠는가 하는 거요."

"당의 유일사상체계라면?"

"다시 말하면 우리 당의 사상과 어긋나는 온갖 불건전한 사상은 아예 발을 붙일 수 없게 모든 것은 당의 유일적 지시에 의해 움직여야 한다는 거요."

"아니, 그럼?" 박금철이 갑자기 말을 멈추었다.

"왜 어려울 것 같소? 다시 이야기하지만 앞으로 당 내에서 일체 그런 잡소리가 나오지 않게 하자면 당이라는 것도 하나의 사상 의지대로 움직여야 할 것 같단 말이오." 김일성이 정색을 하고 하는 말이었다.

"아니, 그렇지만 지금까지도 거의 모든 사업이 수상 동지 의도대로 하는데 이제 와서 갑자기 다시 당의 유일적 영도 체계를 세울 필요가 있겠습니까?"

"그래도 더욱 철저하게 당의 유일적 지시에 의해 모든 사업이 움직이게 되면 적어도 이번 일 같은 건 없지 않겠는가 해서 하는 소리요."

"아닙니다. 그렇지 않아도 지금 우리는 당 내에서조차 민주주의가 없다고 말들이 많은데 여기서 더구나 모든 걸 한 사람에게 집중시키면 그건 독재라는 말밖에 들을 게 없습니다."

"그래? 하긴 그럴 수도 있지. 그럼 그건 없던 일로 합시다."

그 이후에도 둘은 한동안 더 술을 마시었다. 얼마 후 박금철이 돌아갔다. 저쪽 방문이 열리며 김정일이 나왔다. 방금 전까지 혀 꼬부라진 소리를 하는 것 같던 김일성인데 언제 그렇게 마셨던가 싶다. 어디에다 전화를 걸고 있었다.

"그 사람에 대한 일체 자료를 묶어 오란 말이야. 왜 내가 지난번에 듣자 하니 저희 죽은 여편네를 내세우기 위해 뭐 '일편단심'이라는 연극까지 만들어 공연하게 했다면서? 아니 그뿐이 아니지. 또 검덕광산에 가서는 뭐라 했다고 하더라? 아무튼 샅샅이 캐서 자료를 묶어 오란 말이야. 알았지?"

김일성은 전화를 끊었다. 그리고 화가 난 듯 저쪽 창문가에 가서 어두운 창문 밖을 쏘아보고 있었다. 김정일은 깜짝 놀랐다. 여편네를 내세우기 위해 '일편단심'이라는 연극을 만들었다면 그건 박금철이다.

방금 전까지 그렇게도 다정하게 이야기를 하는 것 같더니 되박(아버지를 비하해서 하는 말)이 무엇 때문에 그렇게 화가 났는지 알 수가 없었다.

"아버지, 괜찮습니까?" 그래도 걱정되어 김정일이 물었다.

"괜찮긴 뭐가 괜찮아? 치워!"

김일성이 장에서 술 한 병을 꺼내 들고 문을 꽝 닫고 저쪽 방으로 들어갔다. 김정일이 두리번거리다 김일성이 마시다 남긴 술 컵이 보였다. 김정일이 그 컵을 들어 날름 혀를 대보았다. 그의 얼굴에 깜짝 놀란 빛이 나타났다. 그것은 술이 아니라 물이었던 것이다.

하지만 이 날 박금철은 여기서 무슨 일이 일어났는지 알지도 못한 채 집으로 갔을 뿐이다.

3
원산 문암 해수욕장

     푸르다. 끝없이 맑고 푸르다. 멀리 아스라하게 보이는 신도, 갈도, 무도쪽 하늘에 흰 구름 한 송이 곱게 떠 있는가 싶더니 그도 어디론가 숨어 버리고 온 하늘 어디를 보아도 맑고 푸르기만 하다. 호도반도 끝자락에서 고깃배 한 척이 통통거리며 나오는가 싶더니 그도 어디론가 사라지고 넓은 영흥만에는 가랑잎 하나 보이지 않는다.

     "잡았다!"

     경희가 앉아 있는 쪽에서 또다시 환성이 터져 나왔다. 방울 굴러가는 듯한 웃음소리, 벌써 네 번째다. 경희가 손바닥만한 가자미 한 마리를 또 낚아 올린 것이다.

"잘 낚네!" 이쪽에 앉아 여태 한 마리도 낚지 못하고 있던 전혁이 어쭙게 머리를 긁적거리며 하는 말이었다.

"아이, 도대체 뭐하는 거예요? 전 벌써 네 마리나 잡았는데."

"글쎄 말입니다. 이쪽은 고기가 없는 모양인가?"

"아무튼 전혁 오빠도 저녁에는 아무것도 없는 줄 아세요. 호호."

경희는 또다시 맑은 웃음을 터뜨렸다. 저녁엔 낮에 잡은 고기를 가지고 매운탕을 끓이기로 약속했던 것이다.

"그런데 우리 오빠, 어디로 갔어요?" 경희가 묻는 말이다.

얼마 전까지 저쪽에서 낚시가 물리지 않는다고 투덜거리던 김정일이 요트를 뽑아 어디론가 가는 것을 보았기 때문이다.

"글쎄? 잘 모르긴 하지만 혹시 원산 국제호텔로 나가지 않았을까요?" 전혁의 대답이었다.

"원산 국제호텔에는 왜요?"

"아까 가지고 나왔던 맥주는 모두 미적지근해져 말 오줌 같다고 하더니 …." 전혁이 김정일이 사라진 원산항 쪽을 바라보며 하는 말이었다.

원래 이번에 여기 원산으로 놀러 나오자고 한 것은 정일이었다. 정일은 2년째 소련 모스크바에 가서 프룬제 군사대학에 다니는 전혁이 방학을 맞았다고 귀국하자, 아버지 김일성에게 이야기를 해서 이곳에 놀러오게 됐던 것이다. 아니 그것도 그렇지만 기본은 지난번에 경희를 화나게 해서 집을 나가게 했던 일이 마음에 걸려 그랬는지도 모른다. 그 일이 아버지한테 전해지지 않았으니 망정이지 무슨 봉변을 당할지 모를 뻔했다.

아들 정일보다 경희 말이라면 무엇이든 다 들어주는 김일성이고 보면 얼마든지 그럴 수 있는 일이니까. 하여간 그 일 때문에 호위국은 말할 것도 없고 평양시 안전국도 아예 혼쭐을 뺐다. 온 평양시를 이 잡듯 뒤졌는데도 찾지 못하자 나중에는 혹시 남조선놈들이 와서 몰래 납치한 게 아닌가 하는 의심까지 했다. 그래서 나중에는 김일성에게 보고하니 마니 하는 와중에 경희가 나타났다.

호위국도, 평양시 안전국도 긴 숨을 내쉬었다. 그래서 이번에 정일이 경희까지 데리고 원산으로 내려왔다. 그래도 김일성이 당 중앙위원회 정치위원급만 들 수 있는 문암리 특각은 허락하지 않았다. 그 앞에 있는 새로 건설한 배나무골 국제호텔에 들게 하였던 것이다.

이날 아침에 김정일이 함께 내려온 부관장에게 주변에서 낚시 잘 되는 곳을 알아보게 하였다. 그랬더니 부관장이 두루 알아본 끝에 여기 호도반도 끝자락 손돌목이란 곳이 바다낚시가 제일 잘된다고 하였다.

1945년 8.15 때 소련군 구축함이 일본군 기뢰에 맞아 침몰한 곳인데 그래서 그런지 가자미 낚시가 기가 막히게 잘된다는 것이다. 하지만 워낙 무슨 일이든 끈기 있게 하지 못하는 김정일이다 보니 얼마간 낚싯줄을 드리우고 앉아 있다가 금방 자리를 뜨고 말았다.

"전혁 오빠, 왜 전에 없이 이번에 와서는 저한테 예입말(존댓말)을 쓰는 거예요?" 경희는 방글방글 웃으며 물었다.

"그야 뭐, 이젠 저도 그렇고 또 경희 동지도 대학생까지 되었는데 전처럼 대할 수야 없지 않겠습니까?"

"아니, 대학생이 된 게 뭐가 어때서 그래요? 왜 집에서 그렇게 시킨 거예요?"

"아니, 아무튼 이젠 이렇게 하는 게 옳을 것 같아서 그러는 겁니다."

전혁은 경희보다 두 살 더 많았다. 그리고 그는 지금 호위사령관을 하는 전문섭의 큰아들이었다. 전문섭이 호위사령관을 하기 전에도 경희네와는 오래전부터 한 동네에서 살았다. 그러다 보니 어려서부터 같이 자라며 경희와 전혁은 노상 야자하던 사이다. 특히 자상한 오빠가 없었던 경희로서는 전혁을 친오빠같이 따랐고 전혁도 경희를 친동생같이 사랑했다.

언제인가 김일성까지도 이들 둘이 소꿉장난질을 하는 걸 보고 그와 전문섭이 사돈될 팔자가 아닌지 모르겠다고 하였다. 물론 농담으로 한 말이지만 전문섭이 싫어할 리 없었다. 원래 전문섭은 항일연군 1로군 2군 6사 출신이지만 백학림, 이오송, 최인덕 등과는 달랐다. 그들은 모두 동만주에서 근거지가 해산되면서부터 쫓아왔지만 전문섭은 아니다. 그는 김일성의 부대가 장백으로 나오면서 항일연군에 입대하였다. 그리고 1964년까지 전연(휴전선 지대의 북한 표현) 어느 부대에서 군단장을 하였다.

그러다 그때 정세가 긴장하다고 호위사령관을 하던 오백룡을 전연에 내보내고 그 대신 전문섭이 호위총국장으로 왔다. 그때는 사실 호위총국 무력이 그리 크지도 않았다. 정규 무력이라고 해야 기껏 탱크 1개 연대, 그리고 근접 경호무력으로 1, 2, 3대대, 순 장교들로만 구성된 1, 2호위부 그것이 전부였다. 그래서 전문섭이 호위국장으로 왔는데 1967년 인도네시아에서 '9월 30일 사건'이 일어났다.

전 인도네시아 공산당 지도자 아이디트가 군사정변을 일으켰던 것이다. 하지만 그 군사정변이 수하르토에 의해 여지없이 진압되고 아이디트를 비롯한 공산당 정변 지도자들이 가차 없이 색출 처형되었다. 김일성은 화들짝 놀라지 않을 수 없었다. 황급히 호위무력을 확장하기 시작했다.

내무성 제1국으로 있었던 호위총국을 그에서 분리하여 따로 내오게 하는 한편, 그 산하에 평양시 방어사령부, 평양시 경비사령부까지 새로 내오게 하였다. 정규 사단만 하여도 52사, 56사 등 두 개 사단에 기계화부대도 대폭 늘렸다.

여기서 평양시 경비사령부는 평양시로 접근하는 외곽도로 일체를 차단하고 그 어떤 군부대의 접근도 허용하지 않았으며 민간인까지도 엄단하게 하였다. 또 평양시 방어사령부(지금은 91훈련소)에는 산하에 몇 개의 정규 사단까지 배속시켜 그 어떤 반란 부대도 근접할 수 없게 하였다. 말 그대로 1947년 겨우 한 개 중대로 조직되었던 정부 호위국 백두산 호위처는 집단군 무력 이상으로 장성한 것이다.

그리고 호위총국장도 호위사령관으로 승격시키었다. 그에 따라 전문섭도 자기 위치가 그 정도로 올라갔으니 아들 전혁을 모스크바 프룬제 군사대학으로 보내는 것쯤은 문제도 아니었다. 그래서 전혁이 2년 전에 모스크바 프룬제 군사대학에 갔던 것이다.

그 자신은 원래 의과를 좋아하였으나 아버지 전문섭이 자기 집안에는 의사 나부랭이가 필요 없다고 하였다. 그리고 군사학을 전공하여 자기 뒤를 이으라고 그를 프룬제 군사대학에 보낸 것이다. 그런 전혁이 이번에 방학을 맞아 나왔다. 김정일은 그것을 알고 여기로 데려온 것이다. 영란이도 왔다. 그녀도 김정일이 데리고 왔다. 그런 전혁이고 보니 경희로서도 싫을 리가 없었다. 아니 싫을 리 없을 정도가 아니라 오히려 반기기까지 하였다.

더구나 전혁을 오랜만에 만나고 보니 키도 주먹 한 개는 더 큰 것 같고, 자기 아버지 전문섭과는 달리 어깨도 떡 벌어지고 얼굴도 훤한 것이 완전히 남자가 되어 버렸던 것이다. 경희도 마음속으로부터 기뻤다. 그런데 뜻밖에도 전혁이 이번에 만나자 경희에게 예입말을 쓰는 것이다. 경희는 옹색하고 불편했다. 그래서 그러지 말라고 하니 전혁은 오히려 이젠 그렇게 해야 한다는 것이었다.

"그래도 전 그냥 전처럼 대해줬으면 좋겠는데."
"아닙니다. 사람은 어떻게든 성장하게 되었고, 성장했으면 그에 따라 말씨도 달라져야 한다고 했습니다." 전혁의 어머니 말이었다.

그의 어머니는 서울 여자로 6.25 때 북에 들어왔다. 원래 가문이 양반가여서 그런지 자식교육도 철저했다. 누구든 절대 도에 어긋나지 않게 하는 것이 그 어머니의 자식교육 방식이었다.

"방학이 끝나면 다시 모스크바에 가는 거예요?" 경희가 물었다.
"아직 잘 모르겠습니다. 아버님 말씀이 그 잘난 수정주의 나라에서 뭘 배울 게 있다고 가겠는가, 여기 평양에도 좋은 군사학교가 있는데 차라리 거기서 공부하라고 하더군요. 아직 어떻게 될지 잘 모르겠습니다."

"아이, 옹색해라. 전혁 오빠 그렇게 말하지 말아요." 경희는 해맑은 얼굴에 웃음을 띠며 말했다.

말은 그렇게 하였어도 경희는 어쩐지 떠나가는 소녀시절을 보는 것 같아 마음이 서글펐다. 처음에는 집안에서 평일, 경진 등 배 다른 동생들만 그러는 것 같았다. 그런데 얼마 전부터는 집안 식모들이며 침모들, 그리고 정원사 아저씨까지 자기를 대하는 게 전같지 않았다.

그렇게 대해주는 것이 싫지는 않지만 좋은 것도 아니었다. 이젠 그 친오빠 같던 전혁까지 달라진 것이다. 마음 한구석에 이름 못할

3. 원산 문암 해수욕장

애수가 짜 하였다.

"전혁 오빠, 저기 오는 게 울 오빠 아니에요?"

경희가 갑자기 저쪽 원산 쪽을 가리켰다. 원산항 장덕 섬을 지나 하얀 물보라를 일구며 요트 한 척이 살같이 달려오고 있었다.

"맞는 것 같군요."

하긴 이 영홍만에 그런 요트가 또 있을 리 없었다.

곧추 이들을 향해 오는 것 같았다. 멀지 않게 이들의 경호를 위해 나와 있던 해군 경비정이 다가왔다. 정치위원이 이들이 탄 요트로 넘어왔다. 그 사이 어떻게 된 일인지 이들을 향해 곧추 오던 요트가 갑자기 신도 쪽으로 꺾는 것 같았다. 그 앞 멀지 않은 곳에 웬 어선이 어기적거리고 있는 것 같은데 그쪽으로 가는 것이었다.

"저건 원산 해녀사업소 배가 아닌데?" 경비정에서 이쪽으로 넘어온 고암 해군기지 정치위원이 하는 말이었다. 벌써 귀밑머리가 희슥희슥한 대좌였다.

"뭐라고요? 그럼 여기 해녀사업소가 있다는 말이에요?" 경희가 묻는 말이었다.

"예, 있지요. 하지만 저 배는 원산 해녀사업소 배가 아닌 것 같단 말입니다." 정치위원이 걱정스런 목소리로 말하였다.

그러거나 말거나 김정일이 탄 요트는 마치 그 배를 삼키기라도 할 듯 돌진하여 들어갔다. 하지만 바로 그 앞에서 갑자기 키를 돌려 옆으로 빠졌다. 멀리서도 하얀 파도가 금방 덮칠 듯 어선으로 몰려드는 것이 보였다. 어선이 파도에 금방 뒤집힐 것같이 요동쳤으나 다행히 뒤집히지는 않았다.

"아이 참, 오빠도 무슨 장난을 저렇게 하는 거예요?"

경희가 못마땅하여 혀를 차는데 비록 거리가 멀어 보이지는 않았지만 그렇게 하고 쾌감에 젖어 활짝 웃는 김정일의 모습이 보이는 것 같았다. 어선에서 세 사람이 나와 멀리 물러가는 하얀 요트를 가리키며 뭐라고 말하는 것 같았다. 그리고 닻을 올리고 뭔가를 손질하는 것 같더니 갑자기 그 배가 김정일이 탄 요트를 쫓아오기 시작했다.

이런! 처음에는 애초에 공연한 일이라 생각했다. 하지만 아니었다. 갑자기 그 검은 배가 몸체를 부르르 떨며 무서운 속도로 쫓아오기 시작했다.

"호랑이 수염을 건드렸군, 허허 참!" 고암 해군기지 정치위원이 혀를 쯧쯧 차는 것이었다.

뒤늦게 김정일이 탄 하얀 요트 뒤를 쫓아오는 '고깃배'를 발견하고 정신없이 줄행랑을 쳤다. 하지만 어림도 없었다. 그 볼품없는 고깃배가 점점 더 속도를 내기 시작하는데 정말이지 나는 것 같았다. 하얀 요트가 아무리 도망치느라 발버둥치지만 거리는 순간순간 줄어들었다. 거의 다 따라잡혔다고 생각될 무렵이었다. 갑자기 볼품없는 그 고깃배가 확 키를 꺾어 한쪽으로 물러났다. 꼭 아까 김정일이 하던 본때 그대로였다. 엄청난 물보라가 하얀 요트에 덮씌우고 요트는 그대로 침몰되고 마는 것 같았다. 볼품없는 고깃배는 뒤도 돌아보지 않고 멀어져갔다.

"저 배, 저거 웬 배예요?" 경희가 놀라워하며 물었다.

"글쎄, 내 어쩐지 작전부 배 같다 했더니 ….." 정치위원의 말이었다.

"작전부 배라니요?"

"대남 공작원들이 쓰는 배 있지 않습니까? 겉으로 보기에는 고깃배 같지만 일단 속도를 냈다 하면 우리 어뢰정도 못 따라갑니다." 정치위원이 알지 못할 웃음을 지으며 하는 말이었다.

잠시 후 하얀 요트와 함께 김정일이 나타났다. 완전히 물에 빠진 생쥐 꼴이었다.

"그것 봐요, 뛰는 놈 위에 나는 놈 있다는 얘길 못 들었어요? 제가 그만큼 그러지 말라는데도 듣지 않고 그러더니." 함께 원산 국제호텔에 나갔던 영란이 눈을 흘기며 말했다.

"개새끼! 저 배 어디 밴지 알아둬야겠어." 김정일이 얼굴을 훔치며 말했다.

"어디 배면 어떻게 할 건데요? 잘못하기는 오빠가 먼저 잘못했잖아요." 경희가 말하였다.

"홍! 잘못이야 누가 먼저 했든 개새끼들, 어디 가만두나 보자." 김정일이 화가 나서 모주 먹은 돼지같이 푸르럭거렸으나 거기서는 어쩔 방도가 없었다.

이날 저녁이었다. 배나무골 특각 바닷가에 이들 넷이 마주 앉았다. 참으로 화려한 저녁이었다. 김정일과 한영란, 그리고 전혁과 김경희가 앉았다. 낮에 이어 밤바다도 조용하기 그지없었다. 멀리 원산항 장덕섬에 있는 등대만 도깨비불같이 껌뻑껌뻑 졸고 있을 뿐이었다.

"전혁이 너, 이번에 나왔다 모스크바에 다시 안 들어갈 수도 있단 말이지?" 김정일이 입을 열었다.

"글쎄, 정확한 건 이제 두고 봐야겠지만 아버지 말씀이 여기서 군사대학 다니는 게 좋지 않겠는가 해서 생각 중입니다."

"생각은 무슨 생각, 그럼 가지 말고 여기서 육군대학(김일성 군사대학 전신)이나 다녀."

"그래요, 전혁 오빠. 어차피 모스크바에 가서 대학을 다녔어도 결

비운의 남자 장성택 1

국은 다시 평양으로 나올 게 아니에요. 이왕 나온 김에 가지 말아요. 여기 경희도 있잖아요." 한영란의 말이었다.

"얘도 참! 그게 내가 여기 있는 거 하고 무슨 상관인데?" 경희가 갑자기 얼굴이 빨개지며 말하였다.

"어머, 속으로는 전혁 오빠 가지 말았으면 하면서도 엉큼하긴. 호호 …." 영란이 내숭을 떠는 경희가 오히려 재미나다는 듯이 웃어댔다.

"그건 다 농담이고 어차피 이제 우리 '되박(아버지를 비하해서 하는 말)'들 세상은 가고 머지않아 우리들 세상이 온다는 건 알아야 된단 말이야." 김정일이 말하였다.

"그러면 전혁이 너도 소련에 가서 군사 지휘관을 할 건 아니잖아."

"그야 그렇겠지요." 영란의 말에 전혁도 덩달아 얼굴을 붉히며 하는 말이었다.

"그럼 넌 여기서 너의 아버지 뒤를 이어 내 밑에서 호위사령관을 하란 말이야." 김정일이 농 비슷하게 말하였지만 진짜 농 같지는 않았다.

"자 아무튼 한잔 하자고!"

김정일이 또 돌아가면서 한 잔씩 부었다.

"아이, 그럼 저희들은 뭘 하는데요?" 한영란이 물었다.

"여자들이 하긴 뭘 해? 그저 집에서 가마뚜껑 운전이나 하면 되지. 자 한 잔 들어." 정일이 먼저 잔에 부은 맥주를 한 잔 쭉 들이키면서 하는 말이다.

"경희야, 너와 난 가마뚜껑 운전만 하면 된다니까 지금부터 그 준비나 해야겠구나. 한 잔 들어." 영란도 한 잔 쭉 들었다.

"얘도 참, … 난 원래 맥주니 술이니 일체 하지 못하는 걸 너도 알지 않니?" 경희는 잔만 가볍게 들었다 놓았다. 정일이 끼어들었다.

"경희야, 그러지 말고 오늘은 너도 좀 들어. 또 알겠니? 앞으로 네가 정말 호위사령관 부인이 될지 말이야. 히히."

"아이 참, 오빠도 무슨 농담을 그렇게 해요. 그런 쓸데없는 소리는 하지 말고 맥주나 들어요." 경희는 더 두고 보다가는 오빠 입에서 무슨 소리가 나올지 몰라 미리 입막음을 했다.

"호호. 그럼 경희는 호위사령관 부인이 되고 난 뭘 하는 거니?" 영란이 물었다.

"그야 영란이 네가 어떻게 하는가에 달렸지. 잘 하면 최고사령관의 부인이 될 수도 있고. 히히 …." 정일이 또 농담처럼 웃으며 한마디 하였다.

"어머! 아이 어떻게 그런 말을 …." 단박에 영란의 얼굴이 빨개졌다. 하지만 마냥 싫은 기색은 아니었다.

다른 사람들은 몰라도 경희만은 잘 알고 있었다. 영란이 꽤 오래 전부터 오빠 김정일에 대해 남다른 감정을 가지고 있었던 것이다. 경희는 어쩐지 그게 꼭 섶 지고 불에 뛰어드는 것 같은 느낌이 들었다. 하지만 그렇다고 딱히 무어라 찍어 말할 것도 없고 그래서 차일피일 오늘까지 말하지 않은 것이다.

"됐어. 그건 다 농담이고, 자 오늘은 맥주나 실컷 마시자." 정일이 또 한 잔씩 부었다.

"정일 오빠는 이번에 중앙당 보조지도원도 거치지 않고 단번에 선전부 지도원이 됐다면서요?" 영란이 물었다.

"흥! 그깟 선전부 지도원이 뭔데? 그건 그저 잠시 머물렀다 가는 도중 역일 뿐이야." 김정일이 콧방귀를 뀌었다.

"어머 무섭다. 중앙당 선전부 지도원도 성이 안 차면 도대체 뭘 해야 성이 찰 건데요?" 영란이 지레 겁난 것처럼 너스레를 떨었다.

"아무튼 이제 조만간 위에서 태풍이 불어 닥칠 거야." 김정일이 말하였다. 얼마 전 아버지가 했던 말들이 생각이 나서였다.

"태풍? 무슨 태풍?" 영란이 물었다.

"그건 이제 두고 보면 알게 돼."

"태풍이 불겠으면 불고 말겠으면 말고 전 그저 이대로가 좋아요." 영란이 또 한 잔 들이키며 말하였다.

그러다 보니 영란이 꽤 취한 것 같았다. 해롱해롱 몸도 제대로 가누지 못했다. 아무튼 넷은 부어라 마셔라 밤이 꽤 깊어서야 자리를 파했다.

경희가 침실에 올라오니 호실 관리원이 그의 자리는 다른 곳에 봐뒀다고 했다. 낮에는 영란과 한 방을 쓰게 했는데 뭔가 달라진 모양이었다. 경희는 너무도 피곤한 김에 시비걸 생각도 못하고 관리원이 안내해준 방으로 갔다. 그리고 자리에 눕기 바쁘게 죽은 듯이 잠에 곯아떨어지고 말았다.

그런데 한밤중이었다. 누가 급히 문을 두드리기에 일어났더니 영란이 울며 들어온 것이다. 옷 주제며 머리 모양새도 말이 아니었다. 경희가 깜짝 놀라 왜 그러는가 물어도 영란은 대답도 하지 않았다. 그저 한쪽에 앉아 슬피 울기만 할 뿐이었다.

경희는 뭔가 짚이는 것이 있었지만 그렇다고 영란도 말하지 않는데 먼저 아는 척할 수는 없었다. 어쩌면? 어쩌면? 오빠 정일이 모습이 이상하게 나타나 어두운 저쪽 벽에 퍼덕이는 것 같았다. 영란이 한참이나 혼자 울더니 올 때처럼 갑자기 나가버리고 말았다.

아침이다. 경희는 가볍게 화장까지 하고 식당으로 내려갔다. 그런데 웬일인가. 적어도 오빠나 영란은 늦게 내려오거나 오지 않을 줄 알았다. 하지만 오빠는 태연한 기색으로 먼저 내려와 앉아 있고 얼마 후 영란도 내려왔다. 영란이 얼굴이 벌겋게 달아 있을 뿐 아무 일도 없었던 것 같다. 꿈을 꾼 건가? 경희는 자신을 의심하지 않을 수 없었다.

4

시골뜨기 젊은이

성택이 월봉산에 올랐을 때는 벌써 해가 장바 두어 켤레밖에(얼마 남지 않았다는 함경도식 표현) 남지 않은 다음이었다. 시간이 없었다. 소 주인이 어디 가서 늦게 오는 통에 겨우 그때에야 빌릴 수 있었던 것이다.

그간 볕이 좋아 지난번에 올라와 급히 해 놓고 내려간 풋나무가 잘 말랐다. 달구지에서 소를 벗겨 한쪽에 매 놓고 부지런히 나뭇단들을 묶기 시작했다. 마침 한창 쓰기 좋게 자란 칡이 있으니 어려울 것도 없었다. 와락와락 풋나무들을 걷어 단들을 묶어놓는데 갑자기 팔 언저리가 따끔하였다. 솔쐐기 벌레한테 쏘인 모양이다. 빨갛게 부어올랐다. 성택이 손에 침을 묻혀 바르고 다시 나뭇단들을 묶기 시작했다.

한참 묶다 보니 등줄기에 땀이 흘렀다. 얼추 나뭇단들을 다 묶어 놓았으니 한 숨 쉬고 달구지에 싣고 내려가기만 하면 되었다. 소나무 그늘에 앉았다. 괴춤을 뒤져 담배쌈지를 꺼냈다. 배운 지 얼마 되지도 않은 담배다. 그래도 남들 보지 않을 때 한 대씩 척 말아 물면 마치 당장 어른이 된 것 같아 기분이 흐뭇했다.

산 중턱을 지나 아래쪽으로 철길이 보였다. 성택은 문득 뒷동네 최판단 영감한테서 들은 이야기가 생각났다.

이 철길을 놓을 때 이야기다. 무산광산의 철광을 실어 내기 위해 일본놈들이 철길을 놓았다. 그때 거기에 와서 일하던 일본놈들 중 어떤 놈이 집에서 수탉을 잡으려다 놓쳤던 모양이다. 그런데 이 일본 인은 이상하게도 닭을 산 채로 털을 뽑다가 놓쳤다고 한다. 그 놈 다 먹게 된 것을 놓쳤으니 얼마나 황당하였겠는가. 그래서 이집 저집 다니며 닭을 찾기 시작했다. 그런데 그 놈 말이 영 가관이었다.

"옥상, 계란의 아버지, 발가벗고 당신네 집에 오지 않았소까?"

처음에 사람들은 그 말뜻이 뭔지 몰라 어안이 벙벙했다. 하지만 한참 생각해보니 정말이지 허리를 끌어안고 웃지 않을 수 없었다. '계란의 아버지' 그러니까 수탉을 말하는데 털을 뽑다 놓쳤으니 발가벗고 그의 집에 오지 않았는가 하는 것이었다. 그다음부터는 이 동네에서는 수탉만 보면 '계란의 아버지'라고 불렀다고 한다.

멀리 산 아래로 까만 승용차 한 대가 마을 쪽으로 접어들고 있는 것이 보였다.

"우리 동네로 어느 간부가 오는 모양이네?"

워낙 크지 않은 동네이다 보니 누구네 집에서 고양이 새끼 난 것까지 금방 소문이 쫙 퍼졌다. 오랜만에 하루 쉬는 날이라 성택이 혼자 사는 정순 어머니네 땔나무를 실어다 주기 위해 올라왔다. 정말이지 그 어머니는 너무 좋은 분이었다. 전쟁 중 폭격에 가족을 잃고 혼자 사는 분 같다. 그래도 얼마 전까지는 가까이 있는 부령 야금 공장 공무 직장에서 선반도 돌렸다는데 근간에는 전쟁 때 다쳤다는 허리증이 도져서 밖의 일은 하지 못했다.

그래도 성택을 꼭 자기 친아들같이 대해주고 뭐라도 색다른 음식이 생기면 먼저 들고 나오곤 하였다. 성택도 어렸을 때에는 제법 그 집을 자기집처럼 다니었다. 가끔씩 동네 아이들과 같이 가기도 했지만 때로는 혼자 그 어머니 무릎을 베고 자는 일도 있었다. 그러다 보니 그 어머니가 자기 또래 다른 어머니들과는 달리 "혁명가"를 많이 부르는 것을 알게 되었다.

남북만주 설한풍 휩쓰는 산중에
결심 품고 떠다니는 우리 혁명군
천신만고 모두 다 달게 여기며
피와 눈물 흘린 자가 그 얼마이냐

지친 다리 끌고서 보보 행진코
주린 배를 움켜잡고 힘을 돋군다
무정하다 세월은 흘러가는데
목적하는 혁명승리 언제 이룰까

4. 시골뜨기 젊은이

'혁명군의 노래'라는 것이었다.

이 노래뿐이 아니다. '최정학가', '망향가', '간도 토벌가', '끓는 피는 더욱 끓어', '자유가' 등 그때까지 북한 사회에는 거의 알려지지도 않았던 혁명가들을 많이 알고 있었다. 그런 분이었기에 성택이네도 무심하지는 않았다. 이날만 해도 오랜만에 공장에서 하루 쉬는 날인데 정순 어머니네 땔나무가 떨어져 가는 것 같아 실으러 왔던 것이다.

성택은 주섬주섬 나뭇단들을 모아 싣기 시작했다. 얼마 전에 김일성종합대학에 올라가 시험은 보았지만 애초에 붙을 생각은 하지도 않았다. 그래서 내려오자마자 군 노동부에 가서 야금 공장 배치장을 받았고 그날부터 일하고 있었다. 빨리 내려가야 할 것 같다.

이날 저녁 공장에서 또 예술선전대 공연이 있다던 생각이 났다. 그는 원래 공장에 들어가면서 예술선전대 대원이 되었다. 그가 들어가겠다고 해서가 아니라 공장에 배치되기 바쁘게 공장 예술선전대장이 직접 찾아왔다. 그의 손풍금 실력은 이미 학교 다닐 때부터 소문이 났기 때문이다. 별치 않게 배우기 시작한 손풍금이 그렇게 인기 있을 줄은 생각도 못했다.

벌써 10여 년 전 일이다. 평양에 살다 추방되어 내려온 박명길이라는 사람이 있었다. 소련 카자흐스탄인지 어딘지에서 살았다는 사람이다. 젊었을 때에는 소련 붉은군대에까지 나가 군복무를 하였다고 한다. 그리고 한때는 알마아티인지 어딘지 고려인 중학교 음악교사를 지냈다고도 했다. 그런 사람이 어떻게 조국으로 돌아왔는데 처음에는 평양에서 살기도 했다. 그러다 어떻게 그의 오촌인가 6촌인가 전쟁 때 월남한 것이 밝혀져 부령으로 추방 내려왔다는 것이다.

그가 부령 야금 공장 배전부에 배치받았다. 기막히게 성실한 사람이었다. 가족 모두 추방되어 내려왔지만 일이 끝나고 집에 돌아오면 별로 할 일은 없다. 워낙 콧구멍만 한 마을이다 보니 어디 나갈 곳도 없고 놀러갈 곳도 없었다. 그래서 소련에서부터 가지고 왔다는 헌 아코디언과 씨름하는 것이 그 사람 일의 전부였다. 거기에 성택이 빠진 것이다. 처음에는 그저 동네 애들과 함께 구경이나 다녔는데 어쩌다 보니 거기 완전히 빠지기 시작한 것이다. 매일 저녁 구경가기도 했지만 하도 정신을 놓고 구경하기에 그 사람의 눈에 띄었던 것이다.

어느 날인가 그 사람이 성택이 보고 손풍금을 배워보지 않겠는가 물었다. 물론 성택이로서는 거절할 이유가 없었다. 다만 손풍금은 고사하고 '악기'라는 '악'자도 모르는 게 문제였을 뿐이다. 명길이 그런 그를 잡고 열심히 가르쳐주기 시작했다. 자연스럽게 시골뜨기 소년이 명길의 제자가 된 것이다. 성택이 비록 시골뜨기이긴 하지만 워낙 눈썰미도 있거니와 손썰미까지 있었다. 그러다 보니 솜씨가 눈에 띄게 달라졌다.

처음에는 '악보'라는 '악'자도 모르는 까막눈이었지만 몇 년 따라다니다 보니 제법이 되었다. 중학교 때 벌써 야금 공장 예술 선전대에서 아코디언 연주자가 나오지 않으면 그를 불러들이게 되었다. 독창 반주도 하고 때로는 경음악 공연에까지 참가하였다. 그러다 보니 당연히 그가 공장에 들어오자 선전대에서는 대환영하지 않을 수 없었다.

그날도 사실은 빨리 돌아가야 했다. 다시 이야기하지만 저녁에 해옥이라는 동창생 처녀가 독창하는데 반주를 해야 했던 것이다. 그런데 땔나무를 다 싣고 보니 소가 없어졌다. 이런 야단이 어디 있는가. 물론 성택이네 소도 아니다. 온 동네에 두 마리밖에 없는 소이다 보니 산에

갈 때면 저마다 돌려가며 빌려 쓴다. 난감한 일이었다. 처음에는 근처 어디서 풀을 뜯고 있으려니 생각하였지만 아니었다. 올라가고 내려가고 다 찾아봤지만 없었다.

벌써 날이 컴컴해지기 시작했다. 해 놓은 나무도 문제지만 소가 없어졌으니 이건 진짜 큰일이다. 마음먹고 고개 넘어 잿마을까지 내려가 보았다. 거의 내려가도록 올라오는 사람조차 없었다. 맥이 빠져 다시 돌아서는데 이건 또 뭐란 말인가. 웬 주정뱅이가 그를 잡고 늘어지는 것이었다.

"동생, 여보게 동생, 내 신세를 모르는 건 아니지만 난들 어쩌란 말이우? 아무튼 당 비서 그 새끼를 아예 죽여 버리고 말겠수. 그 새끼 뭐유? 몇 해 전까지만 해도 문범이네 여편네 뒤꽁무니나 졸졸 따라다니던 녀석이 갑자기 당 비서가 됐다구? 퉷, 내 더러워서. 이젠 아예 자기 위에는 사람이 없는 것처럼 논단 말이야. 형님, 이거 이런 기막힌 일이 또 어디 있수?" 품에서 술병을 꺼내 혼자 병나발을 불어댄다. 처음에는 동생이라고 하더니 언제부터인가 갑자기 형님이 됐다. 성택은 주정뱅이를 겨우 떼놓고 산길에 들어섰다. 생각할수록 기가 막혔다.

이젠 공연 같은 건 둘째 일이다. 날이 완전히 캄캄해졌다. 달구지가 있는 산등성이에 거의 올라왔을 때였다. 앞에서 부스럭거리는 소리가 나서 보았더니 뜻밖에도 그렇게도 찾던 소가 바로 코앞에 있지 않은가. 화난 생각을 해서는 한 대 쥐어박고 싶었지만 말 못하는 짐승한테 성을 내서 무엇하랴.

겨우 나뭇단들을 박아 싣고 마을로 오는 내리막길에 들어섰다. 여간 가파른 길이 아니다. 성택은 바싹 긴장하여 쇠고삐를 바투 잡은 채 달구지에 매달리다시피 내리막길에 들어섰다. 제일 가파른 길 3분의

1쯤 내려와서다. 그렇게도 긴장하여 달구지를 몰았음에도 끝내 길에 박힌 바위에 걸리고 말았다.

덜컹! 갑자기 소가 더는 견디지 못하고 멍에 새로 머리를 쑥 빼는 통에 달구지는 그대로 앞으로 내동댕이쳐지고 말았다. 기가 막혔다. 소는 저만큼 물러나고 나뭇단들은 사방으로 휘뿌려졌다. 언제인가 작가 이기영 선생이 쓴 『땅』이라는 소설에서 읽은 대목이 생각났다.

비가 오는데 꼴짐은 무겁고 뒤는 마려운데 띠까지 옭매졌으니 나간다 나간다 이를 어쩌나.

어차피 도와줄 사람은 없다. 성택이 할 수 없이 나뭇단들을 다시 모으기 시작했다. 눈물이 나왔다. 하지만 거기서 눈물을 흘려야 도와줄 사람도 없다. 겨우 나뭇단들을 싣고 마을까지 오니 밤 9시도 지났을 것 같다. 마을 어귀에 거의 들어서였다.

"오빠야! 오빠야!" 손아래 여동생의 목소리가 들리었다.

보나마나 해옥에게서 왜 오지 않나 전갈이 왔겠지.

"오, 내려가고 있다!" 성택이 마주 소리쳤다.

해옥이는 그와 기술학교 동창생이다. 그가 아까 성택이 나무 실으러 가는 걸 보고 빨리 내려오라고 두 번 세 번 당부하였던 것이다.

"고것 참." 성택은 해옥이 생각만 해도 즐거웠다.

얼마 전 일이 생각났다. 그게 바로 월봉산 저쪽 기슭에서였다. 잿마을에 영화 보러 갔다 오다가 성택이 딴 마음이 있어 해옥이와 뒤에 떨어졌다. 형들은 벌써 앞서 가고 함께 왔던 마을 사람들도 모두 앞에 섰다.

"오빠, 우리도 빨리 가. 다른 사람들은 벌써 고개를 넘어갔겠는데."

"넘어갔으면 넘어갔지. 가만있어. 뭐가 바쁘다고."

달이 떴다. 성택이 우정 천천히 걸었다. 고갯마루에 거의 이르렀을 때였다. 갑자기 성택이 와락 해옥이를 부둥켜안았다.

"어마나, 정신 나가지 않았어?" 해옥이 벗어나려고 발버둥질쳤다. 그러거나 말거나 성택이는 더욱 그를 꼭 껴안았다. 해옥이는 그때 벌써 퍽이나 숙성하였다. 특히 한껏 부푼 그녀의 가슴은 늘 성택이 눈길을 끌었다.

"가만있어, 누가 널 잡아먹기라도 하니?"

"글쎄, 이걸 놓으라니까. 안 놓으면 소리친다."

소리치면 앞에 간 사람들은 들을 것 같기도 하였다.

"소리치겠으면 소리쳐 봐. 그럼 나만 망신이야 너도 같이 망신이지."

그 소리에 해옥이도 정작 소리치지는 못하였다.

"너, 여기 뭐가 들어 있는데 그렇게 볼록하니?"

"들어 있긴 뭐가 들어 있겠어? 아무 것도 없는데."

해옥이 벗어나려고 더욱 악을 썼다. 그러거나 말거나 성택이 그를 억지로 주저앉히었다.

"없긴 뭐가 없어? 내 오늘은 확인해봐야겠어."

그리고 그의 가슴을 만지기 시작했다. 순간 해옥이 너무 급해 씩씩거리기만 할 뿐 어쩌지도 못했다. 성택이 항상 자기보다 공부를 잘한다고 질투하던 해옥이. 그리고 졸업한 후에는 함께 공장 예술 선전대에 들어갔던 해옥이. 한참 가슴을 만지다 보니 문뜩 딴 생각이 드는 것이다. 이런 일은 처음이다.

슬그머니 손이 아래로 내려가는 순간 해옥이 갑자기 무섭게 걸어

치는 것이었다. 성택이 멈칫하고 말았다. 그건 제가 생각해봐도 아니라는 생각이 들었다. 해옥이 당장 일어나 가지 않으면 정말 소리치겠다고 했다. 성택이 억지로 욕망을 삼키고 따라 일어섰다. 성택이 그런 일이 있은 다음 해옥이 어쩌는가 몹시 걱정했다. 그러나 다행히 아무 일도 없었다. 그 후에도 둘은 하나는 반주하고, 하나는 노래를 불렀다.

그 해옥이 오늘은 두세 번 빨리 오라고 말까지 했는데 늦었으니 보나 마나 별 악담을 다했을 것이다. 성택이 천천히 달구지를 몰고 여동생에게로 다가갔다.

"나, 다 내려왔어. 왜 그러는데?"

"오빠야, 왜 이제 오는 거야? 집에서 사람들이 얼마나 기다리고 있는데?" 어둠속에서 여동생이 다가오면서 말했다.

"집에서 사람들이 왜 나를 기다리고 있는데?" 성택이 그제야 한 대 말아 깊숙이 한 모금 삼키며 말했다.

"오빠가 김일성종합대학에 붙었대!"

"뭐야?"

"오빠가 김일성종합대학에 붙었다잖아."

"그게 무슨 소리야?"

다시 말하지만 성택은 한 달 전 김일성종합대학 시험을 봤다. 하지만 자기가 붙을 줄은 정말 생각도 못했다. 거기에 붙으려면 적어도 군내 고위급 간부 자식들이거나 출신성분이 대단히 좋아야 하기 때문이다. 그런데 자기는 출신성분도 평범할 뿐만 아니라 간부 자식도 아니다. 북한에서 최고의 출신성분은 항일혁명열사 유자녀이며, 다음으로 전쟁열사 유자녀(6.25전쟁에서 전사했거나 피살된 사람들의 유자녀), 그리고 세 번째가 대남열사 유자녀(전후 대남공작에 파견되었다 사망한 사람의 가족들)이며 네 번째가 공로자 유자녀들이다.

여기에 성택이는 그 어디에도 속하지 못했다. 하지만 나쁜 데 속하는 것도 아니었다. 제일 나쁜 것으로 말하면 해방 전 지주자본가였던 사람, 그 자손들, 또 친일경력자, 다음 6.25전쟁 기간에 적 기관에 가담하였던 사람들, 그리고 그들을 도와주었던 사람들과 자녀들. 성택은 여기에도 속하지 않았다.

성택의 아버지는 해방 전에 함경북도 어느 군 자그마한 면에서 서기노릇을 하였다. 그러니 면장부터는 친일파로 속하는데 그에도 속하지 않았다. 오히려 할아버지 때 여기저기 화전을 많이 일군 것이 약간 문제가 되었다. 하지만 화전이란 워낙 이곳저곳 돌아가면서 불을 놓고 짓는 농사이기 때문에 큰 문제는 아니었다. 거기에다 아버지는 전쟁 때 입은 상처로 돌아가신 지 오래고 어머니조차 늘 병석에 누워 골골하였다. 그러다 보니 대학시험까지는 치고 왔지만 전혀 기대하지 않았다.

그리고 그 해에 원래대로라면 성택이 갈 것도 아니었다. 군당 조직부비서 딸이 가게 되어 있었는데 그가 이만저만한 둔자가 아니었던 모양이다. 그러자 군당 교육부장이 슬쩍 그를 밀어내고 자기 아들을 밀어 넣었다. 하지만 이것이 조직비서한테 걸리지 않을 리 없었다. 군당 조직비서가 교육부장의 뒤를 캐기 시작했다. 군당 교육부장이 끝내 견딜 수 없을 것 같으니 대신 평범한 사람 자식들 중에서 공부 잘하는 아무나 골라 대학시험에 추천하였던 것이다.

여기에 성택이 걸렸고 김일성종합대학에 올라가 시험까지 보게 되었다. 하지만 그래도 그는 자기가 대학에 입학하게 될 줄은 생각도 못했다. 때문에 시험보고 내려오기 바쁘게 야금 공장에 들어갔던 것이다.

성택은 한달음에 집까지 내려왔다. 역시 빈 소리는 아니었다. 옆집, 윗집, 뒷집, 온 마을 사람들이 하나 가득 모여 그가 오기를 기다리고 있었다. 개천에서 용이 났다느니 성택이 그럴 줄은 벌써 알아봤다느니 그가 들어서기 바쁘게 동네 사람들이 둘러싸고 저마다 한마디씩 하였다.

대학에서 오라는 날짜까지는 불과 사흘밖에 남지 않았다. 성택은 정말로 용이라도 된 것 같은 기분이어 그 사흘을 둥둥 떠서 살았다.

5
1967년 5월 25일

1960년대 중후반에 들어서면서 사회주의권 나라들의 정치 정세는 정말이지 매우 복잡하게 엉켜 돌아갔다. 무엇보다도 사회주의의 큰 두 축이라 할 수 있는 소련과 중국이 서로 갈등하면서 무섭게 요동치기 시작한 것이다.

소련은 소련대로 세브(소련을 중심으로 한 동유럽 사회주의 나라들의 경제협동체), 즉 사회주의 통합 경제를 실시한다고 모든 동구권 사회주의 나라들을 자기 주위에 집결시켰다. 아니 동구권 나라들뿐 아니라 몽골까지도 세브에 몰아넣었다. 체코슬로바키아는 기계 제작 공업이 발전하였다고 그쪽만 발전시키라고 하고, 불가리아는 농업, 몽골은 축산, 북한은 채취공업을 발전시키라고 하였다.

한편 중국은 1966년부터 문화대혁명을 시작하였다. 겉은 '문화대혁명'이었지만 속은 모택동을 중심으로 한 '정강산'파와 유소기를 중심으로 한 '백후계열' 간의 피투성이 싸움이었다. 거기다가 또 베트남은 그때까지도 미국과 싸우느라 정신이 없었다. 원래 베트남은 1945년까지 일제와 싸우느라 정신이 없었고, 그들이 패망한 다음에는 또 프랑스와 싸웠다.

그래서 겨우 프랑스와 싸워 이기니 이번에는 미국이 달려들었다. 결국 그러다 보니 이번에는 또 미국이라는 거인과 싸우지 않을 수 없었다. 김일성의 입장은 참으로 난감하기 짝이 없었다. 사회주의 맹주 두 축 사이에서 말 그대로 이러지도 저러지도 못하게 되었던 것이다.

중국은 중국대로 '새끼 수정주의자'로 몰아붙이고 소련도 그에 못지않게 북한이 절충주의를 한다고 압력을 가해왔다. 중국과 북한 국경인 압록강과 두만강에서는 거의 매일 같이 강둑(洑) 막기 싸움이 벌어졌다. 중국 쪽에서 보둑을 막아 물길을 북한 쪽으로 돌리면 북한이 또 그 위를 막아 물길이 중국 쪽으로 돌렸다. 두만강과 압록강은 끝도 없이 오불꼬불 흐르는 수밖에 없게 되었다.

또 중국과 소련 국경 사이에서도 '진보도'라는 지도에서는 보이지도 않는 작은 섬을 두고 서로 포화를 주고받았다. 결국 김일성은 소련의 어느 영화 제목처럼 '두 주인을 섬기는 머슴' 노릇을 할 수밖에 없었다. 뿐만 아니라 베트남전은 날이 가면서 점점 더 치열해졌다. 그렇게 되자 소련도 직접적으로 정규군을 들이밀지는 않았지만 미국이나 전혀 다를 바 없이 북베트남을 지원하였다.

나중에 자신들의 힘이 모자라니 북한까지 끌어들였다. 북한도 물자공급은 말할 것도 없고 비행사며 공병이며 나중에는 간호사와 방송원들까지 북베트남에 파견하였다. 그러던 어느 날이었다. 평안북도 창성에 있는 김일성의 특각에서였다. 김일성이 군부 최고위급 간부들과 마주앉았다.

"여보, 김창봉 동무! 동무는 요즘 베트남 사태를 보면서 뭐 생각되는 게 없어?" 김일성이 물었다.

"뭐 말입니까?" 그때 김창봉은 민족보위상(국방부장관)이었다. 그가 김일성의 의중을 몰라 묻는 말이었다.

"요즘 미국놈들이 베트콩들한테 생 혼쭐이 나는 걸 보면서 뭐 생각되는 게 없는가 말이야?"

"글쎄 말입니다. 생각 같아서는 우리도 남조선에서 그렇게 한번 난리법석을 피워 보았으면 좋겠는데 어떨지 모르겠습니다."

"그런데 뭐가 문제야? 지금은 더구나 남조선놈들이 거기로 파병까지 갔는데 내부가 텅텅 비었을 게 아니야?"

"그건 그런데. 아, 이것 참 ….."

김창봉이 뒷머리를 긁었다. 기회라면 지금이 절호의 기회인데 김창봉이 생각 안 해봤던 건 아니다. 하지만 그러자면 남쪽에서도 마주 들고 일어나야 하는데 그게 영 신통치 않다.

가끔씩 일어나긴 하지만 그건 학생 패거리들이 무슨 사회를 민주화한다 뭐다 하면서 화염병이나 던지고 무리를 지어 이리저리 쫓겨 다니는 것이 전부다.

"왜 남쪽에서 6.25전쟁처럼 4.3폭동이나 여수 군인폭동 같은 무슨 대규모적 무장투쟁이 일어나지 않아서 그래?" 김일성이 어느 새 그의 심중을 넘겨짚고 하는 말이었다.

"아닌 게 아니라 그게 문제입니다. 지금 일어나는 것은 기껏 해야 학생 따위들의 시위들뿐이니 좀 생각되는 게 있는 건 사실입니다."

김창봉도 동북항일연군에서 싸웠던 사람이다. 처음에는 2로군 주보 중이 밑에서 싸우다가 1938년 박득범과 최춘국이 인솔하는 독립 려에 속해 남만으로 내려왔다. 내려온 다음에도 주로 독립 려를 그대로 유지하고 싸우면 싸웠지 김일성의 6사와는 거의 관계없이 활동했다. 그러다가 소련으로 철수했다.

6.25전쟁에서도 주로 경북 안동 쪽으로 진격하였던 인민군 12사 참모장을 하였다. 그러다가 사단장 최춘국이 안동전투에서 전사한 다음 그 뒤를 이어 사단장이 되었다. 그리고 1963년 김광협의 뒤를 이어 3대 민족보위상(국방부장관)이 되었다.

"그건 말이야, 바른대로 말해서 우리가 나서서 주동적으로 도와주면 되지 않겠어?"

"어떻게 말입니까?" 김창봉은 김일성의 말이 무슨 말인지 몰라 쭈뼛거리었다.

"이 사람아, 프룬제 군사대학까지 나왔다는 사람이 왜 그 모양이야? 지금 베트남 사람들이 하는 걸 보란 말이야. 실제로는 북부 베트남 정규군이 다 쓸어 나가면서도 겉으로는 남부 베트남 사람들끼리 싸우는 모양새 아닌가? 그렇기 때문에 미국도 아예 팔을 걷어 부치고 달려들지는 못한단 말이야. 사람이 머리를 써야지, 머리를."

"글쎄, 그래도 남쪽에서 뭔가 먼저 들고 일어나는 역량이 있어야 하지 않겠는가 하는 겁니다."

"그걸 왜 꼭 남쪽 사람들이 들고 일어나야 돼. 우리 특수부대 아이들은 길렀다 국 끓여 먹겠어?"

"아니 그럼, 우리 특수부대 아이들을 내보내 남조선에서 활동하게 한단 말입니까?"

"그렇지. 그들을 내보내서 남조선 무장 유격대라고 하고 가는 곳마다에서 들쑤셔 놓으면 어떻게 되겠나? 잘만 하면 남조선 전체가 벌등지 되지 않겠어?"

"옳습니다. 그럴 수 있지요. 그다음에 우리 사람들을 대규모적으로 내보내자는 말씀이지요?"

"그렇지. 하지만 그때에도 우리 정규군은 내보내지 말고 미리 사람들을 만반에 준비를 갖추고 기다리고 있다가 일시에 내보내면 그게 뭐겠어? 그럼 남쪽이 베트남화되지 않겠어?"

"알았습니다. 될 것 같습니다." 김창봉이 힘이 솟구쳐 대답하였다.

"그런데 그러자면 대체로 먼저 얼마쯤 되는 역량을 내보내면 좋을 것 같습니까?" 이제까지 김일성의 말을 듣기만 하던 허봉학이 묻는 말이었다.

허봉학도 항일연군에서 싸우던 사람이다. 그는 처음부터 줄곧 항일연군 2로군 주보중 밑에 있었다. 그러다가 김일성이 58년 3월 인민군대 내에서 연안파들을 모조리 처리해 버리면서 총정치국장이 되었다.

"그거야 여러 개 조를 내보낼수록 좋지. 남쪽 전체를 가는 곳마다 들쑤셔 놓으려면 적어도 몇십 개 조? 아니 그보다 많아도 상관없지."

"알았습니다. 그러면 우리 쪽에서 차후를 대비해서 미리 준비시켜야 할 역량은 어느 정도로 하면 좋겠습니까?" 이번에도 허봉학이 묻는 말이었다.

"그건 적어도 한 20만? 아니 30만은 준비시켜야 하지 않을까? 중요하게는 우리 정규군은 절대로 마지막 순간까지 움직이지 말고 제대군인들을 기본으로 해서 거기에다 유사시 남에 가서 정치 공작을 해야 겠으니 그 사람들까지 포함시켜야 하겠고 아무튼 넉넉히 타산해서 하라고."

"알았습니다. 그렇게 하겠습니다." 김창봉이 힘이 나지 않을 수 없 었다.

바른대로 말해서 6.25전쟁 때 남조선 지리산에 수만 명 유격대가 모였다가 왜 그들 모두가 어쩌지도 못하고 망해 버리고 말았는가? 그들이 그렇게 망하도록 뻔히 보면서도 수류탄 한 개 보내주지 못했다.

그런데 이제는 아니다. 비행기도 있고 배도 있다. 잠수함까지 가지 고 있다. 만약 남쪽에서 들고 일어난다면 얼마든지 도와줄 수 있다.

"그런데 그 사람들도 말이야. 지금부터 철저히 준비시켜야겠어. 지금도 빠른 건 아니야."

김일성은 계속하여 그들을 준비시키는 데 있어서 필요할 때까지는 반농, 반군 상태로 비밀을 철저히 유지해야겠다는 것 등 자세한 이야 기를 하였다.

"아무튼 동무네 그건 알아야 돼. 조국 통일 문제 말이야. 그건 어떤 일이 있어도 우리 대에 해야지 절대 다음 대에 물려줄 수는 없다는 걸 알아야 돼." 김일성이 말했다.

"알았습니다. 저희들도 그렇게 하는 쪽으로 전력을 다해보겠습 니다."

"자, 이젠 그 문젠 그만하고 또 다음 문제를 이야기해보지. 우리 밖에 나가서 좀 더 이야기해보지." 김일성이 김창봉과 허봉학을 끌고 밖으로 나갔다. 벌써 봄기운이 스며들어 오는 것인가. 바람은 불어도 그리 맵지는 않았다. 수풍호에서 물고기가 뛰는 것이 보였다.

"그리고 말이야, 이제 며칠 후 당 중앙위원회 전원회의를 하겠는데 동무네들도 입장을 똑똑히 해야겠어." 김일성이 하는 말이었다.

"당 중앙위원회 전원회의를 말입니까? 무슨 내용으로 하는데요?"

"그런 게 있어. 지금 우리 당에는 또 쏠가닥질을 하는 놈들이 생기기 시작했단 말이야." 김일성이 먼 하늘을 쳐다보며 무겁게 말하였다.

"아니, 56년 8월 전원회의 때 그렇게도 깨끗이 쓸어버렸는데 또 생기기 시작했다는 말입니까?" 허봉학이 하는 말이었다.

"내가 우리 당 안에서 자꾸 우리 생각과 다른 이상한 소리가 나기에 당의 유일사상체계를 세우겠다고 하니까 거기에도 또 토를 다는 놈들이 있더란 말이야."

김일성은 박금철을 염두에 두고 말했다. 그러나 김창봉과 허봉학이 그것까지 알 리는 없었다.

"그게 도대체 어떤 놈들입니까? 말씀만 하십시오. 저희들이 단박에 박살내겠습니다." 김창봉이 무슨 큰일을 낼 것처럼 열을 올렸다.

"아무튼 이번 기회에 보겠어. 어떤 인간들이 진짜로 우리와 함께 끝까지 갈 수 있는 사람들인지 그리고 또 어떤 사람들이 앞에서는 좋은 소리만 하고 돌아앉아서는 왼새끼만 꼬고 있는지 말이야."

그로부터 얼마 후 북한 노동당 당 중앙위원회 제4기 15차 전원회의가 개최되었다. 지금은 물론 그 건물도 당 중앙위원회 건물이 되었지만 당시까지만 해도 사회안전부 회의실로 쓰던 건물이다.

사회는 그때까지도 당 중앙위원회 조직 담당 부위원장이었던 박금철이 보았다. 물론 회의 보고는 김일성이 하였다. 이 기간 당 내에서 나타난 자본주의사상, 수정주의사상, 교조주의사상, 그리고 봉건유교사상에 이르기까지 여러 가지 문제들이 지적되었다. 대체로 앞에는 박금철이 제공해주었던 자료들이 열거되었다. 박금철은 그때까지도 자기한테 어떤 철퇴가 다가오는 줄도 모르고 회의를 이끌어 나가고 있었다.

"위에서 제기된 바와 같이 우리 당 안에서는 그새 여러 가지 엄중한 문제들이 제기되었습니다. 따라서 이런 문제들을 그대로 두고 보고만 있을 수 없어 오늘 이런 회의를 열게 되었는데 의견이 있는 동무들은 말씀하십시오." 박금철이 자리에 앉았다.

"제가 먼저 한마디 하겠습니다." 이국진이었다.

만주 항일연군 시기 2로군에 있으면서 한쪽 팔을 잃은 사람이다.

"옳습니다. 확실히 그새 우리 당 안에는 자본주의사상, 수정주의사상, 봉건유교사상 등 온갖 잡 사상들이 들어온 것은 사실입니다."

여기까지는 조용조용 말하는 것 같았다. 하지만 바로 그다음이었다.

"여보, 박금철 동무! 동무, 도대체 제정신이 있는 사람이오?" 갑자기 이국진이 고함을 질렀다. 박금철은 물론 그때까지 거불거불 졸고 있던 사람들까지 화닥닥 놀라 머리를 쳐들었다.

"박금철 동무! 당 중앙위원회 조직 담당 부위원장이라는 사람이 도대체 어떻게 했는가 하는 겁니다. 여기 앉은 동무들 중에는 일부 아는 사람들도 있을 겁니다. 얼마 전 양강도 연극단에서는 '일편단심'이라는 연극을 만들어 돌리기 시작했는데 그게 무슨 내용입니까? 박금철 동무가 자기 여편네를 자랑하는 내용이 아닙니까? 즉 그 여편네가 자기 감옥에 들어간 다음 일편단심 자기만 위해 모든 것을 바쳤다는 내용인데 이게 말이나 됩니까?"

박금철이 화닥닥 놀랐다. 하지만 이미 때는 늦었다.

"혁명가의 아내라면 당연히 혁명을 위해 모든 것을 바쳤어야지 자기 남편을 위해 모든 것을 다 바친다는 게 말이나 되는 소리입니까? 이건 아주 잘못된 일이라고 생각합니다."

"아, 그럴 수도 있지. 사실 저 박금철 동무의 아내 최채련 동무는 일평생 고생만 하다 갔는데 당당하게 내세울 만한 동무 아닌가?" 김일성의 말이었다.

이번에는 인민군 총정치국장 허봉학이 일어났다.

"저는 박금철 동지의 경제관에 대해 이야기하지 않을 수 없습니다. 얼마 전 제가 검덕광산에 출장 갔는데 거기 있는 동무들이 이야기하더군요. 거기 노동계급들이 어떤 일이 있어도 올해 계획은 10월 10일 당 창건 기념일 전에 끝내겠다고 생산전투를 하고 있었는데 박금철 부위원장 동무는 거기 내려가서 그랬다는 겁니다.

"이젠 우리나라 경제도 생산규모가 커졌기 때문에 그런 식으로 냄비 끓듯이, 끓는다고 해결될 일이 아니다. 좀 천천히 하더라도 경제는 계획적으로 균형적으로 발전시켜야 한다." 이런 말을 했다는 겁니다. 이게 도대체 무슨 말입니까? 우리 수상 동지께서는 사회주의 경제는 끊임없이 높은 속도로 발전해야 한다고 했는데 박금철 동무는 도대체 제정신이 있는 사람이오? 아주 잘못된 일이라고 생각합니다."

뒤를 이어 또 김창봉도 일어났다. 그 역시 박금철에 대한 비판이었다. 누군가 나중에는 박금철이 해방 전 '혜산 사건'에 연루되어 서울 서대문 형무소에 갇혔던 문제까지 거론하였다. 왜 권영벽, 이동걸, 이제순이, 박달까지 사형 언도를 받았는데 그만은 무기징역을 받고 살아날 수 있었는가 하는 것이었다.

박금철이 머리를 쳤다. 그러고 보면 이 회의는 어느 해외 유학파에 대한 비판이 아니었다. 바로 자기를 겨냥한 회의였음을 뒤늦게야 깨달은 것이다. 하지만 박금철이, 그날 저녁 김일성이 자기 개인 유일 독재 체제를 수립하자는 데 반대한 것 때문이라는 것까지 알았을까. 설령 알았다 하더라도 이미 때는 늦은 것이다.

회의 2일째 되는 날에도 이 문제가 주로 토의되었다. 물론 박금철은 이미 주석단에서 끌려 내려온 다음이다. 회의 3일째 되던 날 마지막으로 김일성이 결론을 내렸다. 박금철은 말할 것도 없고 당 중앙위원회 대남 담당 부위원장이었던 이효순, 그리고 선전선동부장이었던 김도만, 국제부장 고혁, 그리고 박용국 등에게 모든 화살이 집중되었다.

사흘째 되던 날 김일성이 한 결론교시다. 이후 북한 당 역사에서 한 획을 그은 악명 높은 '5.25교시'인 것이다. 김일성은 북한 당 중앙위원회 제4기 15차 전원회의 교시에서 다음 같은 내용으로 말했다.

이번에 우리가 요해해본 바에 의하면 이들 간에는 어떤 조직적인 단합이 있었던 것은 아니다. 하지만 우리 당 안에는 그새 알게 모르게 자본주의사상, 수정주의사상, 교조주의사상, 봉건유교사상을 비롯한 온갖 잡 사상들이 많이 들어왔다. 그러다 보니 우리 사회과학을 한다는 학자들 속에서도 문제가 많이 생겼다.

우리가 언제인가 자본주의로부터 사회주의에로의 과도기 문제에 대해 연구해보라고 했더니 어떤 사람들은 중국의 본을 따서 과도기 기간을 공산주의사회까지라고 하였다(이것은 구체적으로 황장엽을 염두에 두고 한 말이었다).

또 어떤 사람들은 소련의 본을 따서 노동계급이 정권을 잡으면 그것으로 과도기는 끝난다고 하였다. 말하자면 이때로부터는 계급투쟁도 필요 없고 낡은 사상의 부식에 대한 투쟁도 필요없다는 것이다.

뿐만 아니라 김도만, 고혁, 박용국 같은 자들은 이젠 우리 경제의 규모가 커졌기 때문에 지난 시기와 달리 잠재력이 모두 소진되었다. 때문에 지금 상태에서 경제를 더욱 발전시키자고 하면 체제는 그대로 사회주의 체제를 유지하더라도 경제 관리운영은 자본주의식으로 해야 한다.

박금철도 여기에 장단을 맞추어 검덕광산에 가서는 이젠 너무 그렇게 사람들이나 총동원하고 열성이나 쥐어짜서 일할 때가 아니라고 하였다. 말하자면 경제 관리운영에서 새로운 방식을 도입해야 한다는 것이다.

또 박금철은 양강도 예술단에 과업을 주어 자기 여편네를 형상한 '일편단심' 연극을 제작하게 하였다. 바른대로 말하여 혁명가의 여편네라면 혁명을 위해 일편단심을 해야지 감옥에 들어간 자기 남편을 위해 일편단심을 해서야 쓰겠는가. 이뿐도 아니다. 이번에 처리된 선전선동부장이었던 김도만 같은 자는 우리가(김일성이 자기가) 혁명전통 교양의 폭을 넓힐 때가 되었다고 하니 어떻게 하였는가.

19세기 실학파들 중 한사람인 정약용의 『목민심서』까지 재판하여 간부들에게 필독문헌으로 내려 보냈다. 김도만은 또 이순신이 어떻고 누가 어떻고 하였는데 그들이 우리 인민군 전사 이수복이보다 나은가.

이순신이 아무리 대단한 사람이라 하여도 그는 봉건 왕조 임금을 위해 싸웠고 봉건 국가를 위해 싸웠다. 그런데 인민군 전사 이수복(전쟁 시기 자기 가슴으로 불을 뿜는 또치카(외바퀴 손수레)를 막은 인민군 전사)은 말 그대로 노동자 농민이 주인된 우리 체제를 위해 목숨 바쳤다. 어떻게 비교할 수 있겠는가.

우리 작가들 속에도 문제가 많다. 내가 천세봉 동무를 불러 며칠씩 함께 다니면서 우리 혁명가들의 전형에 대해 쓰라고 하였더니 그는 『안개 흐르는 새 언덕』이라는 책을 내놓았다. 그 책에서 보면 주인공이라는 강림이를 마치 왈패같이 만들어 놓았는데 내가 아는 혁명가들 중에는 그런 사람이 한 명도 없었다.

혁명은 강한 사상 의지로 하는 것이지 힘깨나 쓰고 왈패 같은 사람들이 하는 것이 아니다. 내가 알기로는 그런 사람들은 들어왔다가도 불과 며칠을 버티지 못하고 달아나더라. 더구나 그 책에서는 3.1운동에까지 참가하였던 한 양심적인 의사의 딸이 왜놈 순사의 여편네로 되게 만들어 놓았다. 만약 이것을 남조선의 양심적인 민족자본가들이 본다면 뭐라고 하겠는가? 더구나 천세봉은 전후 농업협동화 문제를 취급하면서도 우리 당의 계급 정책과는 심히 어긋나게 썼다.

우리가 전후 농업협동화를 하면서 기본은 빈고농층에 의거하여 이 사업을 진행하였다. 그런데 천세봉 동무는 우리가 제일 핵심역량이라고 의거하였던 마봉서 같은 사람을 교양개조 대상으로 만들어 놓았다. 이건 아주 잘못된 일이다. 임춘추의 실화소설 『청년전위』도 문제가 많다. 거기서 임춘추는 해방 직후 우리가 마치 남조선 혁명을 위해 사람을 내보내고 혁명을 일으킨 것처럼 만들어 놓았다. 이것도 아주 잘못된 일이다.

결국 이 회의를 준비하면서 우리가 찾은 교훈은 사람에 대한 환상은 금물이라는 것이다. 환상 그 자체가 비과학적이고 환상을 가지고 사업을 하면 반드시 실패하게 마련이라는 것이다. 따라서 앞으로 우리는 어떠한 일이 있어도 철저히 당의 유일사상체계를 세워야 하겠다. 당의 유일사상체계를 세우는 것이야말로 사회주의 건설도 그리고 조국통일도 앞당길 수 있는 길이다.

이것이 당 중앙위원회 제4기 15차 전원회의 기본 사상이다.

이 회의가 있은 다음 이들이 뿌린 사상 여독을 뿌리 뽑는 투쟁은 말 그대로 전당적으로, 전 국가적으로, 그리고 전 군중적으로 벌어졌다. 이들 본인은 말할 것도 없고 이들과 조금이라도 연관되었던 사람들은 가차 없이 처리되었다. 이 투쟁에서는 지난 시기 혁명을 하였건 그리고 김일성에게 어떤 도움을 주었건 전혀 고려되지 않았다.

오직 피의 숙청만이 허용되었을 뿐이다. 새로 당 중앙위원회 조직 담당 부위원장으로 이국진이 임명되었다. 하지만 그도 불과 얼마 하지 못하고 이번에는 김일성의 친동생인 김영주에게로 넘어갔다.

당의 유일사상체계를 세우기 위한 사업도 본격적으로 진행되기 시작했다. 책도 김일성 저작선집이나 김일성의 덕성 실기집 그리고 당 정책과 관련된 것만 보아야 하고, 그 외에는 일체 허용되지 않았다. 문학예술과 관련된 작품도 김일성을 우상화한 것만 볼 수 있을 뿐 세계 문학선집도 봐서는 안 된다. 그리고 세계문학 선집과 함께 외국 문학예술과 관련된 서적들은 일체 못 보게 되었다.

심지어 마르크스-레닌주의 고전까지도 모조리 불 질러 버리게 하였다. 말 그대로 히틀러의 광란의 밤을 재현한 것이다. 또 노래도 지난 시기 부르던 노래는 일체 부르지 못하게 하였다. 그리고 새로운 노래들이 쏟아져 나오기 시작했다. "남산의 푸른 소나무", "봉화산 기슭", "만경대는 우리의 고향", "효성어린 좁쌀 한 말" 하나같이 김일성 가계를 우상화 하는 노래들이었다. 말 그대로 북한 전역이 암흑의 장막으로 가려지게 된 것이다.

이때 숙청된 사람들은 대부분 함경북도 명간에 있는 제16호 정치범 수용소 즉, 하성수용소에 수용된 것으로 전해지고 있다. 특히 여기서 박금철은 그때 이미 55살이었으나 광산에 끌려갔다고 한다. 마지막에

그는 갱 안에서 바위를 머리로 받고 죽었다고 한다. 그러면서 "공산주의
자의 운명은 결국 이것이었단 말인가!" 이 한마디를 남기었다고 한다.

6

장성택과 김경희 그리고 김정일

장성택이 대학에 입학한 지도 몇 달이 되었다. 처음에는 모든 것이 어리벙벙하여 도무지 갈피를 잡을 수 없었으나 차츰 자리가 잡혀가기 시작했다. 그렇게 되고 보니 어이없게도 대학시험 치러 오다가 우연히 만났던 경희라는 여학생 생각도 났다.

참, 그도 평양에 산다고 했는데? 그때 다시 평양에 올 줄 알았더라면 어디서 사는지 주소라도 물어볼걸, 잘못하였다는 생각이 들었다. 하지만 그건 머릿속에서나 돌아가는 생각일 뿐이다. 남달리 예쁘다고 볼 수는 없다. 하지만 그래도 그 가냘픈 몸매며 웃을 때면 약간 볼우물까지 패이던 모습은 잊혀지지 않았다. 어떻게 보면 부령 야금 공장에 있는 해옥이와 비슷하게 생기기도 하였다. 하지만 성격은 영 달랐다.

해옥은 자기 아버지가 공장 부기장이라고 항상 너무 제 잘난 체했다. 그런데 경희는 전혀 그렇지 않은 것 같았다. 지금쯤 어디서 무엇을 하고 있을까. 만나면 내 손풍금 실력을 한껏 뽐낼 수도 있을 것 같은데 나름대로 별 엉뚱한 공상까지 다 해보았다.

그가 입학한 학부는 역사학부였다. 욕심 같아서는 어문학부에 들어갔으면 좋았겠는데 그러면 졸업한 다음 기자가 될 수도 있을 것 같은데 그는 역사학부다. 하지만 그만 해도 다행이라고 생각하지 않을 수 없었다. 대학에 입학한 것만 해도 그런데, 학부까지야 어떻게? 아무튼 학부, 학급 그리고 기숙사 호실까지 배당받았다. 그 수속까지 하다 보니 며칠이 걸렸다.

그런데 한 가지 뜻하지 않은 일이 있었다. 그 모든 수속을 하다 보니 대학시험 치던 날 우연히 같은 시험장 한 책상에 나란히 앉았던 제대군인 친구를 만난 것이다. 잊을 수 없는 친구였다. 대학 입학시험장에서였다.

국어 시험에 생각지도 않게 "전진가"를 쓰라는 문제가 나왔다. "전진가"가 무엇인가. 물론 그 이후 이른바 김일성의 유일사상체계 확립이 심화된 다음에는 초등학교 아이들까지도 다 알게 된 노래지만 그때는 아니었다. 성택이 암만 생각해도 잘 떠오르지 않아 끙끙 앓고 있는데 옆에 앉은 제대군인만은 뭔가 열심히 쓰고 있는 것이었다. 슬쩍 곁눈질 해보았다.

전진이다, 전진이다
앞으로 전진 또 전진
원수미제 물리치고 용감하게 나간다

침략을 일삼는 자 용서할소냐

피로써 이 강토를 물들이는 놈

정의에 무력 우리 힘으로 용감하게 나간다

말 그대로 노래 가사 한 절에 전진이라는 말이 무려 네다섯 번씩이나 있다. 성택이 생각해보았다. 그 노래는 분명 전쟁 때 나왔다는 "전진 또 전진"이라는 노래 가사다. 그런데 명색이 민족간부 양성의 최고전당이라고 하는 김일성종합대학 입학시험에 그런 노래 가사나 쓰라고 한다는 말인가. 암만해도 납득이 가지 않았다. 그래서 생각을 굴리었다.

다시 말하지만 그때로 말하면 김일성의 유일사상체계를 세운다고 전당, 전국, 전민이 지지고 볶고 하던 때였다. 당연히 김일성의 가계 전체가 민족해방의 구성인양 내세울 때이다. 그러고 보니 문득 생각나는 것이 있었다. 김일성의 아버지 김형직이 지었다는 "전진가"다.

그런데 사실은 이 "전진가"도 김형직이 지은 건 아니다. 1920년대 초 민족운동 계몽가들이 지어 보급한 "학도가"니 "용진가"니 하는 가요들 중 하나다. 그래서 그걸 쓰기로 했다.

대서양과 태평양의 무한한 물은

산곡간의 적은 물이 회합함이요

우리들의 적은 지식 발달하기는

천신만고 지난 후에 능히 하리라

청년들아 용감 력을 더욱 분발해

용진용진 나아가세 문명 부강케

성택이 다 쓰고 답안들을 훑어보는데 그 친구가 옆구리를 쿡쿡 지르는 것이었다. 그리고 귀에 대고 속닥거리는 것이었다.

"여, 거기 어디 전진이라는 말이 한마디나 있어? 아니야, 내 걸 보고 쓰라고!"

말하자면 자기 걸 보고 커닝하라는 것이었다. 성택이 듣지 않았다. 몇 번이나 신호가 왔으나 끝내 듣지 않았다. 시험이 끝나고 나와서였다. 그 제대군인은 성택에게 말했다.

"여, 내 이제까지 고집센 사람을 많이 봤어도 동무 같은 당나귀 발통은 처음 봤어. 왜 사람이 그렇게 고집이 세? 동무 답안에 어디 한 마디나 전진이라는 말이 있었는가 말이야?"

하지만 정답은 역시 그 친구가 아니고 성택이었다. 그런데 그 친구도 어떻게 대학에 입학하였고 그것도 성택이와 같은 학부, 같은 학급, 같은 기숙사 호실에까지 배치된 것이다. 후에야 알게 된 일이지만 이 친구가 바로 '성천강 이북'이라는 친구였다.

원래 별명이 '성천강 이북'인데 이름보다도 별명으로 잘 알려져 있었다. 장기만 두면 항상 그가 '성천강 이북'에는 자기 대상이 없다고 희떠운 소리를 하는데 사실은 아니었다. 막상 그와 장기를 둬보면 '성천강 이북'은 고사하고 성택한테 지는 수도 많았다. 하여간 이 '성천강 이북'은 재미난 친구였다. 군사복무도 그는 남달리 인민군 정찰국에서 했다는데 세 번씩이나 임무를 받고 남쪽에 파견되었던 경력까지 있었다.

말하자면 간첩 임무를 받고 세 번씩이나 남에 갔다 온 것이다. 그 마지막 세 번째까지만 임무를 무사히 완성하고 돌아왔더라면 영웅까지도 될 수 있었다. 그런데 그 일이 잘 되지 않았다. 그 마지막 임무는

6.25 때 북에 들어온 한 사람을 전라남도 목포 인근까지 호송하는 것이었다. 호송임무는 무사히 끝내고 귀로에 들어섰을 때였다. 경기도 파주 근방이라고 하던가. 돌아오던 중 날이 샜기 때문에 어느 한 산골짜기에 비트(비상 아지트)를 파고 숨어 다시 밤이 되기만 기다렸다.

그런데 세상에 이런 일이 어디 있단 말인가. 그들과는 아무 상관도 없는 다른 정찰조가 꼬리에 추격을 달고 그들이 숨어 있는 구역에 들어선 것이다. 날이 희붐하게 밝아오는데 얼핏 보아도 뒤에 새까맣게 추적을 달고 오고 있었다. 그대로 있다가는 자기들도 걸릴 것이 틀림없었다. 어쩔 수 없이 비트에서 나와 거기서 그렇게 멀지 않게 보이는 큰 산으로 이동하려고 자리를 떴다.

그런데 그렇게 되다 보니 정작 추적을 달고 온 놈들은 무사히 빠지고 대신 이들이 걸린 것이다. 말 그대로 똥 싼 놈은 달아나고 방귀 뀐 놈이 잡힌 것이다. 죽을 힘을 다해 총을 쏘고 어쩌고 추적을 따돌리느라 했지만 결국 조장과 부조장은 죽고, 셋 중 이 친구 하나만 부상까지 입고 간신히 빠져 돌아온 것이다. 그래서 제대되었는데 사람은 괜찮았다. 성택은 금세 그와 가까워졌다.

그는 아무튼 제대군인이어서 공부에 약했고 그런 면에서 성택의 도움이 필수였다. 여러 달이 지나갔다. 어느 일요일 성택이 오래간만에 외출에 나섰다. 집에서 떠나올 때 동네 누군가가 평양에 있는 자기 친척을 찾아 뭘 전해 달라고 했기 때문이다. 대동강역 앞 영제동에 있는 단층집이라고 했는데 얼마나 변했는지 도무지 찾을 수 없었다. 끝내 찾지 못하고 맥이 풀려 다시 기숙사로 돌아오고 있었다.

대동강역에서 합장교행 무궤도전차를 타고 중구역 종로 경상동 종합수리 앞에 멈춰 섰을 때였다. 성택이 무심결에 차창 밖을 보는데

길 건너편 창전역 앞에 마침 대동강역 쪽으로 가는 무궤도전차가 멈춰 섰다. 무심히 사람들이 쏟아져 내리는 것을 보는데 성택이 눈에 뜻밖에도 낯익은 모습이 보이었다. 단발머리, 갸름한 얼굴, 호리호리한 몸매, 어떻게 봐도 경희다. 바로 자산역에서 만났던 경희라는 그 여학생이었다.

자그마한 손가방을 들고 곁눈 파는 일도 없이 머리를 푹 숙인 채 무궤도전차에서 내려 어디론가 가고 있었다. 놓쳐서는 안 된다는 생각이 들었다. 성택이 떠나려고 움직이는 버스에서 뛰어 내렸다. 그가 있는 쪽으로 가려면 앞으로 에돌아 큰 길을 건너야 한다. 급히 건널목 쪽으로 달려갔는데 아이고 이거야 교통정리원이 자기 친구 처녀와 수다질을 하느라고 신호를 주지 않는 것이었다. 마침내 신호를 기다려 달려 건너가고 보니 금방까지 있었던 경희가 보이지 않았다.

사람이 그리 많은 것도 아니었다. 그런데 암만 찾아 봐도 없었다. 세상에 이런 귀신이 곡할 노릇이 있는가. 그새 지나간 차라고는 연못동에서 평양역으로 가는 버스말고는 까만 승용차 한 대 밖에 없었다. 성택은 꼭 여우한테 홀린 것 같은 생각이 들었다. 하지만 아무리 찾아 봐도 없었다.

어쩔 수 없는 일이었다. 그래도 미련을 버리지 못해 한동안 두리번거리다가 결국 발걸음을 돌릴 수밖에 없었다. 기숙사로 돌아오니 다른 친구들은 다 어디로 갔는지 보이지 않고 장수길이 우거지상이 되어 있었다. 왜 그러는가 물어도 대답도 하지 않았다. 하지만 얼마간 지나자 장수길이 먼저 이야기를 시작하였다. 듣고 보니 여간만 난감한 일이 아니었다.

장수길은 원래 함경남도 북청군 신창내기였다. 아버지는 전쟁 때 낙동강 전선에서 전사하고 어머니와 단둘이 살았다. 그런데 그의 어머니는 여장부로 농사일을 잘해서 신문에까지 나고 언제인가는 김일성 접견까지 받은 모범 협동농장 관리위원장이었다. 며칠 전 수길이 성택에게 말했다.

"나, 암만해도 집에 한번 갔다 와야겠어."

"아니, 방학도 아닌데 갑자기 집에는 왜요?"

"글쎄, 암만해도 한번 갔다 와야겠어."

"왜, 무슨 일이 있는 거예요?" 성택이 물었다.

수길이가 말하였다. 그는 군대에서 제대된 다음 집에 가서 금방 장가들고 왔다. 오랫동안 혼자 살아온 어머니가 그가 제대되기도 전에 며느릿감을 봐놓고 기다리고 있었던 것이다. 그러다 그가 돌아오자 무조건 아들을 결혼부터 시켰다.

수길이 얼떨결에 결혼까지 했다. 하지만 며칠 만에 대학으로 올라와야 했다. 그리고 몇 달이 지나갔다. 당연히 집에 두고 온 젊은 색시가 생각나지 않을 수 없었다. 그런데 대학생들은 거의 대부분이 제대군인들이다 보니 모두의 사정도 엇비슷하였다.

열여덟 살에 군대에 나가 10년 가까이 군복무를 하고 돌아오니 부모들은 거의 같은 것이다. 그렇게 대학에 입학한 학생들이 대부분이어서 거의 모두가 무슨 구실을 붙여서라도 집에 한번 다녀오려고 하였다.

하지만 대학의 입장에서 보면 그들의 요구를 다 들어줄 수는 없었다. 방학도 아닌 때에 매일같이 집에 갔다 오겠다고 하는데 어떻게 다 보내준다는 말인가. 특별한 사정이 있는 사람들만 보내주었다. 수길 역시 안달이 나지 않을 수 없었다. 궁리 끝에 같은 평양시 선교구역 우체국에 가서 자기 앞으로 전보를 쳤다.

'모친 급병 급래 요함'

그 전보 쪽지를 들고 대학 학생생활지도 교원을 찾아갔다. 학생생활 지도 교원이란 전문 대학생들의 사업과 생활에서만 제기되는 문제를 처리하는 선생이다. 그의 허락이 있어야 통행증도 뗄 수 있고 또 갈 수도 있었다.

수길이 역시 매우 심각한 표정을 지으며 지도 교원에게 그 전보 쪽지를 내밀었다. 어머니가 급히 앓기 때문에 집에 갔다 와야겠다는 것이다. 하지만 다시 말하는데 그게 어디 그뿐인가. 학생생활지도 교원은 다시 한번 연락이 오면 그때 보자고 뒤로 밀어놓는 것이었다. 수길이 마음이 편안할 리 없었다. 이번에는 평양시 평천구역 체신소에 가서 다시 자기 앞으로 전보를 쳤다.

'모친 사망 급래 요함'

수길이 그 전보 쪽지를 들고 학생생활지도 교원에게 올라갔다. 생활지도 교원을 보는 순간 울음보까지 터뜨리는 연극을 하였다.

"아이고, 선생님! 우리 어머니가 끝내 견디지 못하고 돌아갔다고 하는구만요. 아이고, 불쌍한 우리 어머니 으흑!"

이번에는 먹혀 들어갔다. 생활지도 교원도 깜짝 놀라지 않을 수 없었다. 다시 말하지만 그의 어머니는 전국에 널리 알려진 협동농장 모범 관리위원장이었기 때문이다. 또 김일성의 접견자였기 때문이다. 잘못하면 자기들에게까지 큰 책임이 물어질 수 있다. 생활지도 교원이 큰 실수를 하였다는 것을 느끼고 부랴부랴 대책을 취하지 않을 수 없었다.

그를 기숙사에 내려 보내 기다리게 한 다음 급히 학부장선생 등과 토의했다. 학부에서 젯상 차림까지 준비한 다음 선생 한 명까지 대동하여 그를 집에 보내기로 하였다. 그런데 일이 이렇게 되니 진짜로 황당해 진 것은 수길이었다. 이제 그게 거짓말이었다는 것이 금방 탄로날 일이었다. 수길은 그 일 때문에 끙끙 앓는 것이었다.

성택이 생각해보아도 무슨 뾰족한 방법이 없었다. 아니 방법이 있을 수도 없었다. 선생까지 대동하여 가면 금방 그의 어머니가 무사하다는 것이 들통나겠는데 거기에 무슨 방법이 있겠는가. 수길이 이 일 때문에 뒤척이며 끙끙 앓는데 성택은 먼저 잠이 들고 말았다. 꿈에 경희를 만나 무슨 영화를 같이 보았는데, 깨고 보니 꿈이어서 얼마나 황당했는지 모른다.

며칠이 지나서였다. 그날은 대학 본관 2백석 강당에서 무슨 남쪽에서 들어온 어민들 환영식을 한다고 하였다. 사회자의 말로는 그 남조선 어민들이 실로 풍파를 만나 생사기로에 들어선 순간에 인민군 해군 함정이 출동하여 구출했다고 했다. 그런데 그들로서는 웬일인지 그리 밝은 표정이 아니었다. 실로 풍파를 만나 생사를 가르는 엄혹한 순간에 구출해줬으면 그 고마움에 감지덕지해야겠으나 전혀 그런 빛이 보이지 않았다. 연설하는 것도 꼭 누가 써준 것을 그대로 읽는 것 같았다.

하지만 그거야 무슨 상관이랴. 성택은 모임에 참가했어도 노상 수길이 생각만 했다. 이제 수길이가 선생까지 달고 집에 가면 죽었다던 어머니가 시퍼렇게 살아 있으니 이를 어쩌나 하고 생각했다. 그러다 보니 어느새 남조선 어민 환영식 행사가 끝난 모양이었다. 대학생들이 막 밀려 나오기 시작하는데 어느 순간 문득 성택이 경희를 본 것 같았다. 그것도 바로 코앞에서 말이다.

자기 친구와 무슨 이야기를 하며 나오는데 틀림없이 경희였다. 산뜻한 콧날, 짧게 깎은 머리. 성택은 너무나도 뜻밖이어서 순간 멍해지는 것 같았다. 바로 그때 뒤에서 누군가 확 밀치며 나오는 통에 아차 그만 놓치고 말았다. 이번에는 좀 더 멀어졌다. 그래도 그녀가 보였다. 하지만 한두 번 보이는 것 같더니 사람들 무리 속으로 사라지고 말았다. 밖에 나와 아무리 찾아보았으나 없었다. 꿈을 꾼 것인가. 대학생들이 무리를 지어 교실이며 도서관이며 돌아가고 있었다.

그 속에서 그를 찾는다는 건 실로 바늘 찾기였다. 경희가 여기에 왜 있는 것인가. 그러면 그도 대학에 다닌다는 이야기인데 그래 틀림없이 자기와 같은 대학생이다. 기뻤다. 비록 만나지는 못했어도 같은 대학이니 언제인가는 만날 수 있으리라는 생각에 기뻤다. 그리고 나름대로 추리를 시작했다. 그는 집이 평양이라고 했으니 자가생이 틀림없다. 그러면 합장교 대동강역행 버스를 탈 것이다. 성택이 그날 저녁 퇴교시간에 맞춰 일찍 버스정류소에 나갔다. 그리고 그를 찾기 시작했다. 하지만 역시 수많은 자가생들이 집으로 가는데 그 속에서 찾는다는 건 바늘 찾기였다. 그래도 나쁘지는 않았다. 언제인가는 꼭 볼 수 있을 것 같은 생각이 들어서였다.

기숙사 호실에 들어오니 수길이 왔다. 뜻밖에도 얼굴이 히쭉 벌쭉이었다. 오히려 자기 새색시가 보내줬다면서 '개엿'이라는 것까지 들고 왔다. 폭 삶은 개고기를 엿을 재워 만든 것이다. 보신용으로 첫째 치는 음식이었다. 수길이 기분이 완전히 개 잡은 포수같이 우쭐하였다.

"그러게 내가 뭐라고 하던가. 이 '성천강 이북'은 하늘이 낸 인물이라고 하지 않던가."

듣고 보니 일인즉 정말 죽을 수가 있으면 살 수가 생기는 모양이다. 그날 아침 수길은 도살장에 끌려가는 소같이 서평양역으로 나갔다. 물론 그와 동행하게 된 선생도 나왔다. 차표까지 끊고 이제 기차에 올라타기만 하면 되는 순간이었다. 그런데 이때 뜻밖의 일이 일어났다.

그와 같이 가게 된 선생이 개찰구에 나섰는데 갑자기 지갑이 없어진 것이다. 그 지갑에 통행증이며 차표며 다 있었다. 암만 찾아도 없었다. 그리고 보니 차표를 끊고 나올 때 웬 꽃제비 같은 아이 둘이 갑자기 그를 밀치며 빠져 나가던 것이 생각났다. 그 아이들의 소행이 틀림없었다. 이제 와서 암만 후회해야 그거야말로 행차 후 나발인 것이다. 선생은 어쩔 수 없이 떨어지고 수길이만 기차에 탔다는 것이다. 참 어떻게 생각해봐도 천만다행이라고 아니 할 수 없다.

하지만 그 일은 그 일이고 성택의 생각은 온통 콩밭에 가 있었다. 경희가 왜 나타나지 않았을까? 그가 무슨 다른 일이 있어 먼저 가기라도 했다는 말인가? 자꾸 생각하다 보니 화가 나기까지 하였다. 젠장, 제가 집이 평양이면 평양이지 말라깽이 같은 게 뭐 볼게 있다고. 속으로 투덜거려 봤지만 괜한 일이었다.

또다시 며칠이 흘렀다. 성택이 대학 도서관에서 뭘 하다 조금 늦게 기숙사로 돌아오고 있었다. 그가 들어 있는 역사학부 기숙사는 9호 기숙사였다. 기숙사로 가려면 큰 길을 건너는데 거의 습관처럼 버스정류소에 눈길을 돌렸다. 그런데 방금 버스가 떠났는데 저쪽에서 누군가 콩콩 뛰어오는 것이었다. 첫 눈에 경희임을 알았다. 가냘픈 체격, 짧은 단발머리, 봉긋하게 나온 가슴, 경희가 틀림없었다.

"경희 동무! 경희 동무!" 성택이 반갑게 소리쳐 부르며 달려갔다.

"어머!" 경희는 달려오다 말고 우뚝 멈춰 섰다.

"나, 모르겠어? 나 성택이야. 그때 자산역에서 만났던 ….."

"아이 ….." 경희는 당황하여 어쩔 줄을 몰라 했다.

"참 나, 그 다음날 대학 입학시험을 봤는데 붙었단 말이야. 내가 대학에 붙었거든."

"알아요."

"알다니?" 성택은 너무나도 뜻밖의 대답에 깜짝 놀랐다.

"아니, 내가 대학에 붙은 걸 알았다니 어떻게 알았는데?"

"왜요? 그새 벌써 몇 번이나 봤는걸요."

"뭐라고?"

"지난번에 대학에서 축구경기 할 때에도 봤고 또 7.27 대학 웅변대회 때에도 나갔잖아요." 경희가 가쁜 숨을 몰아쉬며 하는 말이었다.

사실이다. 대학 학부별 축구경기 때 비록 선수로는 나가지 못했지만 응원대장으로 나갔다. 또 대학 웅변대회에는 나가서 3등을 하였다. 그래서 공책과 만년필도 선물로 받았다.

"아니, 그런데 그렇게 보고도 아는 척하지 않았다는 말이오?"

경희는 대답이 없었다. 실망스럽기 짝이 없었다. 자기는 그를 보려고 몇 번씩이나 버스정류소에까지 나와 기다렸는데 진작 그를 알아보고도 아는 척도 하지 않은 것이다.

그때 합장교 대동강역행 버스가 왔다. 픽 소리를 내며 버스 문이 열리었다.

"저, 가야 해요." 경희는 급히 버스에 오르며 말했다.

"경희 동무, 나 동무한테 할 말이 있는데?"

"무슨 말?" 벌써 버스가 움직이며 떠나기 시작하였다.

"아무튼 내일 이 시간에 아동백화점 공원 코끼리 석상 앞에서 만나!"

들었는지 못 들었는지 버스는 떠났다. 다음 날 성택은 일찌감치 공원 코끼리 석상 앞에 갔다. 이제나 저제나 기다리기 시작하였다. 벌써 어둠이 깃들어 거리에 가로등까지 켜졌는데도 나타나지 않았다.

화가 버럭 치밀어 올랐다. 아니 오지 못하면 그렇다고 말이라도 할 것이지 이렇게 사람을 기다리게 해? 어디 두고 보자. 누가 기다리라고 한 것을 기다린 것처럼 얼굴이 붉으락푸르락해졌다. 그러나 그것도 순간뿐 하룻밤 지나자 다 잊고 말았다. 다시 경희가 보고싶어졌다.

다시 며칠이 지났다. 이날은 조선사 한문 강독에 대해 볼 것이 있어 대학 도서관에 갔는데 뜻밖에도 거기서 경희를 다시 만나게 될 줄이야. 그녀는 제일 뒷줄 창문가에 앉아 있었다. 마침 옆에 사람이 없었다. 성택이 곧바로 그녀에게로 다가갔다. 경희는 무슨 책을 읽는지 옆에 사람이 다가서는 것도 모르고 있었다. 성택이 앉았다. 언제 그를 만나기만 하면 절대 가만두지 않겠다던 생각은 새까맣게 잊어버렸다.

"잘 있었어?"

"어머!" 그제야 경희는 성택을 알아보았다.

"세상에 사람을 그렇게 기다리게 하는 법이 어디 있어?"

"그럼, 정말 거기서 기다렸단 말이에요?"

"그럼, 기다리지 않고 얼마나 오래 기다렸는데."

"아니 참, 누가 자기보고 기다리라고 했는데? …" 경희는 얼굴이 빨개져서 책으로 눈을 떨구며 말했다.

"그래도 그렇지, 아무튼 내가 거기서 기다리는 걸 알았을 거 아니야?"

"우리집에서는 날만 저물면 여자는 절대 집 밖에 나가지 못하게 해요." 역시 성택을 처다보지도 않고 하는 말이었다.

"아이고, 지금 때가 어느 땐데 여자라고 날만 저물면 집 밖에도 나가지 못하게 해? 누구 동무네 아버지가 그렇게 해?"

"아버지도 그러지만 …." 경희는 말끝을 흐리었다.

"그 번대머리 영감 아예 봉건 통이구만 흐흐 ···."

성택이 소리를 죽여 웃었다. 저 혼자 경희 아버지가 번대머리 부기장쯤 된다고 생각하고 웃는 것이었다.

"그래, 경희 동무는 날 다시 만나니 반갑지도 않아?"

"피 ··· 반갑긴."

경희는 처음으로 약간 웃어보이었다. 그 귀여운 볼우물이 살짝 들어가며 웃는 것은 영 죽여준다. 바로 그때였다.

"경희야, 뭘 하고 있는 거야? 이젠 가야 하는 거 아니니?"

한 무리의 여대생들이 몰려왔다.

"응, 갈게. 잠깐만 기다려."

경희는 주섬주섬 책가방을 정리했다. 잘못하다는 또 놓칠 것 같았다. 그렇다고 여러 명이 지켜보는데 뭐라 말할 수도 없다. 성택이 얼른 공책을 꺼내 몇 자 적었다. 경희는 저만큼 멀어져가는 자기 친구들을 쫓아가고 있었다.

"잠깐만요!" 경희 친구들까지 멈춰 섰다.

"이걸 떨구고 갔는데 ···." 성택이 슬쩍 경희의 손에 쪽지를 쥐어줬다.

경희는 당황한 기색이 분명하였으나 그대로 받아 주머니에 찌르고 나갔다. '오늘 저녁 7시 다시 코끼리 석상 앞에서 기다리겠음.' 꼭 무슨 첩보영화 비밀 대사같이 몇 자 적었다. 성택은 가슴이 뛰었다.

그렇게 찾던 경희를 만난 것만 해도 그런데 그가 준 쪽지를 버리지 않고 가지고 나간 것이다. 한번 만나기만 하면 되게 혼내 주리라 생각은 쥐꼬리만큼도 없다. 성택은 이날 저녁 다시 코끼리 석상 앞으로 나갔다. 역시 나타나지 않았다. 8시가 거의 돼 가는데도 나타나지 않았다.

어느새 날은 저물고 다시 가로등이 켜졌다. 대답은 듣지 못했지만 그래도 이제나 저제나 하며 기다렸다. 이제 돌아가지 않으면 기숙사 저녁 점검(북한 대학생들은 기숙사에서 저녁 인원 점검을 한다)에 늦어질 수도 있다.

그래도 할 수 없지, 조금만 더 기다려 보자. 역시 나타나지 않았다. 이젠 더 어쩔 수 없어 막 돌아서려고 할 때였다. 저쪽 어둠 속에서 사람 하나가 성택 쪽으로 다가왔다. 그대로 지나가겠거니 하고 서 있었다. 그런데 그 인간은 지나가지 않고 성택 앞에 멈춰서는 것이었다.

"너, 여기서 누굴 기다리는 거야?" 키가 작고 얼굴이 여자같이 곱살하게 생긴 자식이었다.

"누구를 기다리면 왜?"

"하, 이 자식 봐라. 야, 올라가지 못할 나무는 아예 쳐다보지도 말랬어." 그 녀석은 야멸차게 웃으며 한 발 더 다가서는 것이었다.

"아니, 올라갈 나무는 뭐고 올라가지 못할 나무는 또 뭔데?" 성택이 그 말이 무슨 말인지 알지는 못했으나 그 인간이 말하는 꼴이 마음에 들지 않아 한마디 하였다.

"넌 누굴 만나는지도 모르고 나온 모양이구나. 멍청이 같은 놈!"

"뭐야?"

그 말에 성택이도 화가 났다. 누군지 알지도 못하는 놈이 걸고 드는 것만 해도 그런데, 자기 보고 멍청이라고 하니 참을 수가 없었다.

"아니, 넌 도대체 누군데 처음 보는 사람보고 멍청이니 뭐니 야단이야?"

"내가 누군데 그러는가? 하, 이 새낄 좀 봐라!"

휙, 그 인간이 갑자기 손가락을 입에 넣더니 휘파람을 불었다. 저쪽 컴컴한 나무숲 뒤에서 여섯 놈이 나타났다. 그중 특히 한 놈은 체격이 이만 저만 장대하지 않았다. 생긴 것도 훤칠하게 잘생긴 놈이었다.

"야, 너희들, 이 새끼 버릇 좀 가르쳐줘야겠다. 저쪽으로 끌고가!"

"알겠습니다."

두 놈이 다가와 좌우에서 성택의 팔을 끼었다. 성택이 그제야 뭔가 잘못 걸려들었다는 것을 알았다. 평양시에도 깡패 새끼들이 있다고 하더니 오늘 제대로 걸려든 것이다. 하지만 후회해도 늦었다. 두 놈이 다가와 그를 양옆에서 팔을 끼는 것이었다.

"가자."

"아니, 가긴 어딜 간단 말이야? 놔. 이걸 놓지 못하겠어?"

하지만 어림도 없었다. 이들은 공원 저쪽 컴컴한 곳으로 끌고 가려 했다. 어떻게 한다? 그대로 끌려가면 뒷일은 뻔했다. 그렇다고 도망칠 상황도 못 되었다.

'젠장 죽으면 한 번 죽지 두 번 죽겠어?' 성택은 갑자기 울뚝밸이 섰다.

"놔라, 내 발로 간다."

성택은 죽기 살기로 싸우겠다고 다짐하고 앞장서 걸었다. 그놈들도 더는 잡지 않았다. 이제 마지막 가로등이다. 그것만 지나면 완전 캄캄칠야인데 개새끼들 할 테면 해보자. 바로 그때다.

"여! 성택이 너 어딜 가는 거야?"

누군가 팔을 잡는 사람이 있었다. 세상에 이런 일도 있는가. 어둠 속에서 뜻밖에 그의 팔을 잡는 사람은 수길이었다. 이날 수길이 자기 형수네 집에 갔다 오겠다더니 그의 집이 바로 그 앞 옥류관 뒤 아파트에 있었던 모양이다. 볼 일을 보고 돌아서던 길에 뜻밖에도 성택을 만난 것이다. 성택은 깜짝 놀라지 않을 수 없었다.

"아, 형님, 저 저놈들이 나를 ….."

"저놈들이 뭐야?" 수길은 성택의 뒤를 따라오는 놈들을 돌아보며 하는 소리였다. 성택은 얼른 수길의 귀에 대고 말했다.

"글쎄, 나도 모르는 놈들인데 내가 저기 코끼리 석상 앞에 있다고 다짜고짜 끌고가는 거야. 형, 좀 어떻게 해봐."

"세상 그런 놈들이 있어? 야 너희들은 도대체 뭐야?" 수길은 따라오던 인간들에게 소리쳤다.

"응? 넌 또 뭐야?"

키 큰 놈이 앞에 나섰다. 다른 놈들도 옆에 붙어 섰다. 저쪽은 제일 처음 나타났던 놈까지 일곱이고 이쪽은 둘이다. 거기에다 수길은 워낙 몸이 마른 편이다. 어떻게 보면 별로 힘도 쓰게 생기지 않았다. 그래서 인지 성택을 끌고 오던 놈들이 만만히 본 것 같다. 하지만 수길은 다시 말하지만 인민군 정찰국 소속으로 남쪽에도 세 번씩이나 갔다 온 사람 이다.

"같이 해치워!" 처음 나타났던 놈이 하는 말이다.

수길은 코웃음을 쳤다.

"이 새끼들이 정말!"

덩치 큰 놈이 수길의 목을 움켜쥐려 손을 내밀었다. 하지만 바로 그 순간이었다. 수길은 펄쩍 뛰며 한 바퀴 빙 도는 것 같았다. 그러나 다음 순간 수길의 오른발이 정통으로 다부지게 생긴 놈의 목을 들이쳤 다. 그놈이 끽 소리와 함께 나가 동그라졌다.

"쳐라!"

단번에 세 놈이 달려들었다. 하지만 그들 역시 순간이었다. 수길은 펄쩍 몸을 날리며 들어오는 놈들을 이리 치고 저리 치고 단번에 해치우는 것이었다. 실로 번개 같은 솜씨였다. 그리고 돌아서면서 다시 두 놈을 제껴 버리었다. 성택은 사기가 났다. 수길에게 맞고 쓰러진 놈의 머리를 짓밟았다.

"이 새끼들아, 너희들 내가 누군지 알아? 내가 이래 봬도 한때 남조선에 변소간 나들듯 하던 사람이야!" 성택이 자기는 실제 남조선에는 고사하고 아무데도 못 가봤으면서 큰 소리쳤다.

바로 그때 어디 멀지 않은 곳에서 호각소리가 났다. 주변을 순찰하던 안전원(경찰)이 나타난 것이다.

"뛰자!" 처음 나타났던 곱살하게 생긴 놈이 소리쳤다.

그도 대상을 잘못 고른 줄 안 모양이다. 후닥닥 도망친다는 것이 저쯤 가다가 제풀에 돌부리를 걸어차고 자빠졌다. 그래도 엉금엉금 일어나 도망쳤다. 다른 놈들도 도망치는 데는 번개 같았다. 금방 죽은 것 같이 자빠져 있던 놈도 찌국찌국 다리를 끌면서 정신없이 도망갔다. 성택으로서는 정말이지 천만다행이 아닐 수 없었다. 안전원이 다가왔다. 별 세 개 단 놈이었다.

"너희들 뭐야?" 안전원이 하는 말이었다.

"안전원 동지, 저기 도망치는 저놈들부터 잡으십시오."

성택은 아동백화점 쪽으로 도망치는 놈들을 가리켰다. 그때라도 따라가면 얼마든지 잡을 수 있을 것 같았다. 하지만 안전원은 한번 힐끗 그쪽을 보기만 할 뿐 잡을 생각은 하지도 않았다. 이들만 잡고 가자는 것이었다. 어쩔 수 없이 가지 않을 수 없었다. 거기서 그리 멀지 않은 경상분주소(파출소)로 데리고 가는 것이었다.

"또 웬 놈이야?" 안에 앉아 있던 나이 들어 보이는 안전원이 하는 말이었다.

"아, 이 새끼들이 글쎄, 지금 때가 어느 땐데 아동 공원 안에서 싸우고 있지 않겠습니까? 내 그래서 잡아왔습니다."

"아니, 싸우다니요? 싸우기는 누가 싸웠단 말입니까? 전 그저 거기 있다가 그놈들 말 시비에 걸려들었을 뿐이란 말입니다." 성택이 말했다.

"맞습니다. 난 그때 우연히 거기를 지나가는 중이었는데 그놈들이 잘못했습니다." 수길이 말했다.

"그래, 그놈들이라는 건 어떤 놈들이야?" 앉아 있던 대위가 묻는 말이었다.

"그걸 제가 어떻게 알겠습니까? 공연히 알지도 못하면서 먼저 시비를 걸고 때리려도 달려드는 걸 말입니다."

"머저리 같은 자식, 얼마나 칠칠치 못했으면 그런 일을 당할까?"

"또 그 '남산'패거리들인가?" 앉아 있던 대위가 하는 말이었다.

"예, 제가 멀리서 보니 분명 그놈들 같았습니다." 이들을 잡아온 상위가 하는 말이었다.

"개자식들, 언제까지 그렇게 자기 '되박'들을 믿고 난리치겠는지 …." 그리고 보니 그 패거리들에 대해 이미 잘 알고 있었던 모양이었다.

"그럼 안전원 동지는 그놈들에 대해 잘 아는 놈들입니까?" 성택이 물었다.

"알기는 뭘 알아? 그리고 넌 또 누구라구?" 수길에게 묻는 말이었다.

"전 이 친구랑 같은 기숙사 같은 호실에 있는 사람입니다. 그런데 친척집에 갔다 오던 길에 보니까 싸우는 것 같아서 말리려고 거기 있었습니다."

"그래? 증명서?" 둘은 학생증을 내놓았다.

"이 새끼들, 김대 학생들이네." 상위가 증명서를 뒤적이며 하는 말이었다.

"야! 이 자식들아, 대학생이면 대학 기숙사에 자빠져 공부나 하고 있을 일이지 뭘 하려 저녁에 나와 싸돌아다녀?"

"뭐 싸돌아다닌 것도 없습니다. 오늘 저녁 거기서 누구와 만나기로 약속했는데 괜히 이상한 놈들이 나타나서 참!" 성택이 푸념질을 하였다.

"아무튼 너희들도 잘한 건 없으니 됐어. 여 크게 맞지는 않은 모양인 것 같으니 대충 조서나 꾸미고 돌려보내." 대위가 하는 말이었다.

"알겠습니다."

할 수 없이 성택과 수길만 취조를 받다 풀려났다. 억울하였다. 하지만 어디다 하소연할 곳도 없었다. 성택과 수길이 기숙사에 돌아오니 벌써 새벽 2시도 넘어서였다.

7

폭풍 속에 피어나는 꽃

실로 엄혹한 계절이었다. 1967년에 있었던 노동당 중앙위원회 제4기 15차 전원회의는 북한 사회 전반에 엄청난 폭풍을 몰아왔다.

북한 사회 지도 이념부터 달라졌다. 그전에는 사회주의 공산주의 건설을 총적인 목표로 한다고 하면서 마르크스-레닌주의를 지도 이념으로 한다고 하였다. 하지만 언제부터인가 마르크스-레닌주의를 북한의 현실에 창조적으로 적용한다고 하더니, 다음은 뚱딴지 같이 주체사상이라는 새 지도 이념이 나왔다.

전대미문의 강력한 김일성 1인 독재체제가 수립되기 시작한 것이다. 물론 그에 따른 숙청은 북한 전 사회에 태풍을 몰아왔다. 다시 말하지만 당 중앙위원회 조직 담당 부위원장이었던 박금철, 대남 담당 부위원장이었던 이효순, 사상 담당 부위원장이었던 김창만(김창만은 조금 더 있다 숙청됨), 선전선동부장이었던 김도만, 국제 담당 부장이었던 고혁 등이 숙청되었다.

하지만 그건 말 그대로 최고위급 몇몇 거물들이고 그 밑으로 수도 없이 많은 사람들이 숙청되었다. 그 사람들이 뿌린 사상 여독을 뿌리 뽑는다고 하여 또다시 그들과 연계를 가진 모든 사람들을 색출하고 처단한 것이다.

그리고 이름도 들어보지 못한 사람들이 속속 그 자리에 올라앉았다. 그 속에서 사망한 지 수십 년도 더 된 향토시인 김소월까지 무덤 속에서 모진 고통을 겪어야 했다. 1920년대 30년대 우리 시문학의 장을 한껏 풍미했던 향토시인 김소월, 아마 모르는 사람이 거의 없을 것이다.

산산이 부서진 이름이여!
허공 중(虛空中)에 헤어진 이름이여!
불러도 주인(主人) 없는 이름이여!
부르다가 내가 죽을 이름이여!

김소월은 1934년에 사망하였고 그의 무덤은 평안북도 곽산에 있었다. 그런데 1965년 당 중앙위원회 선전선동부장으로 김도만이 되면서 달라졌다. 지방 당 조직들에 선전선동 방향을 내려 보내면서 향토사와 향토 명인들을 적극 발굴하여 후대 교육에 인입할 데 대한 지시를 한 것이다. 당연히 평안북도에서는 저명한 시인 김소월의 사적을 적극

발굴하는 한편 묘지도 새롭게 단장하였다.

그런데 1967년 김일성의 5.25교시가 나오면서 이것이 문제가 되었다. 김일성이 노한 것이다. 원래 김소월은 살아 있을 때 조상들로부터 물려받은 땅이 얼마간 있었던 모양이다. 김일성은 이것을 거들어 김도만이 죽은 지주에 대해 숭상한다고 하였다. 당연히 후과가 무사할 리 없었다. 즉시 평안북도 당에서는 봉건유교사상을 타파한다는 구실로 김소월의 무덤을 파헤치는 참극까지 벌였다(하지만 그때로부터 수십 년이 지난 다음 김정일이 또 무슨 생각을 하였는지 김소월의 무덤을 다시 원상으로 복원하도록 하였다).

이뿐만 아니다. 이때로부터 북한 전역에서는 정약용의 『목민심서』나 박지원의 『열하일기』같은 책도 모조리 반동서적으로 취급되었다. 그런 책을 읽는 사람은 말할 것도 없고 가지고 있는 사람들까지 의심을 받게 되었다. 일체의 역사가 부정되고 오직 김일성의 혁명역사에 대한 학습만 강조되었을 뿐이다. 실로 박금철, 김도만 등의 사상 여독을 뿌리 뽑는 투쟁은 북한 사회 전반에 태풍을 몰아왔다. 하지만 이것은 어쨌든 수면 위에서 벌어지는 일이고 수면 밑은 여전히 일상이 흘렀다.

그 즈음 경희는 불안하기 그지없었다. 자기도 분명 이젠 성인인데 오빠 김정일이 너무 지나치게 자기 생활에 간섭하는 것이다. 전혁에 대한 문제만 해도 그렇다. 사실 경희는 전혁을 나쁘게 생각하지는 않았다.

아니 바른대로 말한다면 그에 대해 좋은 감정이 훨씬 앞섰다. 그런데 그 즈음 들어서면서 오빠가 이상할 정도로 전혁을 자꾸 자기와 얽으려 하고 무슨 일이든 자기와 연결시키려는 것 같아서 싫었다. 그러지 않아도 전혁이 어떻게 해서든지 경희에게 잘해주려고 애쓰는 것도 사실이다. 그런데 오빠가 더욱 그를 경희에게 붙여주려 애를 쓰고 있으니 그럴수록 경희는 그게 싫었다.

그러다 갑자기 새로 장성택이라는 시골뜨기 대학생이 나타났다. 물론 경희는 성택이를 새까맣게 잊어버리고 있었다. 하지만 뜻밖에도 그가 다시 경희 앞에 나타나고 보니 아직은 시골뜨기 냄새가 물씬물씬 풍기지만 어떻게 보아도 전혁에게는 비교도 되지 않는 순수한 무엇이 있었다.

얼마 전 경상종합수리소 앞에서 성택이 버스에서 내려 자기를 쫓아오는 것도 보았다. 하지만 마침 거기서 아버지 부관장을 만나 차를 타고 집에 왔다. 오면서 자기를 찾느라고 허둥대는 그를 봤다. 그래서 오히려 재미까지 느꼈다. 하지만 그것도 거기까지가 전부이고 그렇다고 차를 세우고 다시 그를 만나고 싶은 생각까지는 없었다. 그다음은 또 버스 정류소에서 만났고 대학 도서관에서도 만났다. 집에 돌아와 그가 준 쪽지를 보니 저녁 7시에 아동 공원 코끼리 석상 앞에서 다시 만나자고 하였다. 경희는 자기도 모르게 웃음이 났다. 자기가 누군지 알지도 못한 채 무턱대고 쫓아다니는 그가 귀엽기까지 하였다.

경희가 막 성택이 쪽지를 보고 난 다음이었다. 오빠가 들어왔다.

"경희야, 너 어제 나한테서 가져온 이소룡이 비디오 어떻게 했어?"
비디오를 찾으러 온 것이다.

"어머, 참 저쪽 거실에 있는데 잠깐만 기다려."

경희가 비디오를 가지러 거실로 나왔다. 그런데 암만 찾아봐도 없었다. 한참 찾는데 동생 경진이 들어오기에 그한테 물었다. 그가 자기가 보려고 가져갔다는 것이다. 경희가 빈손으로 방으로 들어왔다.

"오빠, 나 아직 보지 못했는데 가져가야 돼?"

"뭐, 아직 그리 급한 건 아니지만 … 경희야, 너 요즘 누구와 연애 하니?" 정일이 얼굴에 이상한 웃음을 짓고 하는 말이었다. 그러고 보니 책상 위에 있던 성택의 쪽지를 본 모양이다.

"연애는 무슨?" 경희는 얼른 쪽지를 치웠는데 무엇 때문인지 얼굴이 화끈거리었다.

"뭐, 연애할 수도 있지. 가만, 그런데 아까 아버지한테서 전화 왔는 데 너 빨리 사무실에 왔다 가라더라." 정일은 여전히 히죽히죽 웃으며 말하였다.

"뭐 아버지한테서? 아버지가 갑자기 왜?" 경희는 영문을 몰라 물었다.

"그야 내가 어떻게 알겠어? 아무튼 저녁 7시까지 꼭 사무실에 왔다 가라고 하더구나." 정일은 그 한 마디만 남기고 나갔다.

경희는 난감하였다. 물론 성택에게 나가겠다고 약속한 건 아니다. 하지만 지난번에도 물 먹였는데 미안한 생각이 들었다. 그렇지만 아버지가 왔다 가라니 안 갈 수도 없었다. 경희는 여섯 시 반 좀 못 돼서 아버지 사무실로 나갔다. 아버지는 계시지 않았다.

낮에 새로 건설하는 사리원시 건설장을 보겠다고 나갔다는데 좀 있으면 돌아올 것 같다고 하였다. 기다리고 있자니 8시가 다 되어서야 돌아올 것 같지 못하다는 연락이 왔다. 정방산 특각에서 자고 내일 온다는 것이었다. 경희는 맥이 풀려 집에 돌아왔다. 그러고 보니 어쩐지 오빠의 말에 의심이 갔다. 그래서 집에 들어오자 그 바람으로 오빠의 방부터 찾았다.

"오빠, 아까 7시까지 아버지가 나보고 왔다 가라던 거 정말이야?" 문도 두드리지 않고 버럭 열고 들어갔다. 그런데 오빠와 전혁이 그 방에서 무슨 일을 하다가 깜짝 놀라 쳐다보는 것이었다. 뜻밖에도 오빠의 몰골도 전혁의 몰골도 말이 아니었다. 특히 전혁은 완전히 만신창이가 된 모습이었다. 약을 바르고 있었던 모양이다.

"아니, 왜 그래 오빠? 어딜 다쳤어?" 경희는 깜짝 놀라 물었다.

"아니야. 뭘 좀 하다가 다쳤어."

"아니, 무슨 일을 하다 이렇게 됐는데 어디 보자." 경희가 가까이 다가가 오빠의 터진 얼굴을 보는데 어떻게 보아도 무슨 일을 하다 다친 건 아닌 것 같았다.

"도대체 어떻게 된 일이야? 병원에 가봐야 되지 않겠어?"

"병원은 무슨… 됐어. 넌 비칠 것 없어. 나가!" 정일은 부득부득 경희를 내보냈다. 경희가 나오면서 들으니 둘이 누군가를 죽어라고 욕하고 있었다.

"아무튼 내, 그 새낄 아예 죽여 버리지 않나 두고 봐." 오빠의 말이다.

"아니, 형님, 그럴 것 없습니다. 소리 나면 우리도 좋을 건 없지 않겠습니까?"

경희는 들으면서도 도대체 무슨 말인지 알 수 없었다. 그리고 자기가 보기에도 크게 덧날 상처가 아닌 것 같아 그냥 나오고 말았다. 그런데 이상하게도 불안하였다. 오빠는 어렸을 때부터 싸움꾼으로 이름이 있었다. 하지만 다른 애들을 때려서 문제였지 남한테 맞고 들어온 건 처음이다.

경희는 생각해보았다. 혹시 오빠가 쪽지를 보고 대신 나갔다 무슨 일을 당한 건 아닐까. 자세한 내막을 알 수 없는 경희로서는 불안하기만 하였다. 조만간 성택을 만나 알아봐야겠다는 생각이 들었다. 그런데 막상 그를 보자고 하니 그에 대해 아는 것이 아무것도 없었다.

그저 같은 대학을 다닌다는 것만 알 뿐 무슨 학부 무슨 과인지, 또 몇 호 기숙사에 있는지 …

그러던 중에 평양시에 대수해가 났다. 1967년 9월 평양시 대수해는 정말로 엄청났다. 평양도 평양이지만 대동강 중상류라고 할 수 있는 양덕, 맹산, 그리고 덕천, 개천 일대에 거의 한 달 가까이 장맛비가 내리었다. 마지막에는 그게 아예 무더기 비로 바뀌고 마침 서해바다 만조 유두사리까지 겹치면서 일이 터졌다. 온 평양시 거의 전부가 물에 잠기고 만 것이다. 특히 평양에서도 지대가 낮은 선교구역 산업동, 영제동 쪽은 아예 아파트 3층까지 물에 잠기고 말았다.

그러다 보니 그쪽에 있는 평양-쿠바 친선 방직 공장이며 평양 방직 공장, 그리고 곡산 공장까지 완전히 물바다가 되고 말았다. 아니 그쪽뿐 아니라 동대원구역 삼마동, 율동, 냉천동 선교구역에서도 남신동, 선교동, 대흥동까지 동평양 전체가 물에 잠겨버리고 말았다.

평양시 주변에 주둔하던 인민군 중, 경, 도하부대들까지 총동원되었다. 김일성이 직접 그 수륙 양용전차를 타고 수해 구조에 나서기까지 했다. 인명 피해만 해도 이루 헤아릴 수 없었고 파손된 집들은 수천 채를 헤아렸다. 말 그대로 평양시 전체가 아니라 북한 전체가 이 때문에 무서운 진통을 겪어야 했다.

수해가 지난 다음 김일성이 직접 교시했다. 평양 시내 노동자, 사무원들은 말할 것도 없고 대학생들 전부, 그리고 지방 대학생들까지 총동원하여 수해 복구에 투입되라고 하였다.

당연히 김일성종합대학이라고 빠질 리 없었다. 김일성종합대학은 평양시 동대원구역 삼마동 일대 아파트 건설 두 동을 맡았다. 물론 경희는 여기서 빠졌다.

함경북도 주을에 있는 온천에 가서 두 달간 실컷 놀다 돌아왔다. 이번에도 오빠, 전혁이 그리고 경희가 갔다. 영란이는 대학 건설에 동원되어 빠진 것이다. 전혁은 그새 모스크바에 들어가지 않고 평양 만경대에 있는 육군대학에 입학하였다. 아무튼 가서 놀기는 잘 놀고 왔다. 칠보산에도 가보고 또 거기서 멀지 않은 집삼리에 가서 바다낚시도 해보았다. 실컷 놀고 돌아왔는데도 대학 전체는 아직 수해 복구 건설에서 돌아오지 못하고 있었다. 경희는 미안한 생각이 들었다. 남들은 건설장에 나가 죽도록 일하는데 자기만 온천에 가서 실컷 놀다 왔으니 어떻게 미안스럽지 않으랴.

어느 날 집에 있는 대기차를 타고 자기 친구들이 일하는 건설현장에 나가 보기로 했다. 대동교를 건너 선교 쪽에 들어서자 벌써 분위기부터 달랐다. 여기저기 기중기가 우뚝우뚝 서 있고 사람들이 달려가고 달려오는 모습이 보였다. 가는 곳마다 방송 차에서는 현장 방송을 하느라 야단법석이었다. 불꽃 튀는 건설현장 냄새가 물씬 풍기었다.

선교구역 청년거리 사거리로부터 삼마동에 이르기까지 길 양 옆으로 수십 동의 아파트들이 건설되고 있었다. 노동자, 사무원, 군인들도 있었지만 대학생들도 적지 않게 있었다. 김일성종합대학 건설장은 선교구역 남신동을 지나 장춘동 쪽이었다. 멀리서도 경희네 경제학부 깃발이 보였다. 하지만 경희는 거기까지 다가갈 용기가 나지 않았다.

영란이 있는 역사학부 건설현장으로 갔다. 대기차 운전사보고 멀지않게 차를 세우라고 하고 차 안에서 영란이를 찾아보았다. 역사학부 깃발이 보였다. '천리마 역사학부'였다. 그 뒤로 "철학부", "법학부", "어문학부", "외문학부" 등 깃발도 보이는데 그래도 "역사학부" 깃발이 제일 크게 나부끼고 있었다. 경희는 짙은 검은 색안경을 끼고 호기심에 차 자기네 학우들이 일하는 모습을 지켜보기 시작했다.

불꽃 튀는 건설장이라고 해도 건설기계라고는 기중기 몇 대가 전부였다. 시멘트, 자갈을 혼합하는 것까지 모조리 손으로 하고 있었다. 먼지가 구름같이 일어났다. 그래도 대학생들은 그 속에서 웃고 떠들고 비지땀을 흘리며 일하고 있었다. 전주대 꼭대기 높은 곳에 매달아 놓은 스피커에서는 '일터의 휴식'이라는 노래가 터져 나왔다. 경희도 아는 노래였다.

> … 에 뚱다라 뚱다라 뚱다라 절사
> 북통을 때려라 때려
> 옹혜야 입장단에 어깨춤이 절로나네
> 에 하늘엔 기중기로 땅위에 미끼샤(혼합기)로
> 흥겨운 우리 무대 새 힘 솟는 샘물터
> 마음껏 춤도 추고 목청껏 노래하자
> 세상엔 일터보다 더 좋은 곳 없다네
> 어 얼싸 얼씨구 절씨구 두리둥 좋네
> 어 얼싸 얼씨구 절씨구 두리둥 좋네
> 우리는 영예로운 젊은 청년 건설자

방송에서 나오는 음악도 즐겁지만 땀을 뚝뚝 떨구며 웃고 떠들고 일하는 모습도 여간만 신바람이 나 보이는 것이 아니었다. 최현이 쓴 『혁명의 길에서』에 이런 것이 있다.

노동은 정말이지 너무나도 신성한 것이다. 비록 감옥에서 강제로 하는 노동이지만 또 노임도 한 푼 받지 못하는 노동이지만 그래도 그 자체가 신성한 것이기 때문에 힘든 줄 몰랐고 오히려 즐겁기까지 하였다.

최현은 연길 감옥에 7년 동안 갇혀 있었다. 그때 일을 돌이켜 보며 한 회상이다. 과연 그런 것 같다.

특히 모래, 자갈, 시멘트를 혼합하며 대학생들이 일하는 건 보는 사람까지 어깨가 들썩이게 하였다. 물론 혼합기 같은 것이 있으면 쉽게 할 수 있으련만 그런 것이 있을 리 없다. 그저 5~7미리 철판 서너 장을 맞붙여 놓고 그 위에 모래와 자갈 그리고 시멘트를 부어놓으면 사람들이 직접 삽을 들고 그걸 혼합해야 한다. 그걸 위해 철판 양쪽에 7~8명의 대학생들이 서 있었다. 그러다 혼합물들이 철판 위에 부어지면 작은 삽으로 혼합하고 가운데를 짼 다음 물을 붓는다.

그리고 실로 눈 깜짝할 사이에 그 산더미 같은 것들을 혼합하여 한쪽으로 밀어냈다. 정말이지 불꽃 튀는 전투 현장이라고 하더니 꼭 그 자체였다. 으이샤, 으이샤, 모두의 얼굴에서는 굵은 땀방울이 비 오듯 떨어지고 있었다. 그래도 보는 사람들조차 어깨가 들썩거리게 한다. 거기서 여학생들은 물을 날라 주고 있었다.

경희 자신도 만약 그들 속에서 저들과 함께 일했더라면 어떤 모습이었을까 상상하니 부러운 생각도 들었다. 바로 그때였다. 문득 눈에 익은 모습이 보이었다. 성택이었다. 경희는 이제까지 시멘트, 모래, 자갈 혼합하는 것만 보다가 순간이면 혼합물을 밀어내고 거기에 다시 모래, 자갈, 시멘트를 날라 오는 보장 조의 활약은 보지 못 했던 것 같다. 성택이 바로 거기서 자갈운반을 맡은 모양이었다. 떡 벌어진 어깨며 검붉게 탄 얼굴, 온몸은 그대로 패기와 젊음이 차 넘치는 것 같다. 그의 훌떡 벗어부친 몸을 보니 갑자기 얼굴이 확 달아오르는 것 같았다. 하지만 그대로 지켜보기로 하였다.

실로 철판에 산더미같이 모래, 자갈, 시멘트들이 쌓여졌지만 순간에 없어졌다. 그러면 성택을 비롯하여 기다리고 있던 보장 조들이 꼭 개미떼같이 달려들어 다시 그 철판 위에 그것들을 가져다 쏟아 붓는다. 흔히 '또치카'라고 부르는 손수레로 가져다 붓는 것이었다. 거리도 그리 가깝지 않았다. 못해도 30~40미터는 되는 것 같았다. 그런데 무엇 때문인지 갑자기 일하던 대학생들이 모두 손을 놓고 이들이 골재 나르는 것을 지켜보기 시작했다. 골재 더미에서 혼합장까지 좁고 긴 널판자를 새로 깔았다. 말하자면 또치카 길이다. 그 길로 산더미 같이 골재를 실은 또치카를 무사히 철판까지 운반하는 건 당연히 쉽지 않을 게 뻔한 일이었다.

먼저 성택이보다 키는 주먹 하나가 더 크고 몸도 꽤 장대해 보이는 친구가 또치카를 잡고 나섰다. 팔뚝에 '조국보위'라고 문신이 새겨져 있는 걸 보면 제대군인이 틀림없었다. 모두가 긴장하여 지켜보는 가운데 마침내 그 친구가 벌떡 일어섰다.

"나간다!"

누군가 소리쳤다. 그 소리에 맞춰 그 친구가 끙 힘을 주는가 싶더니 달려 나가기 시작했다. 벌써 철판까지 3분의 2는 무사히 통과했다.

이제 앞에 있는 널판자 이음새만 통과하면 성공이다. 하지만 바로 그때였다. 그 친구가 잠시 주춤하는 것 같더니 미처 '악' 소리칠 사이도 없이 또치카와 함께 그대로 공중제비로 나가떨어졌다. 또치카는 또치카대로 사람은 사람대로 허공에 떴다가 나동그라진 것이다.

몇은 달려 나가고 이어 "와!" 웃음보가 터졌다. 그래도 크게 다치지 않은 모양이다. 그 친구 얼굴이 시뻘겋게 되어 어쭙게 웃으며 물러났다. 이번에는 성택이 나섰다. 경희는 자기도 모르게 손바닥에 땀을 쥐고 구경하기 시작했다.

'아니 내가 왜 이러지?'

경희는 누가 보는 것 같아 얼른 옆에 앉은 운전기사를 봤다. 그 사람은 지난밤에 뭘 했는지 정신없이 쿨쿨 자고 있었다. 성택이 또치카 에 실은 모래와 자갈도 산더미 같았다. 과연 저걸 밀고 널판자 외길을 통과할 수 있을까? 성택이 문득 히쭉 웃으며 앞을 내다보는 것 같았다. 말 그대로 온몸에서 정열이 발산되는 순간이다.

"나간다!"

또 누군가 소리쳤다. 성택이 번쩍 손잡이를 들고 일어섰다. 그리고 달려 나가기 시작했다. 그 좁은 널판자 길에서 몇 센티만 탈선해도 그냥 곤두박힌다. 그런데 주저하는 기색도 없었다. 이제 아까 그 제대군 인 대학생이 곤두박혔던 바로 그 널판자 이음새를 지날 차례다.

그것만 통과하면 성공이다. 그런데 성택이 잠시 주춤하는 기색도 없이 오히려 더 속도를 높였다. 실로 질풍같은 속도였다. 앗! 또치카 바퀴가 널판자에서 떨어졌다. 하지만 바로 그 순간 성택이 그대로 날아 넘어가 또치카 머리를 철판에 박았다. 성공했다.

"성공이다!"

환성, 환성 또 환성이다. 몇이 다가가 성택이 어깨를 두드려 주는 모습이 보였다. 곧바로 노랫소리가 터져 나왔다. 군대노래 '일요일 휴식 좋다'였다.

야외훈련 휴식나팔 야외훈련 휴식나팔
울리여 퍼지니 옹헤야 옹헤야…

철판에서 혼석을 비비던 조 전체가 하나의 중창단이 된 것이다. 서로 어깨를 겯고 노래 부르는 모습은 아, 정말이지 기가 막혔다. 노래는 계속되었다.

흘라리에 흘라리에 어깨춤도 절로 나네 절로 나네
공격에선 호랑이 방어에서 육탄방어
김동무가 뽈을 몰아 꼴문 향해 육박하니
문득 한 명이 나서며 손에 호르라기라도 잡은 것처럼 너스레를 떤다.
"슛 했습니다만 꼴 문 맞고 튀어난 공 다시 왼 발로 잡아 꼴 문을 향해 노려봅니다. 노려봅니다. 재차 슛! 꼴 꼴입니다. 골 번개 같은 슛 그물에 철썩 꼴 꼴입니다."

얼시구 절시구 좋구나 좋다 헤이
노래 춤 많고 많아 일요휴식 좋다

아! 이런 것이 일터인가. 경희는 자기도 몰래 성택 때문에 가슴 태우던 일을 생각하며 저절로 얼굴이 붉어졌다. 바로 그때 누군가 차창 문을 똑똑 두드렸다. 영란이었다.

"아이, 경희구나. 너 주을에 갔다는 얘기 들었는데 언제 왔니?" 영란이 얼굴에 웃음을 함뿍 담고 말했다.

"어제 …." 경희가 손으로 떠들지 말라고 쉿! 소리를 내며 영란을 차 안으로 끌어들였다.

"그래, 많이 힘들지?" 경희 말이었다.

"힘들기야 하지. 하지만 그보다 얼마나 재미있는지 몰라." 영란은
정말 되게 재미있는 듯 노상 얼굴에서 웃음을 지우지 못했다. 영란은
지난번에 원산에 갔다 온 다음 한동안은 경희조차 피하는 것 같더니
다시 살아난 모양이었다.

"언제까지 한다는 말은 없었니?"

"글쎄, 아직은 없는데 이 겨울까지는 해야 될 거라고 하더구나."

"너희들은 이렇게 힘들게 일하는데 나만 놀다 와서 미안하구나."
경희의 진심어린 말이었다.

"미안하기는 … 그런데 모두들 배가 고파 야단이야."

"뭐, 배가 고파 야단이라고?" 경희는 어쩌면 그거라도 자기가 도와
줄 수 있을 것 같아 반색을 하며 물었다.

"그래, 이렇게 건설장에 나왔지만 밥은 더 주지 않고 끼니마다
폭탄구덩이 밥에 시래기 국만 주니 견디겠니? 여학생들보다 남학생들
이 많이 힘들어 하는 것 같아." 경희는 그 말이 어쩐지 성택도 배고파
한다는 말처럼 들렸다.

"그래? 그건 내 알아보고 도와줄 수 있을 것 같으면 도와줄게.
그리고 너 언제 우리집에 한번 오지 않겠니?" 건설장 소식이랑 특히는
성택이 소식 같은 게 듣고 싶어 영란에게 말했다.

"참, 마침 내일이 우리 쉬는 날이니 갈게."

"뭐, 쉬는 날? 쉬는 날이면 뭘 하는데?"

"글쎄, 기숙사에 가서 갈아입을 옷도 가져 오고 밀린 빨래도 하고
뭐 두루 그런 걸 하지."

7. 폭풍 속에 피어나는 꽃   123

"얘, 영란아, 그러면 마침 잘됐다. 내일 우리 모란봉에 놀러 가자."

"모란봉에? 거긴 갑자기 왜?"

"지금 마침 가을철이기도 하고 좋지 않니?"

"알았어. 그럼 그렇게 해." 둘은 다음 날 모란봉에 함께 놀러 가기로 했다.

다음 날 영란은 정말 경희네 집에 갔다. 그리고 함께 모란봉으로 올라갔다. 언제 봐도 좋은 모란봉이다. 특히 가을철 모란봉은 정말 볼수록 장관이다. 온갖 나무들이 빨갛게 노랗게 단풍들고 모란봉 전체가 마치 불이라도 난 것 같았다.

둘은 경상골 어귀로 올라가는데 인공폭포 앞에서 무슨 영화를 찍는지 숱한 사람들이 모여 있었다. 둘은 거기도 가 보았다.

"경희야! 엄길선이야 엄길선 …."

"응? 아니 저기 성혜림도 있다, 애!"

엄길선이나 성혜림이라면 그때 북한 영화계에서는 모르는 사람이 없는 명배우들이었다. 특히 성혜림은 영화대학을 졸업하고 새로 영화계에 진출해서 한창 파문을 일으키고 있었다.

'분계선의 마을에서', '백일홍' 등 그때 새로 나온 영화들 중에는 단연 돋보이는 여배우였다. 영란은 물론 경희도 실제 인물은 처음 보는지라 넋을 놓고 보다가 다시 연못 쪽을 돌아 을밀대로 올라갔다.

어느 단체에서 놀러 왔는지 을밀대 앞 잔디밭에 먹을 것을 펴놓고 한창 웃고 떠들고 야단들이었다.

"영란아, 그런데 너 왜 요즘 우리집에 안 오니?" 경희가 물었다. 전에 원산 배나무골 특각에 갔던 일이 생각나서 물은 것이다.

"뭐, 건설장에 나와 일하다 보니 어디 시간이 있니?" 영란이 갑자기 얼굴이 빨개지며 말하였다.

"하긴 건설장에 나와 있으니 시간도 없겠구나." 경희는 말을 돌렸다. 경희 오빠와 가깝게 지내다가는 다칠 수 있다고 말해주고 싶었지만 끝내 말을 하지 못했다. 한동안 둘은 아무 말도 없이 스적스적 걷기만 했다.

"경희야, 참 우리 그때 자산역에서 너랑 나랑 웬 젊은 녀석 하나 만났던 생각이 나지?"

"누구 말이야?" 경희는 대뜸 누구를 말하는지 짐작하면서 긴장했다.

"아, 거 있잖니, 성택이라고. 그 친구 지금 나하고 한 반이다."

"뭐라고?"

물론 경희는 아직까지 성택에 대해 별다른 감정을 가진 건 없다고 자부한다. 하지만 그의 이야기가 나오자 경희는 자기도 모르게 긴장되는 것은 어쩔 수 없었다. 조만간 그를 만나 그날 저녁 오빠와 무슨 일이 있었는지 알아봐야겠다고 생각했다. 하지만 어쨌든 그가 영란과 같은 반이라니?

"그래, 그 사람 공부는 잘 하니?"

"그럼, 잘 하지 않고. 우리 반에서는 두 번째 가라면 싫어할 인간이야. 왜 관심있니?"

"얘두 참, 관심은 무슨 …."

"하긴 너한테야 그런 사람이 관심이나 있겠니?"

둘은 다시 걸어서 청류벽 끝에 있는 흥부정까지 갔다. 거기서 보면 정말이지 능라도며 동평양 전체가 손바닥같이 보였다. 정말로 아름다웠다. 늦은 가을에 접어들면서 오히려 푸른빛을 한껏 뽐내는 능라도 수양버들은 그 옛날 어느 소설책에서 나오는 것처럼 흐르는 대동강에 머리를 숙이고 가을의 서정시를 쓰는 것 같았다.

문득 영란이 가방을 뒤져 사진 한 뭉텅이를 꺼내 놓았다. 건설장에서 찍은 사진들이었다. 서로 부둥켜안고 찍은 사진, 멋대가리 없이 잘난 척 찍은 사진, 남이 사진 찍는데 헌 배자에 개 대가리들이 들이밀듯 불쑥 머리를 들이밀고 찍은 사진, 그중에는 성택의 사진도 한 장 있었다. 어디서 얻어 썼는지 허름한 농립모를 머리에 올려놓았는데 제 딴에는 한껏 웃느라고 하는데 꼭 바보 같기만 하다. 경희가 그 사진 한 장만은 달라고 하고 싶었지만 차마 입이 떨어지지 않았다.

"참, 경희야, 너 내일 저녁 우리 건설장에 다시 나올 수 없겠니?"

"건설장에? 거긴 왜?"

"너 몰라서 그러는데 거기서 저녁마다 얼마나 멋진 무도회가 벌어지는지 알아?"

"뭐야? 무슨 무도회가 열리는데?"

영란이 말하였다. 낮에는 모두 힘들게 일하지만 저녁만 되면 거기서 매일 밤 대학생들의 무도회가 열린다는 것이다. 어느 학부라고 할 것도 없다. 어느 대학이라고 할 것도 없다. 저마다 나와 누구네 대학 누구네 학부 무도회가 더 성황을 이루는가에 따라 학부, 대학 위신이 가름난다. 그러기 때문에 더 볼만하다는 것이었다. 경희는 그것도 재미있을 것 같아서 가겠다고 하였다.

다음 날 저녁이다. 경희는 대기 운전기사 아저씨에게 떼를 써서 다시 대학 아파트 건설장으로 갔다. 정말 멋진 저녁이었다. 낮에 땀 흘리며 일하던 대학생들이 모두 모여들기 시작하였다. 여기저기 우등불이 활활 타오르고 대학 학부별로 군중무용 대열이 지어졌다.

경희는 자기네 경제학부가 있는 곳은 아예 갈 생각도 하지 않고 역사학부 좀 떨어진 곳에 차를 세웠다. 영란이 다가와 차에 올랐다.

"아직 시작 전이야. 조금만 있으면 굉장해."

"기다리지 뭐."

둘은 기다리기 시작했다. 멀지 않은 곳에 우등불이 타오르고 역사학부 학생들이 군중 무용 대형으로 빙 둘러 원을 지었다. 한 꺽다리가 가운데 나와 손풍금을 컸다. 며칠 전 또치카를 몰다 곤두박질하던 그 제대군인이었다. 남녀 대학생들이 그의 반주에 맞추어 손을 잡고 빙빙 돌면서 군중무용을 시작하였다. 역시 경희가 아는 노래였다.

바람결 맑고 별빛도 정다운 즐거운 이 저녁
다정한 동무들 모두다 유쾌히 춤추며 노래 부르자
우리는 청춘 꽃피는 희망 가슴에 안고
희망찬 생활 내일을 위하여 춤추며 노래 부르자

왈츠곡이다. 그런데 기대보다는 시들했다. 손풍금 소리가 시들하니 빙빙 손을 잡고 돌아가는 사람들의 동작도 시들하기만 했다. 문제는 손풍금수가 제대로가 아닌 것 같았다.

몇 소절에 한 번씩에 음치 음을 집어 괴이한 소리를 내는가 하면 연주 자체도 완전히 돌팔이였다. 경희는 슬며시 성택을 찾는데 보이지 않았다. 바로 그때였다. 어둠속에서 성택이 나타났다. 얼핏 몸가짐만 보고도 알 수 있었다. 남자답게 생긴 얼굴, 떡 벌어진 가슴, 손풍금수에게로 다가갔다.

'아니 저 사람 손풍금수한테는 왜 가지?'

그에게 다가가 뭐라고 말하는 것 같았다. 그 친구 어줍잖게 웃으며 얼른 손풍금을 벗어 성택에게 넘겨주었다. 손풍금 소리가 멎자 춤도 멎었다. 모두들 의아한 눈길로 성택을 쳐다보는데 그가 대신 손풍금을 메고 끈을 조절하는 것이었다.

'저 사람, 손풍금이나 할 줄 알면서 저러는 거야?'

그러나 성택이 잠시 후 손풍금을 쫙 열어 테스트해보는 것 같았다. 그리고 연주를 시작했다. 아! 이거라고야! 손가락이 건반 위에서 미끄러져 날아다니는 것 같았다. 곡은 틀림없이 같은 곡인데 흘러나오는 음악은 전혀 달랐다. 때로는 가볍게 풀 위를 스치는 것 같기도 하고, 때로는 훨훨 창공을 나는 것 같기도 하고 빙 둘러 원을 짓고 서 있던 대학생들은 그만 아연해지고 말았다. 앞 건반만 가지고 선율을 끌고 나가는 것도 아니었다. 때로는 베이스 코드를 가지고 선율을 끌고 나가고 앞 건반으로는 리듬을 치는데 그거야말로 무아지경이었다.

"아니, 저 친구 저런 재간이 있었나?" 문득 대오 전체가 춤을 멈추고 성택의 주위에 몰려들었다.

"여, 여, 여, 이 친구야, '손풍금수 왔네' 연주할 수 있겠어?"

"아니, 그건 다음에 하고 먼저 '중대에 신입병사 왔네' 연주해보라고!" 누군가 다시 소리쳤다. 모두가 제대군인들이다 보니 역시 군대 노래였다. 성택이 손풍금 어깨 조리개를 다시 조절하더니 연주를 시작했다. '손풍금수 왔네'였다.

왔구나 우리 손풍금수 왔구나
왔구나 우리 손풍금수 왔구나
백두산 표 신나는 손풍금 메고서

장마철 험한 길 여기까지 왔구나

장마 비나 높은 고개 그에게 무슨 인연 있단 말인가

노래 없이 춤도 없이 우리 생활 생각할 수 있단 말인가

와 하하 암 그렇지 그래 중대의 화선 오락회

병사들이 사랑하는 우리 손풍금수야

어김없이, 어김없이 오리라고 우리들은 믿었다네

얼씨구 우리 손풍금수 절시구 얼씨구 우리 손풍금수 절시구

달리는 천리마의 발굽소리 들리네 피리도 장구도 저 가락에 맞추세

붉은기 우리 중대 진군가도 힘차게 불러보세나

숲속에서 산새들의 장단 맞춰 노래를 불러준다네

와하하 암 그렇지 그래 중대의 화선 오락회

병사들이 사랑하는 우리 손풍금수야

어김없이 어김없이 오리라고 우리들은 믿었다네

"잘한다! 잘한다!"

박수갈채가 터져 나왔다. 갑자기 성택이 손풍금을 벗어 놓고 춤을 추기 시작했다. '꼽바크(우크라이나 춤의 일종)'다. 우크라이나 자뽀로지예(우크라이나의 한 지역) 카자크들의 꼽바크다. 앉았다 일어났다, 손바닥으로 발등을 치고 허벅지를 치고 그것으로 박자를 맞춘다. 비록 무릎까지 오는 장화에 승마복 그리고 루바슈까(소련 군복)에 꾸반까(카자크 모자)를 쓰지는 않았지만 말 그대로 터키 왕에게 선전포고 편지를 쓰는 주정뱅이 자뽀로지예 카자크들 춤 솜씨 그대로였다. 또다시 앉았다 일어났다. 발을 구르며 손바닥으로 발을 치고 다리를 치고

경희도 영란도 더는 차안에 그대로 앉아 있을 수가 없었다. 차에서 나와 사람들 틈에 끼었다. 경희는 자기도 모르게 눈물까지 쏟았다.

이젠 역사학부만도 아니었다. 그 옆에 있던 경제학부도, 철학부도 다 몰려들었다. 아니 거기서는 꽤 멀리 떨어져 있는 청진 광산금속 대학생들까지 몰려왔다.

"여, 여, 성택이, '흑룡강 물결'도 할 수 있지?"

언제 왔는지 역사학부 대머리 박시형 학부장 선생이 신청하였다. 성택이 다시 '흑룡강 물결' 연주를 시작했다. 시작은 말 그대로 도도히 흐르는 흑룡강 즉 아무르강 물결 같았다. 하지만 점차 계곡을 헤치고 격파를 번뜩이기 시작하자 아! 그거라고야, 성택의 두 눈에도 번개가 번쩍이는 것 같았다.

환희, 환희, 그 자체였다. 사람들은 울며 웃으며 함께 노래 불렀고 환희에 떨었다. "연해주 빨치산의 노래", "뜨네브르는 사납게 노호한다", "공청원의 노래" 등이 연이어 흘러나왔다. 거의 다 소련 노래였다. 그 자신이 늙은 옛 소련 붉은 군대 병사에게서 배웠기 때문인지도 모른다.

해는 서산에 저물고 저녁 안개 강기슭에 스며들 때
소련 병사 고향 그리워 초원을 지나서 고향으로 가네
소련 병사 고향 그리워 초원을 지나서 고향으로 가네

밤이 깊어 벌써 10시가 넘었는데도 사람들은 헤어질 줄 몰랐다. 다음 날도 틀림없이 새벽 6시면 일어나고 8시면 일을 시작해야 하겠으나 적어도 그 순간만은 누구도 그런 것을 생각하는 사람이 없었다.

마지막으로 작가 김순석이 쓴 "벼 가을 하려 갈 때" 음악이 나왔다.

에야 데야 바람도 산들 어헤이야
에야 데야 가을철 왔네 어헤에헤야
바람도 산들 불어라 벼이삭도 금빛으로 물결친다
팔소매 걷어 붙여라 벼 가을 하려 갈 때…

아! 그건 정말이지 뭐라고 해야 하나. 모두가 함께 어깨를 으쓱거리며 울고 웃었다. 과연 음악의 힘이란 이런 것인가. 10시 반이 되자 연주는 멈추었다. 대머리 학부장이 연주를 멈춘 것이다.

"저 동무들, 오늘 저녁만 날이 아니니 이만 합시다. 내일 또 하면 되지 않겠습니까?"

대머리 영감은 마치 자기 잘못이기나 한 것처럼 미안해서 어쩔 줄 몰랐다. 박수, 박수 또 박수가 터져 나왔다. 순간에 성택이 영웅이 된 것이다. 사람들은 흩어져 침실로 가면서도 모두가 흥얼거리었다.

경희는 갑자기 울다가 영란한테 들킨 것 같아 깜짝 놀라 머리를 숙였다. 하지만 영란이 이미 다 본 모양이었다.

"아니, 경희야, 너 울고 있니?"

"울긴 누가 울어? 눈에 뭐가 들어가서 그러는 거지." 경희는 차 있는 쪽으로 돌아섰다. 그런데 갑자기 그 순간 오빠 앞에서는 말할 것도 없고 자기한테까지 설설 기던 전혁의 얼굴이 떠올랐다. 왜 갑자기 그의 얼굴이 떠오른 것일까.

8
고난의 역사

어려운 시기가 닥쳐왔다. "당의 유일사상체계를 확립하기 위한 몇 가지 원칙"이라는 것이 나왔다. 지금까지 북한에서 적용되고 있는 "당의 유일사상체계를 확립하기 위한 10대 원칙"이 나오기 한참 전에 나온 것이다.

국가 활동에서 제기되는 모든 문제는 당 중앙과 내각의 허락하에서만 처리할 수 있다는 것이다. 물론 내각 수상은 김일성이고 당 중앙위원회 위원장도 김일성이다. 여기에 최고인민회의란 말은 한 마디도 없다. 그리고 보면 국가 활동에서 나서는 크고 작은 모든 문제는 오직 김일성 한 사람만 처리할 수 있고 다른 사람은 비치지도 말라는 것이다.

결국 이때로부터 김일성의 사상과 의도에 조금이라도 어그러지는 것은 그가 어떤 누구든 가차 없이 처리되었다. 또 큰 간부건 작은 간부건 일체 간부들의 지시는 김일성의 의도와 맞는가 맞지 않는가를 따져보고 조금이라도 어긋난다고 판단될 때에는 절대 집행해서는 안 되며 그런 문제는 즉시 당 중앙과 내각에 보고하게 되었다.

한 마디로 말하여 김일성을 제외한 모든 간부는 간부도 아니다. 그들 모두는 김일성의 사상과 의도를 집행하기 위한 도구일 뿐이다. 또 김일성이 지시한 일은 그게 옳고 그름을 가리지 말고 죽이 되든 밥이 되든 무조건 집행해야 한다. 거기에 대해 조금이라도 이의를 제기하면 그 사람은 곧 반동으로 처리되었다.

뿐만 아니라 김일성이 혁명전통 교양의 폭을 넓히라고 했던 문제도 완벽하게 실현되기 시작하였다. 이 혁명전통 교양의 폭으로 말하면 앞에서도 말했지만 이미 몇 년 전에 당 중앙위원회 선전선동부장이었던 김도만에게 지시하였던 사안이다. 그때까지는 계속 만주 항일빨치산 투쟁만 혁명전통이라고 하였기 때문에 김일성은 이것을 자기 개인 우상화로 폭을 확대시키기 시작한 것이다.

그러다 보니 한낱 이름도 없던 김일성의 아버지 김형직은 갑자기 우리나라 반일 민족해방운동을 민족주의운동으로부터 공산주의운동에로 방향전환을 시킨 위대한 혁명의 선각자로 되었다. 또 이름 없는 예수교 집안 장로의 딸로 태어난 김일성의 어머니 강반석은 갑자기 혁명가의 아내, 혁명가의 어머니로 그리고 위대한 조선의 어머니로 둔갑되었다. 심지어 한때는 김일성이 몇 대 증조부가 임진왜란 때 이름을 날리었던 김응서 장군이라고까지 하였다. 물론 이 일은 6.25 때 남에서 북에 들어간 한 역사학자에 의해 제때에 제지되었으니 망정이지 이게 도대체 무슨 일이란 말인가.

김일성의 김 씨는 전주 김이고 김응서의 김은 경주 김이다. 그런데 그걸 한데 얼버무려 김일성을 김응서의 후손이라고 만들려 했으니 얼마나 기가 막힌 일인가. 그리고 박금철을 숙청한 다음 한때 당 중앙위원회 조직지도부장에 이국진을 앉히었다. 하지만 그는 불과 얼마 하지도 못하고 물러앉았다. 그 자리에 김일성이 친동생 김영주를 앉힌 것이다.

김영주가 누구인가. 그가 김일성의 동생인 것만은 사실이다. 하지만 항일무장투쟁 시기 그는 항일연군 제1로군 6사에 소년중대원으로까지 있다가 훗날 일제에게 잡히자 변절하여 관동군 통역관 노릇까지 하였다. 아무튼 김일성이 의도하였던 모든 것이 완벽히 실현되었다.

하지만 그때쯤 모든 일이 그렇게 되었는데도 김일성의 마음 한구석은 여전히 불안하기만 하였다. 도대체 무엇 때문일까. 아무리 생각해봐도 알 수 없었다. 특히 '당의 유일사상체계를 세우기 위한 몇 가지 원칙'이 나온 다음부터는 모든 일이 확연하게 달라졌다. 지난 시기에는 그가 무슨 지시를 내려도 이러니저러니 토를 다는 사람들도 있었지만 이젠 아니다. 그런 간부들이 깨끗이 없어진 것이다. 그가 뭐라 하든 꼭 같다.

"예, 예, 알았습니다."

"당연히 그래야지요."

"어떻게 그런 위대한 생각을 하셨습니까?"

"정말 천재이십니다. 탁월합니다." 김일성에 대한 존칭수식사도 전에 없이 길어졌다.

"국제 공산주의운동과 노동운동의 탁월한 영도자이시며 한 세대에 두 제국주의를 때려 부순 강철의 영장이시며 위대한 사상 이론가이시고 불세출의 영웅이시며 …" 그리고도 뭔가 한참 더 붙인 다음에야 김일성 동지라고 하였다.

　그러던 어느 날이다. 김일성이 사무실에 앉아 있는데 밖에서 소란스러운 소리가 들리었다.

　"아니, 어떻게 이렇게 갑자기 연락도 없이 …." 부관장의 당황한 목소리였다.

　"저리 비켜!" 썩씁한(낮고 거친) 목소리다. 누구 목소리던가. 익히 듣던 목소리인데 꽤 오래간만이다. 김일성이 누군가 물어보려고 하는데 어느새 문이 열렸다. 지팡이에 무거운 몸을 실은 최용건이었다.

　최고인민회의 상임위원장인 것이다. 그때쯤에는 거의 몇 년이 되도록 한 번도 찾아온 적이 없던 최용건이다. 서기실에 앉아 있던 부관장이 급히 막으려고 했으나 최용건이 어느새 그를 물리치고 김일성의 사무실에 들어왔다. 공식적으로 그는 김일성 다음 2인자이다. 김일성이 깜짝 놀랐다. 그리고 당황하여 일어섰다.

　"아니, 이거 최고인민회의 상임위원장 동무가 어떻게 이렇게 …"

　김일성이 아무리 제1인자라고 하여도 최용건 앞에서는 감히 '해라'를 못했다. 항일무장투쟁 시기부터 그는 직급에서 김일성보다 한참 위였을 뿐 아니라 혁명 경력에서도 김일성은 상대도 되지 않았다.

　최용건의 원래 이름은 최석천이다. 평안북도 용천 출신으로 정주 오산고중을 다니면서 조만식 선생의 제자로 있었던 적도 있었다. 1921년 김일성은 아직 창덕소학교나 다니던 시절에 그는 벌써 혁명에 큰 뜻을 품고 상해로 건너갔으며 그 후 운남 강무 군관학교를 졸업하고 상해에 와서 황포군관학교 작전과 교관을 하였다.

　1927년 중국에서 대혁명이 일어나자 상해에서 조선인 독립군 1개지대를 이끌고 군벌들을 반대하는 투쟁에 참가하였고, 이후 동북으로 넘어와 흑룡강성 보성 일대에서 군관학교까지 설립하였다. 그리고 그 1기를 졸업시키고 제2기 졸업생들을 데리고 항일무장투쟁에 나섰다. 때문에 동북항일연군 시절에도 김일성은 겨우 사장에 머물고 있을 때 최용건은 이미 주보중이 이끄는 제2로군 7군 군장, 이후에는 제2로군 참모장까지 하였다. 1941년 항일연군이 모두 소련으로 들어갔을 때에도 김일성은 겨우 대대장에 머물렀으나 최용건은 전체 88국제여단 부참모장을 하였다. 어떻게 보아도 김일성으로서는 감히 넘볼 수 없는 노혁명가에 상급이었다.

"왜, 난 당신 만나러 오면 안 돼?" 최용건은 김일성을 보는 척도 하지 않고 소파에 앉았다.

"아니, 안 되기야, 그간 몸이 좋지 않아 외출도 제대로 못한다는 소리를 들었는데 한번 찾아 간다는 것이 죄송합니다."

김일성도 마주 앉았다. 얼굴색을 보니 최용건이 좋은 일로 온 것 같지 않았다. 김일성이 조심스러워질 수밖에 없었던 이유다. 최용건이 부스럭거리며 주머니를 뒤지더니 뭔가 시커먼 물건 하나를 꺼내 책상 위에 올려놓았다. 권총이었다.

"야! 김일성이 이 새끼야! 오늘 너 나하고 말 좀 하자!" 최용건이 갑자기 '해라'를 붙였다.

"아니, 이게 무슨?" 김일성이 벌떡 일어서기까지 했다.

"앉아라. 이 새끼야, 앉지 못하겠어?" 김일성이 앉았다.

"야, 너 요즘 들어 왜 그러는 거야?"

"아니, 제가 무슨?" 이때 갑자기 문이 열리며 부관장이 뛰어 들어왔다.

"저 새끼들 다 내보내!" 최용권의 목소리는 낮으나 심상치 않게 들리었다.

"나가라!" 김일성이 소리쳤다. 부관장은 얼른 돌아서지 못했다. 아무리 보아도 분위기가 너무 살벌하였기 때문이다. 그가 다른 사람도 아니고 바로 최용건이기 때문에 무기를 가지고 들어오는 것은 물론 막을 염도 못했다.

"이 새끼들, 다 나가지 못하겠어?" 뒤에 한두 명 더 따라 들어오려고 하다가 김일성이 벽력같이 소리를 지르는 바람에 주춤하였다.

"야, 중이 고기 맛을 알면 절에 빈대가 없어진다더니 김일성이 이 새끼야, 너 이제까지 그만큼 해 처먹었으면 됐지 뭐가 모자라서 마지막까지 개지랄이야?"

김일성은 알고 있었다. 최용건이 저쯤 되면 무슨 일을 쳐도 쳤지 그냥 물러나지 않는다는 것을 알고 있었다. 김일성을 쏘아보는 최용건의 두 눈은 마치 총구 같았다.

"하긴, 그렇게 볼 수도 있겠지요. 바른대로 말해서 우리가 산에서 싸울 때 언제 나라가 해방되면 내가 수상이 되고 최용건 동무가 최고 인민회의 상임위원장이 될 걸 바라고 싸웠습니까? 이젠 그만했으면 갈 때도 됐지요."

"그래, 말해 봐라. 너, 왜 요즘 들어와 그 모양이야?"

"왜, 지난번 5.25 때 박금철이 이효순 등을 쳐버린 걸 말입니까?" 김일성이 부들부들 떨리는 손으로 책상 서랍에서 중국 배갈 한 병을 꺼냈다.

김일성도 알고 있었다. 이 우직한 사내 앞에서 잔머리를 쓰다가는 돌이킬 수 없는 후과만 초래하게 된다는 것을. 한때 만주 광야에서 말 그대로 천군만마를 호령하며 달리던 최용건인데 김일성이 왜 모르랴.

"자, 최용건 동지, 우리야 이젠 다 산 사람들인데 뭘 더 바라겠습니까? 마음대로 하십시오. 하지만 젊은 나이에 나라의 광복도 보지 못하고 먼저 간 이홍광 동무나 박길송 동무, 그리고 허형식(이희산) 동무들을 생각하면 우리는 그래도 운이 좋았던 거지요." 김일성이 배갈 주둥이를 비틀어 열고 병째 몇 모금 꿀꺽꿀꺽 마셨다.

"야, 너희들 아직도 안 나가고 있어?" 김일성이 그때까지도 어찌할 바를 모르고 문가에서 서성거리는 부관장에게 소리쳤다. 그러자 이내 나가고 문이 닫혀졌다.

"상임위원장 동지 보기에는 어쨌는지 모르겠지만 저도 생각다 못해 그렇게 했습니다." 김일성이 말을 꺼냈다.

"그 해외에 나가 공부깨나 하고 돌아왔다는 놈들 말입니다. 그 놈들의 말대로 체제는 사회주의체제를 유지하더라도 경제 관리운영은 자본주의 식으로 한다면 그게 어디 사회주의입니까? 그러니 그들은 우리나라를 자본주의 세상으로 바꾸자는 소린데 제가 그냥 두고 볼 수 있습니까? 그래서 그렇게 했습니다. 의견이 있으면 마음대로 하십시오."

최용건의 기색은 여전히 어두웠다.

"바른대로 말해서 우리가 죽은 다음에라도 그 만주 광야에 묻히고 돌아오지 못한 동무들을 생각하면 절대로 그들 하자는 대로 내버려두어서는 안 되겠다는 생각이 들었단 말입니다." 김일성의 목소리는 차분하였다. 누가 들어봐도 죽음을 눈앞에 둔 사람의 목소리라고는 생각되지 않았다.

"그래, 그건 그렇다 쳐. 그런데 네가 혼자 잘나서 동북항일유격대도 조직하고 또 그 항일무장투쟁을 승리하게 했다는 건 무슨 개소리야?"

"아니, 그건 또 누가 그런 소리를 하는 겁니까? 우리야 그때 모두 중국 동북항일연군에 들어가 싸웠지 제가 그때 몇 살이라고 항일연군을 조직하고 또 뭘 어쩌고 한단 말입니까?" 김일성은 금시초문인듯 시치미를 뗐다.

"그럼, 넌 몰랐다는 소리야?"

"그럼, 제가 알고야 그렇게 하게 됐겠습니까? 내 이 자식들을 그저 … 지난번에 혁명전통 교양의 폭을 넓혀 만주 항일무장투쟁뿐 아니라 조선광복군이며 또 조선의열단들 투쟁까지 모조리 자라나는 아이들에게 가르쳐주라고 했더니 이 자식들이 뚱딴지같이 …." 김일성은 또 몇 모금 들이켰다.

"아무튼 이렇다니깐. 이쪽으로 하라 하면 너무 이쪽으로 해서 문제고 또 저쪽으로 하라 하면 너무 저쪽으로 해서 문제고 … 아무튼 죄송합니다."

최용건이 말 한마디 없이 눈을 딱 부릅뜨고 김일성을 쏘아보았다. 김일성은 그러는 최용건이 더 무서웠다. 이제 어쩌자는 것인지 … 그대로 권총을 들어 쏠 수도 있었다. 그러나 최용건이 문득 일어나 문 쪽을 향하였다. 온다 간다 소리도 없었다. 그대로 문을 열고 나갔을 뿐이다. 김일성의 능란한 임기응변술이 또 한 번 성공하는 순간이었다.

사실 모르는 사람들은 김일성이라고 하면 그저 무지막지한 사람인 줄 안다. 하지만 실제로는 전혀 그렇지 않다. 김일성은 우선 남의 마음을 읽을 줄 안다. 그리고 그에 맞춰 대처하는 예지가 과연 천재적이라고 할 수 있다. 여기서 한 가지 덧붙인다면 김일성의 말솜씨는 실로 탁월하다. 남달리 유식한 말도 쓰지 않는다. 거의 농토속적이면서도 구수한 말솜씨는 상대방의 마음을 완전히 제압하고 자기 쪽으로 끌어당기는 능력을 가지고 있다.

최용건이 돌아간 다음 김일성은 오랫동안 그 자리에 앉아 있었다. 드디어 자기가 예감했던 불안이 어디서 오는 것인지 알게 된 것이다. 바로 그것이다. 생각 같아서는 당장이라도 호위국을 풀어 최용건을 쫓아가 잡아들이고 싶었다. 그리고 능지처참하고 싶었다. 하지만 김일성은 그러지 않았다. 뜻밖에 북한 군부 내 최고위층 거의 모두가 최용건 쪽이라는 것을 새삼스럽게 느끼지 않을 수 없었다. 다시 말하면 동북항일연군 2, 3로군 출신들로 채워져 있다는 것을 새삼스럽게 느끼지 않을 수 없었다.

민족보위상에 김창봉, 사회안전상에 석산, 인민군 총정치국장에 허봉학이, 그리고 인민군 총참모장에 최광이다. 이들 모두가 2, 3로군 출신이다. 다만 여기서 민족보위상인 김창봉만은 마지막 시기에 박득범, 그리고 최춘국과 함께 독립여단을 이끌고 1로군 쪽으로 나왔지만 그도 근본을 따져보면 2로군 최용건 밑에 있던 사람이다. 집단군 사령관들 경우는 더욱 한심하다. 대부분이 동북항일연군 제2, 3로군에 있던 사람들이다. 최민철, 정병갑, 김양춘, 유창권, 주도일….

김일성은 새삼스럽게 놀라지 않을 수 없었다. 따지고 보면 우연한 일은 아니다. 동북항일연군에서 살아서 러시아를 거쳐 광복 후 조선으로 돌아온 사람은 모두 130명 정도 된다. 여기서 김일성이 직접 몸담았던 제1로군 출신은 불과 30명 정도다. 그나마도 6.25전쟁에서 여러 명 죽고 결국 남은 것은 불과 몇 명 되지도 않았다.

그런데 1958년 이른바 3월 종파라고 하여 연안파 소련파를 모조리 숙청하고 보니 만주에서 항일하였다는 사람이면 누구도 가리지 않고 자리를 주었다. 그들 자신이 제 이름자도 쓰지 못하는 사람이 대부분이었지만 자리는 가리지 않고 주었다.

결국 만주 항일연군 중에서 2, 3로군 즉 최용건 쪽에서 그의 부하로 있던 사람들이 대부분 자리를 차지하게 된 것이다. 또 김일성이 최용건을 당장 어떻게 하려고 해도 한 가지 중요한 것을 고려하지 않을 수 없었다. 최용건의 뒤에는 아직도 막강한 중국 세력이 자리 잡고 있었다. 물론 당장은 대문화혁명을 하느라고 정신이 없을 것이긴 하지만 말이다.

어쨌든 아직 중국 최고위 지도층에는 항일무장투쟁 시기 1로군에서 싸웠던 사람들보다도 2, 3로군에 몸 담았던 사람들이 훨씬 더 많다. 그들이 결코 최용건을 내치는 것을 강 건너 불 보듯 하지 않을 것이다. 김일성은 치를 떨었다. 무엇인가 당장 대책을 취해야겠다는 생각이 불같이 치밀었으나 방도가 떠오르지 않았다. 그런데 기회는 뜻하지 않게 찾아왔다. 며칠이 지난 어느 날이었다.

부관장으로부터 생각지 않게 오진우가 자기를 꼭 만나고 싶어 한다는 말을 들었다. 원래 김일성은 오진우를 그리 탐탁하게 생각하지 않았다. 물론 그가 항일연군 시기 그는 북만에서 겨우 패장(소대장)이나 하던 사람이다. 하지만 그보다는 그가 6.25전쟁 때 사단장은 하였지만 변변하게 싸우지 못했다. 이후에는 소련에 들어가 프룬제 군사대학까지 졸업하고 나왔지만 어딘가 간에 붙었다 쓸개에 붙었다 하는 것 같아 김창봉의 밑에 민족보위성 부상 자리 한자리만 줬다.

그런데 그가 자기를 만나고 싶어 한다? 처음에는 바쁘다는 구실로 그대로 거절할까 생각했다. 그러나 어느 한순간 뭔가 떠오르는 생각이 있었다. 그 얼마 전 하도 무식하여 겨우 체신상 자리밖에 주지 않았던 최현으로부터 오진우가 최근 김창봉과 사이가 좋지 않은 것 같다는 소리를 들은 것이 떠올랐다.

오진우와의 만남은 평양에서 그리 멀지 않은 연풍호 특각에서 이루어졌다.

"오진우 동무, 동무네 아들 오일정이 말이야. 그놈 그렇게 공부를 잘한다면서?" 오진우가 들어오자 김일성이 먼저 건넨 말이다.

원래 김일성은 누구를 만나든 준비 없이 만난 적은 한 번도 없다. 누구든 만나기 전에 먼저 부관들을 통해 만나야 할 사람의 신상근황이며 모든 것을 상세히 알아보는 게 특징이다.

당연히 오진우로서는 놀라지 않을 수 없었다. 그리고 김일성이 자신에 대해 그렇게 관심을 돌려주고 있었던 데 대해 다시 한번 감동받지 않을 수 없었다. 오진우는 그때쯤 그러지 않아도 늘 민족보위상인 김창봉에게 무시당하는 것이 섭섭하여 의견이 많았는데 김일성이 그렇게 관심을 돌려주니 감격하지 않을 수 없었던 것이다.

"아니, 수령님께서 어떻게 저희 집안일까지 그렇게 잘 아십니까?"

"허허, 뭘. 두루 알아보다 보니 그러더라고. 아무튼 그건 반가운 일이고, 자 앉지." 김일성이 먼저 소파에 가 앉았다.

"내, 오진우 동무, 날 만나고 싶어 한다는 얘길 들었는데 뭐 하는 것도 없이 바쁘게 지내다 보니 그렇게 됐소. 양해하라고."

"아닙니다. 그야 뭐 수상 동지께서야 워낙 바쁘신 분이다 보니 그럴 수 있지요. 이렇게 만나주신 것만 해도 고맙습니다." 오진우는 황송하여 어쩔 줄을 몰라 했다.

"그래, 도대체 무슨 일인데?" 김일성이 탁자에 놓인 '서광'이라는 담배 곽을 끌어 당겨 한 대 물면서 하는 말이었다.

사실 김일성도 웬만한 담배 애호가는 아니었다. 하지만 그래도 그 아들 김정일 같지는 않았다. 김정일은 주로 '로스만'이나 '말보로' 같은 하는 외제 담배들만 피웠지만 김일성은 그렇지 않았다. "서광", "영광", "성천" 등 국산 담배만 피웠다.

"저, 이거 어떻게 말씀드려야 할지 … 수령님, 요즘 인민군대 내부에서 무슨 일들이 일어나고 있는지 알고 있습니까?" 오진우는 어렵게 입을 열었다.

"그래, 무슨 일이 일어나는데?"

"김창봉이 김정태(인민군 정찰국장)랑 같이 지난해부터 정찰국 산하에 농산대라는 걸 만들어 놓고 난리를 치고 있습니다."

"그래서?"

물론 김일성이 창성 특각에서 민족보위상 김창봉, 총정치국장 허봉학 등을 만나 직접 과업을 준 문제다. 그때 김일성은 남조선을 베트남화하기 위해 그런 과업을 주었다. 그리고 두어 번 그 추진 정황을 알아보기도 하였다. 물론 남쪽에 파견할 "농산대" 조직은 나름대로 성과도 있었다. 북한의 가는 곳마다 무려 수십 개 소에 30만 가까운 "농산대"를 조직해 놓았기 때문이다.

문제는 남쪽에 선발대로 파견한 "남조선 무장유격대" 활동이 영 시답지 않다는 것이었다. 김정태가 책임지고 수많은 선발대를 파견했는데 거의 다 실패하고 살아서 돌아온 것은 불과 몇 개 조도 되지 않았다. 그것도 파견된 대남공작조들이 남쪽 경찰이나 중앙정보부, 또 군대에 발각되어 실패하였다면 또 모르겠다. 대부분이 남조선 인민들이 신고에 의해 실패하였다는 것이었다. 여기서 대표적인 공작조는 "김신조의 청와대 습격사건"과 "울진 삼척 무장공비"이다.

김일성 자신은 이런 문제에 대해 누구보다 잘 알고 있었다. 그 자신이 만주에서 여러 해 동안 게릴라로 활동하였지만 "고기는 물을 떠나 살 수 없듯이 유격대는 인민들을 떠나서는 살 수 없다"는 것만은 굳게 믿던 생활의 신조이다. 말하자면 남조선 인민들의 지지를 받지 못하는 "남조선 인민 무장유격대"는 절대 유지될 수 없다는 것이 김일성의 신조였다.

그런데 남조선으로 파견된 "남조선 무장유격대"가 어느 것 하나 성공한 것이 없이 거의 다 인민들의 신고에 의해 전멸한 것이다. 오진우가 바로 그 "농산대"의 실정에 대해 아는가 하고 묻는 것이었다.

오진우가 말하였다. 말 그대로 전국 각지에 만기 제대군인들을 기본으로 "농산대"가 조직되었다. 조직 초기에는 그들이 모두 "남조선 해방"의 큰 꿈을 안고 여기에 왔다. 그런데 아무리 시간이 흘러도 출격하라는 말은 없고 점점 문제점만 발생시키기 시작한다는 것이다.

즉, 자기들은 얼마 지나지 않아 남조선으로 파견될 줄 알았는데, 그래서 남조선 인민들의 열렬한 지지와 환영을 받으며 조국 통일의 성전에 나가 용감하게 싸우게 될 줄 알았는데 그런 일은 암만 기다려도 없었다. 그들이 지치기 시작한 것이다. 원래 그들은 농촌이나 광산지역 원주민들을 쫓아내고 임시로 그 자리에 들어 있게 하였다. 그러면서 농사일이나 광산일을 하게 하였다. 하지만 그렇게 오래 있으니 자연히 주변 주민들과 마찰이 생기지 않을 수 없었다.

조직 초기에 이들은 모두 "반농 반군"이라 하여 옷도 특수하게 입히었다. 점퍼 형태로 된 군복도 사복도 아닌 옷을 입혔기 때문에 주변에서는 이들을 "잠바부대"라고 부르기도 했다. 이들한테는 원주민들이 쓰던 땅만 주어졌을 뿐 그에 따르는 농기구는 물론 축력조차도 없었다. 그 모든 것은 자체로 해결하라는 것이었다.

제일 먼저 문제가 일어난 곳은 평남도 개천군에 주둔하고 있던 "잠바부대"에서였다. 이곳 "잠바부대"에 속한 대원 2명이 어느 날 개천 시내에 나갔다 돌아오던 길이었다. 주변 농장의 소 한 마리를 발견하고 몰래 끌고 오려 했다. 당연히 주인과 마찰이 생기지 않을 수 없었다. 농장에서는 군 안전부(경찰서)에 신고를 했다.

군 안전부에서 나온 안전원은 이들 2명을 연행하여 끌고 갔다. 군 안전부에서는 이들을 취조하였는데 그중 1명이 어떻게 도망쳤던 모양이다. 그가 자기 부대에 돌아가 군 안전부 안전원들의 폭행에 대해 고발하였다. 분격한 "잠바부대" 대장이라는 인간이 전체 농산대를 비상소집시켜 군 안전부로 쳐들어갔다. 하지만 그때는 이미 새벽이고 안전원들이 모두 퇴근한 다음이었다.

군 안전부를 점령한 농산대는 낮에 자기네 대원들한테 폭행했다는 안전원을 찾기 시작했다. 그런데 이때 이들로서도 생각지도 않았던 일이 생겼다. 갑자기 개천 시내 주민들이 이들을 환영하려 몰려나온 것이다. 그들 중 몇 명은 어디에서 났는지 태극기까지 흔들며 달려나왔다. 이들은 옷차림부터 일반 인민군대와 다른 데다가 밤에 쳐들어왔으니 대한민국 국군이 비행기로 날아온 줄 알았던 모양이다.

환영나온 이들이 앞장서서 숨은 안전원들의 집을 가르쳐 주었다. 그리고 끌려나온 안전원들을 마구잡이로 두들겨 팼다. 물론 김일성도 이 사실을 이미 당 조직 선을 통해 알고 있었다. 하지만 그들 중에는 태극기까지 들고 나온 사람이 있었다는 데는 놀라지 않을 수 없었다.

대남 적화 통일을 하려다 잘못하면 북한이 거꾸로 남쪽에 흡수 통일되겠다는 생각이 들었던 것이다. 그래서 이 문제는 지체 없이 처리해 버리고 그 주모자라고 보이는 사람들은 가차 없이 처리하게 하였다. 오진우가 그 이야기를 하는 것이었다.

"아니, 그런 일도 있었단 말인가?" 김일성은 짐짓 모르는 척 물었다.

오진우는 그뿐만 아니라 황해남도 옹진군에서 있었던 일, 평안남도 회창군에서 있었던 일까지 모조리 말하였다. 그때 황해남도 옹진군에서는 그렇게 조직된 농산대와 그곳 농민들 간에 무서운 싸움이 있었다. 기본은 논물 싸움이었다. 농산대도 또 그곳 농민들도 같은 논물을 서로 나누어 써야 하는데 농산대가 단독으로 쓰려 한 것이다. 그래서 싸움이 일어났고 결국 3명의 농민이 살해되는 일까지 있었다.

또 회창에서는 농산대가 폭동까지 일으켜 그곳 군 당 위원회와 군 인민위원회, 그리고 군 안전부까지 점령하고 일부는 김일성을 만나겠다고 평양까지 올라오는 사건이 있었다. 물론 이 사건들은 이미 모두 완전히 진압되었을 뿐 아니라 김일성도 알고 있는 사건이었다.

"하여간 요즘 김창봉이 우리 인민군대를 어디로 끌고 가는지 모르겠습니다."

"허허, 뭐 그렇게까지 심각하단 말인가?" 김일성이 속생각은 완전히 다르면서도 말하였다.

"수상 동지, 전에 김웅이며 방호산이 그리고 장평산이 언제 앞에서 당을 반대하겠다고 했습니까? 이런 일은 아예 싹부터 자르는 게 제일인 줄 압니다."

"그렇기는 하지. 하여간 고맙소. 우리 어디 한번 깊이 생각해봅시다."

김일성은 이때 벌써 마음속으로부터 환성을 올리었다. 지난번에 최용건이 왔다 간 다음부터 영 마음속 한구석에 돌덩이같이 틀고 앉아 있던 것을 일시에 털어버릴 구실을 찾아낸 것이다.

그로부터 얼마 되지 않은 1969년 1월, 김일성은 조선인민군 당 위원회 제4기 4차 전원회의를 소집하였다. 명색은 군대 내에 만연한 군벌관료주의를 퇴치하기 위한 것이라고 하였지만 내용은 그게 아니었다. 그때까지 북한 군부 내에서 주도권을 잡고 있던 "만주파" 중에서도 "항일연군 제2, 3로군 출신" 전부를 숙청하기 위한 것이었다. 말하자면 최용건의 팔 다리 전부를 잘라냄으로써 그를 산송장으로 만들어 버릴 수 있는 좋은 기회가 생긴 것이다.

회의 끝에 민족보위상이었던 김창봉, 총정치국장 허봉학, 총참모장이었던 최광은 말할 것도 없고 집단군 사령관들이었던 최민철, 정병갑, 김양춘, 주도일, 유창권 등 전원이 숙청되었다. 그들은 우두머리들이고 그와 연관이 있는 가족, 친척, 친우 등 잔가지들까지 모조리 숙청되었으니 과연 그 수가 얼마이겠는가. 이들도 바로 함경북도 명간 하성이라는 곳에 있는 국가보위부 제16호 정치범 수용소로 보내졌다.

동북항일연군에서 김일성의 계열이 아니고 제2, 3로군 출신 계열 전부를 잡아넣은 것이다. 물론 처음에는 이 정도였지만 얼마 후 여기에는 내각 제1부수상이었던 김광협과 최고인민회의 상임회의 부위원장이었던 이동규 그리고 김광협의 처 동서인 이영호까지 잡아갔다. 이후 최용건은 정말 이빨 빠진 승냥이로 산송장이 되고 말았다. 최용건은 죽을 때까지 집에 갇혀 마지막으로 김일성을 만났을 때 죽이지 못한 것을 끝까지 후회하였다고 한다. 또 한 차례의 피비린내 나는 숙청은 이렇게 끝났다.

그리고 며칠이 지난 어느 날이다. 김일성이 새로 인민무력부장이 된 최현과 총정치국장이 된 오진우와 한자리에 앉았다. 물론 그들은 김일성이 한 처사에 고마워할 뿐이다. 남들이야 어떻게 되었건 그 덕에 최현은 민족보위상이 되고 오진우는 총정치국장이 되었는데 왜 안 고마워하랴. 한 잔, 두 잔 술을 하다 보니 모두 거나하게 취했다. 최현이 한마디 하였다.

"여보, 김일성 동무! 우리 참 한 생을 잘 살았지?" 술에 취하니까 옛날 부르던 말투가 다시 살아난 것이다.

"아, 보위상 동지! 이거 너무 취한 거 아닙니까?" 오진우가 하는 말이었다.

"그래, 취했어. 내가 취했으면 어때서? 너도 그렇지만 우리 산에서 싸울 때 언제 오늘 같은 날이 있을 줄 알기나 하고 싸운 줄 알아? 강위룡이 그러던가? 너 남패자에서 북대정자로 나갈 때(지금 북한에서 말하는 '고난의 행군'이다) 너 똥싸개를 만나서 다 죽게 된 걸 그 따곰(강위룡의 별명-큰곰)이 내내 업고 다니면서 살려 났다더라."

"아, 이거 너무 취한 것 같다니까요. 보위상 동지!" 오진우가 조마조마해서 어쩔 줄 몰랐다.

"아니, 놔두라고. 저 사람이 저러는 거 뭐, 어제 오늘 처음 보는 건가? 괜찮아, 놔둬." 김일성이 오진우를 제지하였다.

"그럼, 그럼. 술이라는 거야 취하자고 마시는 거지. 오진우, 이 새끼야, 넌 너무 까불지 말아. 너 이연록(항일연군 제2로군 8군 군장)의 밑에서 겨우 패장(소대장)이나 해 먹던 주제에 뭘 잘났다고 야단이야!"

"예, 제가 잘못했습니다." 오진우는 술에 취한 최현의 성미를 돋구어서는 안 되겠다 생각이 들어 말했다.

"그래서 말인데 여, 최현 동무, 우리가 다 죽으면 세상이 어떻게 될 것 같아?" 김일성의 말이었다.

"어떻게 되겠으면 어떻게 되고 내 알게 뭐야? 우린 그저 술이나 먹으세." 최현이 벌써 허도 제대로 가누지 못했다.

"술이야 대동강 물이 마르면 말랐지 우리집에 술이 떨어지겠어? 실컷 마시라고." 김일성이 또 한 잔 부어주며 하는 말이었다.

"그래도 사람이 뒷날도 생각해야지. 안 그래?" 김일성의 말이었다.

"어떻게 되긴요? 후대들이 계속 우리가 하던 일을 해 나가겠지요. 안 그렇습니까 수령님?" 오진우는 그저 취중에라도 김일성의 반감을 불러일으킬 것 같아 전전긍긍이었다.

"이어 나갈지 말지 그걸 누가 알아? 저 우리한테 목이 떨어져 나간 놈들은 그렇다 치고 그 종자들 중 한 놈만 살아남아 봐. 우리를 가만 두자고 하겠어? 안 그래? 진우야?" 최현이 한쪽으로 푹 쓰러졌다.

"허허. 이거 최현이 많이 약해졌다. 옛날에 나하고 주을에 갔을 때는 개 한 마리 잡아놓고 온밤 술 한 말을 다 마셨던 적도 있는데, 아무튼 오늘은 그만하지." 김일성이 하는 말이었다.

오진우는 고주망태가 된 최현을 부축해 가지고 나갔다. 그들은 돌아갔다. 그런데 김일성은 그 자리에 그냥 앉아 있었다. 생각이 많아졌다. 언제인가는 분명 자기도 죽고 이들도 죽을 것이다. 아니 이들이 죽지 않는다 해도 자기만 죽으면 그다음은 어떻게 될 것인가. 이제까지는 거의 생각지 않던 일이다.

그런데 문득 생각해보니 이 나라도 소련처럼 되지 않을까 하는 생각이 들었다. 소련에서도 스탈린이 살아 있을 때에는 흐루시초프도 충신이었다. 심지어 그는 스탈린 앞에서 충성 맹세를 수십 번이나 하였다고 한다. 그런데 막상 스탈린이 죽자 흐루시초프는 모스크바 붉은 광장 묘지에서 그의 시신을 끌어내 화장해 버리고 말았다. 그리고 말렌코프, 불가닌 등을 연이어 올려놓고 끌어내리고 하더니 나중에는 자기가 직접 최고 권력을 잡았다.

뿐만 아니라 소련 공산당 20차 대회에서는 스탈린의 개인 우상화를 정면으로 비판하였다. 스탈린의 모든 공적은 전면 부정하고 그의 잘못한 문제를 정면으로 부각시키었다. 트로츠키, 지노비예프, 카메네프, 부하린 그 모두를 스탈린의 개인 복수심에서 숙청하였다고 했다. 또 군대에서도 1937년에 투하체프스키 사건을 일으켜 군부 내 최고 실권자들 전부를 숙청하였다고 했다. 그렇기 때문에 1941년 히틀러가 소련에 불의 공격을 가했을 때 초기에 엄청난 피해를 입었다고 했다.

그럼 김일성 자기는 무사할 수 있겠는가. 박헌영, 이승엽을 비롯한 그 많은 남로당원들이 정말로 미제 고용간첩이기 때문에 처형했던가. 그리고 "56년 8월 종파", "58년 3월 종파" 얼마 전에 숙청한 박금철, 이효순 일파며 인민군당 4기 4차 전원회의에서 숙청한 김창봉, 허봉학, 석산 등까지 과연 그들 모두가 정말로 반당, 반혁명 종파분자들이었기 때문에 숙청했는가.

그렇지 않다는 건 김일성 자신이 제일 잘 안다. 그렇다면 과연 이제 자신이 죽은 다음에는 어떻게 될 것인가. 누가 최고 권력의 자리에 올라앉더라도 권좌에 앉은 사람은 반드시 자신의 새로운 모습을 보여주기 위해서라도 선임자의 모든 것을 깔아 짓뭉개려 할 것이다. 김일성의 생각이 깊어지지 않을 수 없었다.

"거기, 누구 없어?" 김일성이 소리쳤다. 부관장이 들어왔다.
"찾으셨습니까?"

"우리 유라, 아직 들어오지 않았어?" 김일성이 김정일을 불러 하는 말이다. 정일이라고 이름을 고친 지 꽤 되지만 김일성은 여전히 그를 유라라고 불렀다.

"좀 전에 들어왔는데 저쪽 방에 있는 것 같습니다."

"오라고 해."

"알았습니다." 잠시 후 김정일이 들어왔다.

"찾으셨습니까?" 김정일이 조심스럽게 물었다.

"너 요즘 뭘 해?"

"저, 요즘 뭘 한다는 건 무슨 말씀이신지?"

"어디 나가서 뭘 하며 다니는가 말이야?"

김정일은 혹시 김일성이 그새 문화예술부에 나가 여배우들 뒤꽁무니나 밝히고 돌아다니는 것을 알고 묻는 게 아닌가 긴장했다.

"한 잔 하겠어?" 김일성이 앞에 놓인 잔에 술을 하나 가득 부어 주며 하는 말이었다.

"아닙니다. 전 워낙 술이라면 입에도 못 댑니다." 김정일은 황급히 거절하였다. 그러고 보면 그의 뒤 생활이나 캐자고 부른 건 아닌 것 같았다.

"너 생각에는 말이야, 내가 죽으면 우리나라가 어떻게 될 것 같아?" 김일성이 제가 부은 잔을 들어 제가 마시면서 하는 말이었다.

"무슨 그런 말씀을, 아버님께서는 아직 정정하십니다." 김정일이 깜짝 놀라 대답했다.

"그래도 사람의 일을 어떻게 알겠어? 그래 내가 죽으면 누가 내 자리에 앉을 것 같아?" 김일성이 또 술병을 기울여 잔을 채웠다.

"그야 뭐 최용건 동지나 김일 동지? 아니면 박성철 동지? 제가 어떻게 그런 것까지 알겠습니까?" 김정일은 황황히 대답하였다.

여기서 최용건은 다시 말하지만 최고인민회의 상임위원장이고 김일은 내각 제1부수상이었다. 최용건의 뒤를 이어 3인자였던 것이다.

"뭐 최용건이나 김일이? 됐어 나가 봐."

김정일은 나왔다. 사실대로 말해서 김일성은 김정일을 어렸을 때부터 그리 사랑하지 않았다.

정일이 소련 하바롭스크 브야츠크에 있을 때 일이다. 그때 88국제여단에서 김일성이 데리고 있던 백학림이 네 살 난 그에게 잠자리를 잡아준 적이 있다. 그가 가지고 놀라고 꼬리에 실까지 매 주었다. 그런데 김정일이 그걸 가지고 노는 것이 아니라 날개를 찢어 그 자리에서 죽여 버리는 것이었다. 그때 김일성이 왜 그러는가 물으니 김정일은 태연하게 잡힌 놈은 죽여야 한다는 것이었다.

또 언제인가는 김일성은 어린 김정일이 혼자 놀면서 무엇 때문인지 발로 땅바닥을 자꾸 비벼대는 것을 보았다. 그래서 다가가 보았더니 열심히 먹을 것을 나르는 개미들을 밟아 죽이는 것이었다. 그래서 김일성이 또 왜 그러는가 물었다. 어린 김정일은 그때에도 태연하게 개미들이 왜놈 토벌대 같아 그런다고 하였다. 김일성은 그때에 벌써 김정일이 보통이 아니라는 것을 알아봤다.

언제인가 후처 김성애도 말하였다. 자기는 정일이를 정말 친아들같이 대하고 싶은데 그는 언제 한 번 자기 보고 어머니라 부른 적도 없다는 것이다. 하지만 그래도 김일성은 그가 맏아들이라고 좀 철이 들자 여기저기 현지지도 나갈 때마다 데리고 다녔다.

김일성은 깊은 생각에 잠기지 않을 수 없었다.

9

사랑과 갈등

경희는 평양시 수해 복구 건설 현장에 갔다 온 다음, 이상하게도 성택의 모습이 자꾸 눈에 밟히는 것을 느끼지 않을 수 없었다. 얼핏 보기에는 꼼꼼하지도 못하고 실속 없는 사람같이 보이지만 그렇지도 않은 것 같다. 남자다워 보이는 그 얼굴이며 환희에 쌓여 사람들 속에서 눈부신 존재로 우뚝 섰던 그 모습이 눈에서 영 지워지지 않았다.

경상동 종합수리 앞에서 부관장 차를 타고 지나갈 때 자기를 찾아 여기저기 허둥대던 그 모습조차 재미있게만 되새겨졌다. 그런데 건설장 대학생들에게 식량을 더 보태주는 문제는 실로 쉽지 않았다.

자기가 아버지에게 직접 말했고 아버지도 그렇게 해주겠다고 했는데 국가 계획위원회 위원장인 정준택이 그건 안 된다고 했다. 국가 식량 공급 규정이 그렇기 때문에 어쩔 수 없다는 것이다. 대신 서포 닭 공장에서 매 학생당 닭 한 마리씩을 먼저 공급하고, 그 외 호위총국 으로 나가는 두부와 콩 등을 얼마간 더 보내주겠다고 하였다. 경희는 그것으로는 부족하다는 것을 알았지만 어쩔 수 없었다.

저녁에 마침 영란이 왔다. 여러 날째 건설장에 나가 일하더니 얼굴이 아예 숯덩이가 되어버리고 말았다. 그래도 경희 방에 들어오기 바쁘게 짝짜그르 떠들었다. 누군가 건설장에서 콘크리트 작업을 하다 물통에 빠져 생쥐 꼴이 되었다는 둥, 또 누구는 얼마나 피곤했던지 휴식시간에 새로 설치하려고 실어다 놓은 하수도 관 속에 들어가 잤는 데 다음 날 아침에야 발견되었다는 둥, 아무튼 경희로서는 가지가지 재미난 일들이었다.

영란은 가방을 뒤져 건설장에서 찍은 필름 3통을 꺼내 놓았다. 경희에게 사진을 뽑아 달라는 것이었다. 정작 경희는 성택에 관한 말을 듣고 싶은데 그 말은 한 마디도 꺼내지 않았다. 경희는 생각해보니 그 속에 성택의 사진도 있을 것 같아 두말없이 받아 놓았다.

"경희야, 내 그날 저녁에 보니까 너 성택 동무를 되게 좋아하는 것 같더라?"

"아이 참, 애도. 좋아하긴 누가 좋아한다고 그래?" 경희는 깜짝 놀라 영란이 무릎을 꼬집었다.

"호호. 농담이야. 글쎄 성택 동무는 다른 누구한테는 최고의 신랑감 이 될 수 있겠지만 …." 영란은 말끝을 흐리었다.

"그래, 누구한테는 최고의 신랑감이 될 수 있다는 거니?"

"그래도 너한테는 어울릴 것 같지 않아." 영란은 무엇 때문인지 가볍게 한숨까지 지으며 말하였다.

"아니야. 그건 네가 잘못 봤기 때문이야. 내가 왜 그를 좋아해야 하니?" 경희는 시치미를 뗐다.

"알았어. 농담이라고 하잖아." 영란은 그리고도 한참 더 놀다 갔다.

이틀이 지났다. 경희는 영란이 부탁한 사진들을 다 뽑았다. 정말이지 별별 사진들이 다 있었다. 성택의 사진도 있었다. 그런데 누가 찍었는지 일하고 돌아와 정신없이 자는 모습을 찍은 것이었다. 입을 헤 벌리고 정신없이 자는데 그러면서도 옆의 사람의 발을 마치 귀중한 보물이나 되는 것처럼 가슴에 꼭 안고 잔다. 그것도 양말이 떨어져 발가락이 비죽이 나온 발이었다. 그러면서도 또 자기는 다리를 또 다른 누구의 가슴에 올려놓고 잔다. 경희는 혼자 웃었다. 암만 봐도 밉지 않은 모습이다. 그래서 그 사진은 따로 한 장 더 복사하여 남겨두고 영란을 찾아 갔다.

그날 저녁은 군중무용을 하지 않는지 조용하였다. 경희는 대학생들의 숙소가 있는 삼마중학교 마당 쪽으로 발걸음을 옮기었다. 거기에 김일성종합대학 학생들의 숙소가 있었다. 수십 개 동이나 되는 천막들이 줄지어 늘어서 있었다. 그중 밝은 불빛이 흘러나오는 곳으로 찾아갔다. 얼핏 보기에도 식당 같았다. 남녀 대학생들이 들락날락거리고 주방으로 쓰는 천막 쪽에서는 그릇 가시는 소리가 요란하게 났다. 나무판자로 된 식탁이 가운데 길게 놓여 있고 그 좌우로 긴 나무 의자들이 있었다. 한 번에 한 30명씩 들어와 식사하는 것 같았다. 한 조가 식사하고 나가면 다른 조가 들어오고 그 조가 나가면 또 다음 조가 들어온다. 워낙 사람이 많다 보니 끝이 보이지 않았다.

식당 안을 살펴보기 위해 천막 가까이로 접근했을 때였다.

"어이 동무, 미안하지만 날 좀 도와줘야겠소." 뒤에서 누군가 어깨를 툭 치는 사람이 있었다.

경희가 깜짝 놀라 돌아보니 뜻밖에도 성택이었다. 얼굴에 검댕이를 잔뜩 묻히고도 취사모까지 썼다. 그러니 이날은 취사 당번인 모양이다.

"어머!" 경희는 깜짝 놀라 말을 못하는데 그도 놀란 모양이다.

"아니, 이게 누구야? 아무튼 말은 후에 하고 우선 날 좀 도와줘야겠어." 성택은 무작정 경희의 손목을 잡아끌었다.

"제가요? 뭘 해야 하는데요?"

"우선 이 국을 저 안에 들어가 더 달란 사람들한테 주오." 성택이 커다란 국 버치(국을 담은 큰 그릇, 들통) 하나를 그에게 안겨 주었다. 그리고는 뒤도 돌아보지 않고 주방으로 들어갔다. 시키는 대로 하지 않을 수 없었다. 경희는 국 버치를 들고 안으로 들어갔다.

"어이 여기, 여기!" 경희가 나타나자 사방에서 소리쳤다. 알고 보니 밥은 한 그릇뿐이지만 국은 요구대로 더 주는 모양이었다. 그래서 식사하러 들어오는 사람마다 우선 국을 한 사발씩 쭉 마시고 본다. 그리고 2차, 3차로 더 달라고 해서 먹는 것이다.

경희는 멋모르고 성택한테 잡혀 생 진땀을 흘렸다. 몇 번씩이나 국 버치를 들고 뛰어다녔는지 모른다. 그래도 "여기, 여기!" 소리는 그치지 않았다. 나중에는 아예 그 소리가 귓가에 뱅뱅 도는 것 같았다. 경희는 태어나서 처음으로 그렇게 땀을 흘리며 뛰어 다닌 것 같았다.

그날따라 어디서 후원이 들어왔는지 국에 돼지고기 몇 점을 넣은 모양이다. 그러다 보니 저마다 국물이라도 더 먹지 못해 야단이었다. 한 사람이 보통 세 그릇씩은 먹는 것 같았다. 하긴 하루 종일 뙤약볕 밑에서 그런 고역에 시달렸는데 그에 비하면 먹는 건 정말 아무 것도 없다.

누구나 밥 한 그릇과 국 한 그릇, 거기에다 몇 사람에 하나씩 무슨 풋절이 김치 같은 것이 하나씩 차려지는데 결국 국밖에 더해볼 것이 없었다. 한참 뛰어다니다 보니 저쪽에 성택이 또 국 버치를 들고 들어왔다. 그녀를 도와주기 위해서 온 모양이다.

"자, 자, 들어갑니다. 들어가요. 비록 축산반장이 장화를 신고 건너간 것 같은 국물이지만 그래도 많이들 드세요. 많이들!" 너스레를 부리는 것도 밉지 않았다. 경희는 금세 온몸이 땀에 젖었지만 그래도 기뻤다. 자기도 이날만큼은 남들같이 보통 대학생이 된 것 같았다.

"어, 국을 다 줬으면 이젠 온수를 줘야지."

"온수요? 이 더운 때에 온수를 준단 말이에요?" 경희는 송골송골 이마에 돋는 땀을 닦으며 물었다.

"아하! 이 동무 완전 생판이구만. 요즘 여기 건설장에는 파라티푸스가 돈단 말이야. 그래서 위에 지시로 일체 찬물은 공급하지 못하게 되었거든. 군소리 말고 저쪽 뒤에 가서 온수통을 내다 놓으란 말이야."

경희는 국 버치를 내려놓고 뒤쪽으로 달려갔다. 그런데 온수통이 너무 컸다. 그것도 빈 통도 아니고 한 절반쯤 채워진 것을 혼자서 들기에는 너무도 무거웠다. 난감하여 어쩔 줄 모르는데 어느새 또 성택이 뛰어왔다.

"내 그럴 줄 알았어. 동무는 컵만 들고 따라와."

성택이 주저하는 기색도 없이 씽— 하니 온수통을 들고 천막 앞쪽으로 나갔다. 경희는 컵만 들고 뒤따라가면서 보니 성택이 넓은 어깨가 그렇게 믿음직스러워 보일 수 없었다.

"저, 경희 동무, 이왕 수고해주던 바에 끝까지 해줘야겠어."

"또 뭘요?"

"오늘은 그놈의 파라티푸스 때문에 두 사람씩이나 나오지 않아서 그러는데 저기 가서 그릇 가시는 걸 좀 도와줘야겠어."

할 수 없었다. 또 성택이 시키는 대로 설거지를 하지 않을 수 없었다. 그런데 워낙 산더미같이 그릇들이 쏟아져 나오다 보니 그것도 수월치 않았다. 그래도 경희는 나름대로 깨끗하게 닦아 보겠다고 때 투성이 그릇들을 정성 담아 닦았다. 바로 그때였다.

"아니, 경희 동무! 동무는 여기서 그릇을 닦고 있나? 아니면 이잡이를 하고 있나?" 또 성택이었다.

"그런 식으로 설거지를 하다가는 날이 새도 다 못하겠어. 내가 닦은 걸 저쪽에서 건져 내기만 하라고."

성택이 그녀를 밀어버리고 자기가 직접 했다. 역시 눈부신 솜씨였다. 워낙 이런 데 쓰는 식기는 흔히 군대에서 쓰는 알루미늄 제품이었다. 성택이 한 손에 수세미를 들고 다른 손으로 그릇들을 닦기 시작하는데 불이 번쩍 나는 것 같았다.

닦는 대로 경희가 서 있는 큰 수채통에 넘기는데 경희는 미처 그것도 받아 물에 헹궈 쌓기가 어려웠다. 경희가 한 시간 동안 절반도 못한 설거지를 성택은 단 몇 분 만에 끝내고 말았다. 또 그만큼 그릇들이 들어왔다. 그것 역시 순간에 해치웠다.

'이 사람은 어디서 설거지만 전문으로 하다 왔는가?'

경희가 아연해 쳐다보는데 성택은 어느새 일을 끝냈다. 둘은 드디어 일을 끝내고 밖으로 나왔다. 시원한 맑은 바람이 이들을 향해 불어왔다.

"나, 할 말이 있으니 저기 좀 가자고!" 가타부타 그녀의 동의 같은 건 묻지도 않았다. 무작정 끌고 산 쪽으로 가는 것이었다. 벌써 밤 10시도 넘었다. 원래 거기는 해방 전에 탄광을 하던 곳이어서 곳곳에 버럭산(돌산)들이 많았다.

"아이, 전 빨리 돌아가야 하는데."

"글쎄, 가는 건 가는 거고 잠깐 이야길 하자고 하잖아. 잡아먹지 않겠으니 가!"

경희는 어쩔 수 없이 끌려갈 수밖에 없었다. 하지만 그렇게 기분 나쁜 일은 아니었다. 오히려 가슴이 활랑거리기까지 하였다. 이미 날은 어둑어둑하여졌다. 그래도 주변에는 식사를 끝내고 나오는 대학생들이 우글거리었다.

"따라가겠으니 놓고 가요." 경희는 남들이 볼 것 같아 사정하였다. 성택이 손을 놓아주었다. 그리고 앞에서 씨엉씨엉 걸었다. 벌써 동네는 끝나고 웃메동 잔솔밭이었다. 그래도 성택은 도대체 멈출 생각을 하지 않고 앞에서 걷기만 하였다.

"도대체 어디까지 가는 거예요?" 경희는 걱정스레 물었다.

"글쎄, 가면 알아."

마을길을 벗어나자 낮은 산언덕이 나타나고 그 앞으로 잔솔밭이 펼쳐졌다. 벌써 완전히 어두워졌다. 경희는 버럭 겁까지 났다. 얼마 전까지 빨리 성택을 만나 그날 일을 알아보고 오빠가 잘못한 일이라면 대신 사과라도 해야겠다 생각했으나 지금은 아니었다.

한쪽으로는 마음이 무섭게 뛰기도 하고 겁도 나고 그런데 갑자기 솔밭 사이로 걷던 성택이 보이지 않았다. 경희가 그 자리에 우뚝 서서 어째야 할지 망설이는데 솔밭 사이로 성택이 머리가 불쑥 나타났다.

"따라오지 않고 뭘 해?"

"아니, 도대체 어디까지 갈 건데요?"

"글쎄, 따라오라면 올 것이지, 빨리 와!"

성택이 또 말없이 앞에서 잔솔포기들을 헤치는 것이었다. 경희는 따라가지 않을 수 없었다. 얼마간 가다 보니 잔솔밭 사이에 조그만 공간이 나왔다. 성택이 거기서 멈춰서더니 주위를 둘러보는 것이었다.

"자, 앉으라고!"

성택은 먼저 잔디밭에 털썩 주저앉으며 말했다. 경희는 그 옆에 조심스럽게 앉았다. 하지만 가슴만은 새가슴같이 뛰었다. 이렇게 남자와 단둘이는 처음으로 앉아보는 것이었다.

"경희 동무, 도대체 집이 어디야?"

"네?"

"나 말이야, 두 번씩이나 동무 뒤를 쫓아갔는데 창전동 사거리까지 가고는 거기서 감쪽같이 놓치고 말았단 말이야."

그건 사실이었다. 성택은 그녀를 쫓아 두 번씩이나 갔다가 놓쳤던 것이다. 거기서 조금만 더 올라가면 만수대고 그녀의 집 쪽으로 들어가는 길이 있는데 거기에는 호위국 보초가 있다. 성택이 거기까지는 쫓아갔으나 설마 경희가 호위국 보초들이 있는 곳으로 사라졌으리라고는 생각도 못하고 헤매다 온 것이다.

"동무 말이야, 내 전에 아동 공원 코끼리 석상 앞에 나오라 할 때 왜 안 나왔어?"

"아이, 그땐 아버지가 갑자기 …." 경희는 당황하여 말을 얼버무렸다. 오래전부터 만나면 알아보려고 했던 바로 그 이야기였다.

"하여간 동무네 아버지도 문제는 문제구만. 완전히 봉건 통이라고 했지?"

"어머, 제가 언제?" 경희는 깜짝 놀라 말을 잇지 못했다.

"그날 난 거기서 동무가 나오는 줄 알고 기다리다 무슨 일이 있었는지 알아?"

"무슨 일이 있었는데요?"

"내 참 어이없어서. 어디서 갑자기 웬 깡패새끼들이 나타나는 통에 아예 싸움만 실컷 하다 왔다니까. 경상분주소(경찰 파출소)에 잡혀가서 한참 씨름질까지 하다 왔지." 분명 오빠네를 두고 하는 말이다.

"크게 다치지 않았어요?"

"다치다니? 동무 보기에는 내가 그따위 놈팽이들한테 다칠 사람 같아 보여?"

"피이. 큰소리는?"

"내, 아예 그 망나니 같은 놈들 혼쭐을 내놓으려다 겨우 참았어."

어디까지 진짜인지 모르겠다. 그렇다고 이제 와서 그게 자기 오빠네 한 일이라고 말해주기는 또 좀 그렇다. 그저 모르는 척 넘기는 게 상책일 것 같았다.

"그런데 왜 저를 여기까지 끌고 왔어요?" 경희가 조심스럽게 물었다.

"왜는 왜야? 그때 평양역에서 헤어지곤… 가만 경희 동무, 참 그때 자산역에 함께 나왔던 그 동무 알지?"

"누구? 영란 동무 말이에요?"

"그래, 그 영란 동무 말이야. 지금 나와 같은 학부, 같은 반인 건 몰랐지?" 성택은 마치 제가 무슨 큰 거나 알려주는 것처럼 씩 웃었다. 경희는 성택의 그런 모습이 오히려 우스웠다.

"오늘 저녁에는 왜 군중무용 손풍금 반주 안 한 거예요?"

"뭐야? 아니 그럼 동무, 나 손풍금 반주하는 걸 봤단 말이야?"

"그럼!" 경희는 해죽이 웃으며 대답하였다.

"언제 봤는데?"

"그거야 뭐 어쩌다 …." 경희는 그날 낮에 봤던 건 말하지도 않았다.

"하하. 그런데 왜 난 동무를 못 봤을까? 동무가 보는 줄 알았더라면 더 멋있게 연주하는 건데."

둘이 이야기하다 보니 어느새 솔밭 저쪽으로 달이 솟아올랐다.

"경희! 우리 오랜만에 만났는데 나 아무 말이나 해도 돼?"

"무슨 말인데요?" 경희는 성택이 뭔가 엄청난 말을 할 것 같은 예감에 가슴이 후두둑 뛰었다.

"나 암만해도 동무를 좋아하는 것 같아."

"뭐라구요? 아이 참, 그게 무슨 소리예요?"

"언제인가 동무는 내 여자가 된다는 것만 명심해!" 성택은 다짜고짜 경희를 부둥켜안았다.

"어머, 이걸 놔요. 누가 보면 어쩌려고?" 경희가 벗어나려 버둥질 쳤다.

"보긴 누가 본다고? 가만있어!"

경희는 어쩔 줄을 모르는데 심장만 몹시 뛰었다. 성택의 가슴도 무섭게 고동쳤다.

"우리, 이렇게 하고 5분만 가만있자!"

성택은 경희를 붙어 안고 가만있었다. 경희는 무슨 말을 해야 좋을지 몰라 자신도 가만있었다. 두 심장만 무섭게 뛸 뿐이었다. 마침내 경희가 먼저 정신을 차렸다.

"아이 참, 나 가야 해요."

"벌써?"

"빨리 가야 해요. 집에서 기다려요."

"아무튼 다시 말하지만 언제인가 동무는 꼭 내 여자가 된다는 것만 명심해!" 성택은 경희를 붙안았던 손을 놓아 주었다. 경희는 얼른 일어났다. 성택도 일어났다.

"우리 가요!" 경희는 흡뛰는 가슴을 가까스로 진정하고 마을길로 걸었다. 누가 어쩌는 것도 아닌데 경희의 가슴은 그냥 두근거리기만 했다. 그래서 더 빨리 나왔는지도 모른다. 얼굴이 화끈거렸다. 잔솔밭을 거의 헤치고 나왔는데 성택이 따라왔다. 하지만 그다음 둘은 더는 아무 말도 없이 걷기만 했다.

10
무궁화 꽃 담배쌈지 I

인민군당 제4기 4차 전원회의에서 김창봉, 허봉학, 석산 등을 모두 쳐버렸으나 김일성의 마음은 여전히 편하지 않았다. 얼마 전 최현, 오진우와 있었던 이야기가 마음에 걸렸다.

어느 날 김일성이 오진우를 불렀다. 오진우가 김일성의 사무실로 왔다. 그런데 들어가면서 보니 마당 한쪽에 책들이 쌓여 있었다. 마르크스 레닌주의 고전들을 비롯하여 김일성이 읽던 책들 같았다. 버리자고 내놓은 것 같은데 옆에 이상한 물건이 눈에 띄었다. 무궁화 꽃이 새겨진 담배쌈지였다. 한 번도 본 적이 없는 것이다. 무슨 사연이 있는 것 같아서 오진우가 집어 들었다. 그리고 김일성의 집무실에 들어갔다.

"오진우 동무! 내 가슴이 답답해서 동무를 찾았소." 김일성이 말하였다.

"저야 아무 때 찾아도 반갑지요. 그런데 그건 그거고, 이게 저기 밖에 떨어졌던데 혹시 무슨 사연이 있는 담배쌈지는 아닙니까?"

오진우는 김일성의 안색을 살피면서 담배쌈지를 꺼내 놓았다.

"음? 내가 버린 거요. 사연이라면 많은 사연이 있지. 그냥 저쪽에 두라고. 자, 오늘은 날씨도 좋은데 연풍호에 낚시하러 갈까?"

"그러시지요." 오진우는 따라 나섰다.

둘은 연풍호로 나갔다. 연풍호는 평양에서 멀지 않다. 한 40~50킬로 될까. 그러나 풍치는 기막히게 수려하다. 맑은 연풍호가 거울처럼 펼쳐져 있고 그 좌우로 이름 모를 산들이 병풍처럼 둘려져 있다. 예전 유고슬로비아의 대통령 티토가 "여름 궁전", "겨울 궁전"이 따로 있다고 하더니 김일성의 연풍 특각도 그와 비교해보면 별로 못하지 않았다.

"여기가 잘 잡힐 것 같은데, 같이 낚시나 해보자고."

김일성이 먼저 낚시를 던졌다. 오진우도 같이 던졌다. 김일성이 무슨 말인가 자기한테 하려고 불렀겠는데 아직은 말이 없다. 오진우는 자기도 모르게 긴장하지 않을 수 없었다.

"지금 우리는 이렇게 살고 있는데 김창봉이나 또 다른 지난번에 간 사람들은 어떻게 살고 있겠는지?" 뜻밖에도 인민군당 4기 4차 전원회의에서 숙청된 사람들에 대해 이야기하는 것이었다.

"그야 뭐 어떻게 살겠습니까? 그저 그런대로 산골에서 감자농사나 지으며 살겠지요."

"어쩔 수 없어 그렇게 하긴 했지만 한편 생각하면 가슴이 아프단 말이야." 김일성이 하는 말이었다.

"아닙니다. 그건 절대로 가슴 아프게 생각할 일이 아닙니다. 거 왜 소련에 흐루시초프가 스탈린 때 두 번이나 사형장에 끌려 나갔다고 하지 않습니까? 그런데 스탈린이 그가 젊은 사람인데다 머리도 좋다고 다시 살려줬는데 나중에 어떻게 되었습니까?"

"아, 그래도 사람이 그러면 쓰나. 그들은 그래도 우리와 같이 정말 풍찬노숙하면서 목숨을 걸고 일제와 싸우던 사람들이 아닌가?"

이럴 때 보면 김일성은 그 누구보다도 마음이 여린 사람같이 보인다. 하지만 오진우는 알고 있었다. 이럴 때일수록 자기는 더 강하게 나가야지 그렇게 말하면서도 김일성은 자신의 속을 뽑고 있다는 것을 오랜 경험을 통해 알고 있었다.

"그래서 말입니다. 수령님께서는 정말이지 한 가지 흠이 있다면 너무 마음이 모질지 못한 것이 흠인 것 같습니다."

"그래, 그런 게 나한테 있지. 하지만 그 사람들 말이야, 몇 해 그렇게 단련시킨 다음에는 다 도루 데려와야겠어. 가만 그건 그렇고, 내 동무한테 한 가지 묻고 싶은 게 있는데⋯."

"예, 말씀하십시오. 아니, 수령님 낚시에 고기가 물린 것 같습니다."

그리고 보니 정말 낚싯줄이 한쪽으로 쭉 끌려가고 있었다.

"아, 참. 그렇구만."

김일성이 급히 낚싯대를 챘는데 손가락만한 피라미 한 마리가 달랑 올라왔다. 저쪽에 앉아 있던 부관장이 뛰어와 고기를 떼어 내고 미끼를 갈아 끼워 준다. 김일성이 다시 낚시를 멀리 던지었다.

"예, 수령님, 말씀하십시오."

오진우는 김일성이 무슨 말인가 하려다 그만둔 생각을 하고 다시 재촉하였다.

"응, 다른 게 아니라 나도 이젠 나이가 환갑이 되지 않았소? 그래서 말인데 은근히 앞날이 걱정되거든."

"수령님께서는 이제 환갑인데 걱정할 게 뭡니까? 지금 건강으로 봐서는 아직 3, 40년은 걱정 없습니다." 오진우는 얼른 말을 받았다.

"그래도 사람 일이야 모르지. 그래서 말인데 동무 생각에는 내가 저 세상 사람이 되기 전에 후계자를 내세운다면 누굴 하면 좋겠소?"

순간 오진우는 이것이 김일성이 오늘 자기를 만나자고 한 기본 문제 구나 직감했다.

"글쎄 말입니다. 그런 문제야 수령님께서 결정하실 일이지 저희들 이야 알겠습니까?"

여기서 한마디만 잘못하면 자기의 운명이 이 자리에서 끝장날 수도 있음을 느끼지 않을 수 없었다. 신중에 또 신중을 기하지 않을 수 없는 물음이었다.

"그래도 동무 생각에는 누굴 후계자로 하면 좋겠소?"

"아니, 전 아직까지 깊이 생각해본 적이 없어서 ….."

오진우의 머리는 무섭게 회오리치기 시작했다. 누구인가 분명 마음 속으로 점을 찍어 놓고 말하는데 떨리지 않을 수 없었다. 생각해보니 직급으로 따지면 2인자인 최고인민회의 상임위원장인 최용건부터 생각 났다. 하지만 그는 아니다. 그다음 최현을 생각해보았다. 그도 아니 다. 김일성이 평소부터 그는 너무 무식하다고 질책하는 것을 여러 번 보았기 때문이다.

김일(본명 박덕산)? 박성철? 그들도 아니다 그들 역시 보통학교 문 턱도 가보지 못한 사람들이다. 그럼 오백룡? 그도 아니다. 그는 무식하 기도 하지만 울뚝뺄이 최현보다 절대 못하지 않기 때문이다. 그럼 혹시 임춘추? 그도 아니다. 지난번 4기 15차 전원회의 때 그가 쓴 "청년전위"

3부 때문에 얼마나 혹독하게 비판을 받았는가.

문득 머리를 치는 생각이 있었다. 그래 김일성이 바로 그 말을 듣고 싶어 자기를 부른 것이다. 그러나 한편 이런 생각도 들었다. 김일성이 정말로 그 이상한 녀석을 후계자로 지목하자고 할까? 그 녀석이 이상하다는 건 김일성 자신이 제일 잘 아는 일인데? 하지만 설사 잘못 짚었다해도 자기한테 큰 책임이 오지 않을 사람은 그밖에 없다.

"수령님, 제 생각을 솔직하게 말씀드려도 되겠습니까?"

"그래, 어디 말해보라고!"

오진우는 은근 슬쩍 김일성의 눈치를 살피었다. 아닌 척하고 있지만 무척 긴장되지 않을 수 없었다. 어쩌다 자기가 잘못 짚었다간 무슨 일이 일어날지 모르기 때문이다.

"제 생각인데 꼭 한 사람 밖에 없습니다."

"그게 누군데?" 김일성이 정면으로 그를 쳐다보고 있었다.

"유라입니다."

"유라라니?" 김일성이 굳어졌다.

"참, 이름을 정일이라고 고쳤다고 했지요. 수령님 맏자제분 말입니다."

"아니, 유라 말인가? 걔가 무슨 후계자 감이라고? 안 돼!"

"아니, 유라가 어째서 안 된다는 겁니까? 유라야말로 그 누구보다도 수령님의 뜻을 제일 잘 헤아리지 않겠습니까?"

"그래도 안 돼. 세상 어느 국제 혁명운동사에 최고지도자가 자기 아들을 후계자로 내세운 일이 있어?"

"그게 무슨 상관입니까? 그래도 수령님의 뜻을 제일 잘 헤아리고 대를 이어 수령님께서 개척하신 혁명위업을 가장 잘 받들어 나갈 사람이야 정일이 밖에 더 있겠습니까?"

"그래도 그렇지, 그렇게 되면 세상 사람들의 웃음거리가 되지 않겠어?"

"웃음거리라니요? 소련을 보십시오. 스탈린이 그렇게 잘 하느라 했지만 후계자 문제를 잘못 처리하니 그 후과가 어떻게 됐습니까? 그리고 중국의 경우에도 보십시오. 모택동이 모안영만 조선전쟁에 내보내지 않았어도 지금 같은 문화대혁명은 없었을 겁니다."

오진우는 단호하게 김정일을 주장했다. 이미 김일성의 얼굴에서 그가 누구를 점찍었는가를 읽었기 때문이다.

"아니, 그래도 걔는 안 돼. 더구나 걔는 항일을 한 전적이 있나, 6.25전쟁에서 무슨 공을 세운 일이 있나 … 걔는 안 돼."

"수령님, 그런 건 다 부차적 문제입니다. 기본은 누가 수령의 혁명 위업을 대를 이어 끝까지 이어나가는가 하는 것입니다. 전 김정일이 제일 적임자라고 생각합니다." 오진우는 잠시 말을 끊었다 계속하였다.

"그리고 이건 아닌 말인지도 모르겠지만 정일이 걔가 해야 더구나 자기 한 일이 없어 수령님의 혁명업적을 필사적으로 선전하자고 할 게 아닌가 말입니다. 자기가 그 그늘을 이용하기 위해서라도 틀림없을 겁니다."

"아니야, 그래도 걔는 아니야. 오 동무! 생각하는 거라고는 … 참 어이가 없구만!"

김일성은 끝까지 아니라고 하였다. 하지만 오진우는 벌써 그의 목소리와 표정에서 자기가 옳게 찍었음을 느꼈다. 이날 연풍호 특각에서 돌아오는 오진우는 쾌재를 불렀다. 만약 자기가 김정일을 찍지 않았더라면 어떤 벼락이 떨어졌을 것인가. 생각조차 하기 두려웠다.

이로써 이날 김일성은 자기 인생에서 최악의 배신문서에 큰 도장을 찍었고, 오진우는 남은 여생을 편안하게 살 수 있는 바탕을 마련하였다.

오진우는 돌아오는 차 안에서 생각하였다. 이제 김일성의 머리에서 사회주의니, 공산주의 이념이니 하는 건 이미 사라진 지 오래다. 나라요, 인민이요 하는 건 다 코끝에 건 소리고 오직 자기 자신만을 생각하는 시정배로 굴러 떨어졌다. 그러니 이제 자기는 어떻게 해야 되는가. 역시 살 길은 김일성에게 붙는 수밖에 없다.

그로부터 며칠이 지난 어느 날이다. 오진우가 움직이기 시작하였다. 맨 먼저 시작할 대상은 역시 최현이라고 생각되었다. 최용건은 애초에 제껴 놓고 김일(본명 박덕산)이나 박성철 같은 사람은 워낙 머리가 너무 굳어져 잘 먹힐 것 같지 않았다.

물론 최현도 머리 굳어진 것으로 보면 그들보다 절대 나을 것이 없었다. 하지만 그래도 그는 자기 자식들에 대한 사랑은 그 누구보다 깊었다. 특히 그중에서도 해방 후 늦둥이를 본 최룡해에 대한 사랑이 남달리 깊었다.

여기서 최현에 대해 간단히 짚고 넘어간다면 그는 일생 세 번 장가를 갔다. 첫 아내는 항일무장투쟁에 나서기 전 중국 훈춘에서 열여섯 살 때 만난 여인이다. 홍범도 독립군에 몸을 담았던 그의 아버지가 일찍이 손주 볼 요량으로 그때에 장가를 보낸 것이다. 거기서 두 아들을 보았다. 최용택이와 또 뭐라는 아들이다. 그리고 두 번째 여인은 동북항일연군에 들어가서 만났던 김철호라는 여대원이다. 정식으로 부부 연까지 맺었으나 김철호는 한때 2군 5사 사장(중국 군대 직급 중의 하나.

* 중국군은 로군장, 군장, 사장, 퇀장(연대장), 영장, 련장, 패장(소대장), 반장으로 되어
있는데 인원은 극히 적었다)이었던 안봉학과도 놀아났다.

그 일이 어떻게 최현이 귀에 들어갔는데 5사 사장 안봉학이 급한
나머지 뛴다는 것이 그만 일제 토벌대에 잡혀 변절까지 하고 말았다.
그리고 김철호는 누구 아이인지 씨가 분명치 않은 아이를 임신했다가
유산하고 말았다. 그때 항일연군 1로군 2군에서는 말들이 많았다. 누구
는 그 아이가 안봉학의 아이여서 최현이 김철호를 두들겨 패서 유산하
였다고도 하였다. 아무튼 그때부터 김철호는 다시 임신하지 못했다.

최현이 최룡해를 본 것은 해방 후 38경비 여단장을 할 때였다. 그때
그는 황해도 토산군 일대에 주둔하고 있으면서 최룡해를 보았는데 그의
친모는 일본군대 간호사를 하였던 여자라고 한다. 그 때문에 최현이
당시 여단장에서 무임소상으로 내려 먹기도 했지만 다행히 전쟁이 일어
나는 통에 살아남았다. 그래서 최현은 그 아들 즉 최룡해를 누구보다
사랑하였다. 그런 내막을 잘 알고 있었던 오진우인지라 제일 먼저 최현
에게 손을 뻗친 것이다.

어느 날 오진우가 최현을 찾아갔다.

"어, 진우 왔어? 들어와."

최현이 사무실에서 별로 할 일도 없고 꺼덕꺼덕 졸다가 오진우가
들어서자 반겨 맞았다. 오진우와 최현은 나이 차이도 많았다. 최현은
1907년생이고 오진우는 1917년생이다. 거기에다 다시 말하지만 최현
은 만주 항일투쟁 시기 1로군 2군 4사에서 퇀장을 하였지만 오진우는
앞에서도 말했지만 2로군 이연록의 밑에서 겨우 패장이나 하였다. 때
문에 최현은 오진우를 자기 손아래 동생같이 생각하였고 오진우는 최현
을 두려워하기까지 하였다.

"부장 동지, 할 말이 있어 찾아왔습니다."

"아무튼 들어와 앉아." 오진우가 앉았다.

"뭔데?"

"부장 동지 생각에는 어떻습니까? 이젠 수령님도 연로하셨고 후계자를 준비할 때가 되었다고 생각하지 않습니까?"

"뭐? 후계자가 뭐야?"

"이젠 우리 모두가 나이가 들었는데 바른대로 말해서 앞일을 생각해야 하지 않겠는가 하는 겁니다."

"앞일을? 앞일을 생각할 게 뭐 있는데?" 최현도 역시 돌머리였다.

"아, 거 참 뭐라고 할까. 툭 털어놓고 말한다면 우리도 이젠 나이가 들었으니 언제인가 모두 저세상으로 갈 게 아닌가 말입니다."

"그야 모두 죽겠지, 그런데?" 최현은 워낙 말귀가 어두운 사람이라 오진우의 말을 도저히 알아듣지 못했다.

"그래서 말입니다. 우리 같은 건 글쎄 죽으면 말겠지만 수령님의 후사는 지금부터 미리 생각해야 하지 않겠는가 하는 겁니다."

"뭐 김일성의 후사를? 그야 누가 해 먹든 상관할 게 뭐야? 우리나 적당히 해 먹다 죽으면 되지." 역시 왕청같은 소리다.

"그러면 어떻게 되겠습니까? 수령님께서 이제까지 이루어 놓은 혁명위업이 다 말살될 수도 있지 않겠는가 말입니다."

"그래서? 가만 그러니까, 김일성이 죽으면 네가 그 자리에 올라앉고 싶어서 그러는 거야?"

"예? 아니, 부장 동지, 무슨 그런 큰일날 소리를 합니까? 그건 절대 아닙니다."

오진우는 화닥닥 놀라 껑충 뛸뻔하였다. 그 말이 혹시라도 어떻게 잘못 전달되어 김일성의 귀에 들어가는 날에는 자기는 능지처참된다는 것을 잘 알고 있었다.

"그럼, 그것도 아니라면 뭐야?"

"혹시라도 누군가 그 자리를 대신할 사람이 있어야 하지 않겠는가 하는 겁니다."

"그거야 뭐, 최용건 영감이 해야 하는 게 아닌가?"

최현은 깊이 고민하지도 않고 있었던 게 틀림없었다. 오진우는 그런 최현을 보면서 이 영감도 이젠 다 되었구나 생각이 들었다. 하지만 어쨌든 누군가 자기 뒤를 받쳐줄 사람이 있어야 했다.

"아이고 부장 동지, 그런 말은 하지도 마십시오. 요즘 최용건 영감은 완전히 허리 부러진 승냥이가 되어 버리고 말았습니다. 요즘은 몸이 아프다고 사무실에도 나오지 않는다고 합니다."

"그야 뭐, 몸이 아프면 안 나올 수도 있는 거지." 오진우는 막내딸을 시집보내느니 차라리 제가 가는 게 낫겠다던 말이 떠올랐다.

"몸이 편치 않긴요. 깊은 내막까지는 모르겠지만 무슨 일이 있었던 게 틀림없습니다. 아무튼 그 영감도 이젠 완전히 수령님 눈 밖에 난 줄로 압니다."

"그래? 그런데 어떻게 아직 명줄이 붙어 있지?"

최현도 그때쯤에는 누구든 김일성의 눈 밖에 난 사람이면 가차 없이 처리된다는 것은 알고 있었다.

"그야 제가 어떻게 알겠습니까? 무슨 여러 가지 사정이 있었겠지요."

아무튼 오진우는 돌머리 같은 최현을 설복하느라 꼬박 몇 시간을 없앴다. 나중에는 지금 김정일을 후계자로 떠밀지 않으면 훗날 최현이 죽어도 최룡해가 개 천대를 받게 될 것이라는 말까지 하였다. 그러자 그 말에는 마침내 최현도 귀를 기울였다. 아무튼 오진우는 쇠심줄 같은 최현을 설복하느라 진땀을 뺐다. 그래도 마지막에는 끝내 성공했다.

두 번째로 오진우는 김일(박덕산)을 찾아갔다. 김일도 처음에는 펄쩍 뛰었다. 세상 어느 혁명운동사에 최고지도자가 늙으면 그 아들에게 대를 물리는가 하는 것이었다. 역시 땀을 동이로 흘려서야 겨우 설복하였다.

그런데 김광협만은 끝까지 아니었다. 공산주의자로서는 말할 것도 없고 같이 혁명하다 먼저 간 사람들을 생각해서도 절대 그럴 수는 없다는 것이었다.

그다음 찾아간 사람은 오백룡이었다. 오백룡은 직위는 높지 않았지만 항일무장투쟁 시기 퇀장까지 한 전력이 있었기 때문에 그의 영향력은 무시할 수 없었다. 오백룡은 그 즈음 5군단 사령관으로 임명되었지만 부대에는 나가지 않고 계속 집에만 박혀 있었다. 자기와 동급이거나 아래 급이던 사람들이 모두 한자리씩 높은 자리에 앉았는데 자기만 겨우 군단 사령관이니 못마땅해 그런 모양이다.

오진우는 기본 말을 꺼내기 전 먼저 인사삼아 담배쌈지 이야기를 꺼냈다. 먼저 최현, 김일과도 이야기를 해봤지만 그들은 잘 모르는 일이었다. 김일성의 사무실에 갔는데 낡은 담배쌈지가 있었던 이야기, 자기 보기에는 무슨 깊은 뜻이 있었던 것 같은데 김일성이 버리더라는 것 등을 말하였다. 그런데 뜻밖에도 오백룡이 그 담배쌈지에 대해 잘 아는 것이었다.

"가만 여보, 오진우 동무, 그 담배쌈지 혹시 무궁화 꽃이 새겨져 있었던 게 아니오?"

"아니, 백룡 동무가 어떻게 그것까지?"

"아이고 그러니까, 그게 혜순이가 준 담배쌈지였구만."

"응?"

오백룡이 그 담배쌈지 이야기를 하였다.

"오래전 이야길세. 1946년 3월이라고 기억되네만. 그때 나하고 삼손(유경수)이하고 혜산에 갔던 일이 있지 …"

해방은 되었으나 혜산 장마당은 전혀 전과 다르지 않았다. 일본군 센또보시(전투모)를 쓰고 두루마기를 입은 사람, 중국 다부산자에 중절모를 쓴 사람, 아예 일본군대 식으로 각반까지 차고 위는 소련 붉은 군대 루바슈까를 입은 사람, 또 마른 소똥 같은 캡을 쓴 사람 …. 하여간 별별 사람들이 서로 다른 자기주장을 하느라 북적거리던 게 혜산 장마당이었다. 거기에 이상한 사람 둘이 나타났다.

루바슈까에 가죽장화, 모자까지는 모두 소련 붉은 군대 군복 그대로인데 작은 키며 새까만 눈, 그리고 초들초들 마른 얼굴 등은 분명 조선사람이다. 한 사람은 좀 키가 크고 삐쩍 여위었고 다른 사람은 그보다 작으나 약간 통통하였다. 여기저기를 살피며 장마당 가운데로 들어서더니 웬 감자떡 파는 노파 앞에 멈춰 섰다.

"아매 이 갱게 떡 한 사발에 얼매나 합꼬마?"(할머니 이 감자 떡 한 사발에 얼마나 합니까?)

말하는 건 또 완전히 함경도식 사투리다. 노파가 뭐라고 하자 한 사람이 주머니를 뒤져 지전 몇 장을 꺼내 주고 떡을 받고 물러났다. 오백룡이와 유경수(유삼손)였다.

배가 꽤 고팠던 듯 한쪽에 쭈그리고 앉아 부지런히 감자떡을 먹기 시작하였다. 거기에 다른 사람 하나가 더 나타났다. 이번 사람은 꽤 허우대 큰 사람인데 그 사람은 옆 가게 주인의 옆구리를 찌른다.

일본 군대 지하 족에 각반은 치고 거기에다 다부산자를 입고 개털 모자까지 썼다. 뭐라 크게 말하지는 않고 주인 귀에 대고 수군거린다. 그걸 봐서는 무슨 비밀스러운 물건 장사를 하는 사람 같다. 거기서 그런 장사면 대체로 중국에서 건너온 아편 장사이다. 문득 감자떡을 먹던 키 큰 사람이 옆 사람의 옆구리를 찌른다.

그 사람도 깜짝 놀라 쳐다보더니 둘이 함께 일어섰다. 그리고 옆 가게 주인과 수작질하는 그 사람에게 다가갔다. 그때에야 체통 큰 사람 둘이 자기한테 다가오는 걸 보았다. 화들짝 놀란 표정이었다. 도망치려 했으나 이미 늦었다. 두 개의 총구가 자기를 겨누고 다가오는 것이었다. 그 사람 얼굴이 금세 시커메졌다.

"우리가 누구들인지는 잊지 않았겠지?" 좀 통통하고 작은 사람이 하는 말이었다. 오백룡이다.

"그래. 이렇게 다시 만날 줄은 몰랐네."

"우리 여기서 이야기하지 말고 저쪽으로 가자." 키가 약간 크고 삐쩍 마른 사람이 하는 말이었다. 유경수였다.

"그래."

그 사람은 얼이 빠진 사람같이 비칠거리며 마지못해 앞장서 걸었다. 6년 전까지만 하여도 그들의 참모장이었던 임수산이었다. 즉 동북항일연군 1로군 2군 6사 참모장이었던 임수산을 만난 것이다. 세 사람은 복잡한 장마당을 빠져나와 압록강 쪽으로 향했다.

3월이라고는 하지만 아직도 눈이 수북이 깔린 압록강은 여전하였다. 강 쪽으로 나오면서는 사람들의 왕래도 적어졌다. 멀리 장백 쪽에서 웬 사람 둘이 흘끔흘끔 이쪽을 살피며 얼어붙은 압록강을 건너 달려오더니 그대로 사라졌다. 강가에 나왔다.

"너희들, 이제 날 어떻게 할 거니?" 임수산이 가까스로 용기를 내서 물었다.

"왜, 몰라서 물어?" 오백룡이 나지막한 목소리로 대답하였다.

"하긴 그렇지. 하지만 어차피 바쁠 것도 없는데 한 대 피우는 게 어때?"

"그래, 한 대 피우자."

세 사람은 나란히 강가에 앉았다. 어떻게 보면 오래간만에 만난 옛 친구 같았다. 하긴 몇 년 전까지만 해도 그보다 더 가까운 친구는 없었을 것이다. 임수산은 참모장이고 오백룡은 퇀장, 유경수는 물론 다른 부대에 있었지만 연장(중대장)이었으니까. 세 사람 모두 반일유격대에 입대한 것도 비슷한 시기였다.

그중 약간 빨랐다면 임수산이 1931년 동만 지역을 들었다 놓았던 "추수 폭동" 때부터 참가하였으니 좀 빠른 셈이다. 그리고 그는 고학으로 일찍이 일본 와세다대학을 다녔으니 그중 공부도 한 셈이다. 그래서 공산당에도 제일 먼저 들어갔고 1932년부터는 중국공산당 연길 중심 현위 서기까지 하였다. 후에는 동북항일연군 제1로군 2군 6사 참모장까지 하였던 것이다. 그런데 1940년 일제의 토벌이 극에 이르자 마침내 견디지 못하고 투항하고 만 것이다.

그다음에는 일본 노조에 토벌사령부 가와시마 공작반에 들어갔다. 당연히 토벌대들을 이끌고 지난 시기 자기 동지들이었던 사람들 토벌에 앞장서 다닐 수밖에 없었던 것이다. 그러다가 해방이 되고 일제가 물러나자 오갈 데 없이 된 그는 국경을 넘나들며 아편 장사를 하다 옛 자기 부하들의 손에 걸린 것이다. 그 사람 품에서 담배쌈지를 꺼냈다. 무궁화 꽃이 수놓아진 담배쌈지였다.

"가만, 그거 좀 보자. 그거 내 담배쌈지 아니야?" 오백룡이 깜짝 놀라며 하는 말이었다.

"이게 어떻게 네 담배쌈지냐? 김일성의 담배쌈지지." 임수산의 말이었다.

"그래. 김일성의 담배쌈지지. 하지만 후에는 내가 가지고 다니던 건데."

그 담배쌈지로 말하면 분명 김일성의 담배쌈지였다. 임수산도 김혜순이 일제 토벌대의 추격을 받고 항상 쫓기는 중에도 짬짬이 이 담배쌈지를 만드는 것을 보았다.

6년 전인 1940년 9월에 있었던 일이다. 그때 동북항일연군 2군 6사 7퇀 퇀장이었던 오백룡은 50여 명의 대원들을 데리고 안도현, 화룡현 일대로 그해 겨울날 식량을 마련하러 떠나게 되었다. 바로 떠나기 직전이다. 마지막으로 나눠 먹을 것도 없으니 담배나 한 대씩 피우자고 김일성이 담배쌈지를 꺼냈다. 강위룡이 먼저 한 대 말고 김혁철이 말고 오백룡이 차례가 되었다. 그때 갑자기 망원초에서 총소리가 났다. 그때까지 이들을 쫓아오던 일제 토벌대가 다시 나타난 것이었다.

오백룡이 미처 담배쌈지를 돌려주지도 못한 채 대원들을 데리고 떠났다. 그래서 그의 주머니에 그 담배쌈지가 남아 있던 것이다. 그런데 그 담배쌈지를 언제인가 잊어버렸다. 하지만 뜻밖에도 이것이 다시 임수산의 주머니에서 나타날 줄이야 …

"그러니까 그때 화룡현 재인강 부락에 나타났던 게 너희들이었단 말인가?" 임수산이 묻는 말이었다.

"그래. 우리들이었지."

그때 오백룡이 식량 해결하는 과정은 북한에서 발간된 항일 빨치산 참가자들의 회상기 "명령은 무조건 끝까지 관철하여야 한다"의 내용 그대로이다. 오백룡은 실로 그 50여 명 대원들을 이끌고 정말 식량 해결을 위해 피어린 투쟁을 했다. 때로는 밭 하나를 사이에 두고 때로는 옥수수자루 하나를 사이에 두고 피나는 싸움을 해야 했다.

　　전투는 거의 매일같이 계속되었다. 1939년 일제가 길림에 "노조에 토벌사령부"라는 것을 설치한 다음 어떤 일이 있어도 그해 겨울 안에 "동만 치안숙정"을 하겠다고 하였기 때문이다. 일제가 "만산토벌"을 한다고 항일연군이 나타날 만한 지점에는 모조리 토벌대를 주둔시키고 일단 꼬리를 물면 절대 떨어지지 않았다.

　　그래도 마침내 11월 중순에 들어서면서 계획했던 식량 확보는 기본적으로 완성했다. 땅에 묻을 건 묻고 숨길 건 숨겼다. 그런데 이렇게 식량 확보 임무를 완성하고 보니 김일성이 있는 지휘부가 어디로 갔는지 찾을 길이 없어졌다. 화룡현, 안도현, 돈화현까지 있을 만한 곳은 다 찾아 헤맸으나 그 어디에도 없었다.

　　그때 김일성은 이미 18명의 대원들을 데리고 소련으로 넘어간 다음이었다. 오백룡은 끝내 김일성을 찾을 수 없게 되자 자기가 데리고 다니던 대원들은 모두 돈화현 양목정자라는 곳에 남겨두고 김혁철 등 5명만 데리고 찾아 떠났다. 눈 덮인 산속에서 다섯 달여 찾아다녔으니 실로 어디인들 안 가 봤으랴. 그러다 화룡현 재인강 부락 근처에 갔을 때였다.

　　먹을 건 떨어지고 지칠 대로 지친 이들은 뜻밖에도 산속에서 전부터 알던 사람을 만났다. 산에 나무하러 왔던 것이다. 그 사람한테 저녁에 먹을 걸 가지러 내려가겠다고 하였다. 그 사람도 오라고 하였다.

그래서 시간을 맞춰 내려갔더니 뜻밖에도 그 집에 일제 토벌대가 20여 명이나 와 있을 줄이야 어떻게 알았으랴. 낮에 산에서 만났던 주인은 부들부들 떨면서 어쩔 줄을 몰라 했다. 토벌대 놈들도 이상한 기미를 차리고 움직이기 시작했다. 이래도 저래도 다 된 판이다 생각한 오백룡이 될 대로 되라 하고 선수를 쳤다.

"1중대는 좌측에, 2중대는 우측에, 기타는 나를 따라 앞으로!" 냅다 소리쳤다. 그리고 분주히 뛰어 다니는 척하다가 오백룡이 안으로 들어 갔다. 김혁철도 따라 들어갔다.

"뼈둥 요창 부요밍"(꼼짝 말앗! 총을 요구하지, 목숨은 요구하지 않는다)

이것이 어떻게 먹혀들었던 모양이다. 토벌대 놈들이 20여 명이나 되면서도 꼼짝 못하고 산채로 잡힌 것이다. 그 놈들 무장을 해제하고 산에 붙였는데 뒤따라온 놈들이 좀처럼 떨어질 줄 몰랐다. 나흘 밤낮을 추격 받다가 어느 산등성이에 이르렀을 때였다. 겨우 토벌대들을 떼 놓고 잠시 쉬게 되었다. 그런데 왕가성을 가진 중국 사람이 좀 떨어진 곳에서 마른 풀을 뜯고 있는 사슴이라도 사냥해보겠다고 총을 겨누고 있었다. 탕! 총소리가 울리었다. 하지만 쓰러진 것은 사슴이 아니라 사슴을 잡으려던 왕가성을 가진 중국 사람이었다.

뒤이어 이들을 찾아 헤매던 100여 명 가와시마 공작반 토벌대가 몰려드는 것이었다. 물론 이들은 걸음아 날 살려라 줄행랑을 놓았다. 바로 그때 오백룡이 그 담배쌈지를 떨구고 온 것이다. 뒤에서 누군가 이들을 찾는 소리가 들리었다.

"야! 서라! 거 백룡이 아니냐? 내다 서라! 백룡아 서라!"

그 얼마 전까지 바로 이들의 참모장이었던 임수산인 것이다. 그가 바로 일제 토벌대를 끌고 추적해 왔던 것이다. 하지만 이들은 추적받던 중 천만다행으로 어느 벼랑에서 굴러 떨어지는 통에 살아남을 수 있었다. 그래서 이 담배쌈지가 임수산의 손에 들어갔던 것이다.

"그렇게 되었구나. 그래도 난 그때 어떻게라도 너희들의 목숨만은 구해주려고 했는데 …." 임수산이 맥이 풀려 하는 말이었다.

"흥, 그래서 너처럼 변절하라고?"

"아니, 나도 처음부터 변절할 생각은 없었다. 그런데 한 발 물러서니 또 한 발 물러서게 되고 결국은 그렇게 되더구나."

"그런데 김혜순이는 어떻게 됐냐?" 오백룡의 말이었다.

"김혜순이라니? 이 담배쌈지 주인말이야?"

"그래. 듣는 소문에는 네가 잡아가지고 갔다던데?"

"아니, 내가 잡아가지고 가긴? 그야 너희들과 함께 소련으로 넘어가지 않았니?"

"뭐, 우리와 함께? 아니 우린 네가 잡아간 줄 알았는데."

"아니다. 혜순이는 절대 내가 잡아간 것이 아니다."

"그래? 그럼 혜순이는 도대체 어디로 갔는데?"

"그야 나도 모르지. 난 너희들과 함께 소련으로 간 줄 알았는데?"

"하여간 그 일은 따로 찾아보기로 하고, 됐어. 그만 피웠으면 이젠 일어나지." 오백룡이 먼저 돌에 담뱃불을 비벼 끄며 하는 말이었다.

"그래. 일어나야겠지." 임수산이 따라 일어섰다.

잠시 후 해 저무는 압록강가에서 한 방의 총성이 울렸다. 이어 오백룡과 유경수가 죽은 임수산의 시체를 압록강 얼음 구덩이에 쓸어 넣고 다시 혜산 장마당 쪽으로 향하였다. 사방은 아무 일도 없었던 듯 조용하기만 했다.

　　　　　*　　　*　　　*

　"그게 벌써 몇 년 전 일이야? 우린 그때 임수산이를 그렇게 죽이고 올라왔다고 김일성한테 욕만 먹었구만."

　"아니, 왜 욕을 먹어? 변절자를 그렇게 죽여야 하는 게 아닙니까?" 오진우 말이었다.

　"죽일 때는 죽이더라고 임수산이 김일성의 일기책을 모두 가지고 있었겠는데 그거나 찾고 죽이지 왜 그랬는가 눈이 쑥 빠지게 욕만 먹었어."

　"김일성의 일기책은 어떻게 임수산이 가지고 있었습니까?"

　"그 새끼, 변절한 다음 우리 밀영이라던 곳들은 다 찾아다니며 아편을 뒤지다 보니 일기책까지 찾아낸 거지. 김일성이는 항상 일기책을 밀영들에 묻고 다녔으니까." 오백룡이 말이었다.

　"그래서 결국 김일성이네는 어디서 만났습니까?" 오진우의 말이었다.

　"만나기는 어디서 만나? 우리가 다른 부대를 좇아 소련에 들어가니까 거기에 자빠져 있더라고."

　"그러면 김일성의 첫 여편네는 김정숙이 아니었다는 말이겠습니다?" 오진우의 말이다.

　"당연히 아니지. 김정숙은 소련에 들어가 얻은 여편네고 원래 김일성이와 좋아했던 건 김혜순이지." 오백룡이 말하는 것이었다.

　"그러면 그 후에 김혜순이는 어떻게 됐습니까?"

　"가만, 그건 내 다음에 이야기하기로 하고. 동무 왜 날 찾아왔다고 했던가?"

　"저, 사실은 다른 것이 아니고 수령님 후계자 문제를 이야기하자고 왔습니다." 오진우가 솔직하게 말했다.

"뭐 후계자 문제? 후계자 문제라는 게 뭐야?"

"우리가 이제 모두 죽으면 누군가 수령님 뒤를 이어나갈 사람이 있어야 하지 않겠습니까? 거두절미하고 이야기한다면 그걸 수령님 자제 김정일이 하면 어떻겠는가 하는 겁니다."

"어이고, 그 개망나니 같은 걸 어떻게 후계자로 세워?" 오백룡이 더 말하지도 못하게 하고 개망나니 소리부터 하는 것이었다.

"글쎄, 그건 사실인데 어쩌겠습니까? 그래도 그밖에 뒤를 이을 사람이 있습니까?"

"아니, 걔는 안 돼. 그 자식 어렸을 때부터 얼마나 망나니짓을 많이 했는데?"

"그렇긴 하지만 이젠 철이 많이 들었습니다. 왜 어렸을 때 망나니 부리던 놈들이 후에 철이 들면 더 잘하지 않습니까?"

"하여간 난 모르겠어. 더 생각해보자고." 오백룡이도 끝내 정일이를 좋다고는 하지 않았다.

"아무튼 내 오늘 오후 3시에 김일성이 들어왔다 가라고 했는데 갔다 온 다음에 그 일은 보자고."

"아니, 수령님께서 왜요?"

"글쎄, 난들 알겠나? 나머지 이야기는 후에 하세."

"알겠습니다. 아무튼 잘 갔다 오십시오. 그리고 참 제가 말한 걸 잊지 마십시오."

"내, 생각해보지."

11
성혜림 I

조선 예술영화 촬영소 배우들이 가득 탄 버스는 서평양 조차장 다리를 건너 하당동 쪽으로 돌아서기 시작하였다. 머지않아 예술영화 촬영소가 보일 것이다.

성혜림이 한숨을 내쉬었다. 정말이지 요즘같이 마음이 무거운 채로 출근해보기는 처음이었다. 얼마나 사랑하였던 촬영소인가. 얼마나 자랑찬 출근길이었던가. 영화연극대학을 졸업하고 처음 촬영소에 배치받아 왔을 때만 하여도 그런 줄은 몰랐다. 당연히 대학을 졸업하였으니 촬영소에 배치되는 줄 알았고 그저 촬영소가 자기의 직장이거니 하였다.

하지만 이어 여러 영화에 출연하게 되면서 백화점에 가서도, 목욕탕

에 가서도, 때로는 길가에서도 사람들은 그를 알아보고 멈춰서 다시
쳐다보는 것이었다. 하긴 어디 한두 편의 영화에 출연했는가. "백일홍",
"분계선의 마을에서", "유격대 오형제." 워낙 1년에 제작되는 영화가
불과 몇 편 되지 않는 북한이고 보면 거의 영화마다 출연했다고
해도 과언이 아니다.

영화감독은 말할 것도 없고 만나는 사람마다 그녀를 보고 "어쩌면
그렇게 연기를 잘 하는가?" "정말 조선 여성의 고유한 풍모가 그대로
묻어 나온다"고 칭찬하였다. 그녀 자신도 몰랐다. 그래서 처음에는 그
저 자기를 놀려주느라 그러는 줄 알았다. 하지만 그런 말도 자꾸 들으니
정말 자기의 연기가 괜찮은 모양이라고 생각하지 않을 수 없었다. 몇
년 전에 결혼도 하였다. 출생지는 달랐지만 같은 남쪽 출신이다. 그것
도 북한 사람이면 모르는 사람이 없는 작가 이기영 선생의 며느리로
들어간 것이다.

이기영 선생이 누구인가. 물론 작가 동맹 중앙위원회 위원장이라는
직함도 그럴 듯하다. 하지만 그보다는 북한 문학의 시발점이라고 할
수 있는 카프 문학의 창시자의 한 사람이다. 처녀작 단편소설『오빠의
비밀편지』를 시작으로『고향』,『땅』,『두만강』등 장편소설만 해도
10편이나 된다.

원래 고정한 작가이기도 하지만 그 어떤 정치 조직에도 관여하기를
싫어하였던 것으로 하여 그때까지 살아남기도 하였다. 바른대로 말해
서 6.25를 전후하여 북한에 들어왔던 문학예술인들 중 과연 살아남은
사람이 몇이나 되었던가. 임화, 이태준 등이 반동 작가로 숙청된 것은
오래전 일이다. 그 뒤에도 송영, 이원우, 한설야, 이북명 등 실로 수도
없이 많은 작가들이 유명을 달리 하였다.

김일성의 그 악명 높은 5.25교시로 천세봉, 안막, 태을민, 최승희 까지도 숙청되었다. 그러다 보니 그 즈음에 와서는 차라리 살아남은 남 출신 작가 예술인이 누가 있는가 하는 쪽이 빠를 것이다.

그래도 이기영 선생만은 살아남았다. 그 아들 이평도 김일성종합 대학을 졸업하고 연구사로 일하고 있었고 성혜림이 그의 아내로 들어 간 것이다. 그리고 말 그대로 공주같이 귀한 딸도 보았다. 워낙 말이 없고 무겁기로 이름 있는 시아버지지만 그래도 손녀만은 너무도 귀해 어쩔 줄 몰라 하였다. 그래서 그 이름까지 직접 지어 주었다. 이옥돌이 라고 말이다. 한마디로 모든 것이 너무나도 행복했다.

그런데 얼마 전부터인가. 그 생활이 밑바닥부터 뒤흔들리기 시작한 것이다. 성혜림이 그때에 벌써 불운한 자신의 운명을 예감하였는지도 모른다. 모든 것이 무너지고 꺼지고 엉망이 되는 대지진은 어느 평범한 날에서부터 시작되었다.

그날도 혜림은 여느 날과 마찬가지로 출근하고, 새로운 영화 배역 훈련에 들어갔다. 오전 10시쯤 되었을까. 갑자기 중앙당에서 무슨 '윗 분'이 내려왔다고 모두 회의실에 모이라고 하였다. "'윗분'이라는 게 뭐야?" 배우들은 수군거리었다. 몇은 아는 기색이었으나 말하지 않았 다. 물론 혜림도 약간은 궁금하였으나 그게 자기와 무슨 상관이랴. 잠시 모였다 헤쳐지겠거니 별 생각 없이 회의실에 갔다.

멀지 않게 유원준이며 유경애며 김선영까지 노배우들도 보이었다. 혜림조차 어릴 때부터 영화 화면에서만 익숙해졌던 그들이다. 하지만 이제는 자신도 그들 속에 같이 끼어 앉았다는 생각에 가슴이 뿌듯해졌 다. 얼추 사람들이 거의 다 들어온 것 같은데 주석단은 텅 비어 있었다.

한 5분이 지났을까. 촬영소 총장이며 당 비서가 들어왔다. 그런데 이상한 것은 그들과 함께 웬 젊은이 하나가 같이 들어오는 것이었다. 어쩐 일인지 나이든 총장이며 당 비서도 그 앞에서는 마치 고양이 앞에 쥐 같은 꼴이었다.

자리를 잡았다. 혜림이 약간 놀라워 쳐다보는데 어디선가 본 얼굴이었다. 설마 그 젊은이가? 그러나 생각이 났다. 이틀 전인가 사흘 전이다. 그날도 혜림은 다른 배우들과 함께 배우실에서 열심히 대사 연습을 하고 있었다. 박승수가 시나리오를 쓴 "유격대 오형제"라는 영화 촬영을 준비하고 있었다.

동북항일무장투쟁 시기 동만 연길현 유격근거지에는 다섯 아들을 모두 유격대에 보낸 오태희라는 늙은이가 있었다. 본인도 홍범도 독립군 부대 출신이었지만 자기는 나이가 먹어 어쩔 수 없으니 다섯 아들이라도 받아달라고 연길 반일유격대에 보낸 것이다.

오중화, 오중성, 오중흡, 오중용, 그다음에 1명이 더 있다. 그에 대한 촬영준비를 하고 있는데 이 젊은이가 당 비서와 함께 연습실에 들어왔다. 하지만 그가 뭐라고 하자 당 비서는 금방 나가고 이 젊은이만 자리에 남았다. 그리고 몇 시간이나 이들이 훈련하는 모습을 지켜보는 것이었다. 자주 있는 일은 아니다. 그래서 또 어느 할 일 없는 간부 집 자식이 배우들 구경이나 하기 위해 나온 모양이다 생각했다.

첫 눈에 보기에도 귀공자처럼 생겼다. 동글납작한 얼굴에 키는 작고 그런데 사람을 쳐다보는 눈만은 여간 아니게 생겼다. 몇 시간 그렇게 앉아 있다가 나갈 때까지 말 한마디 없었다. 좀 불쾌하게 생각된 것이라면 끝날 때까지 혜림이 자기한테서 눈을 거의 떼지 않고 있었다는 것이었다. 하지만 그게 무슨 상관이랴. 혜림은 애써 의식하지 않기로 마음먹고 훈련에만 집중했다.

그런데 뜻밖에도 그 젊은이가 주석단에 나와 앉은 것이다. (그러니까 저 젊은이가 '윗분'이란 말인가) 당 비서가 몇 번 잔기침을 하더니 입을 열었다.

"에, 오늘부터 우리 예술영화 촬영소는 영광스럽게도 당 중앙에서 내려온 '윗분'의 직접적인 지도를 받게 되었습니다. 따라서 '윗분'께서 지시하는 것이라면 그 어떤 문제도 거스르지 말고 즉시 집행하여야 할 것입니다."

당 비서는 계속하여 최근 촬영소 배우들 속에서 제기되고 있는 몇 가지 비정상적 문제들을 지적한 후 모임을 마치었다. 한 30분 정도 하였을까. 사람들은 연습실로 돌아오면서 자기 생각들을 말하였다. 그 '윗분'이라는 게 도대체 무슨 말이냐? 누구의 자식인지 처녀 깨나 홀리겠다거니 …

"어허, 그런 말은 함부로 하는 게 아닐세." 저쪽에서 묵묵히 걷던 신세민이 하는 말이었다. 북한 영화에서 대표적으로 부정역만 하는 배우였다. 역시 남 출신이다.

"아니, 신세민 동무 혹시 방금 그 사람 누군지 알아?" 옆에서 걷던 신동철이 하는 말이었다. 그 역시 당대 이름을 날리던 명배우였다. "박쥐의 소굴에서", "두 번째 상봉", "한 지대장의 이야기" 등, 그를 모르면 간첩이라 할 정도였다.

"그 사람이 누군가 하면 바로 유라란 말이야!" 신세민의 말이었다.

"유라가 누군데?" 신동철이 다시 물었다.

"유라가 누구긴 누구야? 수령님 맏자제분이지."

"뭐야?"

사람들은 깜짝 놀랐다. 김일성이 본처에게 아들딸이 있다는 말은 들었지만 막상 직접 보기는 이날이 처음이었던 것이다.

"아니 그럼, 그 젊은이가 수령님께서 소련에 가서 봤다는 그 유라인가?" 오경환(북한 인민배우 오미란의 아버지)이 묻는 말이었다.

"챠, 이건 앞으로는 유라란 말도 조심해야 할 걸세. 내가 알기로는 얼마 전 그 이름도 정일이로 고쳤다고 하더라고."

"김정일?"

"그래. 수령님의 본처가 김정숙이 아닌가? 그래서 그 정자에 김일성의 일자를 따서 정일이라고 고친 것 같더라고."

"그렇단 말이지? 아무튼 귀엽게는 생겼더라." 신동철이 얼른 말을 바꾸었다. 그런 말들을 하며 훈련장까지 왔다.

하지만 그때까지만 해도 그 젊은이가 과연 그들 모두의 운명에 어떤 존재로 나타날지는 아무도 몰랐다. 아니 관심도 없었다. 혜림이도 같았다. 그가 유라든 정일이든 그게 무슨 상관인가. 그보다는 어디서 아이한테 먹일 분유라도 한 통 더 살까 그게 관심사였다.

더구나 그날 저녁은 남편 이평이 숙직이라고 하여 혜림이 그에게 도시락도 준비해 보내야겠다는 생각에 더 골몰하였다. 그의 인생에 대지진은 바로 그날 저녁에 시작되었다. 오후 5시쯤 되었을까. 조금 있으면 퇴근할 시간인데 당 위원회 "쪽발이" 지도원이 연습실에 들어왔다. 생긴 것이 꼭 일본놈처럼 생겼다고 하여 "쪽발이 지도원"이라 부른다.

"성혜림 동무, 어디 갔어? 혜림 동무, 응. 있었구만." 삽살개같이 달싹거리며 오더니 혜림이 앞에 멎어서는 것이었다.

"아니, 왜 그러는데요?" 혜림이 영문을 몰라 물었다.

"동무, 나하고 함께 가야겠어. 저기서 당 비서 동지가 기다려."

"당 비서 동지가요? 왜요?" 혜림이 무슨 일인지 몰라 물었다.

"글쎄, 가보면 알게 아니야. 아무튼 빨리 가." 쪽발이 지도원의 독촉이었다. 혜림이 영문도 모른 채 따라나섰다. 촬영소 정문 쪽으로 데리고 나갔는데 앞에 웬 까만 승용차 한 대가 서 있는 것이 보이었다. 소련제 승용차 볼가였다. 당 비서가 거기 서 있었다.

"혜림 동무, 오늘 윗분께서 할 말이 있다고 하니 어서 타오."

"네?" 그러고 보니 차 운전칸에 아침에 보았던 그 젊은이가 앉아 있었다.

"무슨 할 말인지 … 할 말이 있으면 여기서 하면 안 됩니까?" 혜림이 퇴근 시간이 거의 되었기에 조심스럽게 말했다.

"아, 그건 조용히 따로 할 말이 있으니 그러는 거겠지. 군소리 말고 어서 타!" 당 비서의 말이었다.

"어서 타라고!" 옆에 있던 쪽발이 지도원까지 부추겼다. 타지 않을 수 없었다. 조심스럽게 뒷자리에 앉았다. 그러거나 말거나 젊은이는 가볍게 당 비서와 인사하고 조용히 차를 움직이기 시작하였다.

할 말이 있다면 거기서 해도 되겠는데 자기는 퇴근한 다음 빨리 집에 가서 할 일도 많은데 어디로 간다는 말인가? 말이 목구멍까지 올라왔으나 하지 못했다. 아직 퇴근 시간까지는 두 시간 정도 남아 있으니 그전에 돌아올 수 있기를 바랄 뿐이다.

차는 예술영화 촬영소를 나와 하당동 촌길을 지나고 서평양 조차장 다리를 건넜다. 그리고 서평양역을 지나 하신, 상신동을 통과하고 다시 미산동 쪽으로 방향을 꺾었다. 그때까지도 젊은이는 말 한 마디 없었다.

"저, 전 퇴근시간 전까지는 돌아가야 하는데 …." 혜림이 간신히 용기를 내어 한마디 하였다. 들었는지 말았는지 젊은이는 대답이 없었다. 그러는 사이에 차는 다시 합장교를 지나 대성산 쪽으로 달리기 시작하였고 날은 어두워졌다.

"아이, 윗분 동지, 전 정말 퇴근시간 전에 돌아가야 한다는 말입니다."

유라 동지라고 해야겠는지 정일 동지라고 해야겠는지 혜림이 재이고 재이던 끝에 겨우 용기를 내 한 말이다. 그래도 역시 대답이 없었다. 차는 대성산 앞 식물원 쪽에서 다시 방향을 틀더니 옛 고구려 왕궁 터라고 하는 안악동을 지나 삼석 방향으로 나갔다. 혜림의 마음속 불안은 더욱 커질 수밖에 없었다.

"걱정하지 않아도 돼. 이미 다 대책을 취해 놓았으니까."

"네?"

"동무네 남편 오늘 저녁 숙직이라지? 다 대책을 취해 놓았어."

"뭐라구요?"

혜림은 할 말이 없어졌다. 그날 저녁 남편이 숙직이라는 말은 꼭 한 사람한테만 했을 뿐이다. 낮에 점심 도시락을 먹으면서 같은 애기 엄마인 영순에게만 말했는데 몇 시간도 지나지 않아 이 사람이 알고 있는 것이다. 자기도 모르게 온몸에 놀라움이 젖어 들었다.

차는 삼석 쪽으로 더 나가지 않았다. 안악동을 지나 얼마 간 다음 산길로 접어들었다. 산뜻한 포장도로였다. 벌써 날이 저물어 가로등이 켜졌다. 두세 번 어둠 속에서 승마복을 입은 보초병이 보였으나 정지하지도 않고 통과하였다.

호위국 군인들이 틀림없었다. 그렇다면 여기가 어디란 말인가. 조금 더 가자 산속에 큰 건물이 나타났다. 화려한 건물이었다. 여기가 어딘데 이런 화려한 건물이 있는가. 그러나 물어볼 수도 없었다. 혜림이 바로 김일성 직계가족만 이용할 수 있는 장수원 특각에 이른 것이다.

"내려!"

그가 먼저 내리고 거의 명령조로 말하였다. 이미 연락이 있었던지 건물 앞에서 두 사람이 나와 기다리다 이들이 나타나자 허리를 90도로 꺾어 인사하였다.

혜림은 그저 당황스럽기만 할 뿐이었다. 여긴 도대체 어디인가? 내가 왜 여기까지 와야 했는가? 큰 건물에 들어서자 먼저 커다란 홀이 나타났다. 환하게 켜진 샹들리에며 온 한쪽 벽 전체를 채운 백두산을 형상한 그림이며, 그리고 또 한쪽 벽은 엄청나게 큰 수족관이 있었다. 그 안에는 평양 동물원에서도 볼 수 없는 갖가지 열대 물고기들이 흐느적거리고 있었다. 그리고 여기에는 특대형이라고 밖에 달리 말할 수 없는 화분들이 놓여 있고 역시 한 번도 본적이 없는 것들이었다. 그뿐이 아니었다. 바닥에 깐 카펫도 발이 묻힐 지경이었다.

윗분이라는 사람은 거기를 지나 어느 한 방으로 들어갔다. 혜림이 따라 들어가지 않을 수 없었다. 크지 않은 방이다. 가운데 탁자가 있고 의자 3개가 놓여 있었다. 벽에는 금강산 산수화 그림이 있고 소파를 붙여 놓은 다른 쪽 벽에는 저쪽 방으로 통하는 또 다른 문이 있었다. 역시 몹시 정갈하게 꾸려진 방이었다.

"여기 앉아서 잠깐만 기다려." 혜림이를 혼자 두고 나갔다.

나이로 보면 암만해도 자기보다 몇 살 아래 동생뻘밖에 되지 않을 것 같은데 시종 반말이었다. 혜림이 약간 고까운 생각도 없지 않았지만 지금은 그런 걸 말할 때가 아닌 것 같다.

잠시 후 윗분이라는 사람이 먼저 들어오고 그 뒤를 이어 유난히

짧은 치마를 입은 아가씨가 들어왔다. 첫 눈에도 무척 예쁘장하게 생겼다. 거의 엉덩이까지 다 보일 것 같은 치마인데도 아무렇지도 않게 돌아다니었다. 밖에서 그렇게 입고 다녔다가는 당장 자본주의 노랑물이라고 안전원에게 잡혀가기 딱 좋을 차림새였다.

아가씨는 마치 벙어리이기나 한 것처럼 들고 들어온 것들을 탁자에 내려놓고 말 한마디 없이 나갔다. 처음 보는 열대 과일들과 샴페인, 그리고 맥주 몇 병이었다.

"자, 식사는 좀 천천히 하기로 하고 먼저 샴페인이나 한 잔 들지." 김정일이 직접 커다란 배불뚝이 잔에 포도주를 따라 주었다. 그리고 자기 잔에도 부었다.

"저는 이렇게 하지 않아도 되는데?" 성혜림이 무슨 다른 말을 할 것이 없어 한마디 하였다. 그러나 김정일은 전혀 그런 데 개의치 않는 것 같았다.

"이름은 성혜림, 1937년 1월 24일 생, 경상남도 창녕군 성유경의 둘째 딸이고 오빠는 성일기, 언니는 성혜랑, 맞아?"

"어머나, 어떻게 저에 대해 그렇게 잘 …." 혜림이 깜짝 놀랐다. 한 자도 틀리지 않았던 것이다.

"흠, 틀리지 않았다면 됐고." 김정일이 처음으로 약간 웃어보이었다.

"혜림 동무! 그리고 동무네 여기 북에 들어오기 전 서울 동대문구 왕십리에서 살았다던데 맞아?" 역시 맞는 말이었다.

"자, 한 잔 들어. 이건 유럽에서도 돈깨나 있는 사람들만 마시는 샴페인이라고 하더라고." 정일이 먼저 탁자에 놓인 잔을 들며 혜림에게 권하는 것이었다.

"전 술이라면 원래 입에도 못 댑니다." 혜림은 한마디로 거절해 보았다.

"그런 말이 어디 있어? 먹어도 죽지 않으니 마셔 봐." 정일이 그냥 잔을 들고 기다렸다.

할 수 없었다. 잔을 들어 조금 마시는 척하고 내려놓았다.

"뭐야? 새가 물을 쪼아 먹는 거야?" 정일이 잔을 들다 말고 혜림이 드는 것을 지켜보는 것이었다.

"정말 용서하십시오."

"들어! 죽지 않는다니까!"

어쩔 수 없었다. 조금이라도 마시지 않을 수 없었다. 조금 드는 척했다. 순간 강한 향이 콱 코를 찔렀다.

"뭐야? 나하고 장난하겠다는 거야?"

그 새까만 눈이 여전히 지켜본다. 정말 어쩔 수 없이 이번에는 잔을 들어 반쯤 마시었다.

"그래, 그래. 잘 마시면서 뭘 그래."

김정일이 한 잔 들고 반쯤 남은 잔을 탁 위에 올려놓았다.

"참, 동무네 서울 동대문구 왕십리 살 때 쩍하면 박헌영이 자주 왔다면서?"

"네?" 혜림은 갑자기 온몸이 굳어지는 것 같았다.

박헌영이 누구인가. 남로당 당수였고 월북 이후에는 내각 부수상까지 하던 인물이다. 그리고 북한 노동당 제5차전원회의 이후 반당 반혁명 미제 고용간첩으로 체포되어 1955년 이승엽과 함께 교수형을 받고 처형된 인물이다.

"왜, 내 말이 틀렸어?"

"자주는 아니고 겨우 세 번 … 그것도 임무를 수행하던 중 경찰의 추적을 받아 몸을 피하려고 왔던 게 전부인데 ….” 혜림은 그 정도는 잡혀가면 변명거리도 되지 않는다는 건 알아도 잘 안다.

“그래? 하여간 박헌영은 박헌영이고 또 한 잔 들지.” 김정일은 아직 잔도 채 비우지 않았는데 더 부어주었다.

“아니, 전 정말 ….”

“아하, 왜 이러는 거야? 들라면 들어!”

혜림은 숨이 막혔다. 그런데 왜 갑자기 박헌영 소리를 꺼냈을까. 거부할 수 없었다. 후들후들 떨면서 또 마시었다. 가슴이 짱 해났고 머리가 핑핑 돌았다. 그래도 들지 않을 수 없었다.

“그래 잘하는구만, 잘해. 내 도대체 동무 출연한 영화를 몇 번이나 봤는지 알아?”

“제가 어떻게 그걸?” 정말 이젠 혀도 잘 돌아가지 않는다.

“무려 여섯 번씩이나 봤단 말이야. 왜 봤는지 알아?”

그것도 알 수 없는 일이다. 그러니 뭐라고 대답해야 하는가.

“왜, 내가 동무네가 박헌영과 가깝게 지냈다는 걸 알고 있는 게 겁나?”

“아니, 그런 건 아니지만 ….”

“됐어. 하지만 박헌영이 패거리와 가까웠던 건 사실이 아니야?”

사실 해방 후 박헌영의 남한 생활은 거의 전부가 도피 생활이라고 해도 과언이 아니다. 특히 1946년 세상을 들었다 났다 한 ‘정판사 위조화폐 사건’ 이후엔 그게 전부였다. 이 사건이 터지면서 남로당은 지하로 들어갔고 박헌영은 수사대상 1호로 지적되었다. 때문에 월북할 때까지 늘 숨어 살아야 했고 수차례 같은 동료였던 혜림의 오빠 성일기네 왕십리 집을 이용하였다.

"하긴 겁날 수도 있겠지. 동무네 아버지 자체가 대부호로 이름 있던 집이었으니까." 김정일은 여전히 아무렇지도 않은 듯 히죽히죽 웃으며 하는 말이었다.

하지만 혜림에겐 그게 마디마디가 천근 뒤통수를 치는 바윗돌 같은 말이었다. 북에 들어온 다음 박헌영을 재판하는 과정에서 그 유명한 '정판사 위조화폐 사건'도 미제와 손을 잡은 이승만 정부가 박헌영 일당을 월북시키기 위해 만들어 낸 조작극이라고 공포하였다. 거기에다 북한에서 지주 자본가는 처형 대상 1번이다.

혜림은 점차 손발까지 굳어지는 것 같았다. 온몸은 그대로 마비되어 버리는 것 같았다.

"자! 마시래도, 한 잔 더 들어!"

김정일이 또 샴페인을 부었다. 그리고 자기가 한 잔 들고 혜림에게도 들라고 하였다. 혜림이 들지 않을 수 없었다. 그다음부터는 거의 기계같이 되어 들었다.

"내가 그 영화들을 왜 그렇게 여러 번 봤는지 알아?"

"예? 예 …"

"하하. 이거 완전히 정신이 나갔네. 하지만 너무 걱정할 것 없어. 내가 옆에 있는데 걱정이 뭐야."

그래도 혜림이 그게 무슨 말인지 통 분간이 가지 않았다. 이 윗분이라는 사람이 자기가 옆에 있는데 걱정할게 뭔가 하였다. 그건 또 무슨 말일까.

"자, 또 한 잔 들지!"

김정일이 다시 혜림이 잔을 채웠다. 혜림은 벌써 정신이 오락가락하는 것 같았으나 어쩔 수 없었다.

"그래서 말인데 혜림 동무는 볼수록 우리 친어머니같이 생겼단 말이야."

"예? 뭐 제가 윗분 동지 친어머니같이 …."

처음 듣는 소리다. 성혜림도 당 조직에서 너무 혁명전통 학습을 하라고 하니 김명화가 쓴 『김정숙 동지를 회상하여』라는 책 정도는 읽었다. 거기서 보면 김정숙이 김일성의 첫 부인이라고 했다. 그러면 김정일은 김일성의 아들이라고 하니 자기가 김정숙같이 생겼단 말인가? 김정일이 먼저 저쪽 소파에 물러앉았다.

"여기 와 앉아!"

김정일이 자기 옆으로 오라는 것이다. 혜림이 그의 곁에 가 앉았다. 모든 것이 코 펜 송아지였다.

"자, 이건 브라질에서 들어온 양벚이라는 건데 한 번 들어 봐."

김정일이 과일 쟁판에서 체리 한 개를 집어준다. 물론 혜림이로서는 처음 보는 과일이었다. 하지만 지금 그걸 맛볼 정신이 아니었다. 그래도 받지 않을 수 없었다. 정말 무슨 맛인지 모르겠다.

"그래 어때? 맛이 괜찮지?"

"네? 네―에." 혜림이 자기도 겨우 들릴락 말락 대답했다.

"그러니 내 말 잘 듣는 게 좋을 거야, 알겠어?" 김정일이 그의 어깨에 손을 올려놓았다. 그래도 혜림이 죽은 사람처럼 가만있었다.

"아니 방안도 더운데 윗옷 벗어!" 김정일이 말하였다.

"예?"

"왜 조선 사람이 조선말을 몰라? 윗옷 벗으라고 하잖아!"

혜림이 그가 시키는 대로 블라우스 단추에 손을 댔다. 그러나 문득 남편 이평, 딸 옥돌이 얼굴이 떠올랐다.

"저, 전 유부녀입니다."

혜림이 마지막 힘을 내서 한 가닥 희망을 품고 김정일을 쳐다보았다. 하지만 그는 이미 사람이 아니었다. 설마 저승사자인들 그보다 더 냉랭할까.

"그래, 남편 이평이 김일성종합대학 어문학부 연구사이고 딸은 이옥돌, 그런데 뭐가 어째서?"

단추는 다 벗겨지고 마침내 블라우스까지 벗었다. 그리고 거의 소용없을 줄을 알면서도 마지막 보루인양 유방대만은 남겨 두었다.

"여, 동무, 지금 나하고 장난하자는 거야? 그것도 마저 벗으란 말이야!" 김정일의 목소리는 더 커졌다.

'여보! 옥돌이 아버지, 나 정말 어떻게 해야 하는 거예요?'

혜림이 마음속으로 피눈물을 토했다. 그때 김정일이 다가와서 그녀의 옆에 앉았다. 이제 그가 어떻게 할지는 너무나도 뻔했다. 혜림은 눈을 감았다. 모든 것을 포기하고 만 것이다. 머릿속에서는 이건 아니다, 아니다 하면서도 저항할 아무 힘도 없었다.

하지만 이윽토록 동정이 없었다. 혜림이 눈을 떠 보았다. 뜻밖에도 정일이 완전 나체로 드러난 그의 얼굴과 가슴을 똑바로 쳐다보기만 하는 것이었다. 그러는 새 하루 종일 옥돌에게 먹이지 못했더니 젖이 망울져 흘러 떨어지는 것이었다.

"이런, 옥돌이 올해 두 돌이라고 했던가?" 정일이 하는 말이다.

"네." 혜림이 들릴까 말까 대답하였다.

"내가 좀 먹어봐도 괜찮은 거지?"

갑자기 김정일이 와락 그의 가슴에 매달려 어린애처럼 젖을 빨아대기 시작했다. 혜림이 된다 만다 할 사이도 없었다. 김정일이 마치 정말로 애라도 된 듯이 사정없이 혜림의 젖을 빨아대는 것이었다.

혜림은 놀랐다. 그러나 막을 수는 없었다. 사정없이 자기 가슴에 매달려 젖을 빨아대는 그를 보노라니 눈물만 나왔다.

'내가 여기서 도대체 무슨 짓을 하고 있단 말인가?' 집에서 딸 옥돌이가 기다리고 있는데 …

'옥돌아, 이 엄마를 용서해다오!'

그런데 어느 순간 이상하게도 조용해졌다. 영문을 몰라 내려다보니 그녀의 젖을 빨아대던 '윗분'이 잠이 들었다. 혜림이 다시 한번 당황하지 않을 수 없었다. 이를 어떻게 한다는 말인가. 그렇게도 저승사자 같던 김정일이 잠이 든 걸 보니 애같이 보이기도 했다. 한동안 물끄러미 잠든 정일을 지켜보았다. 도대체 어떻게 된 인간인가? 직접 겪어본 적은 없어도 남자라면 이런 경우에 반드시 무엇을 행하는지는 너무나도 뻔한 일이다. 그런데 이건 그것도 아닌 것 같다.

아주 애처럼 코까지 쌔근쌔근 골면서 자는 걸 보면 무서운 생각까지 들었다. 혜림이 살그머니 그의 머리를 들어 옮겨놓으려는데 그 인간이 눈을 떴다.

"어, 내가 깜박 잠이 들었구만." 정일이 웃어 보이며 일어나 앉았다.

"이제라도 전 빨리 집에 가야 해요." 혜림이 조용히 한 말이다.

"그래, 오늘은 이쯤하지. 하지만 조만간 다시 만나게 될 거야."

정일이 주머니를 뒤져 담배를 꺼내 물더니 좀 떨어져 앉았다. 탁자에 붙은 무슨 단추를 눌렀다.

"오늘만 날이 아니니까 조만간 다시 만나게 되겠지. 그리고 혜림이는 이평이와 이혼해야겠어."

"네?"

"왜? 못 알아들었어? 이평이와 이혼하란 말이야!" 김정일이 단호하게 말하는 것이었다.

"아니, 어떻게 그렇게?"

"군소리 말고 내가 하라는 대로 해. 그게 동무한테도 좋을 거야."

혜림은 그가 도대체 무슨 말을 하는지 알 수 없었다. 그저 어쨌든 빨리 여기서 빠져 나가야겠다는 생각뿐이었다.

"그래, 가봐." 정일이 옆에 붙은 스위치를 눌렀다. 아까 들어왔던 나비 같은 아가씨가 들어왔다.

"바래다 줘."

"알겠습니다."

아가씨는 혜림이 보고 따라오라 눈짓하였다. 혜림이 마치 호랑이 굴을 벗어나는 것 같이 얼른 따라 나섰다. 문밖에 나서니 부슬부슬 가을비가 내리고 있었다. 어둠 속에서 환한 전조등을 켜고 까만 승용차 한 대가 다가와 멎어섰다. 문이 열리더니 운전사가 나와 차 뒷문을 열어 주었다.

"자, 타십시오."

그를 데리고 나왔던 여자가 손에 꽤 큰 가방 하나를 들고 와서 운전기사한테 넘겨주었다. 차가 어둠 속을 헤치고 달리기 시작했다.

"저, 전 먼저 촬영소에 들려 가방이랑 가지고 가야 하는데 …." 혜림이 겨우 용기를 내어 말했다.

"그건 걱정하지 마십시오. 이미 먼저 집에 가 있을 겁니다."

벌써 밤 11시가 넘었다. 늦게 퇴근길에 오른 사람들로 아직도 거리는 웬만큼 붐비고 있었다. 혜림이 탄 승용차는 오던 길을 따라 안악동, 미산동을 지나고 모란봉 천리마 동상을 지나 장덕재로 들어섰다. 옥돌이 기다리고 있는 집으로 가는 것이었다.

　그렇게도 즐겁던 그 길이었으나 이 날만은 아니었다. 자기도 모르게 눈물이 흘렀다. 집 앞에 이르자 차는 멎었다. 혜림이 차에서 내리는데 운전사가 무슨 묵직한 꾸러미를 들고 따라 내렸다.

　문을 두드리기 바쁘게 뜻밖에도 기다리고 있었던 듯 시아버지, 시어머니, 시동생들까지 한무리가 달려 나왔다. 오늘 밤 숙직이라던 남편 이평까지 나왔다.

　"새아가야, 너 오늘 직장에서 좋은 일이 있었다면서?"

　"네?"

　혜림이 영문을 몰라 어리둥절해 하는데 운전사가 대신 말했다.

　"옳습니다. 그동안 혜림 동무가 여러 영화에 나가 좋은 연기를 보여 주었기 때문에 당에서 특별히 선물을 마련하여 보내 주었습니다."

　운전사 손에 들고 있던 것을 시어머니한테 넘겨주었다. 운전사 손에 든 것이 전부가 아니었다. 다시 차 트렁크에서 상자 2개를 더 내려 주었다. 당연히 시아버지는 물론 시어머니, 시동생들이 황홀한 눈길로 혜림을 쳐다보았다.

　운전사는 돌아가고 방안에 들어왔다. 혜림이 정말이지 쥐구멍이라도 있으면 들어가고 싶었지만 어쩔 수 없었다. 식구들은 모두 거실에 모였다. 선물 구경을 위해서였다. 정말로 화려하였다. 칼파스(소시지의 북한어)며 햄도 2통이나 있고 술도 개성 인삼술, 강계 인풍술, 갖가지 술이 5병이나 되었다.

　"허허. 이거 칼파스니 햄이니 네가 평생 글을 쓰는 나보다 낫구나."
시아버지 이기영이 내용도 모르고 좋아서 입을 쩝쩝 다시었다.

　그도 해방 후 공화국에 들어와서는 처음 보는 것들이었다. 시아버지가 그 정도니 다른 식구들이야 더 말해서 무엇하랴. 하지만 혜림은 피곤하다는 구실로 먼저 얼른 들어왔다. 이불을 푹 뒤집어 쓴 채 엄마가 온 줄도 모르고 쌔근쌔근 잠든 옥돌을 붙안고 울고 또 울었다.

돌이켜 보면 혜림이 은연중 우려하였던 그 일은 일어나지 않았다. 기껏 자존심을 짓밟힌 것 밖에 없다. 자기한테 둘째 동생뻘 밖에 돼 보이지 않는 윗분이라는 인간한테 자존심만 여지없이 짓밟힌 것뿐이다. 그래도 눈물은 끝도 없이 흘러 나왔다. 뭔가 알 수는 없지만 자기 생활이 밑뿌리째 흔들리고 있다는 것이 느껴졌다. 그런 혜림의 속사정을 모르는 식구들은 그때까지도 거실에서 하하호호 웃음꽃이 활짝 폈다.

다음 날 아침 혜림은 여느 날과 다름없이 출근하였다. 하루 종일 마음이 무거웠다. 그러나 그날도 또 다음 날도 혜림이 우려하였던 일은 일어나지 않았다. 혹 그냥 넘어가는 것은 아닌가?

사흘째 되는 날이다. 혜림도 다른 배우들과 함께 퇴근 준비를 하는데 촬영소 전체 종업원들이 회의실에 모이라는 연락이 왔다. 나이 든 당 비서가 몇 번씩 헛기침을 하더니 입을 열었다.

"에, 동무들 말이야, 내일 아침에는 모두 일찍이 출근해야겠어. 영광스럽게도 당 중앙에서 나와 새로운 조직생활총화 시범 총회를 한다는 말이야. 그러니 한 사람도 늦는 일 없이 나와야 하겠어. 알만하지?"

촬영소 당 비서는 그 새로운 조직생활총화를 위해 무엇을 해야 하는가 하는 문제에 대해 몇 가지 더 말했다. 그리고 퇴근했다. 그 당 비서가 말하던 당 중앙이라는 것이 누구를 말하는지 더 물어볼 필요도 없다. 생각할수록 혜림의 마음은 무거웠다.

12
수난의 청춘

마침내 대학생들이 평양시 수해 복구건설을
모두 끝내고 대학으로 돌아왔다. 하지만 그새 건설작업 동원 때문에
밀린 교수 과정 안을 보충하느라고 하루에 다섯 강의씩 들이댔다. 하루
세 강의도 벅찼는데 다섯 강의씩 들이대니 자연히 수박 겉핥기식으로
넘어갈 수밖에 없었다.

경희도 한동안은 너무 바빠 다른 생각을 할 겨를이 없었다. 그러다
오랜만에 어느 일요일 날 대학에서 하루 쉬라고 하였다. 경희는 책
정리도 하고 참고서도 좀 보며 하루해가 어떻게 가는지도 모르고 보냈
다. 바쁜 일들을 대충 마무리하고 책상에 마주 앉으니 또 성택의 얼굴
이 떠올랐다.

남자다운 얼굴, 부리부리한 눈썹, 자기가 누군지도 모르고 함부로 손을 잡아 솔밭으로 끌고 가던 그의 모습을 생각하면 웃음부터 났다. 헤어지기 전 자기를 안아보자고 하던 일을 떠올리면 더구나 웃음이 나왔다. 그때 모르는 척하고 그가 하자는 대로 하였더라면 어땠을까 하는 생각도 들었다.

그 이후에도 오빠는 전혁을 자주 집에 끌어들이었다. 그런데 왜 그런지 점점 더 그에 대한 생각은 색 바랜 사진같이 멀어져만 갔다. 그 자리에 자꾸만 성택이 들어왔다.

그래서 경희는 이런 생각을 해보았다. 과연 성택이 자기가 정말 누군지 알게 되면 어떻게 될까. 그때에도 정말 지금처럼 정신없이 따라다닐까. 물론 아닐 것이다.

하지만 그 순간만은 경희도 이상하게 자기가 일반 평범한 사람의 딸이었더라면 하는 아쉬움이 들었다. 그러나 그건 모두 부질없는 생각이다.

경희는 애써 잡념을 지워 버리려 텔레비를 틀었다. 얼마 전에 새로 시작한 방송이었다. 그런데 아직 어설프기 짝이 없었다. 텔레비 방송이 시작된 줄도 모르고 방송원이 자기 옷매무시, 머리 매무시를 다시 하는가 하면 때로는 출연했던 사람들도 끝난 줄 알고 제멋대로 행동하는 장면도 나왔다.

또 어떤 때에는 방송이 그냥 나가고 있는 줄도 모르고 출연했던 사람들이 함부로 장난질까지 하는 모습이 그대로 송출되기도 하였다. 경희는 얼마간 보다가 재미가 없어 꺼버리고 말았다. 바로 그때 영란이 찾아왔다. 반가웠다. 영란이가 들어오면서 거실에서부터 벌써 왁작 떠들어대는 소리가 들리었다.

"아이고, 너 평일이구나. 그새 많이도 컸네. 이젠 아주 총각 티가 나는데?"

"안녕하세요? 영란 누나." 다시 말하지만 영란은 경희네 집에서 거의 허물이 없었다.

"영란이, 왔니? 들어와." 경희는 자기 방문을 열고 나오며 반갑게 맞았다.

"애, 경희야. 넌 오늘같이 쉬는 날에도 아무데도 나가지 않고 집에만 박혀 있니?"

"나가길 어딜 나가? 그러지 않아도 할 일이 많은데 어서 들어와." 둘은 방에 들어와 앉았다.

"애, 경희야. 세상 할 일 다 하고 죽었다는 사람 없다더라. 이런 날은 좀 밖에 나가 놀기도 하면서 공부하란 말이야." 영란이 그리 더운 것 같지도 않은데 활활 손부채질을 하며 하는 말이었다.

"그런데 너희집 식구들 다 어딜 갔니?" 영란이 은근히 정일이 어디 갔는가 묻는 소리였다.

"글쎄, 아까까지는 있었는데 전혁 오빠랑 둘이 무슨 이야기를 하더니 같이 나가는 것 같더구나." 경희는 오빠 방 쪽을 쳐다보며 말하였다.

경희는 알고 있었다. 영란이 사실 자기를 만나러 온 척해도 오빠를 만나기 위해 왔던 것이다. 경희는 그게 제일 불안스러운 일이었다. 암만 봐도 영란은 진심으로 오빠를 좋아하는 것 같은데 오빠는 모르겠다. 더구나 그 즈음에는 오빠가 집에 들어오는 일도 그리 많지 않았다. 말로는 무슨 혁명가극 창조 때문이라고 하는데 모를 일이었다.

"아무튼 넌 참 좋겠다. 놀고 싶으면 놀고, 공부하고 싶으면 공부하고, 나가 돌아다니고 싶으면 돌아다니고 얼마나 좋겠니?" 경희는 지난번에 건설장에 나가 성택이랑 같이 식당 일을 하던 생각이 나서 말했다.

"아이 참, 그게 무슨 좋은 거니? 넌 진짜 행복이 무엇인지 모르는 것 같구나."

"아니, 행복이 무엇인데? 솔직히 넌 아버지가 그런 자리에 있으니 집에 가정부가 없나, 세탁부가 없나, 요리사까지 있지. 정말 우리 동무들 중에 너만큼 행복한 사람은 없을 거다." 영란은 놀랍다는 듯이 경희를 쳐다봤다.

하지만 경희는 더 말하지 않았다. 물론 영란이 말이 틀린 것은 아니다. 집에 가정부도 있고 세탁부니 요리사니 거기에다 가정생활 전반을 책임지고 돌봐주는 집사까지 있었다. 그리고 무엇이든 말만 하면 다 해결해주기도 한다.

그런데 무엇 때문일까. 언제부터일까. 경희는 꼭 자기가 꽉 조여진 틀 속에서 사는 것 같다는 생각이 들었다. 경희는 그게 싫었다. 자기도 남들처럼 그저 평범하게 일도 하고, 밥도 하고, 빨래도 하고, 필요하면 지난번 나가 봤던 것처럼 대학생들과 함께 웃고 떠들고 노래도 부르고 싶었다. 그러나 자기는 죽어도 그럴 수 없다. 언제나 그의 일거수일투족은 지나친 관심 속에 있어야 하고 거기다 자기를 과잉보호하려는 오빠의 간섭도 너무 싫었다. 아무리 자기한테 주어진 숙명이라 해도 그게 잘 받아들여지지 않았다.

영란이 한참 더 놀다가 경희가 보는 『조러 사전』을 얻어 가지고 돌아갔다. 경희는 영란이 간 다음에도 한참이나 더 있다가 잠자리에 들었다. 잠이 오지 않았다.

때 없이 전혁이 얼굴이 떠오르는가 하면 또 성택이 모습도 떠올랐다. 전혁의 앞길은 너무나도 분명했다. 이제 육군대학까지 졸업하면 분명 고급 군관이 될 것이다. 그리고 세월이 흐르면 그가 다시 자기 아버지 뒤를 이어 호위사령관이 될 수도 있다. 하지만 그게 전부일 것이다. 오빠와 붙어 다니는 그가 자기한테 깍듯이 예입 쓰는 것도 싫었다. 그러고 보니 어렸을 때부터 느꼈던 감정이 점점 더 멀어지는 것 같았다.

또 그 멋대가리 없는 성택이 때문인가. 나라 공주님인 자기를 마치 저희집 누구같이 배식근무도 시키고 설거지도 시키고 그러고도 껴안으려고까지 했다. 누가 허락했는데? 어쨌든 너무 멋대가리 없는 놈이다. 그러면서도 한편으로 생각하면 밉지는 않았다. 오히려 그를 생각하면 화가 나는 것이 아니라 웃음부터 나온다. 심지어 껴안고서 자기의 가슴을 만지고 싶어 호시탐탐 노리면서도 어쩌지 못하던 모습이 우습기까지 하였다. 어쨌든 조만간 그에게 자기가 누구라는 사실을 밝혀야겠다는 생각이 들었다. 그런데 성택과 만나는 일은 뜻밖에도 빨리 왔다.

며칠이 지난 어느 날이다. 그날은 토요일이라 대학에서 좀 일찍이 끝났다. 집에 가려고 버스 정류소에 나가는데 뜻밖에도 앞을 막아 서는 사람이 있었다. 성택이었다.

"경희 동무, 나 좀 보자구!"

"어머, 아니 갑자기 왜요?"

경희는 당황스러워 어쩔 줄 모르는데 성택이 무작정 그의 손목을 끌고 한쪽으로 갔다. 거긴 어디서부터 내려오는지 알 수 없는 "애기 강"이라는 조그마한 강이 있었다. 그리고 또 그 옆으로 잡관목이 무성하게 자라 곁으로 사람이 지나가면서도 볼 수 없는 곳이었다.

"어머, 누가 보면 어쩌려구요? 이걸 놓고 말하세요." 경희는 정말 누가 볼 것 같아 얼른 손부터 뿌리쳤다.

"내, 동무한테 한 가지 물어보려고 그러는데 동무가 정말로 수령님의 딸이야?" 이거야말로 아닌 밤중에 홍두깨였다.

"네? 아니 그건 또 무슨 소리에요?"

"아니지?" 성택이 두 눈을 똑바로 뜨고 묻는 것이었다.

"아니면 아니라고 똑바로 말해."

"아이 참, 어디서 그런 소리를 들었는데요?" 경희는 막상 그를 만나면 다 말해야겠다 생각했지만 정작 그렇게 물으니 대답이 나오지 않았다.

"글쎄, 아니면 아니라고 똑바로 말하란 말이야." 성택이 정색을 하고 묻는 것이었다.

그렇게 묻는데 경희가 옳다고 말하기가 난감했다.

"아이, 누가 그런 소리를 ….."

"글쎄, 그러면 그렇지. 허 내 참, 어처구니가 없어서." 경희가 미처 옳다 아니다 대답도 하기 전에 성택이 먼저 제 생각이 맞다고 헛웃음을 치는 것이었다.

"수길이 그 사람이 어처구니없는 짐작을 하는 데는 뭐가 있다니까." 성택이 누군가에게서 무슨 소릴 듣긴 들은 모양이다.

"수길이가 누구예요?"

"누군 누구야? 우리반 '성천강 이북'이지."

"뭐 '성천강 이북'?"

"그래, 그런 사람이 있어. 나한테 맨날 지면서도 자기가 장기에서는 성천강 이북에 대상이 없다는 사람이지. 그런데 그런 터무니없는 소리를 하잖겠어."

"그 사람이 저를 어디서 봤다고 그래요?" 경희는 호기심이 나 물었다.

"그러게 말이야. 지난번 우리 식당에 와서 설거지하는 걸 봤나? 흥, 아니 수령님 딸이 무슨 정신이 빠져서 대학생 식당에 와 설거지를 하겠어, 안 그래?"

"호호. 그럴 수도 있는 거지요. 뭐 수령님의 딸은 별 사람인가요?"

"별 사람이 아니라도 그렇지. 말도 되지 않는 소리를. 히히 …."
성택은 아주 제 기분에 기고만장해졌다.

"동무, 지금 어디 가는 길이야? 집에 가는 길이지?"

"네."

"그럼 됐어. 나하고 어딜 같이 갈 데가 있어."

"어디로요?"

"글쎄, 가보면 알게 된다니까. 아니 가만 저기 나가서 잠깐 기다려. 내 기숙사에 들어갔다 올게."

성택은 부랴부랴 기숙사 쪽으로 뛰어갔다. 경희는 하는 수 없이 숲에서 나와 기다렸다. 한참 만에 성택이 무슨 신문지에 싼 걸 가지고 나타났다.

"자! 우리 가!"

"어디로 가자고 그러는데요?"

"글쎄, 가보면 안다니까. 가!"

둘은 합장교, 대동강역행 무궤도전차에 올랐다. 전차가 떠났다. 전차 안에는 대부분 김일성종합대학 학생들이고 일부만 평양외국어대학 학생들이다. 모두가 와자하게 지껄이느라 정신이 없었다.

어느 선생이 바지는 입지 않고 속바지 위에 외투만 걸치고 나오다

망신 당했다는 이야기, 또 어떤 학생은 갑오농민전쟁을 몰라서 갑나라 오나라 두 나라 농민이 한 전쟁이라고 했다거니 그저 그런 이야기들이었다. 경희는 누구 아는 사람이 없는가 두루 살피는데 다행히 보이지 않았다.

"어디로 가자고 그러는 거예요?" 경희는 사람들 눈치를 살피며 조심스럽게 물었다.

"글쎄, 이제 가보면 안다니까."

버스는 계월향이 자결했다는 가루개를 지나고 서평양 백화점 앞을 지나 천리마 동상 고개를 넘었다.

"다음 역에서 내리는 거야." 성택이 말했다. 다음 역은 마침 창전역이다. 버스가 멎자 성택이 앞에서 내렸다. 경희도 따라 내렸다.

"전 이쪽으로 가야 하는데." 경희는 종로 잡화 상점 쪽으로 가야 한다고 잠시 쭈뼛거렸다.

"알아. 하지만 오늘은 내가 하자는 대로 하는 거야. 오늘이 나한테 무슨 날인지 알아?"

"무슨 날인데요?"

"오늘이 내 생일이란 말이야. 그러니 나 하자는 대로 해야 돼."

"동무 생일인데 내가 왜 동무 하자는 대로 해야 하는데요?"

"응, 그건 말이야, 나 아까 얼마나 놀랬는데? 그러니 오늘은 내가 하자는 대로 해야 돼."

경희는 어처구니가 없었다. 그가 놀랜 것 하고 자기하고 무슨 상관인가 묻고 싶었지만 그냥 생일이라고 하니 가만있기로 했다.

"참, 그 우리 수길 동무한테 어떤 일이 있었는지 알아?"

"무슨 일이 있었는데요?"

성택은 수길이 집에 가고 싶어 가짜 전보 놀음을 벌였다가 혼쭐이 빠졌던 이야기를 하였다. 경희도 그 이야기는 재미있었던지 깔깔 웃어 댔다.

"그런데 우리 도대체 어디로 가는 거예요?"

"이제 다 왔어." 청년 야외극장 앞이다.

"내가 여기 청년 야외극장표 두 장을 구했거든. 그래서 함께 영화보자고 하는 거야. 의견 없지?" 성택이 그제야 말하는 것이었다.

"여기 청년 야외극장에서 뭘 하는데요?" 경희는 뜻밖의 일이어서 말을 못했다.

"'마리안나'라는 소련 영화를 한다고 하더라고. 되게 재미있다는데 같이 봐!"

〈마리안나〉라면 경희가 본 영화였다. 하지만 그렇다고 본 영화라고 말할 수는 없었다.

"왜, 또 그 봉건 통 아버지 때문에 걱정이 돼서 그러는 거야?" 성택이 경희가 주저하는 것 같으니 하는 말이었다.

"아니, 괜찮아요."

그런데 뜻밖에도 극장 앞에 다 왔는데 지금쯤 사람들이 제일 붐비어야 할 시간인데 조용하였다. 극장 안에서 영화 대사와 음악까지 흘러나오는 걸 보면 벌써 시작한 게 틀림없었다. 총 쏘는 소리 같은 것도 나고 폭발하는 소리 같은 것도 들리었다.

"이거 도대체 어떻게 된 일이야?" 성택이 당황하여 여기저기 뛰어다녔다. 문을 두드려도 보고 당겨도 본다. 하지만 아무 대답이 없었다. 그리고 보니 매표구 위에 해가 짧아진 관계로 10일부터는 영화 상영을 저녁 6시부터 한다는 알림표가 붙어 있었다.

"아이고, 그런 것도 모르고 이걸 어떻게 한다?" 성택이 당황하여 하는 말이었다.

"어떻게 하긴요? 그냥 집에 가면 되지요." 경희는 이왕 만났으니 그냥 헤어지기는 싫으면서도 마음에도 없는 말을 하였다.

"저, 우리 이렇게 만나기도 쉽지 않은데 이왕 만난 김에 저기 해방탑 까지만 한번 같이 올라갔다 내려오자, 어때?" 성택이 조심스럽게 하는 말이었다.

"아이, 거긴 왜요?" 경희가 물었다.

"왜긴 왜겠어? 그냥 여기까지 왔던 김에 한 번 올라가 보자는 거지. 난 동무 때문에 얼마나 놀랐는지 알아?"

"아이, 참. 그렇다고 놀라기는 왜 놀라요?"

"어떻게 놀라지 않을 수 있겠어? 아무튼 올라가!"

둘은 함께 해방 탑 쪽으로 올라갔다. 8.15해방 전에서 전사한 소련 군인들을 추모하여 세운 탑이었다. 벌써 날이 어두워졌다. 날씨가 약간 쌀쌀해서 그런지 사람도 없었다. 둘은 말 그대로 호젓한 길을 따라 걷고 또 걸었다.

"어디로 자꾸 가는 거예요?" 경희가 묻는 말이었다.

"이 근방 어딘데? 낮에 한 번 와 봤는데 잘 모르겠네." 성택이 뭔가 찾는 모양인데 어리둥절한 모양이었다.

"뭘 홍부정을 찾는 거예요? 저쪽으로 가요." 경희가 안내했다.

"아하, 여기로구나!"

앞 잔솔밭 속에 자그마한 정자가 나타났다. 홍부정이다. 둘은 홍부 정 난간에 앉았다. 밑으로 휘붐하게 유유히 흐르는 대동강이 보인다. 그리고 어둠 속이지만 능라도며 강 건너 동평양까지 보였다. 지금은 물론 거기 숱한 아파트들을 건설하였으니 다르겠지만 그때까지는 가끔가다 하나씩 전등불이 번쩍거릴 뿐이었다.

"어머, 정말 멋진 곳이네!"

낮에 보던 모습하고는 또 달랐다. 경희는 저도 몰래 감탄하였다. 마침 보름이 가까워진 모양이다. 만달이 떴는데 대동강도 그렇지만 은은하게 달빛이 비긴 능라도는 정말 한 폭의 그림 같았다.

"자, 여기 앉아!" 성택이 정자에 놓인 의자에 손수건을 펴놓고 앉으라고 하였다. 경희는 말없이 앉았다.

"그리고 이건 별로 좋은 건 아니지만 먹어 봐."

성택이 아까 기숙사에 뛰어 들어가 가지고 나왔던 것을 꺼내 놓았다. 그러지 않아도 경희는 그게 뭘까 궁금하였는데 옥수수빵이었다. 경희는 조금 떼어 입에 넣어 봤다. 물론 깔깔하고 집에서 먹던 것과는 딴판이었다. 그래도 그런 티를 낼 수는 없었다.

"어제 우리 친구 수길이가 친척 집에 갔다 가져온 거야. 그래도 보기보다는 사카린도 넣고 맛이 괜찮아."

성택이 큰 덩이 하나를 들어 자기 입에 가져갔다. 먹는 것도 참 황소처럼 먹는다 생각이 들었다.

"자, 먹어 보라니까."

경희는 먹지 않으면 이상하게 생각할 것 같아 또 얼마간 떼어 입에 넣었다. 역시 깔깔하기 이를 데 없었다.

"저, 경희 동무는 앞으로 대학을 졸업하면 뭘 할 건데?"

"글쎄? 성택 동무는 뭘 할 건데요?"

"생각 같아서는 기자 같은 걸 하면 좋겠는데 어떻게 될지 모르겠어."

"거야 하면 되는 거지, 뭐가 문제인데요?" 경희가 눈을 동그랗게

뜨고 쳐다보았다.

"그게 그렇게 마음대로 되는 거야? 지금 기자되는 게 얼마나 어려운데?" 성택은 경희가 이렇게 철없을 줄은 몰랐다는 듯 말하였다.

"그래도 전 기자쯤은 아무나 될 수 있을 줄 알았는데….." 경희는 자기가 실수하였다는 걸 깨닫고 바로 수긍하였다.

"말도 안 돼. 기자가 되자면 우선 공부도 공부지만 출신성분이 보통 좋아서는 안 된단 말이야."

"그래요?" 경희는 기자를 하는 데도 출신성분이 좋아야 한다는 말은 처음 들었다.

"그건 어쨌든 운명에 맡기는 거고 나 지난번에도 말했지만 암만 해도 경희 동무를 너무 좋아하는 것 같아."

"아이 망측해라! 그게 무슨 소리예요?"

"망측하긴 … 요즘은 시도 때도 없이 동무 생각이 든단 말이야."

"호호, 어이없네. 누가 자길 보고 절 생각해 달라고 했어요?" 경희는 방긋 웃으며 말하였다.

"그거 웃는 것만 보라고! 어디 그걸 보고 가만있을 수가 있겠어?"

"어머, 가만있지 않으면 어떻게 할 건데요?"

달빛에 비낀 경희 모습은 정말로 예뻤다. 약간 갸름하면서도 동그스름한 얼굴, 언제 봐도 가냘파 보이는 몸매, 달빛에 함뿍 젖은 그의 모습은 말 그대로 한 폭의 그림 같았다.

"뭐, 가만있지 않으면 어떻게 할 건가고?" 성택이 갑자기 와락 경희를 껴안았다.

"어머! 아이, 이걸 놔요. 누가 보면 어쩌려고….." 경희는 뿌리치는 척하였으나 정작 뿌리치지는 않았다. 성택이 더 힘을 주어 그를 안았다. 따뜻한 체온이 느껴졌다. 봉긋이 솟은 가슴도 느껴졌다. 가슴속 깊은 곳에서 뜨거운 용암이 끓어 번지었으나 더 이상 어쩌지는 못했다.

경희도 가슴이 세차게 울렁거리었다. 그저 모든 것을 운명에 맡기고 가볍게 떨고만 있었다. 한동안 그렇게 있었다. 바로 그때다. 멀지 않은 저쪽에서 전지 불이 번쩍거리며 다가오고 있었다.

"아이, 이걸 어떻게 해요?" 경희는 후닥닥 놀라 몸을 빼며 말하였다.

"가만있어. 저쪽으로 가겠지 뭐." 하지만 전지 불은 곧바로 그들 쪽으로 다가왔다.

"동무네 뭐야? 증명서 보자!" 안전원이었다.

"아니, 왜요?" 성택이 마주 일어섰다.

"글쎄, 증명서 보자고 하잖아!"

성택이 학생증을 내밀었다. 안전원은 보지도 않고 바지 주머니에 쑤셔 넣었다.

"그리고 여 동무, 동무도 증명서."

"어머, 전 학생증 안 가져왔는데요." 경희는 당황하여 어쩔 줄 몰라 했다.

"그렇다니까. 요즘은 무슨 놈의 판인지 대학생들이 공부는 안 하고 전탕 이따위데 나와서 …. 따라와!"

별 두 알을 단 말라깽이 안전원이었다.

"어디로 말입니까?"

"따라오라면 따라올 것이지 무슨 말이 그리 많아!"

안전원은 뒤도 돌아보지 않고 저쪽으로 가는 것이었다. 성택의 학생증이 그의 주머니에 있으니 뛰고 싶으면 뛰라는 것이었다.

"이것 참, 더럽게 걸렸네. 아무튼 내가 뒤처리하겠으니 동무는 그대로 먼저 돌아가라고!"

성택은 그렇게 말하고 안전원의 뒤를 따라갔다. 경희 혼자만 남았다. 하지만 혼자 돌아갈 수는 없었다. 죄 지은 것도 없이 많이 떨렸지만 따라가지 않을 수 없었다. 안전원은 거기서 그리 멀지 않은 종합 매대 있는 쪽으로 갔다.

낮에 모란봉에 놀러 오는 사람들한테 아이스크림이며 얼음과자, 그리고 여러 가지 과일들을 파는 매대였다. 제일 끝에 있는 어느 한 방문을 열고 들어갔다. 지나다니면서는 몰랐더니 그게 모란봉 주재 안전원방인 모양이었다. 성택이 들어가자 경희도 따라 들어왔다.

"내가 뒤처리하고 간다고 하잖아!"

"그래도 ….”

"거기 앉아!"

안전원은 앞에 놓여 있는 헌 나무의자를 가리켰다. 밝은 불빛 밑에 들어와 다시 보니 영 볼품없는 말라깽이였다. 얼굴도 몸도 비쩍 마른데다 옷 주제꼴도 형태만 안전원복이지 수세미같이 되어 있었다. 꼭 논두렁에 세워놓은 허수아비 같아 보이었다.

"장성택? 김일성종합대학 역사학부 3학년생이란 말이지?" 말라깽이 안전원이 성택의 학생증을 뒤적거리며 하는 말이었다.

"저희들이 뭘 잘못했는데 여기로 데려온 겁니까?" 성택이 곱지 않게 말했다.

"뭘 잘못했는지 몰라?" 안전원이 코웃음을 쳤다.

경희는 옆에서 안전원이 보지 않게 성택의 옷자락을 당기었다. 될수록 좋게 끝내는 게 낫지 않은가 하는 것이었다.

"동무네 말이야, 여기 모란봉이 어떤 산인지 알기나 하고 그래?"

안전원이 하는 말이었다.

"어떤 산인데요?"

경희가 눈치를 주었지만 성택이 목소리는 여전히 곱지 않았다.

"그것 보라니까. 그것도 모르니 여기 와서 그런 자본주의 생활양식에 푹 젖은 짓이나 하지."

안전원이 마치 당연히 알아야 할 것을 모르고 있었다는 듯 코웃음을 쳤다.

"저희들이 무슨 자본주의 생활양식에 푹 젖은 짓을 했단 말입니까?"

"먼저 이 모란봉으로 말하면 위대한 수령님께서 세 번씩이나 다녀가신 혁명 사적지란 말이야, 혁명 사적지, 알겠어?"

"그런데요?"

"이 자식 봐라. 그런 위대한 수령님의 혁명 사적이 깃든 곳에 왔으면 정중하게 돌아보고 그 사적을 따라 배우든가 해야지, 뭐야? 남자 여자가 서로 부둥켜안고… 그러면 돼?"

어처구니없어 말이 나가지 않았다.

경희는 얼굴이 새빨개져 아무 말도 못했다. 경희도 깜짝 놀라기는 마찬가지였다. 자기 아버지가 돌아본 곳이라고 해서 다른 사람은 와서 마음대로 놀지도 못한다니 그건 이해되지 않았다.

"여기 모란봉에 어디 그런 걸 써 붙이기라도 했습니까?" 성택은 여전히 고분고분하지 않았다. 안전원이 억지를 부리는 게 틀림없었기 때문이다.

"써 붙인 것이 있든 없든 그런 정도야 알고 다녀야지! 이거 내 가볍게 훈계나 하고 보내주자고 했더니 안 되겠어. 좋아, 그냥 가라고! 그리고 이 학생증은 사흘 후 대학 안전부에 가서 찾아가!"

말라깽이 안전원이 성택의 학생증을 책상 서랍에 넣고 덜컥 열쇠를 채웠다. 그리고 벌떡 일어서는 것이었다. 북한 김일성종합대학같이 큰 대학에는 따로 안전부가 있다. 거기서는 사회 여러 분야에서 일어나는 대학생들의 온갖 부정적인 생활 자료를 받아 처리한다. 당연히 거기에 통보된 학생들의 자료는 학부에 전달되고 본인들은 구설수에 오르게 마련이다.

"자, 어서 나가! 나도 이제 가야 하니까."

안전원이 이들의 등을 떠밀어 내보냈다. 별수 없이 나왔다. 안전원이 문을 닫아걸고 어둠 속 어디론가 사라졌다. 성택이 화가 나서 얼굴이 붉으락푸르락하면서도 어쩔 수 없었다. 경희는 성택이 옷깃을 당기었다.

"잘못했다고 하세요. 어쨌든 학생증은 찾아 가지고 가야 하지 않아요?"

"잘못하긴 우리가 뭘 잘못했는데?" 성택은 공연히 경희에게 버럭 화를 냈다.

"그래도 잘못했다고 하고 학생증을 찾아가는 게 낫잖아요?"

"낫기는 … 저런 자식들이 저러는 건 순전히 뇌물이나 받아먹자는 수작이야."

"뇌물이요? 그게 뭔데요?" 경희가 깜짝 놀라 물었다.

"뇌물이 뭐라니? 뇌물이 뇌물이지, 개자식!"

"어머, 그런 일로 뇌물을 받고 해결해줘요?"

경희도 기가 막혔다. 세상에 이런 강도가 다 있는가. 생각대로라면 저희 집 부관장에게라도 한마디 하면 안전원은 분명 그날로 잘릴 것이다. 하지만 그럴 수는 없다.

"그럼 이젠 어떻게 해요?" 경희는 겁에 질려 말했다.

"어떻게 하긴, 개자식! 또 뭘 얻어먹자는 건데 콱 벼락이나 맞아라."

"뭘 얻어먹자는 거라니요?" 경희가 무슨 소린지 몰라 물었다.

"그야 뻔하잖아. 술이든 담배든 뭘 뇌물을 고이라는 거지." 성택은 여전히 씩씩거렸다.

"그럼, 그런 것만 있으면 돼요?"

"그런 걸 받아먹자고 그런 건데 뻔한 일 아냐? 하여간 안전원들이라는 건 모두 저런 개자식들이라니까."

"그런 거라면 얼마나 있으면 되는데요?"

"모르긴 해도 담배라면 한 보루는 있어야겠지."

"알았어요. 그건 제가 어떻게든 구해볼게요."

"아니, 동무가 어디서 구해? 됐어! 내 아는 삼촌뻘 되는 사람이 여기 평양시 중구역 당에서 일하고 있으니 어떻게 해봐야지."

"아니에요. 그럴 것 없이 어떻게든 해볼게요."

경희는 그저 이 일이 대학에 통보되는 것이 두려울 뿐이었다. 둘은 종로 잡화점 앞에 와서 헤어졌다.

"성택 동무, 아까 말한 건 제가 어떻게든지 준비해 보겠는데 누구한테 말하면 안 돼요. 알겠지요?"

다음 날이다. 성택이 대학 강의가 끝나고 동무들과 함께 기숙사로 내려오는데 저쪽 가로수 밑에 경희가 서 있는 모습이 보였다. 트렁크 하나를 들고 서 있었다. 성택이 얼른 동무들과 떨어져 경희에게로 다가 갔다.

"저, 이거 가지고 가요." 경희가 가지고 온 트렁크를 성택에게 내 밀었다.

"이게 뭔데?" 성택이 어젯밤 일은 깜빡 잊고 물었다.

"빨리 가지고 가요!"

경희가 얼른 그에게 트렁크를 맡기고 저쪽으로 뛰어갔다. 기숙사 호실에 와서 트렁크를 열어본 성택은 깜짝 놀라 입이 딱 벌어지고 말았다. 그 안에는 '서광(서광은 김일성이나 피우는 담배임)'이라는 담배가 네 보루나 들어 있었던 것이다.

13
겨울 공화국

성택은 여러 날 학기말 시험 때문에 무척 바쁘게 보냈다. 그러다 보니 한동안 경희를 만나지도 못했다. 마침내 시험이 끝나고 오랜만에 하루 쉬는 날이었다. 성택은 또 경희를 만나고 싶었으나 사전에 아무 연락도 하지 못한 탓에 그럴 수가 없었다. 할 수 없이 기숙사 호실에서 소련 작가 세라모비치인가 하는 사람이 쓴 『철의 흐름』이라는 소설책을 뒤적거리는데 문 두드리는 소리가 났다. 같은 학급이지만 자기 집에서 다니는 이태일이 왔다. 그도 수길과 같은 제대군인이었다.

"수길이, 어디 갔어?"

"글쎄요? 아침에 일찍이 나갔는데?" 성택도 그가 어디로 갔는지 몰랐다.

"에라, 할 수 없지. 꿩이 없으면 닭이라고 동무, 오늘 좋은 구경 가지 않겠어?" 태일은 무척이나 흥분되어 있는 모습이었다.

"갑자기 좋은 구경은 무슨?" 성택은 별로 갈 곳도 없었으나 썩 내키지는 않아 물었다.

"자, 일어나! 오늘 모란봉 경기장에서 좋은 경기가 있어."

"무슨 경기를 하는데?"

"하여간 빨리 옷부터 입으라니까. 오늘 10시부터 모란봉 경기장에서 국가종합팀 대 영화팀 간의 축구경기가 있단 말이야."

"뭐라구요? 국가종합팀 대 영화팀? 그건 또 뭔데?" 국가종합팀은 알겠는데 영화팀이란 처음 들어보는 말이다.

"이 사람, 아직 영화팀도 몰라?" 이태일이 김일성종합대학 학생이 아직 영화팀이 뭔지도 모르고 있다는 건, 마치 대단한 수치이기나 한 것처럼 말했다.

태일이 영화팀에 대해 늘어놓기 시작하였다. 얼마 전에 새로 생긴 축구팀인데 선수들 전체가 여섯 살 때부터 어느 무인도에 데려다 집중적으로 키운 선수라고 하였다. 그때부터 발목에 모래주머니를 달고 아침부터 저녁까지 훈련하는 건 말할 것도 없고 심지어 잘 때조차 그 모래주머니를 풀지 못하게 하였다는 것이다. 그러다 그 아이들이 자라고 전문 축구 훈련까지 받으니 경기장에 들어서면 아예 날아다닌다는 것이었다. 최근에 마침내 경기장에 나오게 되었는데 말 그대로 무적의 강팀이라고 하였다.

물론 태일의 말을 전적으로 믿을 수는 없지만 그렇게까지 말하는데 안 갈 수가 없었다. 둘은 대학 기숙사에서 나와 버스를 타고 모란봉 경기장으로 향했다. 모란봉 경기장은 임진왜란 때 평양 명기 계월향이 살았다는 모란봉 구역 월향동 앞에 있었다. 그때는 아직 개건 확장공사를 하기 전이었지만 그래도 평양에서는 제일 가는 경기장이었다.

성택과 태일은 경기장에는 가기만 하면 들어갈 수 있을 줄 알았다. 하지만 그게 아니었다. 입장권은 이미 전날에 매진돼 버렸다. 표를 못 가진 사람도 인산인해였다.

성택이 어이없어 하며 태일과 함께 출입구 앞에서 어슬렁거리는데 뜻밖에도 거기서 수길이를 만났다. 그도 어디서 이런 경기를 한다는 소리를 듣고 찾아온 것이다. 그도 표를 얻지 못하기는 마찬가지였다. 이미 경기장에 들어간 사람들도 많은 것 같은데 밖에 있는 사람들만 수천 명을 헤아릴 것 같았다. 할 수 없이 다른 입구 쪽으로 가보았다. 모란봉 경기장은 입구가 총 12개나 되었다. 다른 출입구라고 나을 리 없었다. 물론 안 될 줄은 알면서도 혹시나 하는 생각에서였다.

그런데 이게 웬일인가. 중앙 출입구에 뜻밖에도 성택이 전부터 잘 알던 사람이 서 있는 것이었다. 자기와 한 고향 사람이 얼마 전에 호위사령부 제2호위부에 자리를 옮겼다더니 거기서 만난 것이다. 사복을 입고 서 있었지만 큰 키며 광대뼈가 툭 튀어져 나온 얼굴은 먼발치에서도 바로 알아볼 수 있었다.

"중위 동지, 여기는 웬일입니까?" 성택은 반가운 김에 소리쳤다.

그는 대답 대신 한쪽 눈만 찡긋하더니 아는 체하지 말고 얼른 들어가라고 손짓하였다. 성택은 뭔가 이상하다 생각되었지만 얼른 손가락을 2개 펴 두 사람이 더 있다고 알리었다. 중위는 말없이 고개만 끄덕였다. 거긴 일반사람이 들어가는 출입구도 아니었다. 말 그대로 초대석으로만 들어가는 출입구 같은데 그게 무슨 상관이랴. 성택은 얼른 나와

태일과 수길을 데리고 출입구로 다가갔다.

정작 표 받는 사람은 옆에 따로 있었지만 중위의 손짓 한 번에 군말 없이 통과시키었다. 정말 예상치도 않은 입장이었다. 하지만 워낙 그렇게 들어간 터라 자리표가 있을 리 없었다. 여기저기 두리번거리는데 초대석 옆에 자리가 보이었다.

"에라, 쫓겨날 때는 쫓겨나더라도 저쪽에 가서 앉아보세."

태일이 성택의 옆구리를 찌르는 것이었다. 성택은 좀 마음이 편치는 않았으나 주인이 오면 자리를 내줄 셈 치고 앉았다. 결국 셋은 표도 없이 들어도 갔지만 주석단에서 멀지 않은 초대석에까지 앉게 된 것이다. 경기장은 이젠 거의 찬 상태였다.

경기장 밖 을밀대 쪽에도 나무마다 사람들이 올라 앉아 마치 새가 앉은 것처럼 하얗게 보였다. 미처 표를 구하지 못한 사람들은 일찌감치 을밀대에 올라가 소나무를 하나씩 차지한 것이다. 참으로 진풍경이 아닐 수 없었다. 성택은 암만해도 이해가 되지 않아 기웃거리는데 문득 태일이 놀라며 소리쳤다.

"여보게, 저걸 보라고! 인민배우 신동철이 아닌가?"

그는 평양에서 군대에 입대하여 유명배우들의 이름은 거의 다 알고 있었다. 과연 신동철이었다. 그러고 보니 그뿐만이 아니었다. 주변에 영화에서만 보아오던 유명짜한 배우들이 여러 명 보였다. 유원준, 김현숙, 차계룡, "춘향전"에 나오는 우인희, "어랑천"에 나오는 최부실, 성혜림, 박학이, 유경애 등 한다 하는 배우들 얼굴이 거의 다 보이는 것 같았다.

그 아래쪽을 보니 거기에는 또 예술영화, 2.8영화 촬영소 배우들뿐 아니라 평양교예단, 영화방송음악단, 국립교향악단, 인민군협주단 배우들까지 평양시 예술인이란 예술인은 다 나와 있는 것 같았다.

"이게 도대체 어떻게 된 일이야?"

태일은 고사하고 성택까지 깜짝 놀라지 않을 수 없었다. 그러고 보니 초대석 앞 관람석 한 구획은 완전히 차림새부터가 달랐다. 몽땅 흰 셔츠에 빨간 넥타이, 모자는 모두 하얀 체육모, 통일 복장을 한 문화 예술인들이 몽땅 차지하고 앉은 것이다.

"히야! 이거 축구경기 관람을 왔다가 생각지도 않게 한다 하는 배우구경까지 하게 됐네!" 수길은 모자라는 사람같이 입을 헤벌리고 다물지 못했다. 물론 표현은 안 했지만 성택도 마음속으로는 그와 조금도 다를 바 없었다.

"허! 대학생 동무들은 오늘 여기서 무슨 경기를 하는지 모르고 온 모양이지?" 뒤에 앉아 있던 나이 지긋해 보이는 대머리 영감이 하는 말이었다.

"예? 오늘 여기서 무슨 경기를 하는데요?" 성택이 물었다.

"오늘 경기는 말이요, 국가종합팀 대 영화팀 간의 경기란 말이요."

"그야 우리도 알고 왔지요. 그런데 어쨌다는 겁니까?" 수일이 눈이 커져 물었다.

"영화팀이 정말 그렇게 대단한 팀입니까?" 성택도 아까 태일한테서 듣긴 했지만 믿어지지 않아 물었다.

"히야, 내가 아까 이야기하지 않던가. 영화팀이란 6살 때부터 아이들을 무인도에 데려다 지금까지 훈련시킨 특수팀이라고 말이야." 태일이 제 말을 믿지 못하는 것 같아 큰소리로 떠들었다.

이태일이 신이 나서 말했다. 하여간 이태일이라는 사람은 재미있는 사람이었다. 공부는 별로 신통치 않은 것 같은데 세상 돌아가는 뒷이야기만은 박사였다. 특히 유명배우들의 뒷생활에 대해서는 어떻게 그렇게 아는지 전문가 수준이었다.

이태일이 말했다. 원래 북한 유명 축구단으로는 인민군 종합팀인 "2.8선수단," 사회 안전성(경찰청)팀인 "압록강선수단," 철도성팀인 "기관차선수단," 그 외 집단군팀들인 "월비산", "제비", "갈매기", "두만강", "은파산"팀들이 있다.

그런데 얼마 전에 이 "영화"팀이라는 것이 새로 생기었다. 어찌나 강한지 집단군팀들인 "월비산"이요 "제비", "갈매기" 같은 팀은 애초에 상대도 되지 않는다. 얼마 전에는 그래도 국내에서는 최고라고 하는 "2.8팀", "압록강팀"과도 붙었는데 그들 역시 이 영화팀에게 납작하게 되었다는 것이다.

놀라지 않을 수 없었다. 그때로 말하면 북한이 처음으로 영국 런던에서 열린 제8차 세계축구선수권대회에 나가 이탈리아팀까지 물리치고 8등 권에 들어갔다 돌아온 지 불과 몇 년 되지 않은 때였다. 그러다 보니 그때까지도 사람들은 거기에 참가했던 선수들을 잊지 못해 하였다.

그래서 일부 사람들은 그때까지도 신문에 난 선수들의 사진까지 오려 가지고 다니면서 이건 박두익이요, 이건 박승진, 그리고 또 이건 신영규 하며 그들을 마치 인민영웅처럼 떠받들기까지 하였다. 정말이지 그때는 어디 가서 그들에 대해 모르면 말에도 끼어들지 못할 정도였다.

"그러니까 이제 여기서 국가종합팀 대 영화팀 간 경기를 한단 말입니까?" 수길이 놀라움을 감추지 못하고 또 묻는 것이었다.

당연히 이태일은 이미 한물간 이야기이긴 하지만 자기 "유식"을 뽐

낼 기회를 놓치지 않았다. 또다시 런던 제8차 월드컵 축구대회에서 있었던 뒷이야기까지 마치 자기가 직접 가보기라도 한 듯 열어 놓았다.

"그때 우리나라는 포르투갈하고 얼마든지 이길 수 있었던 걸 놓쳤단 말이야. 물론 경기 주심이 이스라엘 심판이어서 우리한테 불리했던 건 사실이야. 남조선놈들이 어떻게 하든지 우리를 지게 하려고 그한테 뇌물작전을 했거든. 그런데 그것도 그것이지만 기본은 뭔지 알겠나? 경기하기 전날 밤 있었던 일 때문일세….."

성택은 이미 태일에게서 몇 번 들었기에 그저 그럴싸하게 알고 있었지만 수길은 아니었다.

"경기하기 전날 무슨 일이 있었는데?"

"하, 이 친구. 그걸 아직 모르고 있다니….." 태일이가 마치 세상사람 모두가 알고 있는 걸 수길만 모르고 있는 것처럼 오히려 제 쪽에서 놀란 표정이었다.

"사실 우리나라가 이탈리아까지 이기고 8등 권 안에 들어가면 누가 제일 당황하겠나? 당연히 미국놈들과 남조선놈들 아니겠어? 그들도 우리나라가 그렇게까지 잘할 줄 정말 꿈에도 몰랐던 거지." 태일은 기가 올라 사방에 침방울을 날리며 말을 하였다.

"그래서 그놈들이 도대체 무슨 수작을 부렸는데?" 수길의 눈이 커지며 그를 쳐다보았다.

"이놈들이 무슨 수작을 부렸는가 하면… 허허, 내 참 기가 막혀서 ….." 이럴 때 보면 태일은 틀림없이 영국 런던에까지 갔다 온 사람 같다.

"그놈들이 글쎄, 우리 선수들이 들어갈 침실에 미리 영국 미인 기생들을 사서 넣었다는 거야."

"뭐, 영국 미인 기생들을? 그래서?" 성택도 비슷한 이야기를 듣긴 했지만 긴가민가했는데 다시 듣게 되니 자연히 귀가 그쪽으로 가지 않을 수 없었다.

"그래서 어떻게 되었는데?" 수길이 깊은 관심을 보이며 물었다.

"어떻게 되긴, 물론 우리 선수들은 아무 것도 모르고 들어갔지. 다음 날 있을 경기를 위해 일찍 자야 했으니 말이야. 그런데 들어가고 보니 아, 글쎄 ….."

"글쎄, 어쨌다는 거야?" 수길이 침까지 꼴깍 삼키며 물었다.

"실 한 오라기 걸치지 않은 발가벗은 영국 미인 기생들이 침대에 누워 기다리고 있더란 거야."

"그래서 어떻게 됐는데?" 수길이 참지 못하고 다시 재촉하였다.

"자기들도 조선 선수들과 한 번 자보는 게 세상 소원이었다고 하면서 말이야."

"그 영국 기생들이 조선말을 하더라는 말인가?"

"아, 이 사람! 그런 말은 좀 알아서 들을 것이지. 그들의 표정을 보면 그런 것 같더란 말이야."

"하여간 그래서 어떻게 됐는데?"

"어떻게 되긴, 박두익과 이찬명 둘인가만 문을 박차고 나왔는데 신영규를 비롯해서 다른 선수들은 나오지 않고 밤새 거기에다 힘을 뽑았다는 거야."

"그래서?"

"그러니 다음날 포르투갈과의 경기에서 무슨 힘을 쓰겠나?"

"그럴 수 있지." 수길은 이미 장가간 사람이라 경험자답게 머리를 끄덕였다.

"하여간 내가 듣기로는 우리가 먼저 세 골이나 넣었는데 후반전에 들어가서 완전 망태기를 쳤다는 거야. 포르투갈 유세비오인지 뭔지 하는 놈한테 연거푸 다섯 골을 먹었다지 뭐겠나, 글쎄. 밤새 그 영국 기생년들한테 힘을 뽑았으니 무슨 힘이 있어 후반전까지 버티겠어?" 이태일이 자기 말이 모두 사실이라는 것을 당당히 증명해 보이었다.

에헴, 에헴 뒤에서 갑자기 뭔가 편치 않은 잔기침 소리가 났다. 좀 전에 이들 보고 무슨 경기인지도 모르는가 하던 대머리 영감이었다. 태일이는 그러거나 말거나 다시 영화팀 선수단에 대한 이야기를 하였다. 한마디로 백전백승의 강팀이라는 것이다. 세계축구선수권대회에 나가 8등 권에까지 들어가고도 최종승리를 못하고 돌아온 국가종합팀 보다는 백 배 나을 것이라고 하였다. 물론 수일도 성택도 이의를 달지 않았다. 국가종합팀 대 영화팀 경기는 시작하기도 전에 벌써 모든 것이 판가름난 셈이었다.

"흠, 이제 두고 보라니까. 국가종합팀은 상대도 되지 않을 걸세."

"그거야 이제 두고 보면 알겠지. 길고 짧은 건 대봐야 안다고 하지 않던가?" 뒤에 앉았던 대머리가 연방 코를 벌름거리며 또 한마디 하였다.

"그럼 아바이는 영화팀이 지기라도 할 걸 바란단 말입니까?" 태일이 대뜸 얼굴이 벌겋게 달아올라 대들듯 말했다.

"아니, 내 얘긴 그게 아니고 어쨌든 경기는 해 봐야 알게 아닌가, 하는 말일세." 대머리가 급히 뒤를 사렸다. 하긴 이런 젊은 놈팡이들과는 애초에 맞서지 않는 게 좋다는 생각이 들었는지도 모른다. 바로 그때 갑자기 장내가 술렁거리기 시작했다. 영화에서 나오는 산타할아버지 같은 옷을 입은 두 사람이 문화예술부 응원석 앞으로 달려 나왔다.

등에는 베개통이라도 넣었는지 불룩한데 거기에는 긴 담배대통까지 꽂혀 있었다.

사람들의 시선은 순간에 거기에 집중되었다. 그냥 보기만 해도 웃지 않고는 배기지 못할 광경이다. 그들이 나와 삼삼오오 박수를 치기 시작했다. 앉았다 일어났다 좌우로 우스꽝스럽게 씰룩거리며 박수를 끌어내는데 정말 기가 막히었다. 때로는 앞으로 때로는 뒤로 공중회전까지 하면서도 삼삼오로 박수를 끌어내는데 박자도 기막히게 잘 맞추었다.

교예극장 막간극 배우들이 틀림없었다. 하나 치는 박수 딱, 딱, 딱, 둘 치는 박수 딱딱, 딱딱…. 그러고 보니 초대석 앞에 앉은 문화예술부 응원단은 복장만 통일 짓고 온 것이 아니었다. 전체 성원이 손에 조그마한 널조각을 준비해 가지고 나와 그것으로 박자를 맞추었다. 참으로 희한한 광경이었다. 사람들은 이제 당장 있을 축구경기는 잊고 눈앞에 펼쳐진 황홀경에 정신이 없었다.

그런데 이건 또 뭐란 말인가. 갑자기 취주악으로 노들강변곡이 터져 나왔다. 알고 보니 응원단 앞 석에 앉은 사람들은 모두 악사들이었다. 어디에 감췄다 꺼내 들었는지 번쩍번쩍하는 트럼펫이며 트롬본, 그리고 호른까지 모조리 나와 연주하기 시작했다.

워낙 곡도 명곡이지만 그 흐드러진 음악은 실로 보는 사람들, 듣는 사람들 모두를 그 자리에서 녹아들게 하였다. 음악에 맞춰 응원단석 뒤에서 대기하고 있던 십수 명의 선녀들이 물동이를 이고 달려 나왔다. 나오면서 그대로 춤사위를 펼치었다. 세상에 이런 황홀경도 있는가.

노들강변의 봄 버들 휘휘 늘어진 가지에다가
무정세월 한허리를 칭칭 동여나 매여나 볼까

에헤이요 봄버들도 못 잊으리로다

흐르는 저기 저 물만 흘러 흘러서 가노라

성택은 사실 그때까지 취주악기로 민요까지 연주할 수 있다는 건 몰랐다. 취주악기라는 건 기껏 "인민군 행진곡"이니 "해안포병의 노래"니 하는 군가들만 연주하는 줄 알았다. 하지만 그게 아니었다.

트럼펫 리듬에 맞춰 은은하게 흐르는 선율은 일품 중에 일품이었다. 또 그뿐이 아니었다. 그 앞에서 가는 듯 마는 듯, 도는 듯 마는 듯 낚싯대같이 흐느적거리는 평양 모란봉 예술단 배우들의 춤사위는 말 그대로 무아지경이었다. 듣는 것마다 보는 것마다 모든 것이 현란하여 정신이 아찔해질 지경이었다.

돌이켜 보면 이런 황홀경도 보지 못하고 그냥 대학 기숙사에 누워 책장이나 넘기고 있을 뻔했던 생각을 하면 성택이 후회 막심했을 터였다. 그때 갑자기 경기장이 떠나갈 듯 환호성이 터져 올랐다. 드디어 경기장으로 선수들이 쏟아져 들어오기 시작한 것이다. 먼저 핏빛처럼 빨간 운동복을 입고 가슴에 흰 글씨로 "영화"란 선수단 표식을 단 선수들이 달려 나왔다.

그 어떤 상대라도 단번에 무찌를 듯 갑자기 공을 몰고 달리기도 하고 자기 편 선수에게 넘겨주기도 하면서 부챗살같이 온 경기장에 퍼져 나갔다. 그에 맞추어 문화예술부 취주악대는 찢어져라 나팔을 불어댔다. 물론 무용수들의 잔 율동이 더 급해졌다는 건 말할 것도 없다.

그에 비하면 국가종합선수단은 너무 평범하게 들어왔다. 흰색 운동복에 가슴에 조선이란 글자가 새겨져 있었지만 그렇게 보아서 그런지 너무도 초라하고 풀기마저 없어 보였다. 자기들이 가지고 들어온 공을 가지고 가볍게 발놀림을 하고 있었지만 벌써 주눅이 든 게 분명했다.

"흥, 저러니까 그 쪼그만 나라 포르투갈한테도 졌지." 태일이 흥분하여 소리질렀다.

취주악대가 한참을 더 열을 내더니 갑자기 지휘자가 손을 한 번 들자 단번에 조용해졌다. 그리고 보니 어느새 관람석은 입추의 여지없이 사람들이 찼다. 좌석은 더 말할 것도 없고 통로 계단까지 빈틈없이 사람들이 찼다.

문화예술부 응원단이 앉은 초대석 앞좌석은 규찰대까지 배치되어 있었다. 그러다보니 여간만 질서정연한 것이 아니었다. 하지만 아직도 일반 좌석은 여전히 들어오는 사람, 나가는 사람, 자리를 찾는 사람들로 붐비었다. 먹는 사람, 웃는 사람, 다투는 사람, 공연히 하릴없이 여기저기 돌아다니는 사람, 역시 자연군중과 조직군중과의 차이는 판이하게 다르지 않을 수 없었다.

경기장을 뛰어다니며 몸을 풀던 선수들도 소리 없이 나가버리고 문화예술부 응원단도 이상하리만치 조용해졌다. 갑자기 초대석 정중앙 한쪽 문이 열리더니 십수 명의 사복 입은 사람들이 나왔다. 나오는 순서대로 여기저기 좌석에 나와 끼어 앉는데 누가 말해주지 않아도 사복 호위군관들이라는 것을 알리었다. 하나같이 젊은 놈들인데 쏙딱 머리(아주 짧게 깎은 머리)를 하고 눈매부터 예사롭지 않았다.

옷도 새까만 제긴 옷인데 말이 사복이지 그것부터 꼭 같다. 원래 자리에 누가 앉아 있었든 상관도 없었다. 제긴 옷 안쪽에 숨겨진 무슨 비밀 배지 같은 것을 보여주면 그 자리에 앉았던 사람은 불에 덴 소같이 질겁하여 물러난다.

그때 벌써 60도 한참 넘은 인민 배우 문예봉까지 쫓겨나 꼬부랑거리며 아래로 내려가는 것이 보이었다. '도대체 누가 나오는 걸까? 혹시 김일성? 김일성이 이런 곳에 나올 리 없는데? 그러면 최용건? 김일? 하지만 그 사람들이 이런 곳에 나오는 것은 한 번도 본적이 없다. 그렇다면 누가 나온다는 말인가?'

성택은 벌써부터 위압감이 느껴져 쳐다보는데 다시 좌석이 술렁거리기 시작했다. 이번에는 주석단 정중앙 양쪽 문이 쫙 열리더니 금빛 견장을 단 정복 호위병들이 나왔다. 번쩍이는 가죽장화, 꼭 붙어 지은 승마복, 붉은 테를 두른 군모, 멀리서 보아도 호위병이다. 거리가 있어 발구름 소리까지는 들리지 않았지만 빠르지도 뜨지도 않게 정보로 나오면서 뒤로부터 1명씩 우측으로 물러나 좌로 돌면서 앞을 응시한다. 잠깐 사이에 주석단을 둘러쌌다. 8월의 불붙은 태양인데도 그들이 멘 총검에서는 서릿발이 날리었다.

'도대체 누가 나오기에 이러는 건가?' 성택은 여전히 의문을 풀지 못해 마음을 쓰는데 문득 잠자코 있던 악사들 쪽에서 군악이 터져 나왔다.

··· 피 끓는 가슴에 충성을 맹세한
우리는 영예로운 친위대 돌격대다···
친애하는 지도자 동지 높은뜻 받들어 ···

전혀 처음 듣는 곡은 아니었다. 몇 번 들었지만 어떤 경우에 연주하는 음악인지만 몰랐을 뿐이다. 방금 전에 앉았던가 싶었던 무용수들이

다시 잔걸음쳐 앞으로 나갔다.

"흠, 내 그럴 줄 알았다니까. 글쎄, 그럴 줄 알았어." 뒤에 앉았던 대머리가 또 뭘 알았다는 건지 코를 흠흠거리고 있었다.

"아니, 뭘 그럴 줄 알았다는 겁니까?" 태일이 공연히 귀에 거슬려 묻는데 대머리는 대답 대신 주석단을 눈짓했다.

정중앙 뒷문으로 이번에야말로 진짜 주인공들이 나타나고 있었다. 제일 앞에 누군가 아주 젊은 사람인데 키가 작고 배가 나온 사람이었다. 걷기가 꽤 힘겨운 듯 뒤뚱뒤뚱 오리걸음을 하며 나왔다. 어디선가 꼭 본 것 같은 생각이 들었으나 얼른 머리를 저었다. 그런 대단한 사람을 성택이 볼 리가 없다고 생각한 것이다.

그 뒤를 따라 다른 한 사람이 나왔다. 걷기 꽤 불편한 듯 지팡이를 짚고 나오는데 성택은 그만 깜짝 놀랐다. 인민무력부장 최현이었다. 그가 뜻밖에도 젊은 난쟁이 뒤를 따라 나오는 것이었다.

'저 사람이 도대체 누군가? 다시 보아도 어디선가 분명 본 사람이다.

'어디서 봤을까? 분명 어디서 본 사람인데?

"저, 저 사람이 도대체 누굽니까? 앞에서 나온 저 사람 말입니다." 성택은 대머리한테 물었다.

"바로 윗분이라는 사람 아닌가? 글쎄 내 그럴 줄 알았다니까, 흠 …." 대머리가 또다시 흠흠 콧소리를 냈다.

"윗분이라니요? 윗분이 도대체 뭔데요?" 옆에 앉았던 수길이 영문을 몰라 물었다.

"허! 이 사람! 아직 윗분도 모르시나? 수상 동지 큰 자제분 아니오. 지금은 모두들 그를 윗분이라고 부르지."

성택은 갑자기 온몸이 부르르 떨리는 것 같았다. 바로 그 순간에 아동 공원 석상 앞에서 싸웠던 그 납작한 사람이 떠올랐기 때문이다.

'아니야! 절대 그럴 수 없어! 아닐 거야.'

"뭐, 수상 동지 큰 자제분? 그러면 그 김유라라고 하던가, 소련에서 태어나 왔다는 그 사람 말입니까?" 수길은 멋도 모르고 큰소리로 물었다.

"쉿! 이 사람이 이거 목이 몇 개나 된다고 함부로 그런 말을 해?" 대머리가 얼굴색까지 하얗게 질려 주변을 살폈다.

"뭐, 안 됩니까?" 수길이 덩달아 목을 움츠리며 하는 말이었다.

"지금 그런 말을 했다가는 짧은 혀 때문에 긴 목이 날아나네. 더구나 지금 항간에서는 앞으로 저 사람이 수령님의 후계자로 된다는 말도 있네. 그리고 이름도 이제는 김정일 동지라고 불러야 하고 말일세."

"예?"

그러는 사이 경기장 한가운데에 두 팀 축구선수들이 나와 좌우로 벌려 섰다. 물론 문화예술부 응원단의 응원은 절정에 이르렀다. 이번에는 산타 옷차림의 응원자들이 4명이나 나왔다. 잔나비같이 앞 회전 뒷 회전을 거듭하는데 그러면서도 삼삼오오 박수 박자를 이끌어 내는 것을 보면 역시 경탄하지 않을 수 없었다.

주심이 뭐라고 하자 국가종합팀 대 영화팀 선수들이 주석단을 향해 섰다. 먼저 인사하고 서로 악수하라는 신호를 했다. 국가종합팀 선수들은 주심의 신호에 따라 영화팀 선수들과 악수하려 마주 달려오는데 이건 또 뭐란 말인가.

영화팀 선수들은 조금도 흐트러지지 않고 부동자세였다. 주장인 듯한 자가 한 발 나서더니 주석단 쪽을 향해 팔을 굽혔다 폈다 하면서 뭐라 소리를 질렀다. 이어 영화팀 선수들 전체가 그대로 따라 팔을 굽혔다 펴면서 소리를 질렀다. 처음 보는 광경이었다. 거리가 있어서 똑똑히 들을 수는 없었지만 꼭 영화에서 본 히틀러의 에스에스 친위대 대원들 같았다. '하일 히틀러! 하일! 하일! 하일!'

후에야 알았지만 그때 주장이 소리친 것은 "친애하는 지도자 김정일 동지께 끝없이 충실한 친위대 돌격대가 되자!"라는 구호였다. 또 선수들이 따라 외친 구호는 "친위대! 돌격대!" 3창이었다. 그들로서는 김정일에게 충성심을 보이기 위해 그랬을 테지만 성택으로서는 마음이 쏩쓸하였다. 그렇지 않아도 대머리한테서 말을 들은 다음부터는 속이 편하지 않던 그였다.

'흥! 아버지가 김일성이면 김일성이지 아들도 김일성인가?'

마침내 주심의 긴 호각소리와 함께 경기가 시작되었다.

'흥! 아무리 수령의 아들이 직접 무은(북한식 표현: 만든, 조직한) 축구단이라고 하지만 국가종합팀에야 무슨 수로 견뎌?'

성택은 갑자기 영화 축구단에 대한 열망이 싹 떨어지는 것을 느끼지 않을 수 없었다. 하지만 태일과 수길은 아니었다. 여전히 영화팀의 승리에 믿어 의심치 않으며 떠들었다. 영화팀은 운동복 색깔부터 다르다거나, 젊고 패기 있고 승리는 더 지켜볼 것도 없다거나, 경기는 처음부터 영화팀의 강력한 공격으로 시작되었다.

"그러니 이번 경기는 더 지켜볼 것도 없단 말이겠네?" 뜻밖에도 대머리가 또 끼어들었다.

"그럼요. 그럼, 아저씨는 그걸 몰라서 하는 소립니까?" 태일의 볼멘소리였다.

"몰라서 그러는 게 아니라 그래도 경기는 지켜봐야 하는 게 아닌가 해서 하는 말일세."

"글쎄, 보나마나입니다. 이건 영화팀의 승리라니까요." 태일이 자신 있게 하는 말이었다.

"그래? 하여간 두고 보세."

영화팀은 처음부터 초전 박살이라도 낼 것 같이 무섭게 공격을 들이댔다. 좀 전에 구호를 외치던 밤송이머리 주장이 중간공격수를 맡아 맹활약을 펼쳐나갔다. 한두 번 종합팀 문 앞에서 아슬아슬한 위기까지 조성되었다.

그때마다 문화예술부 응원단은 앉은 좌석에서 발광을 하였다. 꽹과리, 쟁쟁이, 딱딱이, 북 잡아 두드릴 수 있는 건 뭐든 다 두드려댔다. 앞에 앉은 취주악대는 이른바 "야지곡"이라는 것을 불어대기 시작했다. 그 곡도 원래는 무슨 응원곡이라고 지었다고 한다. 하지만 나오면서부터 완전히 "야지곡"이라 불리고 말았다. 자기편을 응원해서 연주하는 것이 아니라 상대편에 열을 올려 주기 위해 불어댔기 때문이다. 곡에 맞추어 해괴한 옷을 입은 자들이 나가, 보기 망측스러운 춤을 추기 시작했다. 사람들의 기대는 점차 씁쓸해지고 말았다.

점차 영화팀 응원 쪽으로부터 국가종합팀 쪽으로 옮겨가는 사람도 생기기 시작했다. 그런데도 기대와는 달리 국가종합팀은 여전히 맥을 추지 못했다. 영화팀의 공격이 워낙 드세서 그런가, 공격보다는 주로 방어에 힘을 쏟는 모양새였다.

국가종합팀이 자기 문 앞에서는 꽤 움직이는 것 같은데 공이 중앙선만 넘으면 의외로 맥없이 영화팀한테 빼앗기고 말았다. 저절로 거친 욕이 나가지 않을 수 없었다.

"바보 같은 것들, 저러니까 영국에 가서도 포르투갈놈들한테 먼저 세 골이나 넣고도 졌지." 성택은 자기도 모르게 한마디 하였다.

영화팀 공격은 더욱 드세졌다. 그쪽 문지기는 할 일이 없어 거의 자기쪽 방어구역 중간까지 나와 무료하게 서 있는데 종합팀 문지기는 벌써 위험한 공을 서너 개나 받아냈다. 그러고도 전혀 쉴 새가 없었다. 하지만 어쨌든 종합팀 최종 방어수의 역할은 실로 칭찬하지 않을 수 없었다. 전반전 10분 정도를 앞두고 영화팀 7번이 모서리에서 지른 공을 주장 쏙딱머리가 머리로 받았다. 그대로 그물에 걸리는 줄 알았다. 하지만 이때에도 종합팀 3번이 비호같이 달려 들어가면서 머리 위로 돌려차기를 하여 위기를 넘기었다.

문화예술부 응원단은 실로 미치기 직전이었다. 교예단 힘꾼으로 보이는 2명의 괴한이 나와 그 육중한 몸에 치마저고리를 입고 껑충껑충 뛰고 빙글빙글 도는가 싶더니 나중에는 물구나무까지 서는 것이었다.

상상해보라. 그 일본 스모 선수 같은 몸에 치마저고리를 입고 거기에다 물구나무까지 섰으니 털이 부스스한 다리며 그 꼴이라고는 차마 눈 뜨고 볼 것이 아니었다. 그런데도 문화예술부 응원단은 열광하였다. 그러나 절대 다수 일반 관중은 벌써 묵묵부답이었다.

성택이는 언제부터인지 자기도 남모르게 마음속으로 국가종합팀을 응원하고 있음을 느끼지 않을 수 없었다. 분명 처음부터는 아니었는데 사실이었다. 문화예술부 응원단의 해괴한 짓거리가 못마땅해 보여서일까. 뒤에 앉은 대머리는 더 말할 것도 없다. 성택이도 벌써부터 국가종합팀이 경기에서 실력을 보여줄 것을 애타게 기다렸지만 그게 그렇게 쉽게 되지 않았다.

"저런 바보 같은 것들, 아니 썩은 밥을 먹고 나왔나 넘어지기는 왜 저렇게 쉽게 넘어지는 거야." 수길의 말이었다.

그러니 수길까지 종합팀 편으로 돌아섰단 말인가. 종합팀 왼쪽 날

개가 공을 몰고 안으로 뽑으려 하다 영화팀 방어수가 다리를 걸어 넘어지자 하는 말이었다. 그래도 아직까지도 많은 사람들은 내놓고 영화팀을 욕하지는 않았다. 공은 다시 상대편으로 넘어가고 영화팀 8번이 공을 몰고 종합팀 깊숙이까지 침투하여 들어오고 있었다. 영화팀 최종 방어수는 중앙선 가까이에 나와 흔들거리고 있었다.

문득 영화팀 8번이 왼발로 길게 뽑아 준 공을 9번이 받아 문 앞까지 넘기었다. 손에 저절로 땀이 쥐어지는 순간이다. 그대로 굴리기만 해도 골이다. 하지만 이때에도 어디서 나타났는지 갑자기 종합팀 최종 방어수 3번이 번개같이 날아들어 병아리를 채는 독수리같이 공을 가로채 문 위로 넘겨버리었다.

실로 국가종합팀을 무턱대고 잘 못한다고 하기는 너무나도 놀라운 솜씨였다. 그런 실력이라면 얼마든지 역습도 시도해볼 만할 것 같은데 웬일인지 공은 여전히 종합팀 문 앞에서 놀 뿐이었다.

그쯤 해서는 관객이 자연스럽게 두 편으로 갈리었다. 한편은 물론 문화예술부 조직 응원단이다. 하지만 다른 편은 뜻밖에도 전체 자연군중이 된 것이다. 그러면서부터 경기장에는 점차 서슬이 푸르러지기 시작했다. 자연군중이란 말 그대로 여기저기서 제멋대로 경기 구경을 하러 온 사람들이었다. 그런 사람들의 마음이 점차 하나가 되어 가는 것이 피부로 느껴졌다. 종합팀 선수만 공을 잡으면 어디선가 '우— 우—' 소리가 났다. 한두 명이 아니다. 열, 스물도 아니다. 전체 군중이 울부짖기 시작한 것이다.

비록 문화예술부 조직 응원단들처럼 갖가지 응원 도구는 갖춰 가지고 나오지는 못했고 또 옷차림도 형형색색이지만 그래도 전체 군중이 노호하기 시작한 것이다. 처음에는 옆 사람 몇몇이 내는 소리인 줄만 알았는데 점차 그게 합쳐졌다. 경기장 전체에서 '우— 우—' 소리가 났다. 멀지 않은 앞쪽 누군가는 거침없이 욕설까지 내뿜었다.

"나쁜 놈들, 저 놈들은 모조리 뼛속까지 아첨으로 꽉 찬 놈들이라니까!"

누구를 두고 하는 소리인지는 어렵지 않게 짐작이 가는 소리였다. 바로 그때 전반전 끝을 알리는 호각소리가 들리었다.

또다시 문화예술부 앞자리에서 화려한 율동이 펼쳐졌다. 붉고 푸른 의상으로 화려하게 감싼 여배우들이 나와 사당춤을 펼쳐놓았다. 전 같았으면 그것도 아마 황홀하였을 것이다. 하지만 이때는 아니었다. 그 아름다운 율동도 모두 가면을 쓴 것 같이만 보였고 역겹기까지 하였다. 수길이 한마디 하였다.

"저것들은 쉬지도 않는가?"

"아니, 왜 그래, 보기 좋잖아?" 태일이 말했다.

"보기 좋긴 뭐가 보기 좋은데? 몽땅 실어다가 탄광에나 보냈으면 좋겠네."

휴식시간이 되었는데도 흥분한 사람들은 쉽게 자리를 뜨지 않았다. 그 때문에 성택이도 좀 늦게 화장실에 갔다. 볼일을 보고 나오는데 누군가 아래층에서 아이스크림 10여 개를 사들고 올라왔다. 성택은 태일과 수길에게도 사다 주면 좋을 것 같아 그도 아래층으로 내려갔다. 내려가면 금방 있을 줄 알았는데 매대는 보이지 않고 가는 곳마다 사람들만 붐비었다.

여기저기 찾아다니다가 어느 한 방문을 열었을 때였다. 빈 방이기에 도로 나오려는데 그 안쪽 반쯤 열린 문 사이로 이상한 말소리가 들리었다.

"… 야, 한 골만 먹으라고 하잖아? 왜 말을 듣지 않는 거야? 왜 정말 백암 덕지대 개간에 쫓겨나 보고 싶어 그래?" 누군가 성이 나 목청을 돋구고 있었다. 안쪽에 여러 사람의 숨소리가 들리는데 대답은 없었다.

"아무튼 오늘 경기를 통해 동무네 당성을 검열하겠다는 것만 알 아둬!" 쾅, 문소리를 내며 목소리 임자가 나가는 것 같았다. 거친 숨소리 만 들릴 뿐이었다.

"에잇! 내 더러워서, 세상에 이런 경기가 어디 있단 말이야?" 누군가 빈 깡통을 걷어차는 소리가 났다. 쾌당탕 퉁탕! 깡통이 저쪽 벽을 찧고 퉁겨져 달아나는 소리였다.

"할 수 없지. 여, 그럼 한 골만 먹자고!" 누군가 안에서 짓눌린 듯한 소리로 말하였다.

"아니, 그렇게는 못해요. 차라리 축구고 뭐고 다 그만두고 어디 가서 농사지으면 지었지 어떻게 그렇게 합니까?" 먼저 이런 경기가 어디 있는가 소리치던 그 목소리였다.

"뭐야? 그럼 우리 모두 정말로 백암 덕지대 개간에 쫓겨 가야 시원 하겠어?" 먼저 목소리다.

"됐어, 백암 덕지대 개간에 가든 어느 탄광에 가든 내가 책임지겠으 니 먹지도 말고 넣지도 말자!" 또 다른 목소리가 작심한 듯 내뱉었다.

거친 숨소리만 오갔다. 성택은 너무도 뜻밖이어서 입을 다물지 못 하는데 문득 저쪽 문이 열리며 사람이 나왔다.

"동무는 도대체 뭐야?" 시뻘겋게 상기된 국가종합팀 선수였다.

"아니, 전 화장실을 찾느라고 …." 급한 김에 나가는 대로 둘러댔다.

"뭐, 화장실? 여긴 없어."

그의 부릅뜬 도끼눈을 봐서는 어디에 행패를 부리지 못해 욱욱 하는 기상이었다. 성택이 아이스크림이고 뭐고 얼른 문을 열고 나와 자리로 돌아왔다. 생각지도 않게 태일이가 아이스크림을 사들고 와서 그에게도 1개 건네줬다. 하지만 방금 들은 말이 너무도 귓가에 쟁쟁해 성택은 아이스크림 먹을 생각도 잊은 채 멍하니 있었다.

'세상에 이런 일도 있는가. 어떻게 이럴 수가 있단 말인가!'

후반전 경기시간이 되어오자 문화예술부 응원군들이 더욱 발광을 하기 시작하였다. 아주 기다란 나무다리에 몸을 실은 두 거인이 꽹과리를 두들기며 돌아가고 악사들은 땀까지 철철 흘리면서 악을 썼다.

그중에 선수들이 나오고 주석단에 김정일과 최현이 나왔다. 수행원인지 같이 온 간부인지 덩치가 산만한 사람이 김정일에게 다가가더니 허리를 잔뜩 굽힌 채 손으로 입까지 가리고 무어라고 설명하는 것 같았다. 뭔가 경기에 대해 말하는 것 같은데 김정일이 몸을 잔뜩 뒤로 한 채 듣는 둥 마는 둥 찌푸린 얼굴을 하고 있었다.

그래도 그 사람은 연방 헛웃음까지 날리며 굽실거리고 있었다. 그 모습은 과연 뭐라고 해야 할까. 성택이 문득 집에서 기르던 삽살개 생각이 났다. 주인이 좋아하든 나빠하든 그저 매달리지 못해 안달이던 삽살개, 그 간부인지 수행원이지와 닮아도 너무 닮았다는 생각이 들었다. 물론 그 사람은 충성심에서 그러는지 모르겠지만 남들이 자기를 어떻게 보고 있는지 생각이나 할까.

후반전 경기가 시작되었다.

"아니, 저걸 보라고. 주심이 교체되었네?" 수길이 소리쳤다.

"뭐라구?"

"저걸 보십시오. 전반전에 나왔던 주심이 아니잖습니까?"

그러고 보니 정말로 주심이 교체되었다. 전반전에 나왔던 주심은 그때까지 북한에 몇 명밖에 없었던 국제심판원이었다. 그런데 이번에 나온 주심은 완전히 생소한 사람이었다. 성택은 역시 물밑에서 뭔가 진행되고 있구나 하는 생각이 들었다.

경기는 전반전에 이어 별로 달라진 것이 없었다. 공은 거의 중간선도 넘지 못하고 국가종합팀 문전에서만 맴돌았다. 하여간 그런데도 골이 나지 않는 것을 보면 그게 오히려 신기한 일이라 해야 할 것이다.

종합팀 방어수들의 역할이 더욱 두드러지게 눈에 띄었다. 그들은 말 그대로 싸움황소같이 달려드는 영화팀의 공격을 교묘하게 피하면서 그래도 억척스럽게 막고 있었다.

이때 참으로 어처구니없는 일이 일어났다. 영화팀 9번이 몰고 들어오는 공을 종합팀 방어수가 한 발 앞서 빼앗았는데 그 뒤로 따라 들어오던 영화팀 8번이 뒤에서 다리를 걸었다. 아니 그것도 그냥 다리를 건 것이 아니라 아주 그냥 걷어챘다고 해야 할 것이다. 종합팀 방어수가 넘어지고 그 위로 영화팀 주장도 넘어졌다.

맵짠 호각소리가 울리었다. 관객들 모두가 어이없어 혀를 차는 순간 뜻밖에도 주심은 종합팀 방어수에게 붉은 딱지를 주었다.

"아니, 저 … 저럴 수가 …."

관중 모두가 어이없어 입을 다물지 못하는데 앞쪽에서 웅성거리기 시작했다. 종합팀 방어수가 무서운 기세로 주심 앞까지 다가갔으나 웬일인지 그의 독살스러운 얼굴을 마주하자 아무 말 못하고 돌아섰다.

혹 자기 문 옆에까지 나가 서 있는 대모테 안경을 보았던 모양이다. 저 사람이 혹시 아까 휴식시간에 모두 백암 덕지대 개간에 가고 싶은가 옥박지르던 그 사람이 아닌가? 그러거나 말거나 사람들의 소요는 진정

되지 않았다.

"이스라엘 심판이다. 집어치워라!" 누군가 뒤쪽에서 소리질렀다.

"집어치워라! 이스라엘 심판이다!" 여기저기서 소리가 터져 나왔다.

조용한 건 오직 문화예술부 응원석뿐이었다. 이쯤 되자 응원자들은 완전히 두 편으로 갈라졌다. 문화예술부 조직 응원단과 일반 관람자들이다. 분위기는 더욱 험악해졌다.

원래 이스라엘은 북한 사람들한테 좋은 인상이 없다. 이스라엘이 미국의 충견이라는 것 때문이다. 또 제8차 세계축구선수권대회에 나가서 이스라엘 심판이 남조선 돈을 먹고 오심을 봤다는 풍문도 한 몫 하였다.

그것도 마지막 경기인 포르투갈과의 경기에서 그렇게 했다는 것이다. 이후부터 무슨 경기든 주심이 조금만 잘못하면 무조건 이스라엘 심판이라고 한다.

사람들 속에서 들리던 분노의 외침도 경기가 진행됨에 따라 잦아들었다. 영화팀 선수들의 공격이 더욱 사나워졌다. 마치 야생마를 방불케 했다. 그에 반하면 종합팀 선수들의 방어는 더욱 빈틈없어 갔다.

휴식시간 우연히 들었던 소리와는 달리 주심과 영화팀 선수들의 행동이 그들을 더욱 결속시켰는지도 모른다. 그러나 그렇다 하여도 공은 여전히 종합팀 문전에서만 놀았다.

그새 영화팀과 종합팀 사이에서 어정쩡하기만 하던 수길까지 이제는 완전히 종합팀 쪽으로 돌아서고 말았다. 국가종합팀이 공을 잡기만 하면 발을 동동 구른다. 태일만은 아직도 영화팀 쪽인 것 같으나 그도 처음 같지는 않았다. 주심과 영화팀 선수들의 횡포에 어지간히 마음의 동요를 일으킨 모양이다.

아, 45분! 이렇게 길게 느껴질 수 있을까. 실로 등골에서 땀이 흐르고 마음이 바짝바짝 타는 순간의 연속이라고 해야 할 것이다. 문득 종합팀 주 방어수가 영화팀 9번에 차여 쓰러졌다. 실로 눈 깜짝할 사이었다. 그로 말하면 말할 것도 없이 이때까지 영화팀의 공격을 제일 눈부시게 막아내던 선수였다.

영화팀 8번의 몰고 들어오는 공을 빼앗아 방금 돌려 차려는 순간 쪽딱머리 영화팀 주장이 공을 차는 척하면서 그의 하복부를 걷어찼던 것이다. 종합팀 방어수는 쓰러지고 영화팀 주장도 어디 다친 척 그 위에 넘어졌다. 선수들이 모여들고 구급의료대가 달려 나갔다. 종합팀 선수들이 주심에게 항의하는 듯 했으나 그의 태도는 의외로 냉담하였다. 영화팀 주장에게 경고를 주고 경기를 다시 시작하라는 것 같았다. 사람들은 분노했다.

"저 이스라엘, 심판 죽여라!"

여기저기서 노성이 터져 나왔다. 이제는 산발적으로 들리던 소리도 아니었다. 경기장 전체가 노호했다.

"조용하시오, 조용하시오. 주심이 모든 걸 옳게 판단할 겁니다!"

휴대용 확성기를 든 말라깽이가 땀을 뻘뻘 흘리며 사람들 사이로 뛰어다녔다. 그래도 관중은 진정하지 못했다. 종합팀 주장이 주심에게 달려가 무언가 항의하는 것 같았다. 하지만 그도 역시 퇴장당하고 말았다. 순식간에 종합팀에서는 2명의 선수를 잃었다.

종합팀 선수들의 기상이 심상치 않아졌다. 8번을 단 우측 날개를 중심으로 주심을 둘러싸고 거세게 항의하는 것 같은데 대모테 안경이 달려 나갔다. 그리고 성난 선수들에게 뭐라 윽박지르는 것 같은데 잘 되지 않는 것 같았다. 하지만 어쨌든 한 명, 두 명 머리를 떨구고 물러

났고 경기는 다시 시작되었다. 참으로 비참한 몰골이다. 하지만 관람석
은 아니었다. 문화예술부 조직 응원단은 갑자기 벙어리가 되어 버리고
그 대신 자연군중 전체가 끓는 죽가마가 되어 버렸다.

"이것도 축구경기야? 저 영화팀 선수 새끼들을 모조리 죽여 버려라!"

"죽여 버려라! 죽여 버려라!"

누군가 흥분한 나머지 신고 있던 신발까지 벗어 던졌다.

종합팀은 9명의 선수들이 뛰었지만 좀 전과는 다른 모습이었다.
더욱 야생마같이 날뛰는 영화팀 선수들의 공격을 피해 가끔은 역 공격
으로도 나왔다. 긴 연락과 짧은 속공을 배합하면서 어렵지 않게 영화팀
문전까지 압박하였다. 하지만 또 그때마다 공격위반 벌칙이 내려졌다.

어느덧 최종시간까지 7분 남았다. 영화팀은 말 그대로 악에 받쳐
총공격에 돌입했다. 자기들 문에는 문지기만 남겨놓고 거의 모두가
공격에 가담하였다. 마지막 몇 분을 앞두고 어떻게 하든지 자기들 윗분
의 기대에 꼭 보답해야겠다는 생각이 들었던 모양이다.

가까스로 종합팀 최종 방어선까지 다가가 영화팀 7번이 넘겨준 공
을 왼쪽에서 11번이 받아 그대로 쏘려는 순간이었다. 하지만 이때에도
어디서 나타났는지 종합팀 3번이 번개같이 달려들며 공을 빼앗아냈다.
악에 받친 영화팀 11번이 뒤로부터 또 종합팀 3번 다리를 걸었다.
종합팀 3번이 넘어졌으나 그래도 공은 놓치지 않고 다리 사이에 끼고
돌았다.

긴 호각소리가 났다. 설마 아무리 얼굴이 두꺼운 심판이기로 이번에
야 어쩌랴 했지만 이게 웬일인가. 주심이 종합팀에 11미터 벌칙을 줬
다. 사람들은 아연 실색했다. 반칙을 했다면 엄연하게 영화팀 반칙인데
종합팀에 11미터 벌칙을 주다니? 종합팀 선수들도 어이없어 항의할

생각도 못했다. 문지기마저 한쪽으로 물러나 어이없어 서 있었다.

그러거나 말거나 호각소리는 울리고 영화팀 11번이 찬 공이 빈 공간을 굴러 종합팀 그물에 걸렸다. 정말로 세상에 이런 축구경기도 있는가. 결국 그것을 통해 영화팀의 승승장구의 비결을 알 것 같았다. 사람들은 격분하여 치를 떨었다.

2분이 남았다. 문득 종합팀 선수들의 얼굴에 비장한 빛이 떠올랐다. 반칙을 당한 3번이 공을 몰고 중앙선에 나왔다. 다른 몇몇 선수들도 그의 의도를 알아차린 듯 따라 나왔다. 골은 넣었지만 영화팀 선수들은 자신들로서도 떳떳치 못하다고 생각되었던지 비실비실 나와 앞을 막을 뿐이었다.

종합팀에서 3번을 축으로 한 공격 진영이 편성되었다. 공을 일으키자마자 3번이 왼쪽으로 쭉 빠져나가는 7번한테 뽑아주고 7번이 다시 중앙으로 파고 들어가는 3번한테 넘겨주었다. 3번은 다시 오른쪽으로 깊이 들어가는 12번에게 공을 주었다 도로 찾은 다음, 실로 비호같이 영화팀 중앙을 허물며 들어갔다. 그때에야 영화팀 선수들이 사태의 심각성을 알아차렸는지 당황하여 골문으로 몰려드는데 아직 거리가 있어 조금만 더 하는 순간 벌써 3번의 오른쪽 발끝에서는 뜻밖에도 중거리 슛이 발사되었다.

앗! 사람들은 전율하였다. 아니 저런 실력이 있었는가. 하지만 공은 주먹 하나 사이를 두고 문 왼쪽 모서리 가름대를 맞고 튀어 나왔다. 영화팀 문지기는 그때까지도 공이 어디에 갔는지 몰라 사방을 두리번거리었다. 사람들은 가슴을 쳤다.

하지만 종합팀 3번은 오히려 태연했다. 화다닥 놀라 떨어지는 공을 가까스로 잡은 영화팀 방어수가 급한 김에 향방 없이 내지르는데 금방

종합팀 11번의 발끝에 걸리었다. 11번이 다시 거의 중앙선까지 나온 3번한테 넘겨주었다. 종합팀 3번이 잠시 공을 잡고 영화팀 쪽 골문을 노려보는 것 같았다. 그리고 드디어 결심이 선 모양이다. 질풍같이 공을 몰고 영화팀 골문을 향해 육박하였다. 사람들은 다시 긴장했다.

"밀어라! 밀어라!"

거대한 함성이 터져 나왔다. 이제까지 문화예술부 조직 응원단에 짓눌렸던 전체 군중이 폭발한 것이다. 영화팀 방어수들이 긴급히 울타리를 쳤으나 소용이 없었다. 종합팀 3번 그 사람이 울타리까지 뚫고 최종 방어수와 문지기까지 따돌렸다. 이제는 굴리기만 해도 골이다. 아 그런데 이럴 수가 있는가.

정말이지 수만 관중이 숨이 멎는 순간이었다. 바로 그 순간에 공은 멈춰 섰다. 종합팀 3번이 골 가름선 바로 위에 공을 멈춰 세운 것이다. 주석단 쪽을 쳐다보았다. 그리고 문득 무슨 생각을 하였는지 공을 꽉 밟았다 놓고 그대로 돌아서 나오는 것이었다.

시간이 정지되었다. 후에야 들은 이야기이지만 그때 바로 그 순간에 이 광경을 지켜보다 뇌출혈을 일으켜 병원으로 실려간 사람이 한둘이 아니라고 하였다. 그러나 사람들이 종합팀 3번의 행동에 당황하여 어쩔 줄 모르는 순간 문득 한 사람이 달려 들어갔다. 달려 들어가며 그대로 공을 힘껏 걷어찼다. 뜻밖에도 모멸과 패배의식에 얼굴이 붉어질 대로 붉어진 영화팀 문지기였다.

만세! 처음 터져 나온 소리는 이것이었다. 사람들은 울고 웃으며 서로를 껴안았다. 이겼다. 우리가 이겼다. 마음과 마음들이 하나로 합쳐져 서로 껴안고 울고 웃었다. 드문 드문 문화예술부 응원석 속에도 오열은 전염되었다.

환호, 환호, 또 환호…. 성택은 언 듯 주석단 쪽을 쳐다보았다. 이제까지 잔뜩 뒤로 젖히고 앉아 오만하게 아래를 내려다보던 김정일이 마치 벌레 씹은 인상을 하고 있었다.

"히야, 모를 일이다. 저 영화팀 선수들 말이야. 어렸을 때부터 당에서 의도적으로 키운 선수들이라는데 왜 저 모양인지 모르겠거든. 어이구 참!" 태일의 말이었다.

"흠, 당 좋아하네. 내가 알기로는 저 친애하는 윗분이라는 인간이 여러 축구선수단들에서 도둑질, 깡패질, 개망나니짓을 하다 쫓겨난 놈들을 한데 모아 영화팀을 조직했다고 하더구만." 대머리였다.

"뭐라구요?" 태일은 아연실색해서 말도 못하였다.

주석단에서 김정일이 나가는 몰골이 보이었다.

그때 문득 성택은 생각났다. 아동 공원 코끼리 석상 앞에서 만났던 그 여자처럼 곱살하게 생겼던 개망나니가 바로 김정일이었던 것이다.

14
무궁화 꽃 담배쌈지 II

지난번 오백룡과 오진우가 만난 지 한 달 쯤 지나서였다. 오진우는 다시 오백룡을 만날 일이 있어 찾아갔다.

"지난번에 수령님께서 찾는다더니 좋은 일이 있었습니까?"

"좋은 일은 무슨… 임명받고도 왜 부대로 내려가지 않느냐고 욕만 실컷 먹었네."

"하하하. 아이고, 그럼 그래서 갔던 거구만요. 무슨 한자리 높은 자릴 주실 줄 알았는데."

"그러게 말이야, 내 참 더러워서 …." 오백룡이 툴툴거렸다.

"그건 그거고 … 그래 내가 이야기하던 걸 생각해봤습니까?"

"뭘 말이야, 그 유라 그놈 후계자에 앉히는 걸 말인가?"

"예. 그 일 말입니다."

"글쎄, 내 그날도 이야기하였지만 걔는 안 돼, 어렸을 때부터 개망나니 짓을 해서 김일성이 얼마나 머리를 앓았다고?"

"그렇긴 하지만 이젠 많이 나아졌습니다. 그리고 또 개말고 다른 사람 누구 올려놓을 만한 사람이 있기나 합니까?"

"하긴 그래. 다른 놈을 올려놓았다가는 또 김일성이를 본받아서 자기 가문 내세우는 데 정신없겠지?"

"그렇지요. 그러니 이미 수령님 가문 내세우는 일은 실컷 하였으니 걔로 그냥 합시다." 오진우가 사정하다시피 하였다.

"에이, 그럼 그건 당신 마음대로 해."

"알겠습니다. 그럼 이 문젠 이미 오백룡 동지도 동의한 것으로 알겠습니다."

"알았어." 오백룡이 마지못해 동의하였다.

"그리고 지난 이야기 계속인데 그러니까 수령님의 첫 여자는 김정숙이 아니었단 말입니까?"

"아이고, 그게 언제 적 이야기라고 … 그럼 김정숙이 원래 좋아하던 사람이야 지갑룡이었지." 오백룡이 짐짓 감회에 젖어 대답하였다.

"지갑룡은 또 누군데요?"

"지갑룡이 누구긴 누구겠어? 6사 경위 연 연장(중대장)이었어." 오백룡은 말을 계속하였다.

1940년 가을 정세는 너무도 엄혹했다. 이미 동북항일연군 제1로군 사령부는 완전히 궤멸되다시피 하고 말았다. 제1로군 군장 양정우까지 1940년 2월 23일 몽강현 보정촌이라는 곳에서 사살되고 조국광복회의

실질적 창건자의 한 사람이었던 전광(오성륜)도 끝내 어려움을 견디지 못하고 투항하고 말았다.

또 6사 참모장이었던 임수산이 변절한 것은 이미 앞에서 이야기한 바이다. 정치위원 위증민이 그때까지는 살아 있었는데 그도 원래부터 앓던 심장병과 위장병 때문에 돈화의 깊은 수림 속에서 이러지도 저러지도 못하고 앓고 있었다.

그러다 보니 1로군 본대에서는 잔여부대만 남아 여기저기 산지사방으로 흩어져 헤맬 뿐이었다. 김일성의 부대도 어렵기는 마찬가지였다. 오백룡의 식량대와는 연락도 안 되고 식량은 떨어지고 변절자와 이탈자는 끝도 없이 나왔다.

그런데도 토벌대는 그해 안으로 "동만 치안숙정"을 완성하겠다고 거머리처럼 뒤를 따랐다. 그러다 보니 한때 300명 가까이 되었던 김일성의 부대에서도 겨우 남은 사람이 20명으로 줄어들었다. 그 20명도 지칠 대로 지치고 부상당한 사람들까지 합해서 그렇게 되었다. 왕청현 쟈피거우에 어느 한 산전막에 이르렀을 때였다. 이 쟈피거우는 노야령 산맥의 한 줄기로 심산 속이다.

김일성은 남은 대원들 앞에서 말하였다.

"우리 솔직하게 말해보자. 원래 산에 올라올 때에는 누구나 한 3년 돌아가다 보면 인민대중이 일어나고 그러면 혁명이 승리하지 않겠는가 생각했다. 그런데 이젠 3년이 아니라 10년이 지나갔는데도 일제의 토벌 기세가 꺾이기는 고사하고 나날이 심해진다. 우리가 바라던 민중혁명도 이제는 완전히 누그러들고 말았다. 이제 앞날도 더는 한 치 앞도 내다볼 수 없게 되었다. 누구든 가겠으면 가라. 그러나 가더라도 인사는 하고 가자. 그래도 우리는 10년을 같이 싸웠는데 그냥 가서야 되겠는 가?"(김일성이 청소년 사업 분야에서 일하는 일꾼들 앞에서 한 연설)

20여 명 남은 대원들도 모두 함께 울면서 이왕 이렇게 된 바에는 끝까지 같이 가자고 하였다.

그날 밤 김일성은 김혜순과도 마지막 작별을 하여야 했다. 그의 다리에 부상을 입어 더는 꼼짝도 할 수 없는 형편에 이른 것이다. 김일성이 말하였다.

"혜순이! 우리 날이 새면 떠나려고 해. 내가 너를 두고 어떻게 가니? 하지만 내가 약속할 수 있는 건 만약 죽지만 않으면 한 달 안에는 꼭 다시 돌아오겠다는 거야. 그때까지 암만 어려워도 여기서 기다려줘!"

혜순은 말이 없었다. 이런 상황에 무슨 말을 더 하겠는가. 정말 얼마나 사랑하였던 두 사람인가. 지금 북한에서 말하는 김정숙의 모든 일화는 실제적으로 김혜순에 대한 이야기다.

이는 누구보다 김명화 어머니가 잘 안다. 김혜순이 김일성의 빨래를 해 놓고도 말릴 시간이 없어 일제 토벌대의 추격을 받으면서 젖은 행전을 품안에 띠고 행군하였다. 그래서 그 행전들을 그대로 말려 주었다. 또 김일성이 좋아한다고 30리를 걸어가서 젓갈 한 종바리를 얻어왔다. 뿐만 아니라 김일성이 잘 때에도 옆에서 불무지 보초를 서고 실로 무궁화 꽃 담배쌈지까지 만들어 주는 등 그를 얼마나 사랑했는지 모른다.

여기서 김혜순에 대해 좀 더 이야기한다면 그는 원래 화룡현 출신이다. 일제의 간도 토벌에 부모님은 물론 할아버지, 할머니까지 집안 열두 식구를 잃고 항일연군에 들어왔다. 1936년 5월 미혼진 밀림에서 피바다의 전신 "혈해지창"이라는 단막극 공연이 있었다. 이때에도 혜순이 제일 예쁘게 생겼다고 하여 갑순이 역을 하였다.

어머니 역은 강위룡의 아내 빨치산의 "여장군" 김확실이 하였고, 오빠 역은 함흥 형무소에서 죽은 박녹금의 남편 이응만이 하였다. 원래 그때부터 김일성과 김혜순이 서로 좋아했던 것 같다. 김일성도 말을 못하였다. 무슨 말을 더 한다는 말인가. 이제 자기들조차 언제 어느 때 어떻게 될지 모르는 형편이었다. 그저 자기가 죽지만 않는다면 한 달 안에 다시 돌아오겠다는 약속만 하였을 뿐이다.

"혜순이! 내가 만약 살아서 다시 만나지 못한다면 죽어서라도 네 은혜를 잊지 않겠다."

"알았어요. 어떻게든 몸 성히 돌아올 날만 기다리겠어요."

그날 밤 따라 바람에 산전막 문풍지만 요란하게 울었다고 한다. 다음 날 아침, 김일성은 남은 대원들을 데리고 다 쓰러져 가는 산전막을 떠났다.

그렇게 떠났는데 3일 만에 부대 지휘부 연락병을 만났다. 1로군 정치위원 위증민이 돈화의 산중에서 병 치료를 하면서도 연락병을 보냈던 것이다. 김일성에게 노약자들과 부상병 모두를 데리고 소련에 가서 그들을 떨궈두고 다시 나올 것을 지시했던 것이다. 김일성뿐 아니라 박득범의 독립 려, 이준산의 부대, 진한장의 부대 등 각 부대에 지시했던 것이다. 김일성은 훈춘 일대에서 18명을 데리고 소만 국경을 향했다.

그중에서도 제일 먼저 소만 국경을 넘어간 것은 김일성, 강위룡, 서옥순, 그리고 또 한 명까지 네 명이다. 여기서 서옥순은 "연길감옥" 혹은 "7성배기"라고 부르던 김명주의 아내 1로군 2군 6사 작식대원(취사원)이다. 강위룡은 따꼼(큰 곰)이라고 부르던 6사 기관총 반장(분대장)이다. 여기에 대해 서옥순은 이렇게 회상하였다.

1940년 11월 비가 몹시 내리던 어느 날 밤이었다.

"… 아니, 오백룡이네는 그때 거기 없었습니다. 중국에서 갈라진 다음 죽은 줄 알았는데 한참 뒤에야 넘어왔더군요. 그때 우리는 늘 김일성과 같이 다녔지만 소만 국경에 올라서도 말해주지 않아서 거기가 어딘지 아무 것도 몰랐습니다. 원래 18명이 함께 떠났는데 그것도 도중에 다 헤어지고 마지막까지 남은 건 우리 네 사람뿐이었습니다.

김일성이 강위룡이 그리고 또 한 사람 있었는데 이름은 잘 모르겠습니다. 그날 밤 따라 무슨 비는 그렇게도 많이 오던지 밤새 걸어서 새벽녘에야 어느 산등성이에 이르렀는데 아래를 내려다보니 웬 군대 집 같은 것이 보이더군요.

김일성이 그게 소련군대 병영일 것이라고 하면서 다른 사람들도 어차피 그곳으로 올 것이라고 하였습니다. 그리고 강위룡이 보고 또 한 사람과 함께 먼저 내려가서 그들한테 잡히라고 했습니다. 그때에야 우리는 그게 소련 국경인 줄 알았습니다.

그런데 둘이 내려갔다가 얼마 후 그냥 돌아오더군요. 김일성이 왜 그냥 왔는가 물으니 기관총 반장 강위룡이 무서워서 더 내려가지 못하겠다고 하는 겁니다. 그러자 김일성이 멍텅구리라고 하면서 다시 내려가 무조건 잡히라는 것이었습니다.

얼마 후 우리가 산등성이에서 내려다보고 있노라니 그들 둘이 정말 내려가고 소련 군대가 확 쓸어 나와 에워싸는 게 보이더군요. 강위룡이 우리가 숨어 있는 산등성이 쪽을 가리키며 뭐라고 말하는 것 같더니 그들 마병대가 개를 앞세우고 올라오는 것이었습니다.

거기서 나와 김일성이 같이 잡힌 것이지요. 정말 그다음 사흘 째 되던 날 나머지 사람들도 다 넘어왔습니다. 정숙이(김정숙)도 그때 온 것이지요 ….”

그런데 그들은 뜻밖에도 소련 국경경비대에 몇 달을 잡혀 있었다. 1941년 1월에 항일연군 제2로군 군장 주보중이 와서야 모두 풀려나고 함께 하바롭스크에 갈 수 있었다. 거기에는 이미 많은 동북항일연군부 대들이 들어와 있었다. 거기서 처음으로 동북항일연군 2로군 참모장 최용건이며, 3로군 군장 이조린 등과도 만날 수 있었다.

3로군 정치위원 김책은 한참 후인 1943년 11월에 들어왔다. 하지만 박득범(독립려 려장)은 이보다 조금 전에 소련으로 들어왔으나 위중민 의 지시를 말 그대로 집행하였다. 말하자면 정말 노약자 부상자들만 남기고 다시 만주로 나갔는데 토벌대에 잡혀 결국 변절하고 말았다. 이들은 모두가 마침내 소련 붉은 군대 극동군 산하 제88국제여단에 편입되었다.

부대는 훈련을 하는 한편, 유사시 일제와 싸울 준비를 하고 있었다. 하지만 그날이 언제 올지는 아무도 몰랐다. 이렇게 되자 소련 붉은 군대 군사규정에 의하여 소대장 이상 군관들은 모두 결혼하여 가정을 꾸리게 하였다. 결국 소대장 이상은 모두 자기 마음에 드는 여자를 맞아 짝을 이루기 시작했다.

최현은 김철호와 결혼하고, 최용건은 왕옥환과, 김순옥은 교귀하, 김백문은 주보중과, 또 다른 사람들도 너도 나도 짝을 찾아 결혼하였다. 김일성만은 좋아하던 혜순을 두고 왔으니 난감하지 않을 수 없었다.

어느 날 최현이 김일성에게 말했다.

“여보, 김일성 동무! 지난번에 소부대 공작 나갔던 사람들이 혜순이 임수산에게 잘못 되었다고 하던데 그를 기다리는 건 너무 어처구니 없는 일이 아닐까?"

"글쎄, 그렇기는 한데 …" 김일성이 망설이며 하는 말이었다. 그때 사실 브야츠크 밀영에는 혜순이 임수산에게 잡혀갔단 소식이 들어왔다.

"내, 그래서 하는 말인데, 여기 어디 남은 여대원들 중에 마음에 드는 여자 없겠나?" 최현의 말이었다.

김일성은 말이 없었다.

"글쎄, 정 장가를 가야 한다면 최현 동무 보기에는 정숙 동무는 어떻소?"

"뭐, 정숙이? 어느 정숙이 말이오?"

원래 동북항일연군 1로군 2군에는 3명의 정숙이가 있었다. 김정숙이, 문정숙이, 박정숙이다. 그러다 보니 "정숙 동무" 하고 찾으면 셋이 모두 "예!" 하고 대답하는 일도 있었다.

그래서 각각 별명을 지어줬는데 "퍼렁이" 정숙이, "씨시개" 정숙이, "깜장" 정숙이라고 불렀다. 여기서 퍼렁이 정숙이는 늘 퍼런 옷을 입고 다니기 좋아한다고 해서 문정숙에게 붙인 이름이고, 씨시개 정숙이는 잠잘 때 너무 코를 요란스럽게 군다 해서 박정숙에게 붙인 별명이다. 깜장 정숙이가 바로 김정숙이다. 그는 워낙 키가 작고 얼굴이 가무잡잡 하다고 해서 그렇게 불렀다.

"깜장 정숙이 말이오. 내 생각에는 그 동무도 마음의 상처도 있고 한마디로 나와 같은 처지인데 어떻겠는지?"

사실 김정숙은 6사 경위 연 연장(중대장)이었던 지갑룡과 좋아하는 사이였다. (임춘추의 회상기 『이십만 리 장정』(북한에서 출간된 "항일 빨치산 참가자들의 회상기")에 나오는 지갑룡) 그런데 그 지갑룡이 오백룡과 같이 식량 공작을 나갔다가 일제 토벌대의 습격에 사망한 것으로 알려졌다. 김정숙이 그 때문에 얼마나 울었는지 모른다. 그러던 중 김일성이 이왕 장가를 갈 바에는 김정숙에게 가겠다는 것이다. 최현이 깜짝 놀라 말하였다.

"글쎄, 죽은 지갑룡이는 지갑룡이고. 에그, 그 쬐그맣고 가무잡잡한 게 뭘 볼 게 있다구!"

"그렇기는 하지. 하지만 난 그래도 그 동무가 마음에 드는데?"

"정 그렇다면, 내 가서 한번 알아보기오."

최현은 그길로 김정숙에게 갔다. 원래 김정숙은 김일성이 이끌던 6사보다 주수동이 이끌던 4사 1연대에 오래 있었다. 그러다 보니 그는 최현을 작은 아버지쯤으로 생각하고 있었다. 그런 그녀에게 최현이 갑자기 나타나서 말하였다.

"야, 정숙아! 김일성이 너하고 살자 하더라. 너 이제부터 그와 살아야겠다." 정숙이 깜짝 놀라 왕왕 울면서 말하였다.

"그래도 그 사람 아직 잘못되었다는 것도 확실치 않은데 어떻게 그렇게 합니까?" 지갑룡이를 말하는 것이었다. 하지만 최현이 막무가내였다.

"지갑룡이 그 새끼, 살았으면 아직 들어오지 않았겠어? 잔소리 말고 당장 김일성과 결혼해!"

그렇게 되어 김혜순 대신 뜻하지 않게 김정숙이 김일성과 결혼한 것이다. 김일성이 김혜순과 헤어진 지 불과 몇 달 만이다. 그런데 문제는 그다음이었다. 이들이 결혼하고 한 열흘 되어서 만주에 공작 나갔던 사람이 뜻밖에도 죽은 줄 알았던 지갑룡을 데리고 들어왔다. 그가 살아 있었던 것이다. 일제 토벌대 습격에 오백룡과 헤어졌을 뿐이었다.

이런 난감한 일이 어디 있는가.

여러 가지 생각 끝에 지갑룡은 자기 차례도 아니면서 만주로 나가는 소부대를 따라 자기도 나가겠다고 자청하였다. 옆의 사람들이 말려도 듣지 않았다. 김일성도 이것만은 말릴 수 없었다. 이들의 임무는 1로군 정치위원 위중민을 찾아오는 것이었다.

그렇게 되어 지갑룡이 책임자가 되고 김익현(이후에 5집단군 사령관까지 하였음), 그리고 왕 무엇이라는 중국 사람까지 셋이 만주에 나갔다. 돈화 오지에 나가 석 달여 헤매던 어느 날이었다. 식량은 이미 떨어진 지 오랬고 위중민은 찾을 길이 없었다(이때 이미 위중민은 병으로 사망한 다음이다. 일제는 그의 무덤을 파헤치고 목을 잘라 갔다). 어느 날 아침 지갑룡은 다른 둘이 세수하러 간 다음 총을 감춰놓고 말했다.

"나는 이제 산에서 내려가겠다. 하지만 절대 변절하여 내려가려는 것은 아니다. 내가 다시 돌아가면 김일성도 그렇고 김정숙은 또 얼마나 난감해 하겠는가. 나는 내려가서 어느 산골에 숨어 감자 농사나 지으며 조용히 살겠다. 너희들의 총은 내가 가지고 내려가다 저 아래 보이는 다리 밑에 걸어놓겠다. 날이 어두워지면 내려와서 벗겨 가지고 가라."

그렇게 그는 떠나갔다. 다음은 전문섭의 회상기 『필승의 신념』(북한에서 출간된 "항일 빨치산 참가자들의 회상기")에 있는 내용 그대로다. 이후 둘 중 김익현이 마지막으로 나무에다 숯으로 글을 썼다.

"익현이는 여기서 굶어 죽는다."

이 글이 어떻게 그들을 찾으러 떠났던 전문섭의 눈에 띄어 구사일생으로 살아났다. 하지만 어쨌든 이후 지갑룡은 산골에 숨어서 감자 농사나 지으려던 작은 소원조차 이루지 못했다. 어느 산골에 내려갔다가 끝내 일제 밀정의 눈에 띄고 만 것이다. 그리고 마지막에 총살당하고 말았다.

그런데 문제는 김혜순이다. 그는 임수산에게 걸리지 않았던 것이다. 김혜순이 혼자 남아 그 산골에서 김일성을 기다리고 또 기다렸다. 1949년 해방이 된 것도 모르고 기다렸다. 그러다 우연히 사냥꾼 노인들한테 발견되어 조국으로 돌아왔고 평양으로 올라왔다. 하지만 그때는 김일성이 이미 김정숙과 아이까지 둘 두고 살고 있을 때였다. 그때 김혜순의 마음이 어떠했을까. 김혜순은 김일성을 만나 보지도 않았다.

지금 북한 당 창건 사적관으로 된 바로 그 뒤 김일성의 집 문밖에까지 왔다가 이오송, 백학림 등을 만나 사연을 듣고 울다가 그대로 어디론가 사라져 버리고 말았다고 한다.

해방 직후 김일성의 경호는 처음 소련 군대가 하였으나 후에는 이들이 하였다. 이들 자신들도 만주에서 싸운 소년병으로 김혜순을 알아도 잘 알았다. 김일성도 뒤늦게 알고 찾으려 했으나, 그다음 김혜순 간 곳은 아무도 알 수 없었다. 그리고 전쟁이 일어나고 사람들은 온통 파밭이 되고 말았다. 김일성이 전쟁 후에라도 그를 찾아보려고 하였지만 그를 더는 찾을 수 없었다.

* * *

오백룡의 이야기는 여기서 끝났다.

"그래, 그다음은 혜순의 소식을 모르겠구만요?"
"모르지. 아마 전쟁 중에 어디 가서 사망한 것 같아."

15
성혜림 II

혜림이 촬영소에 들어섰다. 촬영소 당 위원회에서 오전 8시 반까지 모두 회의실에 모이라고 했다. 혜림의 마음은 무거웠으나 가지 않을 수 없었다. 아직 주석단은 비어 있었다. 단 아래에 열두세 명 앉을 자리를 만들어 놓았다.

거기는 벌써 오늘 시범 조직생활총화에 참가할 사람들이 와 있었다. 2.8영화 촬영소에서 데려온 배우들이었다. 이날 여기서 김정일이 창조했다는 새로운 조직생활총화 시범 총회를 하는 것이었다.

주석단 옆문이 열리면서 간부들이 나왔다. 김정일이 제일 앞에서 나오고, 그 뒤에 얼마간 떨어져서 촬영소 당 비서며 소장 이하 지도간부 몇 명이 나왔다. 역시 김정일은 제일 가운데 앉고 그 양 옆에 얼마간 떨어져서 간부들이 앉았다. 당 비서가 일어섰다.

"에, … 이제부터 영광스러운 당 중앙에서 마련해주신 새로운 '2일 및 주 조직생활총화' 시범 총회를 시작하겠습니다. 물론 더 길게 설명하지 않아도 알겠지만 이건 우리들의 조직생활을 강화하기 위한 시범 총회로 문화예술부 모든 단위들에서 해야 할 일이기 때문에 모두 잘 보고 배워야 할 것입니다. 그럼 시작하겠습니다."

당 비서가 김정일의 허락을 구하는 듯 그를 쳐다봤다. 김정일이 머리를 끄덕였다. 원래 북한에는 모든 사람이 조직에 망라되어 있다. 태어나서 5살, 6살만 되면 모든 애들이 유치원에 간다. 그때부터 조직생활이 시작된다고 봐야 할 것이다. 하지만 기본은 아이들이 초등학교에 들어가고 2~3학년만 되면 모두 자동적으로 소년단에 가입하여야 한다. 그때부터는 정식으로 조직생활을 하게 되는데 소년단조직이다. 다음 중학교에만 들어가면 다시 모든 아이들이 김일성청년동맹에 가입해야 하고, 그때부터는 본격적인 조직생활에 얽매이게 된다.

학교를 졸업하고 사회에만 나오면 일부는 당에 입당하지만 그렇지 못한 사람들은 농민인 경우는 농업근로자동맹에 노동자 사무원인 경우는 직업총동맹에 가입해야 한다. 이렇게 가입한 농근맹이나 직맹 조직생활은 평생 계속되는 것이다.

하지만 그때까지 조직생활총화는 당 조직을 비롯하여 모든 조직에서 한 달에 한 번씩만 하였다. 그렇기 때문에 그 한 달간 사업과 생활에서 이러저러한 문제를 발생시킨 사람들도 월 조직생활총화에서 비판받으면 되었다. 그러던 것을 김정일이 한 달간이면 너무 오랜 기간이라고 2일 및 주에 한 번씩 조직생활총화를 하게 한 것이다.

시범 생활총화가 시작되었다. 먼저 조직 책임자가 나서서 모든 사람들이 2일 동안 뭘 잘못했는가 자기 잘못한 것들을 비판하고, 다 비판하였으면 다른 사람들이 잘못한 것들을 비판해야 한다고 하였다. 이것이 호상비판이라는 것이다.

그런데 여기서는 꼭 먼저 김일성의 교시를 인용해야 하고 그에 비추어 자기 생활에서 잘못된 것들이 무엇인가 비판해야 한다고 했다. 바른 대로 말해서 2일 동안 잘못하면 뭘 크게 잘못하겠는가. 그렇지만 역시 시범 생활총화여서 그런지 자기비판도 하고 또 다른 사람들에 대한 비판도 오갔다.

나이 지긋한 배우 한 명이 일어나 자기비판을 하였다. 자기는 그 2일 사이에 아침에 늦잠을 자고 지각을 한 번 할 뻔하였다고 하였다. 그리고 또 촬영소에 출근해서는 너무 졸려서 5분씩이나 졸았다는 것도 비판하였다. 계속하여 다른 사람을 비판할 순서가 되었다. 그 사람은 말하였다.

"박만수 동무에게 동지적 비판을 하겠습니다."

며칠 전이었습니다. 그날 오후 우리는 촬영소 부업 밭에 나가 일하게 되었는데 도중 길가에 어떤 사람이 변을 보아 놓은 것이 있었습니다. 그런데 그걸 보자 박만수 동무는 뭐라고 했는지 아십니까? '어떤 자식이 여기다 이렇게 백두산을 만들어 놓았어?'라고 했습니다.

박만수 동무! 동무 정신이 있는가? 수령님께서는 백두산을 혁명의 성산이라고 했는데 뭐 그 더러운 것을 혁명의 성산에 비교한다는 말이야! 전 저 동무의 문제를 엄중하게 보아야 한다고 생각합니다."

그 사람이 앉았다. 물론 분위기는 금방 험악해졌다. 한두 사람 더 하고 이번에는 그 박만수라는 사람이 할 차례가 되었다. 그 사람도 먼저 지난 2일간 나타난 자기 결함에 대해 비판하였다. 그리고 이번에도 다른 사람을 비판할 차례였다.

"옳습니다. 저한테 확실히 말을 신중하게 하지 못하는 그런 결함이 있었습니다. 하지만 아까 먼저 생활총화한 경순 동무한테도 그런 결함이 있는 것 같습니다."

그러면서 그는 먼저 자기를 비판한 사람에 대해 역공을 가했다. 기가 막혀 말이 나가지 않았다. 언제인가 촬영소에서는 평남도 평원군에 농촌 모내기 지원을 나갔다고 한다. 그런데 일이 힘들고 모두가 배가 고파 그러는데 그게 어떻게 반영되어 김일성의 명의로 거기 일 나갔던 모든 사람들한테 닭을 한 마리씩 공급하였다는 것이다.

물론 모두 잘 먹었다. 그런데 먼저 자기를 비판하였던 경순이라는 사람은 오랜만에 닭고기를 먹은지라 나오면서 한마디 하였다는 것이다.

"어, 아무 생각도 없군!"

물론 잘 먹었기 때문에 더 먹을 생각이 없다는 소리였을 것이다. 하지만 박만수가 그걸 보았던지라 가만있을 리 없었다.

"여보, 경순 동무! 동무, 도대체 정신이 있는 사람이야? 수령님께서 보내 주신 닭고기를 먹었으면 생각이 많아야지 아무 생각도 없다는 게 무슨 소리야? 난 저 동무를 법 기관에 넘길 것을 제기합니다."

기가 막혀 말이 나가지 않았다. 그런데 문제는 시범 생활총화가 끝난 다음이었다. 단상 가운데 앉았던 김정일이 마이크를 끌어 당겨 말하는 것이었다.

"이제 보았지만 물론 아직 고쳐야 할 문제들이 적지 않습니다. 특히 비판을 받자마자 그 자리에서 일어나 다시 복수식 비판을 하는 건 아주 잘못된 일이라고 할 수 있습니다. 비판할 것이 있더라도 한참 후에 해야 할 것입니다. 하지만 기본적으로 당의 요구에 비춰볼 때 회의가 잘 되었다고 볼 수 있습니다."

김정일은 앞으로 2일 및 주당 생활총화는 이렇게 해야 한다고 하였다. 회의가 끝나고 사람들은 모두 자기 부서로 돌아갔다. 돌아가면서 모두가 몸서리쳐진다고 말했다. 그러나 그것은 당 중앙에서 새로 시작한 일이었기에 누구도 더는 말하지 못하였다.

하지만 그건 그거고 성혜림의 생각은 온통 다른 데에 가 있었다. 김정일이 촬영소에 나온 것이다. 지난번 일은 생각만 해도 가슴이 얼어들었다.

다른 건 다 그만두고 자기네들이 남에 있을 때 박헌영이 집에 왔던 것만 밝혀지면 그것으로 끝나는 것이었다. 다시 말하지만 박헌영이 누군가. 남로당 당수이고 그래서 미제의 고용간첩으로 처형된 사람이다. 그런데 그가 몇 번 다니기까지 하였다면 자기네는 아무리 결백하다고 해도 누구도 그걸 인정해줄 사람이 없다. 생각할수록 기막힌 일이었다. 하루 종일 마치 바늘방석에 앉은 것 같이 보냈다.

그런데 뜻밖에도 저녁 퇴근시간이 다 되도록 당 위원회에서 찾는다는 전갈은 오지 않았다. 틀림없이 누군가 찾으러 올 줄 알았는데 찾지 않으니 그게 오히려 이상하였다. 혹시 자기가 지난번에 너무 뻑뻑하게 노니까 흥미를 잃은 것인가. 만약 그렇다면 그보다 고마운 일은 없을 것이다. 혜림이 그래도 마음이 놓이지 않았으나 시간이 되자 퇴근길에 올랐다. 하지만 불행은 뜻하지 않은 곳에서 그를 기다리고 있었다.

집에 돌아오자 그래도 역시 자기를 제일 반기는 것은 딸 옥돌이었다. 하루 종일 유치원에 갔다 할머니와 함께 있었던 그가 혜림이 들어가자 달려 나오며 품에 안기었다. 정말이지 그 순간에 가슴 짜릿하게 안겨오는 그 기쁨을 무슨 말로 표현하랴. 혜림이 그러는 옥돌을 안고 집안에 들어섰다. 시어머니도 시동생들도 반갑게 맞아주었다.

혜림이 얼른 옷을 갈아 입고 시어머니를 도와 저녁 준비를 해야겠다고 생각하고 자기 방으로 들어갔다. 바로 그때였다. 시아버지 이기영이 들어왔다. 그날은 글 쓸 것이 있다고 우산장(북한 작가들의 창작 기지)으로 간다고 하던 시아버지였다.

다른 때 같으면 들어오자마자 집안에 들어서는데 그게 아니었다. 마루방에 앉아 담배 한 대 붙여 무는 기척이었다. 기관지가 좋지 못하다고 벌써 몇 년 전에 끊었던 담배다. 시어머니가 나가 무슨 말인가 비쳐보는 것 같은데 대답이 없었다. 한동안 그렇게 들어오지 않았다. 혜림이도 의아하지 않을 수 없었다. 그렇지 않아도 그날 김정일이 촬영소에 나온 것 때문에 하루 종일 마음이 무거웠는데 긴장되지 않을 수 없었다. 한참 동안 나가 있던 시어머니가 먼저 들어왔다. 수심이 가득한 얼굴이다.

"아버님은 안 들어오셔요?" 혜림이 물었다.

"응. 저 앞에 박아지 선생네 집에 좀 다녀오겠다고 나갔구나." 시어머니 얼굴색이 영 좋지 않았다.

"어머니, 왜 무슨 일이 있는 거예요?" 혜림이 견디다 못해 물었다.

"일은 무슨 일, 아마도 식사는 우리끼리 해야 할 것 같다."

이들의 무거운 생각은 모르고 저쪽 방에서는 시동생들이 옥돌이를 가운데 놓고 왁작 떠들며 놀고 있었다.

"저것들이 정말, 조용하지 못 하겠어!" 시어머니가 꽥 소리쳤다. 그역시 전에 없던 일이다. 바로 그러는데 남편 이평이 들어왔다. 그 역시 그리 기분 좋은 얼굴은 아니었다. 그대로 저쪽 방으로 들어가고 말았다.

이것도 저것도 모르는 혜림이로서는 그저 안타까울 뿐이었다.

"어머니, 무슨 일이세요? 서로 이야기해야 알 게 아니에요?" 혜림이 조심스레 다시 물었다.

그러자 시어머니가 소리 죽여 말하는 것이었다.

"아가야, 우리집에 큰 불행이 닥쳐오는 것 같구나." 땅이 꺼지게 한숨지으며 하는 말이었다.

"도대체 무슨 일이세요?" 시어머니가 말했다.

그날 이기영은 계획대로 우산장 작가들 창작실에 나갔다. 어느 한 신인 작가의 소설 합평회도 지도하고 자기 글도 쓰기 위해서였다. 그런데 오후 2시쯤 당 위원회에서 이기영 선생에게 빨리 들어오라는 전화가 왔다. 별 생각 없이 들어왔다. 하지만 늘 마주하던 당 비서는 없고 다른 사람이 기다리고 있었다. 당 중앙에서 나왔다고 소개한 그 사람은 3~40대의 젊고 경팝한 사람이었다. 처음에는 점잖게 시작하였다. 일은 힘들지 않은가, 이젠 연세도 있고 하니 쉬엄쉬엄 일해야 하겠다고 했다.

하지만 고향이 어딘가. 학교는 어떻게 다녔는가. 남쪽에 있는 가족 관계는 어떻게 되는가 물으면서부터는 이야기가 달라졌다. 그의 해방 전 카프 시기 문학생활에 대해 묻더니 뜻밖에도 그와 임화와의 관계를 캐는 것이었다.

임화라면 이기영도 잘 아는 사람이다. 함께 카프 조직에 개입하였고 이후에도 말 그대로 조선 프롤레타리아 문학 창작에 모든 것을 다했다. 그리고 몇 번씩 일제에 의해 감옥에 끌려가면서도 끝까지 전향하지 않고 마지막까지 지조를 지킨 사람이다.

그런데 해방이 되면서 임화는 작품 창작보다 정치 활동에 더 매력을 느끼기 시작했다. 그래서 이기영과는 자연히 거리가 멀어졌다. 하지만 어쨌든 그는 월북한 다음 1950년대에는 문화상까지 하였다.

그러다가 어떻게 된 일인지 박헌영, 이승엽을 비롯한 남 출신들이 숙청될 때 그도 미제의 고용간첩이라는 누명을 쓰고 총살되었다. 그런데 그걸 자꾸 따지는 것이었다. 심지어 다른 카프 작가들은 마지막 시기에 와서 모두 일제 전향 문서에 손도장을 찍었는데 그만은 어떻게 끝까지 전향서를 쓰지 않았는가 따지었다. 이기영으로서는 기막힌 일이 아닐 수 없었다.

이미 오래전에 지나간 일이기도 하지만 그때 일을 어떻게 증명하여 보인다는 말인가. 3시간 가까이 조사를 받았다. 끝까지 더 말할 게 없다고 하자 그가 당에 속을 다 털어놓지 않는다고 하였다. 마지막으로 만약 지방으로 추방되어 내려가게 된다면 백암이 어떻겠는가 묻는 것이었다. 청천벽력이 아닐 수 없었다. 말 그대로 백암군이라면 하늘 아래 첫 동네라는 곳이다.

언제인가 한 번 취재 나갔다가 한 주일 기한으로 나갔는데 이틀 만에 돌아온 곳이다. 담화가 끝나자 이기영은 그 길로 사무실로 나왔다. 나와서 한동안 앉아 있었지만 마음이 편할 리 없었다. 그래서 시간이 되기도 전에 퇴근하여 집에 왔다는 것이다. 그리곤 박아지 선생댁으로 갔다는 것이다.

박아지는 해방 전 어느 문예 잡지에 아동 우화를 써서 크게 이름났던 작가였다. 성혜림은 가슴이 무너지지 않을 수 없었다. 거기에다 화는 언제나 쌍으로 온다고 했던가.

그날 남편 이평의 일도 영 편안치 않게 되었다. 그날따라 그의 연구소에서는 이른바 김일성의 초상화 검열이 있었다. "당의 유일사상체계를 확립하기 위한 몇 가지 원칙"이 나오면서부터 가끔씩 있는 일이다.

그런데 뜻밖에도 그의 캐비닛에서 오손된 김일성의 초상화가 나온 것이다. 이평도 그것이 어떻게 거기 있었는지 알 수가 없었다. 언제인가 낮에 사무실에 있는 쓰레기통을 비우기 위해 들고 나갔던 여직원이 무슨 과일 물 같은 것이 묻은 노동신문 한 장을 들고 들어왔다. 이평이 그걸 별치 않게 생각하고 캐비닛에 넣어 두었던 것이다.

그런데 그게 문제가 된 것이다. 그 신문에 동전만한 김일성의 초상화가 있고 거기에 과일 물이 묻었다는 것이다. 이평이 당 위원회에 불려가 몇 시간씩 취조를 받았다. 그리고 나왔지만 그런 일이 뒤가 무사할 리는 만무하였다.

혜림의 마음이 무거웠다. 꼭 천길 나락에 떨어지는 것 같았다. 시아버지 일도 그렇지만 남편 일도 결코 가벼운 일이 아니었다. 그 얼마 전 일이다. 2.8영화 촬영소에 송연옥이라는 여배우가 있었다.

"한 간호사의 이야기"라는 영화에서 주인공을 맡아 히트쳤던 여배우였다. 그런데 언제인가 남편과 말다툼을 하였는데 남편이 화난 김에 보지도 않고 책상에 놓여 있던 무엇인가를 집어 던졌던 모양이다. 그런데 그것이 뜻밖에도 탁상 위에 놓는 김정일의 초상화였다. 그의 남편도 당시 북한 영화계에서는 대단히 이름 있던 배역인 "털개"였다. 이 일이 제기되자 그는 그날로 정치범 수용소에 끌려가고 말았다.

아무 것도 모르는 아이들만 저쪽 방에서 떠들어댈 뿐 집안은 마치 무덤 속 같았다. 밤이 깊어서야 시아버지가 오는 기척이 났다. 하지만 그냥 방에 들어오지는 않았다. 부엌에 들어가는 것 같은데 시어머니가 따라 나가는 기척이었다. 또 술 한잔하는 모양이다.

저쪽에 누운 남편도 엎치락뒤치락 잠들지 못하고 거기에다 옥돌이까지 자지 않고 자꾸 엄마 가슴만 파고든다. 아! 생활이란 이렇게 힘든 것인가. 혜림이 저절로 한숨이 나왔다. 그래도 밤은 가고 날은 밝았다. 시아버지도 남편도 직장으로 나가고 혜림이 맨 나중에 집에서 나왔다.

통근버스가 멀지 않게 종로 잡화 상점 앞에 와 멎었다. 그렇듯 활기에 넘치던 출근길이었는데 이날은 아니었다. 통근버스는 촬영소가 있는 형제산구역 하당동이 아니라 평양 대극장으로 향하는 것이었다.

배우들 속에서 일어나고 있는 각종 자본주의 사상에 대한 대 변론을 한다고 하였다. 혜림이 대극장에 들어갔다. 들어가고 보니 예술영화 촬영소 배우들만 온 것도 아니었다. 2.8영화 촬영소, 기록영화 촬영소, 과학아동영화 촬영소 배우, 촬영가, 연출가 모두 왔다.

주석단 간부들이 나오고 회의가 시작되었다. 또 제일 가운데 앉은 사람은 그 '윗분'이라는 사람이었다. 혜림은 혹시라도 그와 눈이 마주칠까 처음부터 머리를 깊이 숙이고 말았다. 마침내 회의는 시작되었다.

첫 무대에 오른 사람은 유원준이었다. 역시 남 출신이다. 북한 첫 예술영화 "내고향"에서 강필이 역을 시작으로 "조국의 아들", "노동가정" 등 얼마나 많은 영화에 나왔던가. 하지만 그도 결국 비판무대를 벗어나지는 못한 것이다.

그의 죄행은 그가 출근한 다음 마누라가 시장에 나가 닭 되거리장사를 하였다는 것이다. 즉, 시장 길목을 지키다가 농촌에서 오는 어수룩한 아낙네들한테서 싼 값으로 닭을 사서 장마당에서 그에 돈을 더 얹어 팔았다는 것이다.

문제는 유원준이 자기 마누라가 그러는 걸 절대 몰랐겠는가 하는 것이었다. 유원준이 환갑 지난 노인네답지 않게 무대에 나가 가슴을 치며 자기비판을 하였다. 하지만 그게 전부가 아니었다. 동지적 방조를 주라는 것이었다.

즉, 거기 객석에 앉았던 사람들도 유원준이 잘못한 것을 알고 있으면 일어나서 비판을 주라는 것이다. 흔히 그런 것을 김정일이 마련해 준 "사상전의 집중포화"라 불렀다. 한 사람이 일어났다. 마이크를 잡더니 처음부터 악청을 돋구기 시작했다.

"여보, 유원준이 동무, 동무 그걸 몰랐다는 게 말이나 되는가? 어떻게 한 이불 속에서 사는 여편네가 동무 출근한 다음 그런 추악한 자본주의적 행위를 하는 걸 모를 수 있는가? 전 아직 저 동무가 사상적으로 저 문제의 본질적 잘못을 인정하지 않고 있다고 생각합니다. 그래서 난 저 동무를 출당 철직시켜 백암 덕지대(고원지대를 말함)로 추방시키자는 걸 제기합니다."

그 사람이 앉았다. 또 다른 사람이 마이크를 잡았다. 이번에는 유원준을 아주 법기관에 넘기자고 제기하였다. 뭇 비판 토론에 견디다 못해 유원준이 연탁을 잡고 엉엉 울었다.

'생각해 보라, 유원준이로 말하면 평생 영화 촬영에만 모든 것을 다 바쳐온 노인이다. 그것도 남조선 이승만 정부가 싫다고 목숨을 걸고 북에 찾아 들어온 노인이다. 그런데 그가 일 나온 다음 여편네가 닭장사를 하였다고 그렇게 "사상전의 집중포화"를 들씌우니 그게 옳은 일인가. 이미 고인이 되었겠지만 그때 그 자리에 같이 앉아 있던 한 사람으로 지금도 치가 떨린다는 것을 말하지 않을 수 없다.'

김정일이 옆에 앉은 예술영화 촬영소 당 비서에서 뭐라 한두 마디 하는 것 같았다. 촬영소 당 비서가 두어 번 책상을 두드려 좌중을 진정시키었다.

"유원준 동무는 자신은 절대 모르는 일이었다고 하는데 이걸 어떻게 생각해야 하는가 하는 것입니다. 정말 남편도 몰래 그런 일이 있을 수 있었겠는가. 우리 생각에는 저 동무 아직 진심이지 못한 것 같단 말입니다. 유원준 동무! 동무, 그래 가지고 자기 결함을 고칠 수 있겠어?" 유원준은 대답이 없었다.

"저 동무, 아직 정신이 덜 든 것 같은데 다른 동무들 방조 토론을 더 들어봅시다. 계속 토론하시오!"

"예, 제가 토론하겠습니다."

문득 앞으로부터 세 번째 줄에 앉았던 신동철이 일어났다. 마음먹고 일어난 것 같다.

"여, 유원준 동무, 동무 지금 거기 나가서 연기를 하고 있는가? 동무 지금 그게 어떤 무대인데 거기 나가서까지 연기를 하면서 그러는가 말이야. 저 동무는 원래 사상적으로 자기밖에 모르는 사람으로 널리 알려진 사람이란 말입니다."

그리고 계속하여 그가 "노동가정"이라는 영화를 찍기 위해 함흥에 나갔을 때 일을 폭로하였다. 밤새 술을 마시고 아침 촬영에 늦어져 여러 사람을 기다리게 한 일에 대해 말하였다.

그리고 또 누구는 어디 촬영 나가서 화장실이 한 칸밖에 없는데 혼자 들어가서 너무 오래 있는 통에 다른 여러 사람에게 고통을 주었다는 문제까지 들고 일어났다.

한마디로 유원준은 완전히 죽탕이 되고 말았다. 그 외에도 몇 사람이 더 비판무대에 올랐다. "영광스러운 당 중앙" 즉, 김정일이 만들어 놓은 "사상전의 집중포화"라는 것은 바로 이런 것이었다.

언제인가 그 역시 남 출신 아동문학 작가였다. 그가 어떤 작가가 죽은 산소에 가서 술을 먹고 취했던 모양이다. 그가 조문하면서 이런 말을 하였다.

"히야, 너는 이젠 사상전의 집중포화를 쓸 일도 없고 얼마나 좋겠니?"

이것이 문제되었다. 결국 그도 여기저기 끌려 다니다가 나중에 어떻게 지방 어느 심심 두메산골로 추방되고 말았다.

하지만 그 모든 일이 혜림에게만은 적어도 먼 하늘에 떠가는 구름이었을 뿐이다. 자기 코가 석자인데 언제 그런 것까지 관심을 가질 여유가 있겠는가. 회의가 끝나고 모두 촬영소에 돌아가라고 하였다. 혜림이 대극장에서 자기 집까지 멀지 않기 때문에 점심식사는 하고 가려고 집에 들렀다. 그런데 거기서 또 다른 일이 벌어져 생 난장판을 이루었으니 이를 어쩐다는 말인가.

자기네가 지방으로 추방되는 문제가 이미 결정났다는 것이다. 시아버지 직장과 남편 직장에서 수십 명의 사람들이 와서 북새통을 벌이고 있었다. 물론 식구들은 울고불고 난리들인데 동원된 사람들은 아무 관계도 없다. 이불장이며 옷장이며 아침까지 밥을 해먹은 솥까지 뽑아 묶어 놓고 있었다.

시아버지는 어디로 갔는지 보이지도 않고, 시어머니는 그래도 무슨 그릇 가지들을 들고 식량으로 바꾸려 어딜 나갔다고 한다. 어린 시동생들만 어쩔 줄을 모르고 있는데 혜림이 들어간 것이다. 그들의 말을 들어보니 원래는 당장 다음 날 추방되게 되었는데 그래도 시아버지를 봐서 이틀 말미를 준다는 것이다. 혜림이 너무 가슴 아파 그대로 보다가 돌아서고 말았다. 어디 가서 하소연해볼 곳도 없었다. 어디 가서 마음

놓고 울며 가슴이라도 치고 싶었지만 그럴 곳도 없다.

어쨌든 이 사실은 자기가 속한 당 조직에도 알리고 같이 일하던 사람들과도 작별 인사를 해야 했다. 촬영소로 나갔다. 먼저 촬영소 배우단 작업반장에게 말했다. 그 역시 깜짝 놀라 세상에 그런 일이 어디 있는가 하며 가슴을 쳤다. 하지만 그게 전부였다. 그로서 할 수 있는 일은 아무 것도 없었기 때문이다. 금세 소문이 퍼지고 만나는 사람마다 위로해주었지만 혜림은 그저 눈물이 나 아무 말도 못하였다.

마지막으로 자기가 일하던 곳 비품을 정리하는데 당 위원회 쪽바리 지도원이 나타났다. 당 비서가 찾는다는 것이었다. 이젠 겁낼 것도 없다는 생각이 들었다. 모든 것이 끝난 마당에 여기서 겁내면 뭘 더 겁내겠는가. 당 비서 방문을 두드렸다. 전에 없이 당 비서가 직접 문을 열어주었다.

"오 왔구만, 왔어. 어서 와."

뜻밖에도 당 비서 방에 김정일이 앉아 있었다. 무슨 신문인지 뒤적거리며 혜림이 들어오는 건 본 척도 하지 않았다.

"자, 그럼 이야기를 나누십시오. 전 좀 볼일이 있어서 …."

당 비서가 나갔다.

"왜 혜림 동무, 무슨 좋지 않은 일이라도 있었나?" 김정일이 묻는 말이었다. 그를 쳐다보지도 않고 하는 말이었다.

"아니, 좋지 않은 일은 무슨 …." 혜림이 조심스레 의자에 앉으며 말하였다.

"그래도 내가 보기에는 기분이 썩 좋아 보이지 않는데?" 마침내 김정일이 보던 신문을 접고 처음으로 혜림이 얼굴을 보면서 이야기하였다.

여자의 예감이라고 할까. 순간 혜림이 갑자기 머리를 치는 생각이 있었다.

어떻게 보면 이 모든 것이 자기 앞에 앉아 있는 이 "개자식"의 작간일 수도 있지 않을까. 하지만 금세 부정했다. 이 개자식이 하는 작간이라고 보기에는 너무나도 엄청나게 큰일이었기 때문이다.

"자, 말해보지. 그래야 무슨 일인지 내가 풀어줄 수도 있지 않을까?" 역시 반말이다. 하지만 이 상황에 그게 무슨 상관이랴.

"아니, 아무 일 없었습니다." 혜림이 다시 머리를 숙이었다.

"그래? 정말 아무 일도 없다는 말이지?"

"네."

"그렇다? 그렇다면 그냥 내일 백암 덕지대 개간에 나가는 수밖에 없겠군."

바로 그것이다. 김정일 이 개자식이 그걸 벌써 알고 있었다. 틀림없었다. 자기들이 이제 추방되어 가는 곳이 다른 곳도 아니고 바로 백암 덕지대라고 하였다. 첫 순간 떠오르는 생각은 용암과 같은 분노였다. 하지만 그것으로 해결될 일이 아니었다.

"윗분 동지, 하라는 대로 다 하겠으니 한 번만 용서해주십시오!" 혜림이 마침내 눈물을 흘리며 무릎을 꿇었다.

"그래, 벌써 그랬어야지. 알았어, 가봐." 더 묻는 것도 없었다.

혜림이 나왔다.

"벌써 그랬어야지, 가봐." 이 말을 어떻게 이해해야 하는가.

그가 알고 있는 것만은 틀림없는 일이었지만 자기 말은 들어도 보지 않았다. 혜림이 마지막으로 인사하지 못한 사람들을 찾아다니다 늦게야 집에 왔다. 이젠 짐을 다 쌌을 것이다. 벌써 7시가 되어가고 있으니까. 그런데 이게 도대체 무슨 일이란 말인가. 시어머니가 버선발로 뛰어

나왔다.

"새아가야, 세상에 이런 일도 있니? 우리집이 추방가지 않게 되었다는구나!"

"어머니, 그게 무슨 말씀이세요?" 혜림이 믿지 못해 물었다.

"우리가 지난 시기 문제 때문에 추방된다는 소식을 알게 된 수령님 자제분께서 몸소 경솔하게 일 처리한 간부들을 나무라시고 그 일을 없던 일로 당장 취소하라고 하셨다는구나."

"예?"

혜림이 와락 시어머니를 끌어안았다. 그리고 아무 말도 못하고 정신 없이 흐느껴 울기만 하였다. 그러는 새 시아버지도 들어오고 남편도 돌아왔다. 모두가 한 동가리가 되어 김정일의 크나큰 은덕에 감격하여 울었다.

그로부터 며칠이 지난 어느 날 저녁이었다. 그날은 함박눈이 펑펑 내리고 있었다. 그래서 그런지 사람 인기척도 없는 평양 연광정에 한 쌍의 젊은 부부가 서 있었다. 젊은 여인이 등에 업고 나온 아이를 풀어 가슴에 안고 하염없이 흐느껴 울기만 하였다. 남자도 말이 없었다. 오래 도록 그렇게 서 있었다.

"할 수 없지. 어떻게 하겠소? 우리 자신이 세상을 어쩔 수 없는데 무슨 방법이 있겠소? 용서하오. 마지막까지 당신을 지켜주지 못한 나를 용서하오."

"아, 옥돌아, 내가 어떻게 너와 헤어지니?"

더 말하지 않아도 이평과 혜림이 마지막이었다. 마침내 혜림이 아이 를 이평에게 넘겨주고 눈 오는 밤길을 정신없이 뛰어갔다.

"엄마!"

아이 울음소리가 텅 빈 대동강 위에 애처롭게 울려 퍼졌다.

이후 성혜림은 안가에 들어가 몇 년 살다가 결국 병이 나 2002년 5월 모스크바에서 사망하였다.

그녀의 묘는 지금도 모스크바 근교에 있다.

16
금강산으로 가는 길

마지막 여름 방학이다. 이제 방학만 끝나면 4학년에 올라가고 1년 더 다니면 졸업이다. 경희는 생각이 많아지지 않을 수 없었다.

앞으로 무엇을 할 것인가. 결혼 문제는 어떻게 할 것인가. 오빠는 여전히 그와 전혁이 잘 지내라고 한다. 그래 전혁은 나쁜 사람은 아니다. 거기에다 그의 아버지는 호위사령관이고 그 자신도 소련 프룬제 군사대학까지 다니었다. 완전히 졸업한 건 아니지만 지금 다시 나와서 육군대학을 다니고 있으니 그의 앞길은 창창하게 내다보인다. 무엇을 하든 무력 부문에서 큰 자리를 차지할 건 거의 틀림없는 일이다.

'정말 그와 좀 더 가까이 지내볼까. 그래서 장차 호위사령관의 부인

이 되어 보는 것도 나쁘지 않을 것 같은데? 호호.'

그러면서도 한편으로는 성택이 얼굴이 자꾸 떠올랐다. 남자다운 얼굴, 환히 웃던 모습, 방학이어서 집에 갔으니 말이지 있다면 같이 모란봉에라도 갔으면 좋겠다는 생각이 들었다.

어느 날 김정일이 여러 날 만에 집에 들어왔다. 그새 무슨 항일무장투쟁 시기 만들어 공연하다는 단막극을 가지고 혁명 가극을 만든다고 한다. 그래서 여러 날 째 집에 들어오지도 않았다.

"경희야, 너 방학인데 아무데도 가지 않고 집에만 있니?" 김정일이 말하였다.

"가긴 어딜 가겠어? 집에서 밀렸던 공부도 하고, 책도 보고 나쁘지 않은데, 뭐."

"얘, 그러지 말고 요즘 날씨도 좋은데 함께 놀러.가면 어때?"

"어디로 갈 건데?"

"글쎄, 이번에는 금강산 가면 어떨까?"

"뭐, 금강산? 어머 나 지난번에도 못 갔는데, 그럼 가."

그전에 온 식구가 다 갔는데 그때 경희만은 감기가 심해서 따라가지 못했다.

"이왕 말이 났으니 쇠뿔도 단김에 빼라고, 내일 당장 가."

"내일 당장?"

알고 보니 오빠는 이미 떠날 차비를 다 해 놓고 그런 능청인 것이었다. 같이 떠날 사람은 또 전혁, 영란 그리고 경희라는 것이었다. 뭐 그렇다고 해도 나쁠 것은 없는 것 같았다. 김정일이 또 바쁜 일이 있다고 나갔다.

오후 2시쯤 되어서였다. 독일에 갔던 대외사업총국 계획국장 아저씨가 손에 무슨 보자기를 들고 와서 오빠를 찾는 것이었다.

"왜 그러세요? 아침에 나갔는데?"

"그래요? 어떻게 한다? 오늘 중에는 꼭 가져다 줘야 한다고 했는데?"
계획국장이 가지 못하고 있었다.

"그게 뭔데요? 주세요. 제가 대신 전해줄게요."

"그럼, 직접 전해주겠다는 말씀입니까?"

"그러면 어때요. 오늘 오빠 집에 들어오겠는지 몰라서 그러지만 전
해줄게요."

"아, 그럼 좀 수고해주십시오. 그런데 오늘 중에 전달해야 합니다."

"알겠습니다."

계획국장이 갔다. 꼭 오늘 중에 전달해주어야 한다는 소리에 의아
한 생각이 들어서 풀어 보았다. 예쁘장하게 생긴 남자 아이 옷이었다.
의아한 생각이 들지 않을 수 없었다. 마침 대기차 운전수가 들어왔다.
그에게 물었다.

"아이, 이 아이 옷 오빠에게 전해주라는데, 오빠 어디 가면 찾을
수 있을까요?"

"글쎄, 그야 용성 가면 되겠지요." 더 묻지도 않고 용성에 가면 될
거라고 하였다.

"용성에는 왜요?"

"글쎄, 아마 거기 가면 틀림없이 있을 겁니다."

"그래요?"

경희는 문득 의아한 생각이 들었다. 마침 별로 할 일도 없고 하여
운전사보고 함께 가자고 했다.

"알았습니다. 가려면 갑시다." 운전사가 흔쾌히 동의하는 것이었다.

자기네 집에서 용성까지는 그리 멀지도 않았다. 그런데 용성 가서도 깊은 숲 쪽으로 한참이나 더 갔다.

"어딜 가는 거예요?"

"이젠 다 왔습니다. 아마 지금쯤 있겠는지 모르겠는데?"

운전사가 한참 들어가더니 웬 아담한 집 앞에 차를 세웠다.

"여기가 어디에요?"

"여기가 어디긴 어디겠어요. 용궁동이지. 아마 제 짐작이 틀리지 않는다면 그 옷 임자 여기 있을 겁니다." 운전사는 히죽히죽 웃으며 말하였다.

경희는 암만해도 영문을 알 수 없었다. 겉은 그리 요란하지 않았다. 오히려 빽빽한 소나무 숲속에 있어 외부에서는 안에 그런 집이 있는 것조차 알 수 없게 되어 있었다.

하지만 막상 들어가고 보니 주변에서는 상상도 할 수 없는 화려한 양옥집이 있었다. 그뿐만 아니라 문 앞에는 승마복을 입은 호위국 보초병까지 서 있었다. 좀 서슴어졌지만 그래도 왔던 길이라 보초병에게 말하고 안으로 들어갔다. 보초병도 그가 누군지 알던 모양으로 그대로 통과시켜줬다.

그런데 뜻밖에도 거기서 그를 만나게 될 줄이야. 예술영화 촬영소 공훈배우 성혜림이 나오는 것이었다. 물론 개별적으로 만나본 적은 없었지만 영화에 자주 나오던 인물이고 보니 대뜸 알 수 있었다. 성혜림이 돌 쯤 되어 보이는 아이를 안고 나오는 것이었다. 경희는 당황하지 않을 수 없었다.

"어머, 어떻게 된 일이에요?" 경희가 물었다.

"어떻게 살다 보니 그렇게 되었어요. 조카예요." 성혜림이 수줍게 웃어 보이며 하는 말이었다. 아이를 내밀었다. 예쁘장하게 생긴 남자 아이였다. 경희는 얼떨결에 아이를 받아 안았지만 도무지 무슨 영문인지 알 수가 없었다.

"이 애가 어떻게 제 조카인데요?"

"글쎄, 사연을 이야기하자면 길지만 어쨌든 조카예요. 정남이라고 해요."

도대체 무슨 일인지 알 수가 없다. 혜림이 경희를 안으로 끌었다. 들어가지 않을 수 없었다. 혜림이 그새 있었던 일을 이야기했다. 하지만 김정일과 서로 좋아해서 그렇게 되었다고만 했지 남편과 이혼하고 김정일과 딴 살림을 차렸다는 이야기 등은 약했다.

아직은 아버지 김일성조차 모르는 일이었다. 오빠가 아버지도 몰래 딴 살림을 차리고 손자까지 본 것을 아버지가 안다면 뭐라고 할까. 기가 막혔다. 하지만 그렇게 된 이상 정남을 조카라 하지 않을 수 없었다. 문득 경희는 이 일을 영란이 전혀 알지 못할 것을 생각하니 마음이 무거웠다.

"고모, 이야기를 많이 들었어요. 정말 미안해요."

"미안하긴요. 하여간 이렇게 된 걸 앞으로 가끔씩 놀러 오겠어요."

경희는 일어났다. 혜림이도 잡지 않았다. 문 앞까지 나와 경희를 바래주었다.

경희는 한달음에 집까지 왔다. 오면서 생각해보니 참을 수 없었다. 하지만 집에 오빠가 있을 리 없었다. 저녁 9시가 넘어서야 왔는데 그것도 뭔가 가지고 갈 것이 있어 들렀다고 하였다. 경희는 재빨리 오빠를 따라 방에 들어갔다.

"오빠, 나하고 이야기 좀 해!"

"아니, 너 오늘 왜 그러는데? 무섭구나 얘!"

"오빠, 도대체 사람이야? 사람이면 어떻게 그럴 수 있어?"

"그럼, 네 눈에는 이 오빠가 사람이 아니면 짐승으로 보여?" 정일이 히물히물 웃으며 하는 말이었다.

"오빠, 나 오늘 어디 갔는지 알아?"

"오, 이야길 들었어. 용궁동에 있는 집에 갔다면서?" 정일이 도대체 아무 것도 아닌 듯 말했다.

"도대체 어쩌자는 거야? 거기에는 성혜림 언니를 데려다 놓고 또 아이까지 있고 그리고 내일은 뭐 또 영란이를 데리고 금강산에 놀러간다고? 오빠 정말 사람도 아니야!" 경희는 화가 난 김에 막 내쏘았다. 그래도 정일이는 오히려 히물히물 웃기만 하였다.

"좋아. 나, 이 일을 아버지한테 다 이야기하겠어. 오빠, 이제 어떻게 되나 두고 보자."

"뭐야?"

"나, 이 일을 아버지한테 다 이야기하겠단 말이야!" 경희는 화가 난 김에 정말 아버지한테 이야기할 것처럼 말했다. 정일이도 그 말에는 얼마간 놀라는 기색이었다.

"세상 어디에 정식 결혼도 하지 않고 남의 집 유부녀를 데려다 딴 살림을 차리고, 또 다른 쪽으로는 한참 대학을 다니는 처녀를 데리고 놀러나 다니고, 내 아버지한테 다 말하지 않나 두고봐." 경희는 새파래져 말했다.

"흥! 그래 말하겠으면 말해봐! 나는 뭐 할 말이 없을 줄 알고?"

"뭐야? 아니 오빠가 무슨 할 말이 있는데?"

"참, 그 모란봉 안전원 이름이 뭐라고 했던가. 그리고 너희들 거기서 서로 부둥켜안고 별 이상한 짓을 다 했다면서?"

"뭐라고?" 경희는 그만 아연실색하고 말았다.

"하여간 안전원 그 자식 그걸 한 번 눈감아준 대신 굉장한 횡재를 했다고 하더구나."

"어머!" 경희는 화가 나서 얼굴이 새파래졌지만 더 말은 못했다. 오빠가 설마 그 일까지 알고 있을 줄은 생각도 못했던 것이다.

"그 자식 너희들한테서 받은 담배를 들고 다니며 자랑까지 하고 다닌다더라."

경희는 화가 머리끝까지 올랐으나 아무 말도 못했다.

"그러게 그저 좋은 게 좋은 거 아니겠어? 아무튼 난 모른 척 하겠으니 너도 알아서 해."

경희는 끝내 아무 말도 못하고 말았다. 정일이 나갔다. 보나마나 또 용성구역 용궁동 그 집으로 갔겠지. 경희는 그날 밤 잠도 자지 못했다. 아침이다. 자동차 경적 소리에 깼더니 오빠가 마당에 차를 세우고 있었다. 영란이도 왔다.

"경희야, 나 오늘 안 가려다가 너 때문에 가는 거야. 빨리 준비해." 경희는 할 말이 없었다.

"알았어, 금방 나갈게." 영란이 오빠 곁에 앉아 무어라고 깔깔대고 있었다. 전혁이 뒷좌석에 앉아 그에게 손짓하였다.

"자, 빨리 나오세요. 갑시다."

전혁까지 재촉하였다. 경희는 대충 준비하고 차에 앉았다. 차에 넷이 탔다. 정일이 자기는 운전하기 싫다고 뒤에 타고 전혁에게 운전하라고 했다. 경희는 어쩔 수 없이 앞 조수석에 앉았다. 가던 길에 원산 국제 호텔에 들러 잠시 쉬고 차는 다시 통천 상읍 고개를 넘어 강동

시중호에 이르렀다. 참 아름다운 곳이다. 금강산도 아름답다고 하지만 시중호의 아름다움은 그에 못지않은 것 같다.

시중호에 들어 감탕 요법까지 한 다음 일행은 다시 금강산으로 떠났다. 고성 땅에 들어서면서 문바위부터는 벌써 확연히 풍경이 달라졌다. 금강산 호텔에 여장을 푼 다음 김정일만 산에 올라가기 싫다고 떨어지고 셋이 구룡폭포 쪽으로 길을 잡았다. 옥류동 명경대를 지나 구룡폭포, 상팔담 쪽으로 올라가면서 정말이지 보면 볼수록 기기묘묘한 바위며 암석들이 과연 이게 인간 세상인가 할 정도였다.

경희도 금강산은 처음이었지만 영란이도 처음인 모양이었다. 금강산이 좋다는 말은 많이 들었어도 이렇게까지 좋은 줄은 몰랐기에 너무 좋아 어쩔 줄을 몰랐다. 과연 명산이라는 말이 아깝지 않았다.

아무튼 셋은 그날 걸어서 상팔담까지 올라갔다. 오고 가고 보니 온몸이 녹초가 되었지만 너무 좋았다. 저녁이 늦어서야 호텔로 돌아왔다. 그래도 호텔에 남았던 김정일이 이들이 돌아온 다음을 생각해서 그랬는지 저녁상을 잘 준비해 놓고 기다리고 있었다.

넷은 다시 밤이 어지간히 늦어지도록 먹고 마시고 하였다. 경희는 언제인가 영란에게 적어도 오빠와 더는 가깝게 지내지 말라고 이야기해주겠다고 생각했지만 차마 입이 떨어지지 않았다. 김정일은 그런 경희가 고맙게 생각되어 그런지 자꾸 마시라고 권하는 통에 웬만큼 마시지 않을 수 없었다.

밤이 늦어 자리를 파할 때다. 정일이 아주 뻔뻔스럽게 취한 영란을 데리고 자기 침실 쪽으로 갔다. 경희는 침실에 오기 바쁘게 거의 죽은 사람처럼 쓰러졌다. 그러다 한밤중에 깨어났다. 목이 말라 어둠속을 더듬어 탁자에 있던 물병부터 찾았다. 그런데 다시 자리에 눕고 보니 누군가 방에 자기 말고 또 한 사람이 있는 것 같은 느낌이 들었다. 경희는 갑자기 무서운 생각이 들었다.

설마 누가 자기가 든 방에 감히 들어올까. 밖에는 보나 마나 안전원이 와서 지키고 있을 것이다. 아닐 것이라고 하면서도 그렇게 생각되지 않았다. 탁자를 더듬어 탁상 등을 켰다. 순간 경희는 그만 기절할 뻔하였다. 뜻밖에도 저쪽 벽에 웬 남자가 서 있는 것이었다.

"누구세요?" 경희는 가까스로 목소리를 가다듬어 소리쳤다. 그 남자는 아무 말도 못하고 문을 열고 도망치는 것이었다. 전혁이었다. 분명 전혁이었다. 그 후로 경희는 잠들 수가 없었다. 그가 왜 자기 방에 들어왔는가. 물을 것도 없이 뻔한 일이었지만 도대체 이해가 되지 않았다. 마침내 날이 새고 아침이 밝았다. 그런데 더구나 놀라운 것은 어제 같이 내려왔던 오빠와 영란이까지 없어진 것이다. 호텔 안내원한테 물으니 새벽에 급한 일이 있다고 원산으로 올라갔다는 것이다. 어제 밤이 늦도록 같이 마시고 자리를 파했는데 그때까지는 아무 일도 없었다.

생각하고 있었던 일이지만 꽤 늦은 아침인데도 전혁이 내려오지 않았다. 경희는 그대로 참을 수 없었다. 전혁을 찾아 방에 올라갔다. 아니나 다를까 전혁이 그때까지도 이불을 뒤집어 쓴 채 그대로 있었다.

"전혁 동무, 일어나요. 도대체 어떻게 된 일이에요?"

문득 전혁이 일어났다. 그런데 일어나자마자 그 바람으로 그대로 경희 앞에 무릎을 꿇는 것이었다.

"경희, 나 정말 죽을 죄를 졌어. 한 번만 용서해줘!"

"뭐요? 바른대로 말해봐요. 도대체 무슨 일이에요?"

전혁이 체통은 컸으나 그의 배짱으로는 감히 자기 방까지 들어 올 생각을 못했으리라는 짐작이 갔기 때문이다.

"형님이 무슨 일이 있어도 지난밤에는 끝장을 내야 한다기에 ···. 죽을 죄를 지었으니 용서해줘요."

더 말이 나가지 않았다. 바로 그 모든 것은 오빠가 계획하고 작정한 일이었다. 경희는 그 길로 나왔다. 차는 이미 김정일이 끌고 원산으로 올라갔기 때문에 호텔 미니버스를 타고 올라가는 수밖에 없었다. 보나마나 국제 호텔에 갔을 것 같아 찾아갔다. 호텔 안내원이 김정일이 영란과 함께 송도원에 나갔다고 하였다. 경희도 따라 나갔다. 마침 이들이 거기서 한참 보트를 타느라 정신이 없었다.

"오빠, 여기로 나와요. 나하고 이야기 좀 해요." 경희가 화가 머리끝까지 치밀어 말했다.

"응, 너 벌써 올라왔어? 왜 천천히 올라오지." 정일이 마치 아무 일도 없었던 듯 히쭉벌쭉 웃으며 말하는 것이었다.

"오빠도 사람이에요? 도대체 무슨 생각으로 이번에 날 여기까지 끌고온 거에요?"

"히히. 목적은 무슨 목적? 왜 와서 이렇게 놀고 가면 좋은 거 아니야?"

정일은 경희가 화가 잔뜩 난 얼굴을 보면서도 전혀 개의치 않았다. 오히려 그녀가 그렇게 화내는 것이 재미있기라도 한 듯 히물히물 웃기까지 하였다.

"오빠, 명심해 두세요. 저 차라리 어느 탄광 노동자한테 시집가면 갔지, 절대 전혁 동무랑 같이 사는 일은 없을 거에요."

"히히. 그거야 두고 봐야 알지."

경희는 그날 저녁으로 평양에 올라왔다. 생각할수록 오빠의 검은 마음이 가증스러웠으나 어쩔 수는 없었다. 마침내 며칠이 지나고 방학이 끝났다. 경희는 은근히 성택을 기다렸지만 그는 찾아오지 않았다. 그래서 어느 날에는 끝내 참을 수 없어 영란을 찾았다. 영란은 반가워하면서도 먼저 오빠 소식부터 묻는 것이었다. 경희는 별로 할 말이 없었다.

다만 "당의 참된 딸"이라는 가극을 만든답시고 거의 매일같이 인민군 협주단에 나간다는 이야기만 하였다. 김정일이 그때는 벌써 조선예술영화 촬영소요, 2.8영화 촬영소요 하는 게 지겨워졌는지 가극 만드는 데 정신을 쏟고 있었다. 하지만 경희 속마음은 무엇보다도 성택이 왜 안 보이는가 묻고 싶은데 먼저 묻기는 좀 면구스러웠다. 그러는데 영란이 먼저 말을 꺼내는 것이었다.

"경희야, 참 너, 성택 동무 전학간 걸 아니?" 뜻밖의 소리였다.

"뭐야? 아니 성택 동무가 왜 갑자기 전학갔는데? 그것도 어디로?"

"너, 모르고 있구나. 지난 방학 기간 그가 갑자기 집에 일이 생겨 원산경제대학으로 전학갔다고 하더구나."

경희는 기가 막혔다. 아니 어이없었다. 그한테 집에 무슨 일이 생겨 갑자기 원산경제대학으로 전학간다는 말인가. 또 뭔가 오빠의 작간이 숨어 있지 않나 의심부터 갔다.

"그럼, 이젠 다시 여기 평양에는 오지 않는다는 거니?"

"그야 당연히 오지 않겠지. 전학간 사람이 뭐 하러 오겠어?"

"어떻게, 그렇게 갑자기 …." 경희는 더 말을 잇지 못했다. 실로 경희한테서는 이 소식이 말 그대로 청천벽력 같은 일이 아닐 수 없었다.

17
갈림길

이 일은 성택에게도 청천벽력이 아닐 수 없었다. 성택은 방학 기간 내내 집에 내려와 밀린 집안일을 하느라 정신이 없었다. 형들은 모두 군대에 나가 있었고 어머니까지 늘 몸져 누워 있다 보니 누구도 집일을 해줄 사람이 없었다.

다 고삭아 버린 초가는 비가 줄줄 새고 굴뚝도 한쪽으로 비스듬히 자빠져 그대로는 겨울을 날 수 없었다. 또 오래전에 형들이 지어 놓은 돼지우리도 너무 허술해서 기르던 돼지가 뛰쳐나올 정도였다.

방학이 차라리 한 달 쯤이나 된다면 모르겠는데 불과 보름밖에 되지 않다 보니 그새 그 많은 일들을 혼자 다하는 것도 쉽지는 않았다. 그래서 먼저 그 일을 대충 끝내고 보니 뒷집 정순 어머니네 집도 말이 아니었다. 어쩔 수 없어 거기에도 또 사흘을 바치고 그러고 보니 대학으로 돌아갈 날이 되었다. 성택이 하루 전에야 대충 일을 끝내고 부랴부랴 짐을 챙기고 청진역에 나갔다. 그런데 막 역 홈으로 나가려 할 때였다.

뜻밖에도 그의 학생증이며 통행증을 유심히 살피던 역두 안전원이 그것들을 모두 바지 주머니에 쑤셔 넣고 한쪽으로 나서 기다리라는 것이었다. 생각지도 않던 일이다. 하지만 뭔가 좀 알아볼 것이 있어 그러는 줄 알고 한쪽에 나서 기다렸다. 승객들 증명서 검열은 열차 떠나기 거의 직전까지 이루어졌다.

"안전원 동지! 저 오늘 못 가면 안 됩니다. 내일 개학이란 말입니다." 그의 통행증에도 분명 유효 날짜가 내일까지로 되어 있었다.

"기다리라고 하잖아."

"예? 저 오늘 못 가면 안 된다는 말입니다."

하지만 안전원은 그의 말을 들었는지 말았는지 대꾸도 하지 않았다. 이젠 막 열차가 떠나려 하였다. 성택이 더는 그대로 있을 수가 없어 안전원을 밀치고 한쪽으로 빠졌다. 그리고 금방 떠나려는 열차를 향해 줄달음을 쳤다. 그러나 불과 열 걸음도 내닫기 전에 안전원한테 잡히고 말았다.

"이 새끼, 기다리라면 기다릴 것이지 어디를 가려고 빠져 나가?" 안전원이 그의 덜미를 잡으며 하는 말이었다. 그러는 새 열차는 떠났다. 성택은 영문도 모른 채 역두 안전원(역전 경찰실)실에 끌려 들어갔다.

"제 증명서에 뭐가 잘못됐다고 그러는 겁니까?" 성택도 화가 나서 안전원한테 대들었다. 하지만 안전원은 들은 척도 하지 않고 어딘가 전화질만 하고 있었다.

"예, 예. 여기 잡아 놨습니다. 알았습니다. 알았습니다. 그렇게 하겠습니다." 전화기를 놓았다.

"좀 기다려."

"아니, 뭘 더 기다린다는 말입니까? 도대체 제가 뭘 잘못했다고 못 간다는 말입니까?" 성택이 화가 진정되지 않아 소리쳤다.

"이 새끼, 기다리라면 기다릴 노릇이지 무슨 말이 그리 많아!" 안전원은 한 대 칠 것처럼 을렀으나 때리지는 않았다. 얼마 후 밖에서 차 소리가 나더니 한 사람이 들어왔다.

"이 친구야?" 밖에서 들어온 사람이 묻는 말이었다. 나이 지긋해 보이는 사람이었다.

"예."

"됐어. 나하고 같이 가야겠어."

"어디로 말입니까?" 성택이 물었다.

"가 보면 알아." 성택을 데리고 역 앞으로 나왔다. 새까만 승용차 한 대가 서 있었다.

"자, 올라타!" 성택이 차에 올랐다. 다른 때 이런 차를 타 보았더라면 얼마나 자랑스러웠을지 모른다. 하지만 지금은 아니었다. 성택이 푸르락 푸르락하면서도 차에 탔다. 차는 청진역을 떠나 곧장 시내 중심가로 향하였다. 그리고 이리저리 몇 번 돌더니 도당 청사로 들어가는 것이었다.

"아니, 여기는?" 성택이 비록 와본 적은 없었지만 몇 번 그 앞을 지나가 보았기 때문에 안다.

"이제 책임비서 동지가 동무를 만나겠으니 절대 불손하게 놀지 말아." 그를 태우고 온 나이 지긋한 사람이 하는 말이었다.

"예? 아니, 도당 책임비서 동지가 나를 만나요?" 도당 책임비서라면 도에서는 제일 높은 사람이다. 성택이 도대체 무슨 소린지 알 수 없어 물었다.

"그래. 구체적인 건 이제 만나보면 알게 되겠지."

성택이 어리벙벙한 채 2층 책임비서방까지 갔다. 나이 60도 넘은 것 같은 대머리 영감이 기다리고 있었다. 겉보기에는 꽤 인자해보이었다.

"장성택 동무요? 앉아, 앉으라고!"

성택이 앉았다. 암만해도 무슨 일인지 알 수 없었다. 도당 책임비서라면 어떻게 되는 인물인가. 한낱 촌뜨기 대학생인 자기를 만나준다는 것부터 이해되지 않았다. 그러다 보니 어느새 그 산돼지 같은 안전원한테 걸려 기차를 타지 못한 것까지 새까맣게 잊어버리고 말았다.

"그래, 방학이 돼서 내려왔겠네?" 책임비서가 하는 말이었다.

"예."

"성택 동무는 올해 몇 살이라고 했더라?"

"올해 스물다섯입니다."

"스물다섯이라? 좋은 때지 좋은 때야." 책임비서가 실눈을 지으며 하는 말이었다.

"오늘 대학으로 올라가야 하는데 올라가지 못하게 돼서 큰일났다 생각했겠지?"

성택은 대답하지 않았다. 도대체 이 모든 일이 무엇 때문에 일어난 것인지 이해되지 않을 뿐이었다.

"성택 동무, 뭐 빙빙 에돌아 말할 것도 없지. 동무 다른 대학으로 전학하면 어떻겠소?"

"아니, 그게 무슨 소립니까?"

"바른대로 말하면 우리 도에서 동무가 대학을 졸업한 다음 중요하게 쓰자고 그러는데 원산경제대학으로 전학하면 어떻겠는가 하는 거요?"

그건 성택이로서는 전혀 생각지도 않던 일이다.

"제가 왜 원산경제대학으로 전학해야 하는데요? 싫습니다."

"아, 그러지 말고 우리 도에서 앞으로 동무를 크게 쓰기 위해 그런다지 않소."

"싫습니다. 우리 어머니랑 동네에서도 제가 김일성종합대학에 다닌다고 얼마나 좋아하는데요. 개천에서 용이 났다고 그럽니다."

"개천에서 용이 났다? 하긴 그러겠지. 그래도 한번 우리 도 당에서 책임지고 장차 동무한테 큰일을 맡기자고 하는데 깊이 생각해봐야 하지 않을까?" 책임비서의 얼굴에 어쩌면 사정하는 듯한 빛도 보이었다.

"아닙니다. 그건 절대 안 됩니다. 전 그전부터 기자가 되고 싶었는데 경제를 전문할 생각은 한 번도 해본 적이 없습니다." 성택이 제법 단호하게 거절하였다. 성택이 그렇게 나오자 책임비서가 난감한 표정을 지었다.

"성택 동무도 어린 시절 인민학교를 다닐 때부터 '공산주의 건설의 후비대가 되기 위해 항상 준비하자'는 구호를 많이 외쳤겠지?"

"예."

앞에서도 이야기하였지만 북한에서는 모든 아이들이 10~11살이면 초등학교 2~3학년만 된다. 그때부터는 벌써 소년단에 입단하는데 소년단 인사가 바로 "공산주의 건설의 후비대가 되기 위해 항상 준비하자"이다. 그러면 대답은 "항상 준비"라고 손을 머리 위 가운데로 높이 쳐드는 것이다.

"내 그래서 말하는 건데 이건 권고가 아니라 당의 결정이라는 것을 알아야 돼." 책임비서가 책상 서랍을 열고 이미 준비해 놓았던 그의 원산경제대학 전학 문건을 내놓았다.

"아니, 이건?" 성택이 엉겁결에 받지 않을 수 없었다.

"내, 길게 이야기할 시간이 없어 그러는데 이건 우리의 단순한 결정이 아니라는 걸 알아야겠소. 동무가 정 그렇게 못하겠다고 하면 어쩌면 원산경제대학도 갈 수 없게 된다는 것도 알아야겠소."

이건 완전한 협박이었다. 도대체 무엇 때문인가. 암만 생각해봐도 알 수 없었다. 집으로 돌아오지 않을 수 없었다. 어머니는 말할 것도 없고 동네 사람들까지 왜 돌아왔는가 물었다. 성택이 할 수 없어 대학에서 기숙사를 보수하는데 며칠 있다가 오라는 연락이 왔다고 했다. 하지만 집에 그대로 있을 수도 없었다.

여러 날 끙끙 앓다가 결국은 할 수 없이 원산경제대학으로 떠났다. 경제대학에서는 생각지도 않게 반갑게 맞아주었다. 자기가 손풍금을 잘한다는 소문이 벌써 여기까지 와서인가? 성택이 제 나름대로 생각하며 새로운 운명에 맞춰 보려고 애썼다.

하지만 암만 그래도 이해되지 않았다. 왜 자기가 갑자기 원산경제대학으로 와야 했는가. 특별히 공부에서 문제될 것도 없었다. 그렇다고 생활을 잘못한 것도 아니다. 정말 책임비서의 말같이 도에서 그를 크게 쓰기 위해 돌려놓은 것이란 말인가.

도대체 믿어지지 않았다. 신소청원 편지를 쓰기로 마음먹었다. 처음에 김일성종합대학 당 위원회에 썼다. 회답이 없었다. 계속하여 당 중앙위원회 신소청원부에 썼다. 역시 회답이 없었다. 그렇거나 말거나 계속 썼다.

그러던 어느 날 뜻밖에도 강원도당 조직부에서 찾는다는 연락이 왔다. 도당 조직부에서 왜 자기를 찾는가? 성택은 도대체 이해가 가지 않았지만 가지 않을 수 없었다. 40대의 중년 남자가 맞아 주었다. 몇 마디 마른 인사말이 오간 후 그 사람이 책상 서랍을 열고 그가 쓴 신소편지 뭉텅이들을 꺼내 놓았다.

"이게 모두 동무가 보낸 거야?" 그가 밤잠까지 자지 않고 써 보낸 신소편지다.

"예. 맞는 것 같습니다." 성택이 얼떠름하여 대답했다.

"함북 도당에서는 책임비서 동지까지 직접 동무를 만나서 설복을 했다고 하던데 동무 왜 그렇게 고집이 세?"

"무슨 고집 말입니까?"

"도당 책임비서 동지가 뭐 할 일이 없어 동무 같은 사람이나 만난 줄 알아?"

"제가 언제 도당 책임비서 동지를 만나고 싶다고 했습니까?" 성택이 영문을 몰라 말했다.

"하여간 내 길게 말하지 않겠는데 앞으로 더는 이따위 편지질하지 말란 말이야, 알겠어?"

"예?"

"사람이 올라가지 못할 나무는 쳐다보지도 말랬다고 다시 이런 짓거리를 할 땐 여기 경제대학은 고사하고 어디 시골 교원대학도 못 갈 줄 알아."

완전히 으름장이었다. 아니 빈 소리가 아닐지도 몰랐다. 성택은 나왔다. 도대체 이해되지 않았지만 분명한 건 더는 이런 신소편지 같은 걸 썼다가는 언제 어디서 무슨 날벼락이 떨어질지 모른다는 것이었다.

기가 막혔다. 그러나 어쩔 수 없었다. 그러다 보니 또다시 몇 달이 지나갔다. 어느 일요일이다. 벌써 11월도 중순에 접어들었는데 날씨는 화창하였다.

성택은 마음도 무겁고 어쩌다 쉬는 날이라 묵은 빨랫감을 가지고 개울가를 찾아 나섰다. 기숙사에서 나와 원산 적천리 쪽에서 내려오는 개울까지는 그리 멀지 않았다. 방금 기숙사 정문을 벗어날 무렵이었다.

"저, 장성택 동무 아니세요?" 웬 낯모를 여대생이 자기를 부르는 것이었다.

"그런데요?"

"저기, 누가 찾아왔던데요."

멀지 않게 길 옆에 있는 늙은 느티나무 쪽을 가리키는 것이었다. 성택이 그만 깜짝 놀라 그 자리에 굳어졌다. 거기에는 뜻밖에도 경희가 서 있는 것이 아닌가. 물론 성택이 그새 경희를 생각하지 않은 건 아니다. 하지만 그거야말로 다시는 돌아올 수 없는 일일 뿐이었다. 아무리 그를 잊고 싶지 않아도 잊을 수밖에 없다는 생각이 들어서였다. 그런데 뜻밖에도 그가 바로 자기 눈앞에 서 있는 것이었다. 경희가 그에게로 다가왔다.

"안녕하셨어요?" 언제나 잊지 못할 그 고운 눈으로 살풋이 성택을 쳐다보며 하는 말이었다.

"아니, 안녕이고 뭐고 동무가 어떻게 여길 왔는데?"

"그렇게 됐어요. 그런데 어딜 가려고 이렇게 나섰어요?"

"아니, 저 빨래 … 아니야. 지금 당장 하지 않아도 되지만." 성택이 얼른 빨래 소래를 뒤에 감추며 말하였다.

"그럼, 같이 나가요. 제가 좀 도와줄 수도 있잖아요." 경희가 손을 내밀었다.

"아니, 괜찮아. 이 까짓게 뭐라고."

성택이 서둘러 뒤로 감추느라 하였지만 경희에게 빼앗기고 말았다. 둘은 개울가로 나갔다. 아침에는 그래도 제법 쌀쌀하더니 해가 뜨면서 좀 나았다. 둘은 개울가에 앉았다. 멀리 부운리 옛 독일 수도원 자리 원산농업대학 건물이 보이고 오가는 사람도 없었다.

"경희 동무는 어떻게 여기까지 왔는데?"

"호호. 올 수도 있지요 뭐. 그보다 저 때문에 성택 동무 여기까지 전학오게 돼서 미안해요."

"뭐라고? 아니 내가 왜 동무 때문에 여기까지 전학을 와?" 이거야 말로 성택으로서는 전혀 생각지도 못하던 소리였다.

"사실이 그렇게 됐잖아요." 경희는 서글픈 미소를 지었다.

"사실이 그렇게 되다니?" 성택이 그게 무슨 말인지 도통 몰라 어리 둥절해졌다.

"저, 성택 동무, 언제인가 저한테 물은 거 있지요?"

"내가 도대체 뭘 물었는데?" 성택은 벌써 옛날 일을 새까맣게 잊고 있었다.

"제가 아무개의 딸이 맞는가 묻지 않았어요?"

"뭐, 뭐? 가만, 그래서?"

"그때 … 제가 동무가 아닌가 물어서 아니라고 했지요. 생각나요?" 생각났다. 같은 반 수길이 어디서 경희가 수령님 딸 같다고 말해서 확인하였던 것이다.

"그런데 그게 정말이면 어떻게 하겠어요?"

"뭐, 뭐라고?" 성택은 더 말을 못했다. 잠시 후 성택이 다시 말했다.

"아니, 아니, 그때가 아니지. 참 그 자산역에서 동무네 아버진 사무원이라고 했잖소?"

"맞아요, 사무원. 그런데 높은 사무원이면 어떻게 하겠어요?"

"그럼, 정말 수령님이란 말이오?" 경희는 대답이 없었다.

"어떻게 이런 일이? 경희 동무 그게 정말이오? 아니지? 아니면 아니라고 말을 하란 말이야!"

경희는 역시 대답이 없었다. 오히려 눈가에 알지 못할 서글픔만 비껴 있을 뿐이었다.

"히야, 이것 참. 경희 동무 그러니까. 경희 동무가 수령님의 딸이란 말이오?" 성택이 기가 막혀 말이 나가지 않았다.

"아니, 정말 어떻게 이런 일이?" 성택이 너무 놀라 어쩔 줄 몰랐다.

"빨래하러 나왔으면 빨래나 해요."

경희는 빨래 버치를 들고 개울가로 내려갔다. 와락 쏟아 놓고 비누칠을 하고 비벼대기 시작했다. 언제 한 번 자기가 직접 해본 적은 없어도 남들이 하는 건 여러 번 봤다.

그때까지도 성택은 꼭 몽유병에라도 걸린 사람처럼 그 자리에 굳어져 있었다.

"어떻게 이런 일이? 아니 아니지, 이건 아니지." 급히 개울가로 따라 내려왔다.

"경희 동지, 그건 나한테 주고 빨리 손을 씻으라고!" 서둘러 경희 손에서 빨랫감을 빼앗으며 하는 말이었다.

"경희 동지는 또 무슨 경희 동지에요. 그냥 전처럼 말씀하세요."

"아니, 그래도 이건 아니지. 수령님 자제분에게 어떻게 이런 빨래를."

"아니에요. 전 뭐 여자가 아닌가요?" 달라거니 말라거니 둘은 실랑이를 하지 않을 수 없었다.

"가만, 그럼 혹시 그전에 코끼리 석상 앞에서 만났던 그 곱살하게 생긴 사람도 동무네 오빠란 말이오?" 성택은 갑자기 뭔가 생각나 묻는 것이었다.

"죄송해요. 원래 우리 오빠는 성미가 괴벽해서."

성택은 그러고 보면 그새 경희와 가까이 하면서 풀리지 않았던 모든 의문이 단번에 풀리는 것 같았다. 그래서 그는 특별한 이유도 없이 한참 다니고 있던 김일성종합대학에서 여기까지 전학오게 되었던 것이다.

할 말이 없었다. 자기 같은 촌뜨기가 감히 수령님의 딸한테 연애를 걸다니. 어느 날 밤인가 모란봉에 올라갔을 때 감히 그를 감히 껴안으려 했던 일까지 생각하면 할수록 그 자체가 두려웠다.

"그런데 갑자기 어떻게 여기 오게 된 거요?" 성택이 가까스로 용기를 내서 물었다.

"아까 기숙사에서 나오면서 옆에 서 있던 승용차 못 봤어요?" 경희가 하는 말이었다. 그리고 보니 보기는 본 것 같다.

"아니, 그럼 승용차 운전까지?"

"뭐, 그것도 사람이 하는 일이더군요. 전 두 달 전부터 연습했어요."

그럼 경희가 자기 같은 것을 만나기 위해 자동차운전 연습까지 했단 말이다. 성택이 가슴이 뜨거워졌다.

날씨는 따뜻하다고 해도 11월 개울물은 얼음장같이 차가웠다. 경희가 개울가에 앉아 빨래에 비누칠을 하고, 성택이 그래도 남자 체면을 세우느라 바지까지 걷고 들어가 문질렀다. 워낙 빨래가 많지 않은데다 둘이 함께 하다 보니 금방 끝났다. 둘이 함께 젖은 빨래를 개울가 돌각

담에 널어놓았다. 그러고 보니 경희 손이 새빨갛게 익은 것 같았다.

태어나서 처음으로 얼음장 같은 물에 빨래는 했겠는데 경희는 싫은 기색 한 마디 없었다. 성택은 정말 가슴이 뜨거워졌다. 와락와락 주변 검불들을 긁어모아 불을 피웠다. 마침 여름에 떠내려온 나뭇가지들도 있어 주워다 얹어 놓았다. 경희가 다가왔다. 그녀도 나서 처음으로 진짜 여자 할 일을 한 것 같아서 기분이 나쁘지 않았다. 둘은 우등불(모닥불)을 마주하고 앉았다.

"성택 동무, 저 일요일 같은 때 가끔씩 여기 놀러와도 되는 거지요?" 경희가 방긋 웃으며 하는 말이었다.

정말 예쁘다. 성택이 다시 한번 놀라지 않을 수 없었다. 하지만 이제는 아니다. 그가 그냥 경희인 것이 아니라 수령님의 자제분인 것이다. 이대로 나가다가는 또다시 무슨 더 큰 봉변이 닥칠지 두려웠다.

"저, 성택 동무, 저 가끔씩 여기 놀러와도 되는가구요?" 경희가 다시 묻는 말이었다.

"아니, 경희 그건 안 될 것 같아." 성택이 힘들게 대답했다.

"피, 그래도 전 가끔씩 올 건데요."

"안 돼, 그건 안 돼."

경희는 그날 저녁 평양으로 올라갔다. 그리고 다시 오지 말라고 하는데도 대답하지 않았다. 경희가 돌아간 다음에도 성택은 생각할수록 믿어지지 않았다. 자기 같은 것이 어떻게 그 하늘같은 수령님의 딸과 사귈 수 있단 말인가? 경희가 올라가면서 그에게 자그마한 보따리 하나를 주고 갔다. 펼쳐보니 여러 가지 식료품들이었다. 그로서는 구경조차도 못해본 것들이었다.

순대며 돼지고기 위쌈, 그리고 이름조차 알 수 없는 여러 가지

비운의 남자 장성택 1

통조림들, 감히 그로서는 뜯기조차 서슴어지는 것들이었다. 저녁에 기숙사 같은 호실 친구들과 먹자고 하니 그들도 깜짝 놀라 감히 손을 대기 망설였다.

　그 이후에도 경희는 몇 번이나 더 내려왔다. 올 때마다 뭔가 싸들고 내려오는 건 말할 것도 없고 성택의 더러워진 속내의며 양말짝 같은 것까지 빨아 놓고 갔다. 둘 사이 사랑은 서서히 깊어질 수밖에 없었다.

18
눈바람 속에서도 꽃은 피는가

벌써 3주일째 경희가 나타나지 않았다. 성택
이 불안하지 않을 수 없었다. 그가 다른 사람도 아니고 그 위대한 아무
개의 딸이라는 것을 안 다음에는, 애초에 마음속에서 지워버리려 했다.
그러나 그게 그렇게 쉽지 않았다.

그럴수록 왜 하필이면 그녀가 수령의 딸로 태어났을까 아쉬운 생각
만 들었다. 그러면서도 그녀가 한 주일이 멀다 하게 찾아오고, 그의
더러워진 빨래까지 깨끗하게 빨아 정돈하고 돌아가는 데는 자기도 모르
게 마음이 혼란스럽지 않을 수 없었다.

이젠 대학 졸업도 얼마 남지 않았다. 졸업만 하면 경희와는 모든
것이 끝날 수도 있다는 생각에 더 혼란스럽지 않을 수 없었다. 혹 그래

도 무슨 수가 있지 않을까 하는 생각도 깊어지는 것만은 사실이다.

그런데 벌써 3주일째 나타나지 않았다. 성택으로서 해볼 수 있는 것이 아무것도 없었다. 일요일이 되었다. 성택은 오지 않을 줄 알면서도 경희가 나타나곤 하던 대학 기숙사 정문 쪽으로 자꾸 눈길이 가는 것을 어쩔 수 없었다.

벌써 오후 4시가 가까워진다. 오늘도 오긴 틀렸구나 생각을 접고 돌아설 무렵이었다. 뜻밖에도 까만 승용차가 기숙사 정문 앞 멀지 않은 곳에 와 멎어서는 것이었다. 경희다! 성택이 한달음에 달려 나갔다. 경희가 마주 오는데 언제나와 같이 밝은 얼굴은 아니었다. 아니 그저 밝지만 못한 것이 아니라 많이 수척해진 것 같기도 하였다.

"경희, 그새 무슨 일이 있었어?"

"일은 무슨 일? 오늘은 저와 같이 어딜 좀 갔다 와야겠어요. 타요."

"어딜?"

"글쎄, 가보면 알아요." 경희는 가볍게 웃으며 차에 오르라고 하였다.

성택은 그녀의 얼굴이 어두운 것을 보고 더 말하지 않고 차에 올랐다. 오르면서 보니 지난번까지 끌고 왔던 소련제 "볼가"가 아니었다. 그 보다 훨씬 좋은 차로 바뀌었다.

"이거, 차가 바뀐 것 같네?"

"그런 게 무슨 상관이에요."

경희가 시동을 켜고 달리기 시작했다. 주변 지리에 대해서는 잘 알고 있는 듯 원산경제대학에서 나와 농업대학이 있는 부홍리 쪽으로 달리더니 다시 송천리 쪽으로 나갔다. 그리고 송천교를 건너자 다시 문암리 쪽으로 차를 틀었다. 이젠 운전 솜씨도 이만 저만이 아니었다. 성택이 황홀하여 쳐다보는데 차는 송천교를 건너 바닷가를 끼고 달리기 시작했다.

처음 가보는 길이다. 원래 원산에서 송도원 쪽으로 들어오다 송천교만 건너면 농대가 있는 부흥리 쪽으로만 가게 되어 있다. 일반사람은 일체 바닷가 쪽으로 가지 못하기 때문이다. 그 안에 무슨 특각이 있다는 것만 들어서 알 뿐 누구도 거기에 들어가 본 사람은 없었다. 그런데 성택이 경희 차를 타고 그 길로 들어가는 것이다. 새삼스럽게 경희의 존재에 대해 의식하지 않을 수 없었다.

길 양쪽으로 높이 솟은 포플러 나무가 서 있고 한가운데로 깨끗한 포장도로가 나있다. 차 한 대, 사람 한 명 보이지 않는 길이다. 차가 얼마간 달리자 뜻밖에도 탁 트인 곳이 나타났다.

여러 채의 화려한 소형 다층 건물들이 나타나는데 첫눈에도 범상치 않은 건물들이라는 것이 느껴졌다. 성택은 정말이지 그 속에 그런 건물들이 있을 줄은 알지도 못했다. 다른 세상 같았다. 얼마 들어가지 않아 승마복을 입은 보초병이 꼿꼿이 서 있었다. 하지만 경희가 차 조수석 서랍에서 뭔가를 꺼내 들자 지체 없이 "영접들엇, 총!"까지 하였다. 차는 그를 지나 소형 다층 건물들 사이로 들어갔다. 제일 끝 쪽 어느 한 건물 앞에 멎었다.

"자, 내려요." 경희가 성택을 앞세우고 건물로 들어갔다.

그림같이 문 앞에 서 있던 안내원이 깍듯이 허리를 굽혀 인사했다. 성택이 새삼스레 자기 신발에 눈이 갔다. 전날 친구들과 축구하다 창 떨어진 것을 미처 어쩔 시간이 없어 구리줄로 대충 얽어놓았던 것이다. 양말도 같다. 이제 신발만 벗으면 엄지발가락이 삐죽이 머리를 내밀겠는데 그것도 문제다. 냄새도 지독할 것이다. 자연히 서슴어지지 않을 수 없었다. 그래도 따라 들어갔다.

문을 열고 들어서자 바닥은 분명 대리석 같은데 거울이다. 2층에 올라갔다. 거기에도 자그마한 홀이 있었다. 크지 않은 탁자를 사이에 두고 소파들이 있고 벽에는 금강산 산수화가 걸려 있었다. 그 안쪽으로는 방들이 있는 것 같았다.

"앉으세요."

경희가 소파를 권했다. 성택은 분명 앉긴 앉아야 할 것 같은데 몸이 잘 움직여지지 않았다.

"참, 먼저 목욕하시겠으면 하세요." 경희가 저 안쪽을 가리켰다.

"여기서 목욕을 하란 말이요?" 성택이 깜짝 놀라 경희를 쳐다봤다.

"괜찮아요. 여기 성택 동무와 저 말고 아무도 없어요."

"그래도?" 성택은 놀라지 않을 수 없었다.

"그래도는 무슨 그래도에요. 어서 들어가요."

성택은 경희한테 등을 떠밀려 욕실에 들어갔다. 성택이 이제까지 목욕이라면 대학 목욕탕과 기껏 원산 시내에 있는 대중탕밖에 가본 적이 없다. 가운데 큰 욕조가 있고 사람들은 그 주변에 빙 둘러 앉아 때를 씻는다. 그게 대중탕이다.

하지만 여기는 아니었다. 워낙 욕조 크기도 컸지만 한쪽에 초음파 물 충격기도 있고 다른 쪽에는 샤워기까지 몇 개씩 달려 있었다. 화려했다. 분에 넘치게 화려하였다. 성택이 옹색하였지만 옷을 벗고 욕조에 들어갔다. 문소리가 나는 것 같아 얼른 물속에 몸을 숨기었다.

"나와서 갈아입으세요."

경희는 갈아입을 옷을 들여다 주고 나갔다. 성택이 난생 처음으로 그런 화려한 욕조에 들어가 목욕을 하면서 생각해보니 자신이 꼭 원숭이 같다는 생각이 들었다. 그래도 옹색한 것을 참고 다 끝내고 나와 경희가 두고 간 옷까지 갈아입었다. 긴 두루마기 같은 옷이다.

경희가 탁자에서 기다리고 있었다. 그녀도 전에 보지 못하던 살갗이 훤히 들여다보이는 옷을 입고 있었다. 성택은 차마 얼굴이 붉어져 마주 보기도 두려웠다. 그래도 마주 앉지 않을 수 없었다.

"경희, 오늘은 왜 이러는 거요? 이제까지 이런 적이 한 번도 없었잖아?" 성택은 가까스로 용기를 내어 물었다.

경희는 대답이 없었다. 대답 대신 가볍게 한숨을 내쉬었다. 문득 배불뚝이 잔 2개를 내려놓고 옆에 장에서 목이 긴 술병 하나를 꺼내 놓았다.

"자, 우선 한잔 들면서 이야기해요." 잔에 빨간 술을 부었다. 무슨 포도주라는 것이었다. 무척 향기로운 술이었다.

"이게 뭔데?"

"마셔요. 그냥 약한 술이에요."

"아니, 난 술이라고는 아직 한 번도 마셔본 적이 없는데." 성택이 잔을 들고 주저하였다.

"괜찮아요. 프랑스 샴페인이라는 건데 저도 처음엔 좀 떨렸어요."

잔을 들어 찧었다. 성택이 조심스레 입에 대보았다. 짜르르한 맛과 함께 알지 못할 향이 세게 코를 질렀다. 경희는 드는 척 하다 도로 내려놓았다.

"경희, 무슨 일이 있었던 거지?" 성택이 물었다.

"무슨 일이 있었는지, 있었으면 있었다고 이야길 좀 하라고." 성택이 다시 물었다.

경희는 그래도 대답이 없었다.

"그래, 나도 내가 경희와 어렵다는 건 알아. 그래서 이번에 여러 날째 오지 않으니 생각도 많이 해봤고 …. 이번이 마지막 작별 인사인 가?" 성택이 똑바로 경희를 처다보며 물었다. 경희는 처음으로 머리를 들었다. 그런데 그를 처다보는 순간 더 말이 나가지 않았다. 금방 울음 보라도 터질 것 같다. 그래도 모질게 마음을 다잡았다.

"경희, 왜 그래? 도대체 왜 그러는데? 무슨 일인지 말을 해야 알게 아니야?" 성택이 당황하여 어찌할 바를 모르고 머뭇거리는데 경희는 여전히 말이 없었다.

"그래, 언제인가 나도 이런 날이 올 줄 알았어. 괜찮아. 원래 올라가 지 못할 나무는 처다보지도 말았어야 했는데." 성택이 드디어 자기가 제일 두려워하였던 일이 눈앞으로 다가온 것을 알았다.

"정말 그렇게밖에 말하지 못하겠어요? 으흑!"

갑자기 경희가 와락 성택의 품에 안기는 것이었다. 그리고 비 오듯 눈물을 쏟으며 슬피 흐느껴 울기 시작하였다.

"성택 동무, 전 정말 어쩌면 좋아요? 으응 …."

이건 정말이지 성택으로서는 뭔가 위로해주어야 할 것 같은데 할 말이 생각나지 않았다. 경희는 퍽이나 오랫동안 울음을 멈추지 않았다. 성택이 옹색하게 경희를 껴안은 채 그대로 있었다.

언제인가 적천리 냇가에서 손이 빨갛게 얼어가지고도 나서 처음으 로 진짜 여자 할 일을 한 것 같아 좋아하던 그 모습이 생각났다. 그러나 지금은 그게 아니었다. 그녀는 꼭 총에 맞아 날개가 꺾인 새 같은 모습 이었다.

며칠 전에 있었던 일이다. 경희는 그날 성택에게 찾아갈 준비를 하고 있는데 전혁이 찾아왔다. 그녀가 성택이를 좋아한다는 걸 안 다음 부터는, 특히 지난번 금강산에 갔다온 다음부터 전혁이 그를 찾아오는 일이 거의 없었다.

"전혁 동무가 어떻게? 어서 들어오세요." 집으로 끌었다.

"저하고 잠깐 밖에 나가면 안 되겠습니까?"

"왜, 무슨 할 말이라도?"

"네, 잠깐이면 됩니다."

"알았어요. 잠깐 기다리세요."

경희는 옷을 입고 밖에 나왔다. 둘은 보통강변으로 나갔다. 날씨가 추워져서 그런지 산책하는 사람들도 없었다.

"왜? 저한테 무슨 할 말이 있으면 하세요." 경희가 말했다.

"저, 경희 동지, 아시는지 모르겠는데 이제 며칠 후 경희와 저 모스크바로 떠나게 될 것 같습니다."

"네? 모스크바엔 제가 왜요?"

"정일 형님이 이야기하지 않은 모양이군요. 그렇게 될 것 같습니다."

"그게 무슨 소리에요? 제가 왜 여기서 대학 졸업을 며칠 앞두고 모스크바로 간단 말이에요?"

전혁이 말해주었다. 오빠가 경희의 일을 모두 알고 있다는 것이다. 지난번 성택이 갑자기 원산경제대학으로 전학가게 된 것도 정일이 그렇게 했다는 것이다. 뿐만 아니라 정일이 경희가 거의 주말마다 원산경제대학으로 가는 것도 다 안다는 것이다.

그래서 아버지에게 이야기하여 그를 전혁과 함께 모스크바에 보내기로 했다는 것이다. 경희는 들을수록 어이가 없어 말이 나가지 않았다. 더구나 이 모든 일을 아버지에게까지 말했다는 것이다.

경희는 당장이라도 아버지를 만나 이 모든 일을 이야기하고 싶었지만, 마침 아버지는 전날 중국에 국가 방문을 가고 없었다. 아버지가 떠나기 전에 이미 오빠한테서 다 듣고 그렇게 하라고 허락하였다는 것이다. 경희는 참을 수가 없었다. 당장 오빠를 만나기로 하였다. 전혁이 말을 마치면서 이런 이야기를 하는 것이었다.

"경희 동지, 이건 제 생각인데 말입니다. 오빠를 만나지 않는 것이 좋을 겁니다."

"그건 왜요. 오빠가 도대체 뭔데 제 일까지 이래라 저래라 제 멋대로 하려드는가 말이에요? 아니에요, 만나야겠어요."

"아닙니다. 그러다가는 원산경제대학에 가 있는 그 사람이 다칠 수도 있습니다."

"예?"

"아시잖습니까? 정일 형님은 무슨 일이든 한번 마음만 먹으면 못하는 일이 없다는 걸 말입니다."

"아니에요, 만나야겠어요. 아무튼 고마워요. 모든 걸 알려줘서 말이에요."

마침 저녁에 오빠가 집에 들어왔다.

"오빠, 나하고 이야기 좀 해." 경희는 다짜고짜 방으로 들어갔다.

"아니, 너 갑자기 왜 그러는데? 지금 기상으로 봐서는 이 오빠를 잡아먹기라도 할 것 같구나." 김정일이 히죽히죽 웃으며 하는 말이었다.

"말해봐요, 오빠. 도대체 누구 마음대로 제 장래를 가지고 장난치려 드는 거예요?"

"뭐, 누구 마음대로? 그래, 경희야. 오늘은 나도 너하고 말 좀 하자." 김정일이 사이 문을 닫고 정색하고 마주 앉았다.

"그래, 말 좀 해요. 오빠 도대체 뭔데 제 앞날을 가지고 그러는가 말이에요?"

"경희야, 너도 이젠 그만큼 나이도 먹고 대학까지 졸업하게 됐으면 좀 철이 들어야 되는 게 아니니?" 정일이 오히려 경희를 훈계하려 드는 것이었다.

"아니, 제가 철이 들지 못한 게 도대체 뭐에요?"

"너 생각에는 지금이 그저 놀고 싶으면 놀고 자고 싶으면 자고 연애하고 싶으면 연애하고 모든 걸 네 멋대로 해도 되는 줄 아니?"

"어머, 제가 언제 그렇게 제 멋대로 살았다고 그러세요?" 경희는 어이없어 코웃음을 쳤다.

"자, 우리 어디 바른대로 말해보자. 나도 가끔은 평범한 집에서 태어나서 평범하게 살지 못하게 된 걸 후회하는 때가 있어. 하지만 우리는 어쨌든 아버지 나라에서 아버지의 아들 딸로 태어났기 때문에, 우리가 아버지의 모든 걸 물려받지 못하면 살아도 처참하게 살고 죽어도 처참하게 죽는다는 걸 알아야 돼. 그래, 넌 우리가 그렇게 되길 바라는 거야?"

"그건 왜 그래야 되는데요? 우린 그저 남들처럼 조용히 살면 안 돼요?"

"뭐? 우리도 남들처럼 조용히? 어이고 이 철딱서니 없는 것아! 우린 그런 운명을 가지고 태어나지 못했단 말이야. 남을 짓밟지 않으면 짓밟힐 수밖에 없는 운명을 타고 났단 말이야."

"그게 무슨 소리에요? 우리가 왜 남을 짓밟지 않으면 짓밟힐 수밖에 없는데요?" 경희는 그 말은 이해할 수 없었다.

"그건 우리 되박이 다른 누구도 아니고 바로 수령이기 때문이지. 이제 우리 되박만 돌아가봐. 그러면 아마 그한테 제일 충성했던 사람들이 제일 먼저 우리부터 짓밟자고 할 걸."

"설마?" 경희는 믿어지지 않았다.

"흥, 설마 좋아하네. 그래서 내 말하는데 난 어떤 일이 있어도 절대로 남들한테 짓밟히면서는 살지 못해. 차라리 내가 남을 짓밟으면 짓밟았지."

"그렇다고 성택 동무까지 원산으로 내려 보낼 거야 뭐 있었어요?"

"응, 그것도 그래. 내 알아봤는데 그 자식도 완전히 전혁이처럼 물에 물 탄 놈이더란 말이야. 그런 놈을 데리고 어떻게 남을 짓밟는단 말이야. 어림도 없어 걔는 안 돼!"

경희는 무서웠다. 그런 오빠는 처음 봤다. 하지만 그 순간 정말 오빠는 자기 뜻을 이루기 위해서는 그 어떤 무서운 짓도 조금도 주저하지 않으리라는 것을 깨달았다.

"오빠, 그럼 그래서 나도 몰래 모스크바에 보내기로 했던 거야?"

"그래. 그래도 그놈보다는 전혁이가 한결 나을 것 같아서 그랬어. 그리고 이 문젠 이미 되박한테도 다 이야기했어."

"내가 끝까지 말을 듣지 않는다면 어떻게 할 건데?"

"그러면 원산에 가 있는 그 친구가 불행하게 되겠지. 내 다시 말하지만 난 내가 짓밟히지 않기 위해서라면 무슨 일이라도 가리지 않는다는 것만 명심해."

"오빠, 나 생각해볼 수 있게 며칠만 시간 좀 줘."

경희는 나왔다. 그리고 그 때문에 여러 날 밤을 자지 못했다. 성택을 위해서라도 모스크바에 가지 않을 수 없었다. 경희는 갑자기 울음을 뚝 그쳤다.

"경희! 말해 봐. 도대체 왜 그러는데?" 내용을 알지 못하는 성택으로서는 초조하지 않을 수 없었다.

"성택 동무! 내가 왜 이러는지 일체 묻지 말아줘요. 알겠지?" 성택은 대답이 없었다.

"성택 동무, 나 동무한테 마지막 부탁이 하나 있어. 들어줄 거지?"

"무슨 부탁?" 성택은 무슨 뜻인지 몰라 멍하니 경희를 쳐다보았다.

"아니 먼저 식사부터 해야겠지?"

경희가 탁(탁자) 옆에 달린 단추를 눌렀다. 아까 들어올 때 현관에 그림같이 서 있던 안내원이 들어왔다.

"가져다줘요."

그 아가씨는 대답 대신 가볍게 무릎을 굽혀 인사하고 나갔다. 불과 얼마 되지 않아 식사가 들어왔다. 물론 모조리 처음 보는 것들이었다. 빵이며 음료며 과일이며 식사 도구조차도 수저는 보이지 않고 조그마한 칼, 거릿대(포크) 같은 것들만 있었다.

"자, 양식으로 준비했으니 같이 들어요." 경희는 빵을 베어 잼을 바르고 성택에게 먹으라고 주었다.

성택은 배는 고팠지만 먹고 싶은 생각이 없어졌다. 그래서 빵 한 조각을 들고 대충 드는 척하다가 끝내고 말았다. 경희도 더 먹으라는 말을 하지 않았다. 식사가 끝난 것 같으니 다시 차가 나왔다. 차도 드는 둥 마는 둥 물리었다.

"내 마지막 부탁이 뭔지 왜 안 물어봐요?"

"그건 … 글쎄?"

"오늘 밤, 여기서 자고 가요."

"뭐라고?" 성택이 처음에는 그게 무슨 말인지 깊이 생각하지도 않았다. 생각은 전혀 딴 곳에 가 있었던 것이다.

"알았어." 그러나 대답하는 순간 이건 그저 단순히 자고 가라는 말이 아니라는 것을 느꼈다.

"들어가요."

"어디로?"

"전 정말 저의 순결을 다른 누구에게도 주고 싶지 않아 그러는 거예요."

"뭐라구?"

성택은 그때에야 정말 이 밤이 경희와의 마지막 밤이라는 것을 새삼스럽게 느끼지 않을 수 없었다. 자기가 그렇게도 사랑하였던 경희다. 하지만 그와 마지막 밤을 이렇게 보내야 된다는 사실에 생각이 깊어지지 않을 수 없었다.

성택은 그녀가 끄는 대로 방에 들어갔다. 역시 넓고 화려한 침대가 펼쳐져 있었다. 경희가 침대 가에 앉았다. 성택이도 앉았다. 경희는 한껏 울고 난 뒤끝이어서 그런지 꼭 아침이슬을 머금은 한 떨기의 해당화 같기도 하였다.

경희는 고개를 들지 못했다. 성택도 가슴만 떨릴 뿐 무엇을 어떻게 해야 할지 몰랐다. 언제인가는 한 번 살풋이 안아보기만 해도 원이 없을 것이라고 생각했던 경희다. 그가 자기의 가장 소중한 것을 그에게 주겠다는데 왜 이렇게 당황하기만 할까. 둘은 한동안 그대로 앉아 있었다. 성택이 끝내 견디지 못하고 일어났다.

"경희, 암만해도 이건 아닌 것 같아."

"알았어요. 생각대로 하세요."

경희도 일어났다. 경희가 먼저 일어나 밖으로 나왔다. 탁자에 엎드려 죽은 듯 가만 있었다. 성택이 그러는 경희를 가볍게 안아주었다. 이윽고 경희가 입을 열었다.

"어차피 우리 다시 만나기는 어려울 거예요. 그래서 제가 이제까지 가장 소중하게 여겨온 것이지만 성택 동무에게 바치려고 하였어요."

성택이 더 할 말이 없었다.

"가세요. 그리고 잘 사세요."

어느새 성택이 옷은 말끔하게 빨래하고 말려서 다림질까지 하여 있었다. 성택이 부랴부랴 옷을 입었다. 경희도 옷을 바꿔 입고 밖으로 나왔다. 둘은 이미 퍽이나 늦은 밤길을 따라 달리었다. 밤이 늦었는지라 사람 하나 없었다.

차는 성택의 대학 앞에 와서 멎었다. 성택이 차에서 내리자 경희도 따라 내리었다. 성택이 얼핏 보니 경희 어깨가 가볍게 떨고 있었다. 성택이 소리 없이 다가가 그녀의 가녀린 어깨를 감싸 안았다. 울고 있는 것이었다.

"경희, 너무 그러지 마. 잘못이라면 내가 올라가지도 못할 나무를 쳐다본 것뿐이야. 우리 서로 빨리 잊을수록 좋을 것 같아."

"알았어요. 아무튼 정말 부디 행복하기를 바랄 뿐이에요."

경희 차가 떠났다. 성택은 그 자리에 멍하니 서서 오래도록 자리를 뜨지 못했다.

그다음 날부터 어떻게 된 일인지 갑자기 성택은 열이 나면서 무섭게 앓기 시작하였다. 심할 때에는 40도까지도 오르락내리락하였다. 대학 병원은 손을 털고 도 병원까지 갔다. 거기서도 여러 날 동안 정말 죽게 앓았다. 그러다 겨우 일주일을 고비로 병이 낫기 시작했다. 그런데 병은 좀 나아지는 것 같은데 입맛은 어찌 해도 돌아오지 않았다.

전혀 식사를 못하여서 그런지 제대로 걷지도 못해 퇴원하는 것조차 대학 기숙사 동무들이 부축해서야 할 수 있었다. 사람이 완전히 허수아

비같이 되고 말았다. 대학에서도 기숙사에서는 더 어쩔 수 없어 그에게 집에 가서 몸보신하고 돌아오라고 하였다. 성택은 할 수 없이 집으로 돌아왔다.

마침 겨울이라 어디로 특별히 가볼 곳도 없었다. 성택은 몸이 좀 나아지기 시작하자 동네 아이들과 함께 올무를 만들어 새잡이, 꿩잡이를 다니기 시작했다. 그러던 어느 날 처음으로 꿩 한 마리를 잡아 가지고 정순 어머니집에 들리었다. 정순 어머니가 조용히 그를 불러 앉혔다.

"너의 어머니한테서 대충 들었지만, 무슨 일이 있었다고?"

"아니, 제가 잘못한 거지요 뭐." 성택이 될수록 그 말을 피하고 싶었지만 어쩔 수 없었다.

"그래, 네가 뭘 잘못했는데?"

"괜히 올라가지도 못할 나무를 쳐다봤던 거예요. 물론 처음에는 모르고 쳐다봤던 건 사실이지만." 성택이 그간 있었던 일들을 간단히 말하지 않을 수 없었다.

"그래, 그렇게 되었구나. 알았어." 정순 어머니의 얼굴에 비장한 빛이 떠올랐다.

19
김정일의 위기

그때쯤 김정일은 말 그대로 4대 혁명가극을 만드느라 정신이 없었다. "피바다", "꽃 파는 처녀", "밀림아 이야기하라", "당의 참된 딸"이다. 말하자면 자기가 문화예술부를 맡으면서 이 부문에서 혁신적 성과를 보여준다는 것이다.

그러던 어느 날 김일성이 급히 들어오라는 연락이 왔다. 김정일은 별 생각 없이 김일성의 사무실로 들어왔다. 보나 마나 자기가 4대 혁명가극을 만든다고 잘하는 일이라 할 줄 알았다.

"아버지, 찾으셨습니까?" 정일이 김일성의 사무실에 들어서면서 물었다. 김일성이 말이 없었다. 김정일이 다시 말하였다.

"아버지, 찾았습니까?"

역시 말이 없었다. 피우던 담배만 볼이 오므라들게 빨고 있을 뿐이다. 그새 심장이 나쁘다고 끊었던 담배다. 김정일은 약간 긴장이 되었다. 김일성이 그러는 것은 몹시 화가 났다는 표현이기 때문이다.

"아버지!"

김정일이 갑자기 뭐가 잘못되어도 한참 잘못되어 간다는 것을 깨달았다. 김일성이 돌아섰다.

"야, 이 새끼야! 넌 도대체 뭘 하는 놈이야?" 벽력같은 소리였다. 김정일이 깜짝 놀랐다.

"아니, 제가 뭘? 아버지."

"제가 뭘? 에라, 이놈의 새끼야, 죽어라!"

갑자기 김일성이 옆에 있던 재떨이를 집어 던지었다. 김정일이 조금만 늦게 피했더라면 정통으로 얻어맞을 뻔하였다.

"네가 뭔데 경희가 좋아하는 남자를 원산경제대학에 쫓아버리고 말고 야단이야?"

"예? 제가 언제?" 김정일은 단번에 정신이 번쩍 드는 것 같았다.

"에라, 이 새끼야! 어디 가서 콱 뒈져라!"

순간 김정일은 그게 잘못되었다는 생각보다는 이 일이 어떻게 김일성의 귀에까지 들어갔는가에 미쳤다. 이미 김일성에게 올라가는 모든 선을 차단해버린 다음이었기 때문이다.

"아니, 아버지 도대체 무슨 말씀을?"

"에라, 이놈 새끼야! 내 넌 어렸을 때부터 뱀 같은 놈이어서 사람질을 못할 줄 알았지만 무슨 일이든 처리하는 걸 보면 완전히 개 망태기가 따로 없어!" 김일성이 이렇게 격노하기는 처음이다.

"그건 경희 자신을 위해서 그런 건데?" 김정일은 변명삼아 중얼거리었다.

"이 새끼야, 그 소식이 밖에 나가 봐라. 사람들이 뭐라고 하겠어? 수령님은 앞에서는 인민을 위한 정치를 하는 것 같이 하면서 정작 돌아서서는 왼새끼만 꼰다고 하겠어? 하지 않겠어?"

김정일이 그깟 인민이 무슨 상관인데 하는 말이 목구멍까지 올라왔으나 참았다.

"그리고 너 뭐 요즘 내가 널 후계자로 내정할 것이라는 소리를 듣고 돌아간다면서?"

"아니, 제가 언제?"

"정말이지 너, 이 새끼야! 떡 줄 놈은 생각도 안 하는데 김칫국부터 마셔?"

김정일은 머리를 한 대 되게 맞은 것 같았다. 비록 아직 공포하지는 않았지만 거의 다 그렇게 되어가고 있는 게 현실이었다. 하지만 그렇더라도 이제라도 김일성만 돌아앉으면 그날로 끝장이다. 그건 김정일도 잘 아는 일이었다. 이젠 이 일이 어떻게 아버지한테 전달되었는가가 문제가 아니다. 잘못하면 모든 것이 순간에 끝날 수도 있다. 김정일은 몸서리를 쳤다.

"아버지, 전 정말 그런 적이 없습니다."

"이 새끼야, 그럼 내가 없는 말을 하고 돌아가겠어?"

사람들은 흔히 김일성이라고 하면 산에서 비적질이나 해먹던 놈이라고 한다. 그래서 말씨도 대단히 거친 줄 안다. 아니다. 김일성은 누구한테도 거의 거친 말을 하지 않는다. 자기 아랫사람들에게는 말할 것도 없고 가정에 들어와서도 거친 소리를 거의 하지 않는다. 그런데 이쯤 화가 났으면 그건 보통 일이 아니다.

"그래, 말해 봐라. 네가 도대체 뭔데 경희가 좋아하는 사람 문제까지 제 멋대로 휘젓고 돌아가는가 말이야. 그래, 네 보기에는 이 애비가 벌써 송장 같아 보여?"

"아니, 그건 저 … 그건 제가 지난번에 아버님께 말씀드리지 않았습니까?"

"네가 나한테 말하긴 뭘 했단 말이야? 네가 언제 걔한테 좋아하는 남자가 있다는 이야기나 했어?"

"아, 그건 제가 아버님께서 워낙 너무 바쁘시다보니 나중에 이야기하려고 했던 건데 …." 김정일이 옹색하게 변명했다.

"됐다. 너 놈은 꼴도 보기 싫으니 썩 나가라!" 김일성은 아들을 개 쫓듯 내쫓아버리는 것이었다.

김정일은 나왔다. 도대체 일이 어디서부터 어떻게 잘못되었는지 알 수 없었다. 문제는 이 일이 어떻게 김일성에게까지 전달되었는가 하는 것이다.

여러 날 파고든 끝에 정체를 알 수 없는 편지 한 통이 김일성에게 올라간 것을 알았다. 그날도 김정일은 강성산이며 연형묵이며 파티에 빠져 정신없었다. 그러던 중 중앙당 조직지도부 본부당 책임비서 문성술이 김일성에게 올라가는 편지 몇 통을 가져왔다. 보나마나 수령님 만수무강을 축원합니다 정도의 편지인 줄 알았다. 그래서 그대로 올려보내라고 하였다. 그런데 그것이 화가 된 것이다. "문성술이 개새끼!" 소리가 목구멍까지 올라왔다.

또 여러 날 품을 들여서 아버지한테 전달된 그 편지를 간신히 훔쳐냈다. 함경북도 부령군에서 사는 김정순이라는 이름 없는 할머니한테서 온 편지였다.

사장 동무는 변하여도 너무 변했습니다.

사장 동문 원래 그렇게 대단한 집안의 자식이었습니까.

어떻게 평민의 자식이 자기 딸을 좋아한다고 김일성종합대학을 다니던

아이를 원산경제대학에까지 쫓아 버립니까.

세상에 한 여자의 가슴에 영원히 지워지지 않을 못 박는 일은

저 하나면 충분할 줄 압니다.

전 지금도 그 문풍지 울리던 산전막에서 사장 동무를 기다려

9년이나 보냈던 나날을 잊지 않고 있습니다.

우리 조카의 마음을 더는 아프게 하지 말아 주십시오.

_김혜순 올림

겉봉에는 김정순이라고 하고 안에는 김혜순이라고 하였다. 그러니 김혜순이 김정순으로 이름을 바꾼 것은 틀림없다. 그런데 그럼 김혜순은 누구인가. 김정일로서는 아무리 해도 알 수 없었다.

그러다 여러 날 탐문하던 끝에 오백룡을 만났다.

"뭐야? 김혜순이 아직 살아 있단 말이야?" 오백룡이 깜짝 놀라 말을 잇지 못하는 것이었다.

"아니, 그런데 김혜순이 도대체 누굽니까?" 김정일이 물었다.

"누구긴 누구겠어? 바로 너의 어머니 될 뻔했던 사람이지."

"예?"

오백룡이 말했다. 1940년 가을 그 어느 불우했던 날 밤, 사람들은 모두 헤어지고 김일성의 주변에도 몇 사람 남지 않았다. 그때까지도 혜순이만은 김일성을 지키고 있었다. 그런데 그마저도 다리에 부상을 당했다. 김일성은 자신도 울면서 혜순에게 말했다. 만약 죽지만 않으면

한 달 안에 꼭 돌아오겠다고 굳게 약속하고 떠났다. 그런데 김일성은 소련에 들어가서 김정숙과 결혼하고 9년이 되도록 오지 않았다.

혜순이는 그 9년 동안 나라가 해방된 것도 모르고 산속에서 김일성을 기다려 일일천추(一日千秋) 같은 시간을 보냈다. 그러다가 조국으로 돌아오고 보니 김일성은 이미 두 아이 아버지로 되어 있었다는 것이다. 혜순이 할 수 없어 울면서 떠나갔다는 것이다.

그 혜순이 바로 성택이 기막힌 사정을 알고 처음이자 마지막으로 김일성에게 편지를 썼다는 것이다. 정일이 듣기에도 기가 막혔다.

얼마 후 김일성의 집에서는 장성택과 김경희 간의 조촐한 결혼식이 열리었다. 간부들도 몇 명 초대하지 않았다. 김혜순만은 꼭 참가하라고 하였으나 그도 오지 않았다. 결혼식은 말 그대로 조용하게 진행되었다.

성택으로서는 과연 이것이 행복에로 이어지는 길일까. 아니면 불행으로 이어지는 길일까. 아무튼 성택은 미지의 길에 들어섰다.

김혜순은 그다음 아무리 김일성이 올라오라고 하여도 말을 듣지 않았다. 다만 인생 말년에 더는 자기 손으로 일해 살 수 없게 되었을 때 얼마간 평양에 와 있었을 뿐이다.

그녀의 마지막 주소는 평양시 보통강구역 서장동 항일투사 아파트 7층이다.

- 비운의 남자 장성택 2 에서 계속

지은이 소개

❊ 장해성 ─────────────────────────────

1945년 중국 길림성 화룡현 두도구 용평촌에서 태어났다. 1962년 북한으로 넘어가 1964년부터 8년간 정부 호위총국 2국에서 군복무를 했다. 1972년 김일성종합대학 철학과에 입학했고, 졸업 후 1976년부터 1996년까지 조선중앙방송의 기자로 10년, 드라마 작가로 10년을 일했다. 1996년 5월, 한국에 입국해 국가안보통일정책연구소에서 연구위원을 역임하고, 2006년 정년퇴직했다. 현재는 국제망명북한PEN센터의 명예이사장이다.